KB058059

슈테른하임 아씨 이야기

세계문학의 숲 024

Geschichte des Fräuleins von Sternheim

슈테른하임 아씨 이야기

조피 폰 라 로슈 지음
김미란 옮김

시공사

일러두기

1. 이 책은 1771년 독일 라이프치히 바이트만스 에르벤 운트 라이히(Weidmanns Erben und Reich) 출판사에서 처음 출간된 조피 폰 라 로슈의 《슈테른하임 아씨 이야기(Geschichte des Fräuleins von Sternheim)》를 우리말로 옮긴 것이다.

2. 번역은 독일 슈투트가르트 레클람(Reclam) 출판사에서 발행한 《Geschichte des Fräuleins von Sternheim》(1983)을 대본으로 삼았다.

3. 주는 1771년 초판 시 편찬자인 C. M. 빌란트가 덧붙인 주와 옮긴이 주를 구분하지 않고 별표(＊)로 표시했으며, 머리에 [원주]라고 밝힌 것은 편찬자 주이고 그 밖의 것은 옮긴이 주이다.

차례

D. F. G. R. V. 부인께[*]

친구여, 당신의 《슈테른하임 아씨 이야기》 자필 원고 대신 인쇄된 복사본을 받고 놀라지 마십시오. 그 복사본이 제가 저지른 배신을 졸지에 드러내게 되었군요. 이런 행위는 얼핏 보기에 무책임한 듯이 보일지도 모릅니다. 당신은 저의 우정을 믿고 은밀하게 당신의 상상력과 마음의 작품을, 오로지 당신 자신의 즐거움을 위해 시작한 작품을 맡겼으니까요. 당신은 이렇게 쓰셨지요. "당신에게 이것을 보내는 목적은 당신이 저와 같은 방법으로 느끼고, 제게 익숙한 관점에서 인간 삶의 대상들을 판단하고, 제영혼이 생생한 감동을 받았을 때 느끼는 생각들에 대해 당신의 의견을 듣고 싶고, 부당한 점이 있으면 꾸짖어주었으면 해서입

[*]'폰 라 로슈 추밀원의원 부인〔(An D(ie) F(rau) G(eheime) R(ätin) V(on La Roche)〕'의 앞글자를 딴 약어로, 이 책의 편찬자이자 시인인 크리스토프 마르틴 빌란트 (1733~1813)가 쓴 초판의 서문이다(빌란트는 조피 폰 라 로슈의 육촌동생이자 오랜 친구이기도 하다). 초판이 나올 1771년에는 여성이 책을 간행하는 일이 없었기 때문에 빌란트는 이 책을 익명으로 발행했다가, 책이 큰 인기를 얻자 비로소 저자를 밝혔다.

니다. 당신도 아시다시피 그 계기는 제가 중요한 의무를 수행하고 남는 시간을 이런 정서 회복을 위해 바치겠다고 결심한 데서 비롯되었지요. 폰 슈테른하임 양과 그 부모의 성격과 행동을 통해 이야기하려고 했던 것은 언제나 제가 즐겨 하던 생각이었다는 것을 당신도 아시지요. 사람들이 좋아하는 것에 정신을 쏟는 일보다 더 좋은 일이 무엇이겠습니까? 제게는 이 일이 제 영혼에서 우러난 일종의 갈망을 채우던 시간이었습니다. 이렇게 이 작은 작품은, 시작은 했지만 끝까지 할 수 있을지 알지도 못한 채 눈에 띄지 않게 태어났습니다. 그 불완전함은 당신이 보시는 것보다 제가 더 잘 느낄 것입니다. 하지만 이것은—바라건대, 내 정신적 딸이 생각하고 행동하는 방식이라고 당신이 인정하신다면—당신과 저의, 오직 우리의 자식들만을 위한 것입니다. 만일 이 아이들이 슈테른하임 양을 알게 됨으로써 미덕을 갖춘 생각과 진실하고 보편적이고 활동적인 선의와 공정함 안에서 강해질 수 있다면, 당신 친구의 마음이 얼마나 기쁘겠습니까!"제게 《슈테른하임》을 맡길 때 당신은 이렇게 쓰셨지요. 그러니 친구여, 제가 당신의 신뢰를 저버렸는지, 정말 나쁜 일을 한 것인지 보십시다. 저는 우리 민족의 모든 덕성스러운 어머니들과 사랑스러운 어린 딸들에게 이 작품을 선물해야겠다는 열망을 거역할 수 없었습니다. 이 작품은 제가 보기에, 지혜와 미덕을—인간에게 유일한 크나큰 장점이고, 진정한 행복의 근원이 되는 이것들을—당신들 여성 사이에서 또 우리 남성 사이에서조차도 장려하는 데 적합해 보였기 때문입니다.

《슈테른하임》 같은 장르의 글들이 좋기만 하다면 끼칠 수 있는 폭넓은 유용성에 관해서 더 말할 필요는 없겠지요. 이성적인 모든 사람들은 이 점에서 생각이 같습니다. 리처드슨*, 필딩**, 그리고 다른 많은 사람들이 이에 대해 말한 바 있으니, 아무도 의심하지 않는 진실을 증명하기 위해 한 마디 더 첨가하는 것은 쓸데없는 일이겠지요. 우리 국민에게는 오락적이면서 동시에 미덕 사랑을 장려하는 데 적합한 이런 종류의 창작물이 아직 풍부하지 않은 것이 확실합니다. 이런 이중적 고찰이 저를 정당화하는 데 충분하지 않겠습니까? 제가 어떻게 부인을 여성 작가로 변화시킬 생각을 하게 되었는지 상세히 설명한다면, 제 의견에 동의하시거나, 아니면 최소한 저를 용서하는 일이 쉬워질 것입니다.

당신이 여러 해 전부터 알고 있듯이 저는 아주 무기력하게 앉아서 당신의 원고를 읽었습니다. 처음 몇 장에서 당신이 여주인공 어머니에게 부여한 특별함은, 제 특이한 취향에 따라 그녀에게 유리하기보다는 오히려 반감이 일도록 저를 사로잡았습니다. 그러나 저는 계속 읽었고, 냉담한 저의 모든 철학은—오랜 세월 인간과 그들의 무한한 어리석음을 고찰한 후에 얻은 열매입니다만—당신의 도덕적 묘사의 아름다움과 진실에는 반대할 수 없었습니다. 제 마음은 따뜻해졌고, 슈테른하임 연대장을 사랑하게 되었습니다. 그 부인과 딸, 심지어 그의 목사까지도요. 그는 이제껏 알았던 모든 목사 중에서도 가장 존경할 만

*새뮤얼 리처드슨(1689~1761). 영국의 소설가로, 영국 근대소설의 개척자로 불린다. 당시의 소설에서는 볼 수 없었던 가정생활 문제, 특히 여성을 주인공으로 한 결혼문제와 연애를 주로 다루었다.
**헨리 필딩(1707~1754). 영국의 소설가이자 극작가로, 리처드슨과 함께 영국 근대소설을 확립한 대표적 작가로 꼽힌다. 리처드슨이 여성 심리 묘사에 능했다면, 필딩은 남성의 활약상을 주로 다루었다.

한 인물이더군요. 슈테른하임 양의 사고방식에는 어딘가 특별하고 광적인 비약 때문에 제 사고방식과 맞지 않았던 스무 군데 정도의 작은 불협화음들이 있었으나, 그 불협화음들은 그녀의 극히 선한 감정과 더불어 그 원칙과 생각과 행동이 주는 좋은 느낌, 그리고 그것들이 제 마음의 강한 확신에 편안하게 일치됨에 따라 사라져버렸습니다. 수백 군데에서 제 딸들도 조피 슈테른하임처럼 생각하고 행동하는 것을 배웠으면 좋겠다고 생각했지요! 하늘이 저에게도 이런 행복을 경험하게 해주었으면 했습니다. 이런 꾸밈없는 영혼의 솔직함, 한결같이 선한 마음, 진실과 아름다움에 대한 부드러운 감정, 내면의 근원에서 나온 모든 미덕의 실천, 위선이 아닌 경건함—아름다움과 귀족 정신을 방해하는 대신 그 안에 있는 모든 미덕 중 가장 아름답고 선한 미덕이 들어 있는 경건함, 이렇게 사랑스럽고 동정심 많으며, 선행하는 마음과, 건강하고 왜곡되지 않은 인간 삶의 대상들과 그 가치, 행복, 명망, 즐거움에 대해서 판단하는 방식을 말입니다. 요컨대 이는 정신과 마음의 특성들입니다. 이 아름답고 도덕적인 형상이 언젠가는 사랑스러운 이 피조물들에게서 표현되는 것을 보고 제가 좋아할 특성들이고, 그녀가 이미 어린 나이에 느꼈지만 지금 현재 제가 느끼는 가장 달콤한 희열이며 장래에는 최고의 희망이 될 특성들이지요! 이렇게 생각하면서 떠오른 첫 번째 착상은 당신의 원고를 예쁘게 필사하여 몇 년 후 우리의 어린 조피에게(당신이 당신 딸이라고도 부르시니까 말입니다) 선물로 주어야겠다는 것이었습니다. 그러면서 오랜 세월에 걸쳐서 검증된, 순수한 우리 우정의 감정이 이런 수단을 통해서 우리 자녀들에게 계속 전파되는 것을 볼 수 있다는 생각에 얼마나 기뻤는지요! 이런 상상들을 한동안 즐기고 있을 때, 당연한 일이지만, 다음과 같은 생각이 고조되었습니다. 넓은 독일 지방에서 얼마나 많은 어머니와 아버지가 같은 순간에 사랑스럽고 기대에 차 있는 자녀들의 최선을 위해 비슷한 소망들을 갖고 살지 않겠느냐 하는 생각 말입니다! 만일 제가 전달해서 손해 볼 일 없는 좋은 일에 그들을 참여시킨다면, 그들에게 기쁨이 되지 않겠습니까? 그렇게 된다면 슈테른하임 가족이 보여준 미덕의 본보기에 영향 받은 선한 일들이 많은 사람에게 퍼져나가지 않겠습니까? 그리고 생각이 고상한 사람들이 이 방법을 통해 얼마나 많이 제 친구의 마음과 정신의 가치 있는 특성을 알게 되고, 또 당신과 제가 이 세상을 떠난 후에도 당신을 기억하지 않겠습니까! 친구여, 말해보십시오, 오랜 세월 당신을 알고, 저의 모든 외적 내적 변화 안에서도 한결같이 변하지 않는 마음을 가진 제가 어떻게 이런 생각들을 거역하겠는지 말입니다. 그래서 곧 저는 우리의 모든 친구들을 위해서, 또 우리와 친구가 될지도 모르는 모든 이들을 위해서, 복사본을 인쇄하기로 결심했습니다. 우리 시대의 사람들을 생각한다면 그런 복사본이 아주 많이 필요하다고 여겨졌기에, 제가 가진 원고를 친구 라이히*에게 보내고, 그가 원하는 만큼 많이 만들라고 부탁했습니다. 하지만 아닙니다! 일이 그렇게 빨리 진행되지는 않았지요. 제 마음은 뜨거웠지만 제 머리는 계획을 방해할 수 있는 모든 가능성을 고찰할 만큼 충분히 냉정했습니다. 저는 결코 좋아하는 사람에 대한 편견 때문에 그 결점에 눈머는 일이 없었습니다. 저의 이런 성격은 당신이 더 잘

---

*《슈테른하임 아씨 이야기》를 처음 출판했던 라이히 출판사의 발행인.

아실 겁니다. 제가 감정을 거역해서 말하려고 하는것이나, 다른 사람들의 아첨 따위는 당신도 역시 기대하거나 원하지도 않겠지요. 당신의 《슈테른하임》은 비록 사랑할 만하지만, 정신의 작품으로서, 문학적 구성물로서, 독일의 저작물로서 '비방자'들에게 숨길 수 없는 몇 가지 결함을 갖고 있습니다. 하지만 당신의 이름 때문에 제가 염려하는 것은 그 사람들—한편으로는 예술의 판관들이고, 다른 한편에서는 세계인이라는 부류의 역겨운 통달자들—이 아닙니다. 친구여, 고백하건대, 당신의 《슈테른하임》이 제 잘못으로 인해 사고방식이 다른 사람들의 평가에 내맡겨진다는 것을 생각할 때 아주 염려가 안 되는 것은 아닙니다. 하지만 제 자신 안심하기 위해 스스로 이렇게 말합니다. 예술의 판관들이 작품의 '형식'과 '글쓰기 방식'에 대해 비난한다면 그것은 전적으로 저와 관계있는 것이라고요. 친구여, 당신은 결코 세상을 위해서 쓰거나, 예술 작품을 만들려고 생각하지 않았습니다. 당신은 이론을 배우지 않았어도 읽을 수 있는 여러 나라의 언어로 된 훌륭한 작가들을 많이 읽었음에도 불구하고, 형식의 아름다움보다는 내용의 가치에 주목하는 것을 당신의 습관으로 삼았지요. 이런 유일한 의식이 당신에게서 세상을 위해 쓴다는 생각을 몰아낸 것 같습니다. 편찬자인 제가 독단적으로 도와서 당신 원고의 결함을 저의 기대에 맞춰 고침으로써 예술의 판관들이 그런 결함을 보지 못하도록 만들 수도 있었겠지요. 그러나 지금 예술의 판관들이라고 말할 때 저는 세련된 취향과 성숙한 판단력을 가진 남성들을 생각하고 있습니다. 그들은 아름다운 작품에 있는 작은 흠결 때문에 모욕감을 느끼지 않고, 자유로운 의지에서 나온 단순한 자연 열매와, 예술 교육을 받고 힘들게 가꾸어진 열매(취향에 따라 후자가 선호되는 경우가 드물지 않지만)에서 똑같은 완벽성을 요구할 정도로 부당하지도 않습니다. 그러한 달인들은, 저도 마찬가지지만, 아마도 같은 의견일 것입니다. 도덕적 문학이란 갈등과 해결을 중시하기보다는 교훈적이고 흥미로운 주인공의 성격을 보여주는 것을 중시하여, 도덕적 유용성이 그 첫째 목적이요 독자를 즐겁게 하는 것은 부차적인 일이며, 만약 그 문학이 마음과 정신을 위한 내면의 고유한 아름다움을 가졌다면 기술적인 형식, 또는 예술의 규칙에 따라 구상된 설계나 '작가의 기술'이라고 이해될 수 있는 모든 것이 부족하다고 해서 이롭지 않다고 여기지는 않습니다. 바로 이런 달인들은(아니면 제가 착각할 수도 있지만요)《슈테른하임》의 글쓰기 방식이 가진 이미지와 표현의 독창성과 인물의 정확성, 에너지 넘치는 표현을 알아챌 것입니다. 아마 언어 교사가 제일 만족하지 못할 바로 그 부분이겠지요. 즉 문체를 무시한다든가, 몇몇 익숙하지 않은 관용어들이라든가, 완벽하게 다듬고 마무리했다기엔 부족한 문장들 말입니다. 그것은 제가 보기엔 제 친구의 글쓰기 방식이 가진 본래의 아름다움으로, 그것을 고치도록 돕는다는 것이 오히려 부담스러운 일일 것입니다. 당신은, 우리의 슈테른하임 양이 그녀가 받은 교육의 장점이 여러 경우에 빛나고 있음에도 불구하고, 그녀의 취향과 사고하는 방식과 더불어 말하고 행동하는 방식이 수업과 모방의 덕택이라기보다 자연과 자신의 고유한 경험과 소견에 더 따르고 있다는 것을 고찰하게 될 것입니다. 그것은 그녀가 자주 자신이 속한 신분의 대다수 사람들과 다르게 생각하고 행동하는 데에서 기인하는 것입니다. 이런 그녀 성격의 독특한 점, 특히 개성적인 상상력의 비약도 역시 자신의 생각에 새 옷을 입히거나 감정을 표현하는 방식에 강한 영향을 끼쳤음이 틀림없습니다. 그것은 또한 그녀가 스스로 찾아낸 생각을 위해, 역시 스스로 즉석에서, 그 생생함과 진실성이 관조하는 개념에 맞고, 그 개념들에서 자신의 사고를 발전시키는 고유한 표현을 창안해낸다는 데서 기인하는 것입니다. 그러니 달인들은 저와 함께, 우리 여주인공 성격의 완전한 개성이 바로 이 작품이 가진 드문 장점 중의 하나가 된다고 보려 하지 않겠습니까? 자연의 작업이 이루어진 이곳에서보다 예술이 더 운 좋게 도달할 수 없을 바로 그런 개성이지요. 요컨대, 저는 예술의 판관들의 섬세한 감정에 대해 매우 좋게 생각하고 있으므로 그들을 믿습니다. 그들은 언급되는 결함들이 장점이 되는 많은 아름다움으로 싸여 있는 것을 보게 될 것이고, 직업 작가가 아닌 귀부인들의 특권을 제 친구에게 제가 유리하게 적용하려 한다고 저를 오해하지는 않을 것입니다. 그러면 우리는 예술의 판관들보다 '세계인'이라는 사람들의 세련되고 버릇없는 취향을 더 두려워해야 할까요? 사실, 우리 여주인공의 특이함, 도덕적 아름다움에 대한 그녀의 광신, 그녀의 특이한 생각과 변덕, 신사들과 그들의 나라에서 온 모든 것에 대한 약간의 완고한 편애, 그리고 이 모든 것보다 더 짜증 나는 것은 바로 자신의 느낌과 판단과 행동하는 방식을 큰 세계의 풍속과 취향과 관습에 끊임없이 대조하는 것입니다. 그것이 그녀가 큰 세계에서 유리하게 받아들여질 것이라고는 예언하기 어려워 보입니다. 그럼에도 저는, 그 여주인공은 하나의 '현상'이기 때문에, 그녀가 '사랑스러운 몽상가'라는 이름으로 이목을 끌게 할 수 있다는 희망을 버리지 않습니다. 사실, 거의 과장에 이르거나 또는 어떤 이들은 융통성이 없다고 부를 수 있는 그녀의 모든 도덕적 특이성에도 불구하고, 그녀는 사랑할 만한 인간입니다. 그리고 한편으로 그녀의 성격 전체가 그 개념과 원칙들과 함께 궁정생활과 큰 세계에 대하여 행동으로 옮긴 풍자라고 볼 수 있다면, 다른 한편으로 이 번쩍이는 세계에서 움직이는 인물들의 장점과 단점들에 대하여 우리의 여주인공만큼 더 정당하고 관대하게 판단할 수 있는 인물은 없을 것입니다. 그녀는 가까이에서 직접 목격한 것들에 대해 말하고 있으니까요. 예술이 자연을 전적으로 억압하고 있는 이 나라에서, 만약에 그녀가 모든 것을 이해할 수 없는 것이라 보고 자신조차도 모든 사람들에게 이해될 수 없는 존재가 된다면, 그것은 그녀의 이성 탓도 아니고 그녀의 마음 탓도 아님을 사람들은 알 것입니다.

용서해주십시오, 친구여. 당신이 염려하지 않아도 좋을 일에 대해서 이렇게 수다스럽게 굴었군요. 사람들 마음에 드는 것이 전혀 문제가 되지 않는 인물들도 있지요. 우리의 여주인공이 이런 부류에 속하지 않는다면 제가 착각을 한 것일 겁니다. 순진하고 아름다운 그녀의 정신, 순수함, 무한히 선한 마음, 올바른 취미, 진실한 판단, 예리한 소견, 활발한 상상력, 조화로운 표현과 함께 느끼고 생각하는 자기 고유의 방식, 요컨대 그녀의 모든 재능과 미덕은 제가 보증합니다. 그녀는 모든 사소한 결함들과 함께 호감을 줄 것이며, 건전한 이성과 감성과 풍부한 마음에 대해 하늘에 감사하는 모든 사람들의 마음에 들 것입니다. 우리가 그 외에 누구의 마음에 들기를 원한단 말입니까? 우리 여주인공이 가장 바란 소원은 허영에서 나온 것이 아닙니다. 유익하기를 원한 데서 나온 것이지요. 그녀는 좋은 일을 '하려고' 하고, 좋은

일을 '하게 될' 것입니다. 그리고 그것을 통해, 사랑스러운 원저
자도 모르게 허락도 없이 그녀를 세상에 소개하려고 한 저의 발
걸음이 정당화될 것입니다.

편찬자 빌란트 드림

1부

부인을 위해 제가 많은 편지를 필사한다고 고마워하지 마세요.*
아시다시피 저는 운이 좋아 훌륭한 귀부인과 함께 교육을 받은
까닭에, 그 남편 되는 시모어 경이 영국의 친구들과 제 언니 에
밀리아로부터 모아둔 편지들 중에서 발췌하고 베껴서 그 마님
의 삶에 대한 기록을 전할 수 있게 되었으니까요. 제가 무슨 일
엔가 헌신하여, 우리 같은 여성과 인간을 영광스럽게 한 인물의
미덕과 선행을 다시금 새롭게 기억할 수 있게 된다면 정말이지
제 마음이 만족할 수 있을 것 같습니다.

　사랑하는 마님 레이디 시드니의 아버지는 폰 슈테른하임 연대
장이셨습니다. 그분은 W 지역 대학 교수의 외아들로 아주 세심
한 교육을 받았지요. 의협심과 위대한 정신, 선한 마음 그런 것들
이 그분의 특징적인 성격이었어요. 그분은 L 대학에서 젊은 P 남

*이 소설의 화자로 설정된 인물은 주인공 조피 폰 슈테른하임과 편지를 주고받는 에
밀리아의 여동생이자 슈테른하임의 하녀인 로지나로, 여기 소개되는 편지글을 모아
서 작가에게 보낸 당사자로 소개된다.

작과 절친한 친구가 되어 모든 여행을 함께하고, 그를 너무 좋아한 나머지 군복무까지 함께 했지요. 한때 자유분방했던 남작의 정신은 그분과의 교제를 통해서 또 그분을 본받아서 유연해졌고 성격도 편안해졌으므로, 남작의 가족들은 모두 사랑하는 아들을 올바른 길로 인도한 젊은이에게 감사할 정도였어요. 그런데 우연한 일로 그들은 헤어지게 되었습니다. 남작의 큰형님이 세상을 떠나자 남작이 영지를 물려받게 되었고, 남작은 군대를 떠나 영지를 다스려야 했기 때문이었어요. 많은 장교들과 부하들에게 대단히 존경받고 사랑받던 슈테른하임 나리는 군대에 남아, 영주로부터 연대장이라는 직책을 얻었고 귀족의 신분도 획득했습니다. 장군은 많은 사람들이 있는 자리에서 영주의 이름으로 그에게 연대장 임명장과 귀족 증서를 수여하면서, "행운이 아닌 그대의 공로로 진급한 것이오"라고 말했답니다. 그리고 많은 증거 서류에 나타난 바에 의하면 나리는 모든 전쟁터와 또 여러 사건에서 관용과 인간애와 용기를 충분히 발휘했다고 하지요.

평화가 찾아오자 그분의 첫 번째 소원은 친구를 만나는 것이었습니다. 친구와는 계속 편지로 연락을 하고 있었어요. 그의 마음엔 다른 어떤 친구도 없었습니다. 그분의 아버님은 이미 오래전에 세상을 떠났고, W에서는 그분의 아버님도 외지인이었기 때문에 가까운 친척도 없었거든요. 그래서 슈테른하임 연대장은 P 지역으로 가서 친구와 우정을 나누는 기쁨을 누리려고 했습니다. 친구 P 남작은 사랑스러운 부인과 결혼하여 어머니와 두 누이와 함께 아버지에게 물려받은 아름다운 영지에서 행복하게 살고 있었습니다. P 남작 가문은 인근에서 가장 신망 높은 집안으로, 이웃에 사는 많은 귀족들이 자주 그 댁을 방문하곤 했습니다. P 남작은 번갈아 가며 모임을 갖고 작은 잔치도 베풀었어요. 남작은 좋은 책을 읽는 독서 모임을 열기도 하고, 영지를 잘 관리하려고 노력하며 집안을 고상하고 품위 있게 경영했지만, 외로운 나날을 보내고 있었습니다.

때때로 작은 음악회가 열리기도 했습니다. 작은 아씨는 피아노를 연주하고, 큰 아씨는 류트*를 연주하며 노래를 잘 불렀거든요. 큰 아씨가 노래를 부를 때는 남동생인 남작이 그의 몇몇 친구들과 함께 반주를 했고요. 그런데 큰 아씨의 감정 상태가 이 집안의 조용한 행복에 걸림돌이었답니다. 큰 아씨는 고인이 된 아버님 P 남작과 첫째 부인 레이디 왓슨 사이에서 출생한 외동딸로, P 남작이 영국 공사로 있을 때 결혼하여 그곳에서 얻은 딸이에요. 아씨는 영국 여성의 온유하고 사랑스러운 성격에 더해 이 민족 특유의 우울한 성격을 물려받은 듯 그 얼굴에는 늘 조용한 그늘이 퍼져 있었지요. 아씨는 고독을 사랑했고, 혼자서 좋은 책들을 열심히 읽으면서도 낯선 사람 없이 자기 가족끼리만 모일 수 있는 기회는 놓치지 않았어요.

누이를 사랑하는 남작은 누이의 건강을 염려하고, 모든 노력을 기울여 그녀를 즐겁게 해주고 또 그 슬픔의 근원이 무엇인지 알아내려고 했습니다.

남작은 여러 차례 누이에게 부탁했어요. 진실로 사랑하는 남동생에게 마음을 열어보라고 말이에요. 그녀는 동생을 지그시 바라보더니, 걱정해주어 고맙다고 말하고는 눈물을 흘리며 부탁했어요. 자신의 비밀을 그대로 갖게 두어달라고, 그리고 그럼

---

*만돌린과 비슷한 모양의, 르네상스 시대 현악기.

에도 자신을 계속 사랑해달라고 말이에요. 이 일로 인해 남작은 불안해졌습니다. 어떤 잘못이 이 우울함의 원인이 되었나 하고 걱정하며 누이를 모든 면에서 자세히 관찰했으나, 그런 염려를 잠재울 만한 어떤 작은 흔적도 발견할 수 없었지요.

누이는 항상 어머니 앞에만 모습을 드러내고, 집안의 누구와도 이야기하지 않았으며, 모든 종류의 교제를 피했습니다. 한동안은 자신을 극복하고 모임에 남아 있기도 하면서 조용하지만 명랑한 기색을 보여, 우울증이 지나갔을지도 모른다는 희망을 보여주었어요.

이런 가정에 예기치 않게 폰 슈테른하임 연대장이 도착하면서 즐거운 일이 생겼습니다. 온 가족은 이 연대장에 대해서 많은 이야기를 들어왔고, 그의 편지에서 나타난 훌륭한 정신과 마음에 감탄하고 있던 터였지요. 연대장은 어느 날 저녁 정원에 나타나서 이 가족들을 놀라게 했답니다. 남작의 기쁨은 말할 수도 없었고 다른 가족들도 호기심에 차서 유심히 보았지요. 오래지 않아 그의 고상하고 친절한 태도는 온 가족에게도 똑같은 기쁨을 불어넣어주었답니다.

연대장은 이 집안의 특별한 친구로서 모든 귀족 친지들에게 소개되었고 그들의 모든 사교 모임에 들어가게 되었습니다.

그는 남작의 집에서 자신의 인생에 대해 이야기했습니다. 과장하지 않고 자신이 본 특별한 것과 유용한 것에 대해 품위 있고 남자다운 어조로 이야기했는데, 그 어조에서 그가 현명한 남자이며 인간애를 간직하고 있음이 충분히 드러났지요. 반대로 연대장은 전원생활에 대한 이상적인 그림을 얻게 되었습니다. 남작으로부터는 주인으로서 하인들에게 해줄 수 있는 유익한 점들에 대해서 듣고, 노마님으로부터는 한 가정의 어머니로서 시골 살림에 대해서, 두 아가씨들로부터는 사시사철 전원생활이 주는 편안한 즐거움에 대해서 들었습니다. 이런 이야기들이 오간 후에 남작은 물었습니다.

"친구여, 당신은 여생을 전원에서 보내고 싶다고 하지 않았습니까?"

"그래요, 남작! 하지만 내 소유의 땅이 있어야 하고 또 당신과 이웃이 되어야 한다오."

"그건 쉬운 일이오. 여기서 멀지 않은 곳에 아담한 농장이 하나 있는데 그것을 살 수 있을 것이오. 내가 허락을 받아놓았으니 언제든지 가서 볼 수 있는데, 내일 보러 가지 않겠소?"

다음 날 두 분 나리는 그곳으로 갔지요. P 마을 목사가 동행했는데, 그분은 아주 존경할 만한 분으로, 부인 마님들은 그 목사에게서 두 친구들 사이에 있었던 감동적인 장면에 대해 이야기를 들었답니다.

남작은 연대장에게 농장을 전부 보여주고 그를 정원 옆의 아담한 집으로 안내했어요. 여기서 그분들은 아침식사를 했지요.

연대장은 자신이 본 모든 것에 만족감을 표하고는 이 농장을 살 수 있다는 게 정말이냐고 남작에게 물었습니다.

"그렇고말고, 친구여. 마음에 드시오?"

"완벽하오. 여기서라면 내가 사랑하는 어떤 것과도 멀어지지 않을 것 같소."

"오, 얼마나 행복한지, 내 소중한 친구." 남작이 그를 껴안았습니다. "내가 이 농장을 벌써 3년 전에 사놓았다오, 당신한테 권해보려고 말이오. 난 집을 수리하고 이 방에 자주 와서 당신이 이 집을 갖게 되기를 기도했소. 그러면 난 청춘 시절의 지도자를 내 삶의 증인으로 갖게 되는 셈이니까!"

연대장은 매우 감동했습니다. 친구의 고결한 마음씨에 대한 감사와 기쁨을 이루 다 말로 표현할 수 없었지요. 그는 이 집에서 남은 일생을 보내겠노라고 확언했습니다. 하지만 동시에 이 농장의 값이 얼마나 되는지를 알려고 했지요. 남작은 말해야 했고, 계약서로도 증명해 보였습니다. 그동안 그 농장의 값은 구매 당시보다 훨씬 올라 있었어요. 하지만 남작은 자신이 들인 비용만 받겠다고 분명하게 말했습니다.

"친구여." 그는 말했어요. "나는 3년 동안 이 농장에서 나온 수입을 농장을 개량하고 아름답게 꾸미는 일에 썼소. 그러면서 이런 즐거운 생각을 했다오. 너는 아주 좋은 사람의 편안한 날을 위해 일하는 거다, 여기서 그를 보게 될 것이고 함께 네 청춘의 행복했던 시절을 되살리게 될 것이다. 그의 조언과 본보기로 네 영혼은 만족할 것이며, 네 가족의 번창에도 도움이 될 것이다. 이런 생각으로 난 이미 보상을 받은 것이라오."

집으로 돌아와서 남작은 어머니와 누이들에게 연대장을 새로 온 이웃이라고 소개했습니다. 모두들 그와의 편안한 교제가 계속 이어지리라는 확신을 갖고 매우 기뻐했지요.

연대장은 곧 자신의 집으로 이사했습니다. 마을 두 개로 이루어진 작은 영지의 주인이 된 것이지요. 그는 이웃을 위해 잔치를 열고, 곧이어 건물들을 증축하기 시작했습니다. 본관 양편에 아름다운 곁채를 세우고, 가로수를 심고, 아담한 휴양림도 만들었는데, 이 모든 것을 영국식으로 했습니다. 그는 건축하는 일에 아주 열심이었지만, 때때로 어두운 표정을 지었어요. 남작은 처음에는 눈치 채지 못했으나 그해 가을 연대장의 심정 변화를 확신하게 되었고, 더 이상 잠자코 있을 수가 없었지요. 슈테른하임 연대장은 이제 남작의 집을 그리 자주 방문하지도 않고 말수도 적어졌으며 왔다가는 금방 다시 가버렸으니까요. 그의 하인들도 주인이 이상한 우울증에 빠진 것을 안타깝게 생각했습니다.

그리고 남작은 누이가 다시 슬픔에 빠졌을 때 더더욱 걱정이 되었습니다. 어느 날 연대장의 집으로 간 남작은 그가 혼자서 생각에 잠겨 있는 것을 보고 그를 껴안으며 안타깝게 외쳤지요. "오 친구여, 우리 마음의 고결하고 순수한 기쁨이란 것도 얼마나 허무한 것인지! 당신이 없어서 얼마나 섭섭했는지 모른다오. 그런데 이제 당신을 팔에 안고 보니 슬퍼 보이는군요! 당신의 마음, 당신의 신뢰는 이제 나를 향하고 있지 않은 것 같소. 이곳에 거처를 정하면서 우정 때문에 혹시 너무 많은 것을 놓친 것은 아닌지? 사랑하는 친구여! 자신을 너무 괴롭히지 마오. 당신의 즐거움이 나의 즐거움보다 더 중하니, 이 농장을 내가 다시 인수하겠소. 그것은 내게도 가치가 있는 일일 것이오. 당신과의 소중한 기억이 있고, 모든 곳에서 당신의 모습이 되살아날 것이니까."

여기서 그는 멈추었습니다. 친구의 눈에는 눈물이 가득했고, 그는 친구의 영혼이 매우 동요하는 것을 보았습니다.

연대장이 일어나서 남작을 포옹했습니다. "귀하신 남작이여, 나의 우정과 신뢰가 식었다고 생각지 말고, 내가 당신의 이웃으로 나날을 보내겠다고 결심한 것을 후회한다고도 생각지 마시길. 당신 이웃에 사는 것은 당신이 상상하는 것 이상으로 좋소! 난 처음으로 마음에 닥친 고민과 싸우고 있어요. 난 이성적이고 고결하기를 바랐지만, 내 영혼이 요구하는 만큼 강하지 못하다오. 그렇다 해도 당신에게 말할 수는 없어요. 내가 믿을 수 있는 유일한 것은 내 마음과 고독뿐이니."

남작은 그를 가슴에 안았습니다. "당신이 모든 면에서 진실하다는 것은 알고 있으니, 당신의 확고한 오래된 우정을 의심하는 것은 아니오. 하지만 왜 자주 우리 집에 오지 않고, 왜 그렇게 냉정하게 내 집을 황급히 떠나가는 거요?"

"냉정하다고, 친구여! 내가 냉정하게 황급히 당신 집을 나온다고? 오, P 남작이여! 당신에게 가고 싶은 이 불타는 열망을 알고 있는지. 난 여러 시간 창가에 붙어 서서 내 모든 소망과 기쁨이 깃들어 있는 사랑하는 당신 집을 바라보고 있다오. 아, P 남작이여……."

P 남작은 불안해졌습니다. 잠시 동안 이 친구가 자기 아내를 사랑하기 때문에 자신의 집을 피하고 있는지도 모른다는 생각이 들었으니까요. 그는 조심하고 자제하기로 결심했습니다. 연대장은 말없이 앉아 있었고 남작도 정신을 차릴 수가 없었지요. 결국 남작이 말을 시작했습니다. "친구여, 당신의 비밀은 내게도 소중하니, 억지로 가슴에서 꺼내라고 하지는 않겠소. 하지만 그 비밀의 일부가 내 집과도 관계된다는 생각이 불현듯 스치니, 그 부분이 무엇인지 물어봐도 되겠소?"

"아니! 아니야, 아무것도 묻지 말아주오. 그저 나 자신에게만 맡겨주오……." 남작은 더는 말하지 않고 슬픔과 생각에 잠겨 떠났습니다.

다음 날 연대장이 와서, 어제 그렇게 남작을 쓸쓸히 떠나게 한 것에 대해 사과하고 그 일로 인해 저녁 내내 괴로웠다고 말했습니다. 그러고는 이렇게 덧붙였지요. "친애하는 남작이여, 명예와 의협심으로 내 혀가 굳어버리는군요! 내 마음을 의심하지 말고 사랑해주오!"

그는 하루 종일 P 남작의 집에 있었어요. 조피와 샤를로테 아가씨가 오빠에게 불려 나와 친구의 기분을 북돋아주는 데 협조했습니다. 그러나 연대장은 대부분의 시간을 노부인과 남작부인 옆에서만 보냈지요. 저녁에는 샤를로테 아가씨가 류트를 켜고, 남작과 두 하인이 반주를 했으며, 조피 아가씨도 계속 노래하라고 권유를 받아서 결국 노래를 했습니다.

연대장은 창가의 반쯤 닫힌 커튼 옆에서 이 작은 가족 콘서트에 귀를 기울이고 있었습니다. 그런데 연주에 너무 도취된 나머지 친구 부인이 아주 가까이에서 자신의 혼잣말을 듣고 있는 것을 눈치 채지 못했습니다. "오 조피, 왜 당신은 내 친구의 누이란 말이오! 왜 당신 출생의 장점이 이 마음의 고귀하고 다정한 사랑을 거부하게 하는 것이오!"

남작부인은 매우 놀랐습니다. 그리고 자신이 그의 말을 들었다는 것을 그가 알면 당황하리라 생각하고 그 자리를 떠났습니다. 부인은 친구의 우울함에 대해 염려하고 있는 남편의 걱정을 덜어줄 수 있어서 기뻤습니다. 모두 자러 간 다음 부인은 곧 남편에게 자기가 발견한 사실을 이야기했습니다. 이제야 남작은 연대장이 냉정함을 가장하고 자신을 방어할 때 자기에게 무슨 말을 하려 했는지 이해가 되었습니다. "부인은 연대장이 내 친구일 때와 마찬가지로 시누이 남편으로서도 좋겠소?" 그는 아내에게 물었습니다.

"물론이지요, 여보! 의로운 남자의 공적은 가문과 태생의 장점만큼 가치 있지 않겠어요!"

"그대는 고귀한 생각을 가진 나의 반려자요." 남작은 외쳤습니다. "그럼 도와주시오, 어머니와 조피가 편견을 극복할 수 있도록 말이오!"

"전 편견은 그리 염려하지 않아요. 우리 조피 아가씨가 마음에 담고 있는 애정이 문제지요. 대상은 모르겠지만 아가씨는 사랑을 하고 있어요, 그것도 벌써 오랫동안이요. 아가씨의 책상에서 본 운명이나 이별에 관한 탄식의 글, 그리고 관찰한 것을 기록한 짧은 메모들을 보면 그런 심증이 충분해요. 하지만 아가씨를 관찰해봐도 더는 찾아낼 수 없었어요." "내가 이야기해보겠소." 남작이 말했습니다. "이야기하는 동안 그 마음을 한번 엿보겠소."

다음 날 아침 남작은 조피 아가씨에게 갔습니다. 건강에 관하여 다정하게 물어본 후에 그는 그녀의 손을 잡았습니다. "소중한 누님." 그가 말했습니다. "누님이 잘 있다는 건 확실히 알겠는데, 왜 얼굴에는 그런 괴로운 표정이 남아 있는 건가요? 왜 말투는 고통스럽고, 혼자 있으려고만 하고, 고결하고 착한 가슴에서는 왜 그렇게 한숨만 나오는 건가요? 누님의 오랜 우울에 대해제가 얼마나 걱정하고 있는지를 아신다면, 누님도 그렇게 마음을 닫고만 있지는 못할 텐데요!"

여기서 그녀의 연약한 마음은 압도당했습니다. 그녀는 손을 빼지 않고 남동생의 손을 자기 가슴에 얹고 머리를 그의 어깨에 기댔습니다. "동생이 내 마음을 찢네! 동생에게 걱정을 끼쳤다는 생각을 하니 견딜 수가 없어. 난 동생을 내 목숨처럼 사랑해. 난 행복하니까, 이런 날 견뎌내주고, 결혼에 대해서는 아무 말하지 말아줘."

"왜 그래요, 누님? 누님은 의로운 남자를 아주 행복하게 해줄 수 있을 텐데요!"

"그래, 의로운 남자도 역시 나를 행복하게 해줄 수 있을 테고. 하지만 내가 아는……." 그녀는 눈물이 앞을 가려 더 이상 말을 잇지 못했습니다.

"오, 조피 누님, 마음이 솔직하게 움직이는 것을 막지 마세요. 누님의 감정을 이 충실한 동생의 가슴에 털어놓으세요. 누님! 제 생각에 누님은 사랑하는 남자가 있는 것 같아요. 누님은 그와 마음으로 약속하셨나요?"

"아니야, 동생! 마음으로 약속한 사람 없어……."

"정말이요, 누님?"

"그래, 동생, 그래……."

여기서 남작은 그녀를 팔에 안았습니다. "아, 누님도 누님 어머니의 단호하고 착한 마음씨를 가졌더라면 좋을 텐데!"

그녀는 놀랐습니다. "왜 그래, 동생? 무슨 말을 하려는 거야? 내가 나쁜 일을 했나?"

"아니요, 누님, 절대 아니에요. 하지만 누님이 미덕이나 이성보다 선입견을 더 중시한다면 그럴 수도 있지요."

"동생이 날 혼란스럽게 하네! 어떤 경우에 내가 미덕과 이성을 버린단 말이야?"

"그런 뜻은 아니에요! 제가 생각하는 경우가 미덕과 이성에 어긋나는 건 아니니까요. 하지만 그 두 가지의 요구가 누님에게 받아들여지지 않을 수도 있겠지요?"

"동생, 분명히 말해봐. 난 내가 감추고 있는 감정에 따라 대답하려고 결심했으니까."

"조피 누님, 누님이 마음에 약속한 사람이 없다고 확실히 말했으니 물어봐도 될까요? 아주 지혜롭고 미덕을 갖춘 어떤 남자가 누님을 사랑하여 청혼하려 하지만 오래된 귀족 가문이 아니라면 어떻게 하겠어요?"

그녀는 이 마지막 말에 놀라서 몸을 떨며 어떻게 해야 할지 몰랐습니다. 남작은 그 마음을 더 오래 괴롭히고 싶지 않았어요! 그래서 계속 이어서 말했지요. "그리고 만약 그 남자가, 누님 동생의 친구로서 그 선의에 찬 행복한 마음에 대해 고마워하고 있는 사람이라면…… 누님, 누님은 어떻게 하실 거예요?"

조피 아씨는 대답을 하지 못하고 생각에 잠겼는데, 그 얼굴이 붉어졌다 하얘졌다 했지요.

"안심해요, 누님. 연대장이 누님을 사랑하고 있어요. 그 열정이 그를 우울하게 만든 거예요. 자신이 받아들여지지 못할 거라고 생각하니까요. 솔직히 고백하건대, 그가 내게 행한 모든 선행이 누님을 통해 보상받기를 바라요. 하지만 누님 마음에 들지 않으면 내가 말한 모든 것은 잊어주세요."

아씨는 용기를 내려고 애썼지만 꽤 오래 말없이 있다가, 마침내 남작에게 물었습니다. "연대장이 날 사랑한다는 건 확실해?" 남작은 자신이 연대장과 나누었던 대화와 자신의 아내가 들었다는 연대장의 소원을 통해서 그의 사랑을 알 수 있었다고 모두 설명했습니다.

"동생." 조피 아씨가 말했어요. "솔직히 말하겠어. 동생을 믿으니까 더 기다리지 않고 말할게. 연대장은 이 지상에서 내 남편이 되었으면 하고 바라는 유일한 남자야."

"출신의 차이가 거슬리지는 않아요?"

"전혀. 그 고결한 마음과 학식 그리고 동생과의 우정이 그의 출신의 결함을 보상해줄 거야."

"너그러운 아가씨! 누님의 그런 결심이 저를 행복하게 하는군요! 그런데 왜 절더러 결혼 이야기는 하지 말라고 부탁한 거지요?"

"다른 사람을 이야기할까봐 겁나서 그랬지." 그녀는 작은 소리로 말하면서 빛나는 얼굴을 동생의 어깨에 기대었습니다.

남작은 누이를 껴안고 그 손에 입 맞추었습니다. "이 손은 내 친구에게 축복이 될 거예요! 그 친구는 나로부터 이 손을 받게 될 거고요! 하지만 누님, 어머니와 샤를로테가 반대할 텐데, 꿋꿋하게 나갈 수 있겠어요?"

"동생, 내가 영국인의 심장을 가졌다는 걸 알아야지. 하지만 내가 모든 질문에 대답했으니, 나도 질문 하나 하겠어. 나의 슬픔에 대해서 어떻게 생각했어? 자주 물어보았으니 말이야."

"남몰래 사랑하고 있다고 생각했지요. 그리고 그 대상이 누굴까 걱정했고요. 누님이 너무 숨겼잖아요."

"동생이 그 친구의 모든 편지를 우리에게 읽어주고 그 귀한 사람에 대해 이야기했으면서 그것이 내 마음에 감동을 줄 수 있다고는 생각 못 했단 말이야?"

"조피 누님, 누님을 그렇게 불안하게 만든 것이 그러니까 그 친구의 공적 때문이란 말이지요? 행복한 남자로군요, 고매한 아가씨가 그의 미덕 때문에 그를 사랑한다니! 신이여, 누님의 솔직함에 축복을 내리소서! 이제 난 내 친구의 상사병을 고칠 수 있겠군요."

"동생, 그 사람이 만족할 수 있도록 모든 일을 해줘. 다만 나는 빼놓고! 알잖아, 여자가 구애도 받지 않고 사랑할 수는 없다는걸."

"안심하세요, 누님. 누님의 명예는 곧 저의 명예이기도 하니까요."

남작은 그 자리를 떠나 부인에게 가서 이 즐거운 발견에 대해 알렸습니다. 그런 다음 연대장에게로 달려갔는데, 그의 얼굴은 슬프고 진지한 표정이었습니다. 남작은 많은 이야기로 대화를 시작했으나 연대장의 대답은 짧막했습니다. 그의 행동 하나하나 모두 매우 불안했습니다. "내가 방해가 되었소, 연대장?" 남작은 연대장의 손을 잡으면서 젊은이가 지도자에게 하듯 부드럽고 친절한 음성으로 물었습니다.

"그래요, 남작. 잠시 여행을 떠나려고 결심했는데 지체가 되었구려."

"여행을 떠난다고? 혼자서 말이오?"

"친구여, 지금 내 기분이 편안한 교제를 허용하지 않는 탓에 기분전환이 될 수 있을까 해서 가는 거라오."

"내 가장 소중한 친구여! 당신 마음을 더는 들여다볼 수 없소? 당신이 안정을 찾는 데 내가 도움이 될 수는 없겠소?"

"남작은 날 위해 충분히 했소! 당신은 내 삶의 기쁨이니까. 지금 내게 불편한 것은 지혜와 시간을 통해 좋아질 것이오."

"슈테른하임 연대장, 지난번 당신은 정열과 싸우고 있다고 말했지요. 난 당신을 알아요. 당신 마음이 예의에 어긋나거나 잘못된 정열을 키울 리가 없소. 당신의 나날을 괴롭히는 건 사랑이 틀림없소!"

"안 되오, 남작. 내 근심의 원인이 무엇인지 당신이 알면 절대

안 되오."

"정의로운 친구여, 당신을 더 속이지 않겠소. 당신이 사랑하는 대상을 알고 있소. 당신의 애정이 증인을 발견한 거라오. 난 행복하다오, 당신이 내 누이 조피를 사랑하고 있어서!" 남작은 정신이 나간 연대장을 잡고 껴안았습니다. 그는 몸을 빼내려고 했습니다. 두려웠기 때문이었지요.

"남작, 무슨 말이오? 내게서 무얼 알려고 하는 거요?"

"내 누이 조피와 결혼하는 것이 당신이 원하는 행복인지 알고 싶다오!"

"말도 안 돼! 그건 당신 가족 모두에게 불행이 될지도 모르오."

"그럼 당신의 고백을 들은 셈이군요. 그런데 왜 불행이 된다는 건지?"

"그래요, 당신은 내 고백을 들었소. 당신 누님은 내 영혼이 사랑한 최초의 여성이오. 하지만 난 자제하려고 하오. 당신이 조상에 대한 의무와 존경 때문에 친구와의 우정을 희생시킨다고 비난받지는 말아야겠지. 조피 아가씨가 나로 인해 행복과 특혜의 권리를 잃게 되면 안 되겠지. 이런 이야기, 조피 아가씨와는 하지 않겠다고 약속해주오. 그렇지 않으면 날 보는 것은 오늘이 마지막이 될 것이오!"

"생각이 참으로 고결하오, 친구여. 하지만 부당하게 생각지는 마시오. 당신이 떠난다면 나뿐 아니라 조피 누님과 내 아내도 슬퍼할 것이오. 당신은 내 자형이 되어야 하니까!"

"P 남작이여, 그 말은 내 소원의 불가능성보다 더 날 괴롭게 하는구려."

"친구여! 당신은 내 누이의 자발적이고 다정한 대답을 들을 것이오. 그것은 나와 내 아내의 바람이기도 하다오. 우리는 당신이 생각할 수 있는 모든 경우를 다 생각해보았소. 내가 당신에게 조피 폰 P의 남편이 되어달라고 청하리까?"

"맙소사! 그렇게 내 마음을 혹독하게 평가하다니! 내가 고집스럽고 자존심이 강해서 주저한다고 생각하는 거요?"

"아무 대답도 않겠소. 날 안고 처남이라고 불러봐요! 내일이면 그렇게 될 테니! 조피는 당신 것이라오. 조피를 P 가문의 아가씨로 보지 말고 당신의 미래를 행복하게 해줄 수 있는 사랑스럽고 미덕 있는 처녀로 보시오. 그리고 이 축복을 친구의 손으로부터 받으면 좋겠소!"

"조피가 내 사람이라고? 자발적 애정에서 내 사람이라고? 이미 충분해! 당신은 모든 걸 주었으니, 난 모든 걸 자발적으로 단념할 수 있겠소!"

"단념한다고? 당신이 사랑받고 있다고 그렇게 확언했는데도? 오, 누님, 누님의 사랑을 제가 잘못 다루었나봅니다!"

"남작, 무슨 말을 하는 거요? 내 마음을 그렇게 비난하면서 찢어놓다니. 당신이 고결하다면 나 또한 그러면 안 되오? 내가 이웃 귀족들의 표정을 보고 눈감아야 합니까?"

"당신의 기쁨과 행복이 달려 있다면 그렇게 해야지요."

"내가 어떻게 하기를 바라오?"

"어머니께 가서 내가 원하는 바를 말하도록 나에게 임무를 주시오. 그리고 내가 편지를 보내면 곧바로 우리 집으로 와주면 좋겠소."

연대장은 더 할 말이 없었습니다. 그는 남작을 껴안았습니다. 남작은 돌아갔고, 곧장 어머니에게로 갔는데, 그 곁에 두 아가씨와 그의 부인이 있었습니다. 그는 조피 아씨를 그녀의 방으로 데리고 가서 방금 전의 방문에 대해서는 아씨에게만 보고한 다음, 자신을 잠깐만 어머니와 샤를로테와 있게 해달라고 부탁했지요. 그는 어머니에게 와서 친구를 대신해서 공식적인 청혼을 했습니다. 노부인은 당황했지요. 남작은 그것을 보고 말했습니다. "귀하신 어머님! 어머니께서 걱정하시는 이유를 압니다. 귀족은 귀족끼리 결혼해야지요. 하지만 슈테른하임의 덕성은 모든 큰 가문의 기본이 되는 것이었습니다. 영혼의 위대한 특성들은 아들딸에게 유전될 수 있고, 그래서 모든 아버지들은 귀한 아들에게 귀한 딸을 찾아주어야 한다는 지당한 생각을 갖고 있습니다. 저도 '신분이 맞지 않는 결혼'에 대해 말하는 것을 좋아하지 않습니다. 하지만 이건 특별한 경우입니다. 아주 드문 경우지요. 슈테른하임의 공로는 이미 귀족의 대우를 받은 진정한 연대장으로서의 성품과 더불어 제가 그에게 가졌던 희망을 확증하게 해줍니다."

"사실이다, 아들아, 나도 걱정이 된단다. 하지만 그 사람은 내가 아주 존경하는 사람이니, 난 그가 행복한 걸 보면 좋겠구나."

"부인, 당신은 어떻소?"

"이런 사람이라면 예외를 만들 만하다고 생각해요. 가족이 되면 좋을 것 같아요."

"전 아니에요." 샤를로테 아씨가 말했어요.

"왜지?"

"이 아름다운 결합 때문에 '저의 행복'이 희생될지도 모르니까요."

"어째서 그렇지, 샤를로테?"

"누가 도대체 우리 집안과 결혼하려고 하겠어요, 만약 큰딸이 그렇게 헐값에 팔린다면요?"

"헐값에 팔린다고? 미덕과 명예를 갖춘 남자이고 오빠의 친구인데?"

"혹시 오빠에게 미덕을 갖춘 대학 친구가 또 하나 있는데 그가 싹트고 있는 자신의 명예를 위해 후원자를 얻으려고 나에게 구혼한다면 동의하실 용의가 있어요?"

"샤를로테, 내 딸아, 무슨 말을 그렇게 하니?"

"해야 되겠어요. 우리 가족 중 아무도 나와 조상을 생각하지 않으니까요."

"그렇다고, 샤를로테 아가씨! 조상을 생각한다면서 오빠와 고매한 한 남자를 그렇게 모욕해야겠어요?" 젊은 남작부인이 말했습니다.

"전 언니가 그 고매한 남자에게 적용한 예외에 대해 이미 들었어요. 다른 가문들도 예외를 인정하겠지요. 만약 그 아들이 샤를로테를 부인으로 맞으려고 한다면요."

"샤를로테, 누구든지 슈테른하임 때문에 너를 떠난다면 그런 남자는 너와 결혼할 가치가 없고 나한테도 가치가 없다. 너도 알다시피, 대학 친구에게 '착한' 큰 누이를 '헐값'에 넘긴다 해도 '못된' 작은 누이에 대해선 아직 자부심을 갖고 있으니까."

"물론 그 작은 누이가 빚 갚는 데 쓰이지 않으려 한다면 못되질 수밖에 없겠지요!"

"내 누이가 어쩌면 그렇게 심술궂고 비이성적일 수가 있을까! 내 제의에 대해서 넌 염려할 것 없다. 다만 슈테른하임에 대해서만 말할 테다. 네가 영주부인이라 해도 너 같은 성품을 가진 사람과는 비교할 수 없이 그는 고귀하니까."

"어머니, 들으셨어요? 그 형편없는 사내 때문에 제가 이렇게 무시를 당하고 있어요."

"네가 오라비의 인내심을 잘못 이용했구나. 넌 반대 의사를 좀 점잖게 표현할 수는 없니?" 샤를로테가 말하려고 했지만 오빠가 끼어들었습니다. "샤를로테, 더는 말하지 마라. 그 '형편없는 사내'라는 말로 넌 오빠를 잃었다! 내 집안일은 이제 너하고 상관없다. 네 마음이 그토록 자부심을 갖는 조상들의 명예를 네가 더럽혔구나. 가문을 창설한 분의 고상한 영혼에 깃든 미덕을 통해, 귀족들이 자신의 요구를 증명할 수 있는 사람의 수가 몇이나 되겠느냐!"

"아들아, 너무 화내지 마라! 우리 딸들이 신분이 맞지 않는 사람과 쉽게 결혼하는 것도 좋기만 한 일은 아닐 게다."

"그런 염려는 놓으세요. 조피 누님같이 한 남자의 지성과 고결함 때문에 남자를 사랑하는 여자는 드무니까요."

샤를로테 아씨는 방에서 나가버리고 말았답니다.

"언젠가 너도 말하길, 네가 좋아하는 영국인들도 신분에 맞지 않는 결혼을 할 경우 아들보다 딸들에게 훨씬 용서가 안 된다고 하지 않았니? 딸은 자기 성을 버리고 남편의 성을 따라야 하니 결국 자신을 낮추는 것이 된다고."

"그건 모두 사실입니다, 어머니. 하지만 저의 친구는 영국에 있을지라도 수천 번 이 원칙에서 예외가 될 수 있고, 그를 사랑하는 처녀 또한 고상한 생각을 가진 아가씨라는 명성을 유지하게 될 거예요."

"아들아, 내가 보기에 이 결혼은 벌써 정해진 일 같구나. 하지만 생각해보았니? 사람들이 네가 과장된 우정 때문에 누이를 희생시키고, 또 난 계모라서 허락하는 거라고 말할 텐데."

"어머니, 그러라고 두십시다! 우리의 동기가 우리를 위로해 줄 것이고, 누님의 행복은 제 친구의 공로와 함께 모든 이들의 눈에 빛날 테니까요. 그러니 나쁘게 생각하지 않을 겁니다."

그리고 남작은 조피 아가씨를 불러오게 했지요. 그녀는 어머니 앞에 무릎을 꿇었습니다. 인자한 부인은 그녀를 꺼안았습니다. "사랑하는 딸아, 네 동생이 나에게 말하기를, 이 결혼은 네가 원한 것이라고 하는구나. 그렇지 않았다면 내가 허락하지 않았을 게다. 그가 귀족 태생이 아니라는 점만 빼면 나무랄 데 없다는 건 사실이지. 신께서 너희 둘을 축복하실 거다!"

그사이에 남작은 나가서 연대장을 데리고 왔습니다. 연대장은 반쯤 정신이 나간 채 방으로 들어왔지만, 곧 노부인에게로 가서 무릎을 굽히고 부인의 손에 입을 맞춘 다음 남자답고 예의바르게 말했습니다.

"부인! 믿어주십시오. 부인께서 내리신 허락을 은총으로 여기오니 제가 이 은총을 절대 저버리지 않을 것임을 의심치 마십시오."

부인은 사랑이 넘치는 목소리로 말했습니다. "연대장, 그대의 공로가 내 집에서 보상을 받게 되니 기쁘구려." 연대장은 이어서 친구 부인의 손에도 입을 맞추었습니다. "부인께 얼마나 감사와 존경을 드려야 하는지요." 그는 외쳤습니다. "제 마음을 미리 읽고 말씀해주셨으니 말입니다!"

"아니요, 연대장님! 저도 연대장님의 행복을 위해 조금이나마 도움이 될 수 있어서 자랑스럽답니다. 두 분이 형제로서 우정을 나누게 되었으니 저도 기뻐요."

연대장은 친구와 이야기하려고 했으나 친구는 그에게 조피 아가씨를 가리켰습니다. 이 고매한 남자는 아가씨 앞에 말없이 무릎을 꿇고는 이렇게 말했습니다. "존경하는 조피 아가씨! 제 마음은 미덕을 숭상하도록 태어났습니다. 당신처럼 훌륭한 영혼은 외적 안락함을 모두 누리고 있는데, 제 감정이 충분히 생기를 얻지 못한 상황에서 어떻게 당신을 바랄 수 있었겠습니까? 그러한 이유 때문에 이 소원을 억눌렀을지도 모릅니다. 하지만 당신 동생의 진실한 우정이 저에게 당신의 사랑을 청할 수 있도록 용기를 주었습니다. 당신은 저를 물리치지 않으셨지요. 신은 당신의 사랑이 많은 마음을 보상받게 할 것이고, 당신의 존경심을 얻은 저의 미덕도 잃지 않게 할 것입니다!"

조피 아가씨는 허리만 굽혀서 대답하고 그에게 손을 내밀어 일어서라는 신호를 했습니다. 남작이 곧 다가와서 두 사람의 손을 붙들고 어머님에게로 갔습니다.

"자애로우신 어머님." 그는 말했습니다. "자연은 어머니께 아들 하나를 주셨습니다. 어머니는 그 아들로부터 존경과 사랑을 받으실 것입니다. 운명은 어머니께 모든 이의 존경과 선의에 합당한 둘째 아들을 주었습니다. 어머니는 자주 우리 조피 누님이 행복해지는 것이 소원이라고 하셨지요. 누님이 지혜롭고 정의로운 남자와 결혼함으로써 어머니의 소원이 이루어졌습니다. 어머니 손을 자식들의 손 위에 올려놓으세요. 어머니의 축복이 이들의 마음을 거룩하고 귀하게 하리라는 것을 전 압니다."

부인은 손을 들어 올리고 말했습니다. "내 아이들아! 신께서 내가 너희들을 위해 간청한 것보다 더 많은 좋은 일과 즐거움을 선사하신다면, 너희들에게는 부족함이 없을 것이다." 그러고 나서 남작은 연대장을 형제로서 포옹했고, 행복해하는 신부도 껴안았습니다. 그리고 그 신부에게 자신의 친구를 잘 생각해주어 고맙다고 다정스레 말했습니다. 연대장은 그들과 함께 식사했습니다. 샤를로테 아가씨는 식사에 오지 않았습니다. 결혼식은 요란하지 않게 치러졌습니다. 결혼식이 끝나고 며칠 후에 슈테른하임 부인은 친정 어머니에게 편지를 썼습니다.

슈테른하임 부인이 어머니께 보내는 편지

날씨도 나쁘고 몸도 좀 찌뿌듯하여 어머니를 직접 찾아뵙지는 못하고, 글로나마 이렇게 어머니와 대화하는 고상한 즐거움을 갖고자 합니다.

소중한 남편과 같이 지내며 새로운 인생의 영역에서 제게 맡겨진 의무를 깊이 생각한다고 해서 실로 다른 모든 소일거리나 즐거움이 방해받지는 않습니다. 하지만 그런 일들은 제 마음이 이전에 키워왔던 다른 고상한 감정들을 새로 활기 있게 변화시키고 있답니다. 감사로 충만한 사랑, 어머니께서 그렇게 오랜 세월 저에게 베풀어주신 호의에 대한 감사와 사랑도 여기에 속하지요. 저는 어머니의 훌륭하신 영혼 안에서 제 친어머니에게서 받을 수 있었을 세심하고 다정한 배려를 보았답니다. 하지만 어머니께서 슈테른하임 연대장과의 결혼을 허락해주신 것이 제게 베푸실 수 있었던 가장 좋은 일이었다고 고백해야겠습니다.

결혼을 통해 제 인생의 행복이 확고해졌으니까요. 그것은 사람이 자신의 성격과 기호에 맞게 살 수 있는 상황 외에 그 어떤 곳에서도 찾거나 깨달을 수 없는 행복이지요. 이것은 저의 소원이었고, 이 남편을—그 정신과 마음이 저의 존경을 받을 만한 남편을—신의 섭리에 의해 얻은 것입니다. 재산이 많지는 않으나 자립할 수 있으며, 저희 집을 고상하고 편안하며 신분에 맞게 유지할 수 있을 정도로 규모와 수확도 넉넉합니다. 또한 일하는 농민들의 가족들을 도와서 격려하거나, 작은 선물로 북돋아주면서 우리 자신의 마음을 기쁘게 할 수도 있습니다.

제 소중한 남편과 함께 나눈 대화를 어머니께도 전할 수 있도록 허락해주세요.

인자하신 어머니와 남동생, 여동생, 올케가 집으로 돌아간 후 저는 처음으로 제 결혼의 중요성을 느꼈습니다.

제 이름의 성이 바뀜과 동시에 제 앞에는 일련의 의무가 보였지요. 제 영혼 전체를 사로잡은 이러한 관찰은 외부의 사물들을 통해 생생해졌습니다. 사는 집이 달라졌고, 어려서부터 함께했던 모든 것이 저로부터 멀어졌으니까요. 어머니가 떠나시고 나서 처음으로 마음의 동요를 느꼈어요.

이 모든 것이 저로 하여금 심각한 모습을 만들어 남편 눈에 뜨이게 했나봅니다.

그는 부드럽고 기쁜 표정을 얼굴에 담고 제 방으로 와서, 생각에 잠겨 있는 저를 보고는 방 가운데 서서 약간 불안해하며 말했어요.

"사랑하는 부인, 뭘 그리 골똘히 생각하시오? 내가 방해해도 되겠소?"

저는 대답 대신 그에게 제 손을 내밀었습니다. 그는 제 손에 입을 맞추고, 의자 하나를 제 옆으로 끌어오더니 말을 시작했습니다.

"난 당신 가족 모두를 존경하오. 하지만 오늘 내 마음의 모든 생각을 오로지 아내에게만 바칠 수 있어서 좋다오. 당신이 나를 존중해주는 만큼 신뢰도 해준다면, 당신이 고결한 행동으로 선택한 이 남편과 함께라면 불행해지지 않을 거라고 믿어준다면 좋겠구려. 당신 친정은 우리 집에서 멀지 않고, 이 집에서 당신의 다정한 마음은 나나 우리의 시종들과 하인들을 행복하게 해주면서 기쁨을 얻게 될 것이오. 당신은 여러 해 전부터 장모님 댁의 살림을 맡아왔다고 들었소. 그 임무를 이 집에서도 행해주기를 부탁해도 되겠소? 그 일을 통해서 당신과 나의 관계는 더욱 깊어질 것이고, 그렇게 해서 얻는 여유를 나는 우리의 작은 영지를 최고로 만드는 데 사용할 생각이오. 난 선의와 정의를 실행하는 데 최선을 다할 뿐 아니라 연구도 해보려고 하오. 재산을 달리 분배하고, 학교를 마련하며, 사람들로 하여금 새로운 농업과 목축을 하게 하여 그들의 상황을 개선할 수 있도록 말이오. 난 이 모든 부문에 관하여 다소간 지식도 얻었소. 인간 사회의 행복한 중산층 안에서는—내가 태어나기도 한 신분이지만—정신 확장과 많은 미덕 실천이 의무일 뿐만 아니라 번영의 토대도 된다고 여기니까 말이오. 난 이런 이점들을 항상 감사하며 기억할 거요. 그런 장점들 덕택으로 당신의 사랑이라는 헤아릴 수 없는 행복을 얻었으니……. 내가 지금 가지고 있는 지위와 재산을 갖고 태어났다면 명성을 얻으려고 그렇게 크게 노력하지 않았을 거요. 지나간 세월 내 운명에서 가장 사랑했던 대상은 아버지였는데, 상황이 달랐더라면 내 청춘 시절에 아버지만큼 그렇게 성실하고 현명한 지도자를 만나지 못했을 거요. 아버지는 현명하게 생각하시고 또 내 심정을(아마도 인간 마음 전부를) 아시고 자신이 가진 재산 대부분을 내게 숨기셨소. 한편으로는 부유한 외아들이 학문에 나태해질까봐 그것을 예방하고 또 젊은 이들이 빠져들기 쉬운 유혹을 방지하려고 한 것이겠지요. 아버지는 내가 내 영혼의 능력을 나 자신이나 다른 사람을 위해 사용하는 것을 잘 배운 후에 장차 그 행운의 재산을 현명하고 고귀하게 사용하리라 생각하신 거라오. 그리하여 아버지는 우선 내게 미덕과 지식을 통하여 도덕적으로 선하고 행복해지도록 하셨소. 그다음에 내게 재물을 손에 쥐여주시면서 모든 종류의 감각적 편안함과 즐거움을 자신이나 다른 사람을 위해 획득하고 분배할 수 있도록 하셨지요. '미덕과 학문을 사랑하고 실천하는 것은, 그것을 소유한 사람에게 운명과 인간으로부터 자유로울 수 있는 행복을 부여하고, 또 고상하고 선한 행동이 보여주는 모범을 통해 그리고 조언과 교제가 제공하는 즐거움과 유용함을 통하여 이웃 사람들에게 그 사람을 도덕적 선행자가 되도록 한다'고 말씀하셨지요. 그런 원칙과 그 원칙에 토대를 둔 교육을 통해, 아버지는 나를 당신 남동생의 합당한 친구가 되도록 만드셨고 또 그로 인해 당신의 마음을 얻게 되었다고 자부하오. 내 인생의 절반이 지나갔소. 내 의무에 위배될 만큼 특별히 불행한 사건이나 잘못이 없었던 것은 매우 다행한 일이오! 조피 P의 고귀하고 선한 마음이 내게로 움직였던 축복받은 순간은 남은 생의 진정한 행복 설계를 완성하는 시작이 된 것이라오. 애정어린 감사와 존경, 이것은 그대를 위해 변하지 않는 나의 마음이 될 것이오."

그는 여기서 멈추더니, 제 두 손에 입을 맞추고는 자신이 말을 너무 많이 했다고 용서를 구했습니다.

저는 재미있게 들었노라고 그를 안심시키고, 할 말이 더 있을 테니 계속해달라고 부탁했지요.

"당신을 피곤하게 하고 싶지 않소, 사랑하는 부인. 하지만 나는 당신이 내 마음을 전부 볼 수 있기를 바란다오. 그럼 당신이 원하는 듯 보이니 몇 가지만 더 말하겠소.

나는 학문을 습득하고 군에 복무하며 앞으로 나아가는 매 단계에서 모든 의무를 꼼꼼히 살펴보는 습관을 들였소. 그것은 나 자신과 상관들 또 그 밖의 사람들에게 행해야 할 의무를 말한다오. 이것을 알고 난 후 주의력과 시간을 분배했고, 내 공명심은 나로 하여금 해야 할 모든 일을 지체 없이 완벽하게 수행하도록 몰아댔지요. 그것이 행해졌을 때 내 기질에 가장 잘 맞는 즐거움도 생각했고 말이오. 지금 내 상황에 대해서도 똑같이 숙고했다오. 여기서 난 많은 의무를 지고 있다고 생각하오. 첫 번째 의무는 사랑하는 아내에 대한 것으로 그것은 가벼워요, 내 온 마음이 그것을 실행할 준비가 되어 있으니까. 두 번째는 당신 가족과 그 밖의 다른 귀족에 대한 것이오. 나는 그들에게 아첨하지 않고 비굴해하지 않으면서 내 모든 행동을 통해, 내가 조피 P와의 결혼을 통해 남작 계급으로 편입되는 것이 부당한 일이 아니라는 것을 증명해 보일 것이오. 세 번째 의무는 내가 태어난 신분 사람들과 관계되는 것인데, 난 그들이 나를 근본을 잊은 사람이라고 생각하게 하고 싶지 않소. 나한테서는 결코 오만함도 비열한 겸손도 볼 수 없을 거요. 네 번째는 내 아랫사람들에 대한 것으로,

난 모든 방법을 동원하여 그들이 잘 살도록 보살필 것이오. 그래서 하인이 되도록 운명 지워진 것이 마음으로 견딜 만할 뿐 아니라 편안하고, 나와 그들 사이의 시간적 행운이 만들어놓은 차이를 기꺼이 누려야 한다는 것을 증명하게 할 것이오.

P 마을의 성실한 목사가 한 젊고 씩씩한 남성을 우리 교구 목사로 추천하기로 했소. 나는 그와 함께, 일반적으로 백성을 가르치던 방법에 변화를 일으켜보려고 오랫동안 생각했던 것을 실행해보고 싶소. 우리 종교의 위대한 진리가 유용하고 선하다는 것을 나는 확신한다오. 하지만 그 강론이 대다수 청중 마음에 끼치는 영향이 적은 것을 보고, 인간의 마음이 너무 나쁜 쪽으로 기울어져 있다는 생각보다는 그 가르치는 방법에 회의를 갖게 되었소. 유명한 사람의 강단 설교를 자주 듣고 돌아와서 거기서 얻은 도덕적 유용성에 대해 곰곰이 살피고 보통 사람이 거기서 무엇을 발견할 수 있었을까 생각해보면, 진실로 공허한 것이 많다고 보았소. 설교자는 학자로서의 명성을 위하여 사변적인 많은 문장을 상세하지만 이해할 수 없게 낭독하는 데 몰두했고, 그 대부분은 대다수 사람들에게 영향을 주는 데 성공하지 못했소. 그건 물론 후자가 나쁜 뜻을 가졌기 때문은 아니오.

나는 어려서부터 이성을 단련시켜왔고 추상적 개념을 알고 있으니 거기서 유용함을 얻으려고 노력하겠지만, 수공업자나 그 아이들은 어떻게 그것을 제대로 받아들이겠소? 행운과 지위를 갖고 있는 사람들이 생각하듯이, 보통 사람들에게는 계몽적인 종교관을 알려줄 필요도 없고 그들의 이성을 확대할 필요도 없다고 말하는 불친절한 오만과는 이제 멀어졌소. 나는 우리 교구 목사가 이웃에 대한 진정한 호의와 의무의 범위 전체를 느끼면서, 자신에게 맡겨진 신도들에게 인식의 척도를 가르쳐주겠다고 생각하면 좋겠소. 그것은 그들에게 신과 상전에 대한 의무를 기쁘게 열심히 완수하기 위해서 이웃 사람과 자기 자신에게 필요한 인식의 척도를 말한다오. 낮은 사람도 높은 사람이나 마찬가지로 행복과 즐거움에 대한 열망을 갖고 태어났으며, 마찬가지로 그 욕망들로 인해 흔히 옆길로 빠지는 일이 있소. 그래서 난 그들에게도 행복과 즐거움의 올바른 내용을 알려주고 싶은 거요. 그들의 마음으로 가는 길은 그들이 제일 먼저 접촉하게 되는 물리적 세계에 대한 관찰을 통해서 가장 빨리 발견할 수 있으리라 믿소. 그들의 모든 시선, 모든 발걸음이 그들을 그리로 인도하기 때문이오. 그들의 마음이 열려 조물주의 자비로운 손을 깨닫고 있다면 그리고 자신들의 거주지와 상황을, 역시 피조물인 다른 사람들의 처소와 상황과 역사적으로 비교해보고 우선 만족하게 된다면, 그들은 이 세계의 도덕적인 면도 보게 되고, 그들이 그 안에서 자신을 위한 안정된 삶과 가족의 안녕과 영원한 복지를 보장하기 위하여 완수해야 할 의무도 볼 것이오. 만약 우리 목사가 신도들이 말년에 하는 착한 증언만 가지고 만족한다면, 난 그에게 만족하지 못할 것이오. 그리고 그가 이해와 확신이 아닌 소위 계율과 형벌의 설교를 통해서만 사람의 기질을 향상시키려 한다면 그 역시 내 목사가 될 수 없을 것이오. 그가 일상적 삶에서 일어나는 일보다 교회 일에만 신경 쓰고 더 열심히 하려고 한다면, 그런 사람은 진정한 인간의 친구가 아니고 좋은 목사도 아니라고 생각할 거요.

또한 나는 좋은 시설을 갖춘 학교와 합당한 보수를 받는 교사들을 위해서 온 신경을 쓸 것이고, 연약한 어린 나이에 필요한 배려도 함께 할 것이오. 학교에서는 두 가지로 교리문답을 가르치도록 하겠소. 즉 기독교인의 의무에 관한 것으로 이 원칙을 그들의 일상생활에 분명하고 간단하게 응용하도록 하는 것이 첫째이고, 둘째는 밭과 정원, 목축, 살림 관리에 관한 철저한 지식을 묻는 교리문답이 그것이오. 그리고 그러한 것들을 직업의 의무이자 후세에 대한 선행의 의무로 가르치겠소. 무엇보다 내 아랫사람들이 경건하다는 칭찬을 요구하기 전에 우선 자신의 이웃들을 좋게 보기를 바라오.

여기서 만난 관리에게 목사의 봉급과 회계를 맡기겠으나, 법원과 준법의 감시 그리고 경찰과 근면성에 대한 감독을 위해서 P 지역에서 알게 된 씩씩한 젊은 사내를 쓸 것이오. 이 사람과 나 자신을 위해 내 아랫사람들의 신뢰를 얻어서 모든 사람들의 상황에 대해 듣고 진실한 아버지로서 또 후견인으로서 그들의 모든 일들을 보살펴주려고 하오. 좋은 충고, 친절한 경고, 그리고 억압하기 위해서가 아니라 개선하기 위하여 행하는 처벌들, 그런 것들이 보조수단이 될 것이오. 만약 주인이 자상하게 의무를 수행하고 목사와 관리가 나름대로 똑같은 수고를 하고 더불어 호의와 선행이 보이는데도 아랫사람들의 마음에 신통한 영향력을 발휘하지 못한다면, 사랑과 희망으로 부풀어 있던 내 마음은 슬프고도 기만당한 것 같을 것이오."

여기서 그 사람은 멈추더니 너무 긴 시간 많은 말을 했다고 용서를 청했습니다.

"당신 틀림없이 피곤하겠지요, 귀한 조피" 하고 말하며 그는 한 팔로 저를 감싸 안았습니다.

저는 벅차오른 마음에 기쁨의 눈물을 흘리며 그를 마주 안는 것 외에 아무것도 할 수 없었지요.

"피곤하냐고요, 사랑하는 서방님? 당신의 미덕과 인간애로 그려지는 나의 행복한 미래를 내다보고 있는데 제가 어떻게 피곤할 수 있겠어요?"

사랑하는 어머니, 제 운명은 어쩌면 이런 축복을 받았을까요! 하느님이 어머니를 오래 지켜주셔서 그 축복의 증인이 되시기를 빕니다.

☙

슈테른하임 연대장과 그 부인보다 더 행복한 사람은 없었습니다. 그들은 발길 가는 곳마다 아랫사람들의 존경을 받았고, 그들의 작은 영지 안에서는 정의와 선행이 골고루 행해졌습니다. 농사법을 개선하기 위한 모든 실험이 우선 영지에 속하는 농토에서 실행되었고 그다음에 아랫사람들에게 농사법을 가르쳐서 가난한 사람 중에서 제일 먼저 변화의 의지를 보이는 사람에게 필요한 물자를 무상으로 제공했습니다. 슈테른하임 나리는, 아무리 유용한 것이라도 농부들에게 비용이 들거나 한 뙈기 땅이라도 손실이 생긴다면, 별도의 장려 없이는 농부들이 그 방법을 결코 받아들이지 않을 것을 아셨기 때문이지요. 나리는 말했습니다. "그들에게 내가 처음 주는 것에서 시간이 지나면 10퍼센트의 이익이 생길 것이고, 착한 사람들은 경험을 통해서 내가 그렇게 한 것이 자신들을 위해서였음을 확신하게 될 것이오."

저는, (제가 이야기하려는 대상으로부터 아직 멀리 있음에도 불구하고) 이 훌륭한 부부가 자신들의 행복의 일부분을 떼어내어 일반적으로 유익하고 선한 행사를 고안하고 실행한 데 대한 증거로 S 마을의 빈민 구호소에 대해 몇 가지 보고해야 하겠습니다. 제 생각으로는 그 빈민 구호소는 좋은 시설의 모범이라고 할 수 있어요. 아예 P 남작이 자신의 어머님께 이 주제에 관해 쓴 편지를 발췌해서 전달해드리는 것이 더 좋을 것 같습니다.

🙠

어머님께 약속드린 대로 제 친구는 우리 조피 누님의 행복을 위해 얼마나 성실하게 그 약속을 이행하고 있는지 모릅니다. 이 집에 들어서면 얼마나 편안한지요. 이곳은 고상하고 단순하며 모든 가구가 자연스럽고 질서 정연하게 자리 잡고 있어 위대한 면을 보여줍니다! 하인들은 기쁜 얼굴로 공손히 대하며 열심히 자신들의 책임을 다하고 있고요! 그들의 주인과 부인 마님은 선의와 현명함으로 빛나는 행복한 표정을 짓고 있었습니다. 두 사람의 결합을 기어코 이루어냈던 저를 축복하듯 말이지요! 자형의 영지는 두 개의 작은 마을에 지나지 않지만 제가 농장에서 돌아오는 길에 본, 인구가 더 많고 크기도 더 큰 다른 마을과 확연히 차이가 나더군요! 두 마을에서 사람들이 활발하게 열심히 일하는 모습을 보니 자리를 잘 잡은 두 개의 벌집이 떠올랐습니다. 슈테른하임은 자신의 노력에 대해 충분히 보상을 받고 있습니다. 농지를 규모 있게 분할하여 아랫사람들이 경작할 수 있는 능력과 재주에 따라 누구든지 받을 수 있게 했습니다. 하지만 그것을 실행하는 데에 바로 두 마을 사이에 있던 농장을 A 백작에게서 새로 사들여 활용한 것은 축복이 가득한 생각이라고 할 만합니다!

그 농장은 하인들을 위한 빈민 숙소로 쓰였습니다. 아래쪽에는 나이가 많이 들었으나 아직 정정하여 아이들을 위한 수업에 투입될 수 있을 뿐 아니라 질서와 작업을 감독할 수 있는 학교 교사들을 위한 주택을 세우고, 윗쪽에는 빈민 숙소와 두 마을의 환자를 보살펴야 하는 의사의 집을 지었습니다. 모든 사람들은 자신들의 힘에 맞게 일하도록 되어 있습니다. 여름철에는 가까이 있는 종자 묘판과 거기 딸린 채소밭에서 일하더군요. 양쪽 밭에서 나는 수확은 가난한 사람들을 위해 쓰입니다. 비 오는 날이나 겨울날에 여자들은 아마포를 짜고, 능력 있는 남자들은 털실을 만들어서 자신들이나 빈곤한 사람들의 아마 제품이나 의복으로 활용할 수 있게 합니다. 그들은 잘 조리된 건강한 음식을 제공받습니다. 건물 관리인은 아침저녁으로 그들과 함께 기도합니다. 여자들은 한 방에서 일하고 남자들은 다른 방에서 일하는데 그 두 방에는 난로가 있어 따뜻합니다. 식사는 여자들이 작업하는 방에서 합니다. 여자들은 식탁도 차리고 바느질도 하며 빨래 손질도 해야 하므로 방이 더 크기 때문이지요. 가난한 과부나 나이 들어 혼자 사는 여성은, 근면하고 품행이 단정하다고 인정되면 감독이 되기도 합니다. 이것은 남자들 사이에서도 가난한 남자가 인정을 받으면 그렇게 되는 것과 같습니다. 취침 장소는 건물의 2층입니다. 2층은 완전히 벽으로 나뉜 두 개의 복도가 있고 각각 다섯 개의 방이 있으며, 각 방에는 침대 두 개와 비상시를 위한 생활필수품이 있습니다. 정원으로 향한 방은 남자들을 위한 것이고, 마을로 향한 방은 여자들을 위한 것입니다. 각 방은 두 사람씩 쓰는데, 이는 한 사람에게 무슨 일이 일어나면 다른 사람이 도와줄 수 있게 하기 위함이지요. 두 침대 사이에 창문을 가로질러 천장부터 바닥까지 내려오는, 침대 길이만큼의 미닫이식 칸막이벽이 있어서, 두 사람이 각각 나름대로 자신의 공간을 가질 수 있고, 한 사람이 아플 때에도 다른 사람은 자신의 공간에서 어느 정도 건강한 공기를 유지할 수 있게 했지요. 이 두 복도로 가는 계단은 따로 나 있어서 무질서한 일이 발생하지 않도록 했습니다.

사람 좋은 건물 관리인 아래서 농지를 경작해야 하는 머슴들도 있습니다. 다른 데보다 임금이 더 좋으므로 농사일에도 밝고 평판도 좋은 최고의 일꾼들을 얻고 있습니다.

외지에서 온 가난한 사람들에게는 적당한 자선이 베풀어지고 동시에 일거리도 줍니다. 이들은 하루 임금을 받을 수 있고, 또 한 시간 15분 정도 거리에 떨어져 있는 이웃의 다른 마을에 해 지기 전에 도착할 수 있도록 한 시간 일찍 일을 끝내주기도 합니다. 슈테른하임은 비용을 들여 그곳으로 가는 길을 곧게 만들고 나무도 심게 했습니다. 자신의 영지에 속한 마을들을 통하는 길처럼 말입니다. 이 두 곳을 지키는 경비들은 밤마다 교대로 가난한 사람들의 집까지 가서 소리쳐서 시간을 알려야 합니다. 누님은 가난한 고아들을 위한 작은 육아원을 지원하고 어린이를 위한 은총을 모아 착한 마음으로 안아주려고 합니다. 어머님, 제 생각에는 보다 크고 넓은 저의 영지에도 그런 빈민을 위한 시설을 만들었으면 좋겠습니다. 그리고 가능하다면 더 많은 귀족들도 그와 같은 일을 하도록 설득할 생각입니다.

외부에서 온 거지나 이곳에 사는 거지나 어떤 농부의 집에서도 얻지 못하는 것이 없습니다. 이 농부들은 자신의 능력과 의지에 따라서 수확의 일부를 이 집에 적선합니다. 그리하여 모든 가난한 사람들은 인간적인 보살핌을 받고 또 자선가에게 악용되지 않습니다. 술주정뱅이, 노름꾼, 평판 나쁜 사람, 건달들은 근로봉사나 벌금으로 벌을 받습니다. 그리고 그 돈은 이 빈민의 집을 위해 쓰입니다. 다음 달에는 남자 네 명과 여자 네 명이 이 집에 들어올 것입니다. 누님은 매일 그곳으로 가서 시설이 완전한지 살핍니다. 일요일의 설교에서는 목사가 진실한 자선과 가난한 사람들의 가치를 주제로 설교를 할 것이고, 기부금과 그 집에 수용되는 사람들의 의무에 대해서 전체 교구민들에게 강연할 것입니다. 그리고 목사는 입주자들의 이름을 부르고 그들을 제단 앞으로 불러내어 이들이 선행을 올바로 이용하고 편안한 인생 말년에 신과 이웃에 대해 어떻게 처신해야 할지를 설교할 것입니다. 또 관리인, 의사, 여성 관리자에게는 그들에게 주어진 의무에 대해서 설교합니다. 우리 P 마을 사람도 모두 이런 일을 위해 나아가게 될 것입니다. 저는 확신합니다.

이웃에 사는 귀족들은 슈테른하임 나리를 매우 존경하고 사랑해서, 자신의 아들들이 여행에서 돌아와 가문을 잇기 위해 결혼해야 할 때, 이들을 한동안 받아달라고 그에게 청할 정도였습니다. 아들들이 이 고매한 남자의 진실한 농장 경영을 보고 배우게 하고 싶어서였지요. 이들 중에는 젊은 뢰바우 백작이 있었는데 그는 이 집에서 마침내 마음이 평온해진 샤를로테 P 아씨를 알 게 되는 기회를 얻고 그녀와 결혼도 하게 되었어요.

슈테른하임 나리는 아랫사람들을 다스린다는 것의 올바른 개념을 젊은이들에게 알려주는 이 고상한 일을 기꺼이 맡았습니다. 인간에 대한 사랑이 그 수고를 덜어주었는데 나리는 다음과 같이 생각했기 때문이었습니다. '난 그들에게 약하고 불행한 사람들에게 필요한 연민의 일부분을 전해줄 수 있을 거야. 불행한 사람들은 그러지 않아도 삶이 고생스러운데 윗사람들의 오만과 무자비함 때문에 더더욱 힘들고 비참해지는 일이 많지.' 슈테른하임 나리는 긴 말보다는 예를 보여주는 것이 효과적이라는 것을 확신하고 일이 있을 때마다 젊은이들을 데리고 다니며 그들 앞에서 행동으로 보여주었습니다. 나리는 그들에게 어떤 지시는 왜 내리고 어떤 것은 왜 금지시키며, 이런저런 결정을 왜 하는지 그 이유를 분명히 보여주었어요. 그리고 각자 소유한 영지에 대해서 아는 만큼 스스로 간단히 적용할 수 있게 했지요. 그들은 나리가 하는 모든 일의 증인이 되었고 즐거운 일에는 참여자가 되었습니다. 후자의 경우 나리는 가난한 아랫사람들에게 부담을 주면서 자신의 즐거움을 찾지 말 것을 자주 부탁했습니다. 그런 일에 특히 사냥을 예로 들었는데, 나리는 사냥이 품위 있는 오락이기는 하지만 자애롭고 인간적인 주인이라면 항상 아랫사람들의 즐거움과도 연결해서 생각해야 한다고 말했어요. 책읽기에 대한 사랑도 나리가 이들에게 알려주고 싶은 즐거움의 하나였지요. 특히 역사는 나리에게 도덕적 세계와, 해악과 변화에 대해 이야기할 수 있는 계기를 주었고, 궁정과 전쟁의 업무에 대한 책임을 해석한 후, 숙고하고 판단하면서 그들의 정신을 연마할 기회를 주었습니다. 나리는 말했지요. "도덕적인 세계의 역사는 우리로 하여금 인간과의 관계를 능숙하게 하고, 사람을 개선하고 이끌며 운명에 만족하게 하네. 그러나 물리적 세계의 관찰은 우리로 하여금 창조주의 의도에 맞는 좋은 피조물이 되도록 한다네. 물리적 세계가 우리에게 우리의 무력함을 보여주고 반대로 창조주의 위대성, 선함 그리고 지혜를 경탄하는 것을 배우게 하는 동안, 우리는 고상한 방법으로 조물주를 사랑하고 존중하게 되는 것이지. 그 밖에도 이러한 관찰을 통해서 많은 걱정과 근심, 즉 도덕의 세계에서, 부유하고 높은 지위에 있는 사람들 머리 위에 더 많이 쌓이는 걱정 근심을 보고 위로받으며 위안을 얻고 행복해진다는 것도 배운다네. 농부들의 초가집에서는 먹고사는 걱정 이상의 것이 없을 테니까."

이런 식으로 나리는 대화하고 번갈아 가며 본보기를 보여주었답니다. 젊은 귀족들은 나리의 집에서 정의로운 남편이 미덕을 갖춘 부인과 얼마나 행복한 합일을 이루고 있는지 보았어요. 그들의 증언에는 애정과 존경이 담겨 있었습니다. 그리고 하인들은 아주 공손한 태도로 자애로운 동시에 진지한 이 주인을 위해 자신의 삶을 맡길 각오가 되어 있음을 보았지요.

슈테른하임 나리 역시 이 젊은 귀족들이 감사하며 따르고 친구들이 되어, 편지 교환을 하면서 그에게 계속 조언을 청해 오는 것이 기뻤습니다. 존경하는 P 남작과의 교제가—남작은 또 이들을 위해 자주 잔치를 베풀곤 했답니다—그들의 관계를 완벽하게 하는 데 더욱 기여했고요.

슈테른하임 부인은 딸을 낳았습니다. 그 딸은 아주 귀엽게 자라서 아홉 살 때부터는 아버지의 유일한 기쁨이요 위안이 되었는데, 그녀의 어머니가 불행하게도 아들을 낳다가 아기와 함께 세상을 떠났기 때문이었어요. 게다가 P 남작도 그 얼마 전 말에서 떨어져서 건강이 악화되더니 몇 달 후에 후손도 남기지 못하고 사망한 터였습니다. 남작은 유언장에서 자신의 착한 부인에게 유산을 많이 남겼을 뿐만 아니라, 그 지방 법에 따라 작은 누이 뢰바우 백작부인과 큰 누이의 딸 조피 폰 슈테른하임도 주 상속자로 정했습니다. 이 유언은 뢰바우 백작과 그 부인에게 마땅치 않게 생각되었으나 그대로 지켜졌습니다.

P 남작의 어머니 노마님은 아들이 일찍 죽자 아주 의기소침해져서 거처를 슈테른하임 나리 댁으로 옮기고 어린 아가씨를 돌보는 데 몰두했어요. 나리는 존경과 사랑이 담긴 마음과 인내심을 갖고 순종하여 노마님의 마음을 편하게 했습니다. 이분들의 유일한 벗으로는 고귀한 생각을 가진 목사와 그 딸들이 있어 그들과 만나는 것을 좋아했습니다. 슈테른하임 아씨는 정신적으로나 심적으로 훌륭한 교육을 받았습니다. 그 목사의 딸 하나는 아씨와 같은 나이여서, 같이 공부하면서 한편으로는 경쟁 상대가 되기도 하고 또 한편으로는 아씨가 어린 나이에 할머니나 아버지로부터 영향 받을 수 있는 어둡고 우울한 인상만 받지 않도록 했습니다. 두 분은 잃어버린 사람들을 생각하고 자주 눈물을 보이셨거든요. 슈테른하임 나리는 열두 살 된 딸의 팔을 잡고 어머니의 초상화 앞으로 가서 아내의 미덕과 선한 마음에 대해 울먹이며 이야기하곤 했어요. 그래서 어린 아가씨는 그 옆에 무릎을 꿇고 앉아 흐느끼며, 어머니 옆에 가기 위해서 죽었으면 하고 자주 바랐답니다. 이것은 슈테른하임 나리를 두렵게 했어요.

딸의 감정 풍부한 영혼이 지나치게 우울하고 다감한 성향으로 발전하다가 신경이 극도로 예민해져서 고통과 근심을 견뎌낼 수 없게 될지도 모른다고 생각했으니까요. 그래서 나리는 스스로 자제하기로 마음먹고 딸에게는 가장 착한 사람을 민감하게 건드리는 불행을 어떻게 짊어져야 할지를 보여주었습니다. 그런데 아가씨는 아주 이성적 성향을 보인 분이라, 아버지는 아가씨의 그 이성이 철학과 역사와 여러 언어에 몰두할 수 있도록 했어요. 아가씨는 언어 중에서도 영어를 아주 완벽하게 배웠습니다. 음악 쪽으로는 류트와 노래에 아주 능했고요. 숙녀가 알아야 할 춤 솜씨는 아씨에게서 완성된 예술로 나타날 정도였어요. 사람들은 이 젊은 숙녀가 보여주는, 말로는 표현할 수 없는 우아한 모든 동작들에서 최고의 기교로도 도달할 수 없는 우수한 춤을 보았다고 말했지요.

이런 매일의 학습 외에도 아가씨는 모든 여성들이 하는 일을 아주 쉽게 배워서 열여섯 살 때부터 집안의 모든 일을 이끌어나갔습니다. 어머님의 일기책과 가계부를 본보기로 삼았지요. 타고나면서 질서와 활동적인 삶을 사랑한 아가씨는, 어머니를 열렬히 추억하고 어머니의 이미지를 자신의 내면에서 새롭게 하면서 집안일도 역시 완벽하게 해냈지요. 사람들이 아가씨의 근면함과 지식에 대해 이야기하면 아가씨는 겸손하게 대답했어요. "자발적인 능력, 좋은 본보기, 사랑으로 가득한 지도가 있었기에 제가 해낼 수 있던 것이지요. 우리 집처럼 모든 상황이 최고라면 수천 명의 다른 사람들도 그렇게 했을 거예요."

그 밖에도 아가씨의 마음에는 영국적인 모든 것에 상당한 애착이 있어서, 유일한 소원은 아버님과 그곳으로 여행을 가서 자신을 외할머니의 친척들에게 보여주었으면 하는 것이었습니다.

그렇게 슈테른하임 아씨는 열아홉 살이 될 때까지 잘 피어났습니다. 그리고 그때 존경하는 아버지를 병환으로 잃게 되었지요. 아버지는 염려하는 마음으로, 딸의 후견인으로 뢰바우 백작과 S 마을의 훌륭한 목사를 추천했습니다. 돌아가시기 몇 주일 전에 나리는 목사에게 다음과 같은 편지를 썼습니다.

✎
슈테른하임 나리가 S마을 목사에게

나는 곧 내 인생 최고의 반쪽과 다시 합칠 것 같소. 조피는 내 집에서 행복한 상태로 살 준비가 되어 있다오. 이것은 내가 그 아이에게 남겨줄 마지막이자 가장 작은 것이지요. 내 마음은, 그 애를 축복받은 좋은 교육을 받게 함으로써 성실한 아비의 가장 중요한 첫 번째 의무를 결코 소홀히 하지 않았음을 증언하는 바이오. 이제 아버지 역할을 하게 될 친구여, 미덕을 사랑하는 마음을 갖고 태어난 그 아이는 보통 처녀들이 일으킬 걱정이나 거슬리는 일로 그대를 곤란하게 하리라 염려하지 않소. 특히 사랑에 있어서, 그 아이는 존경하는 어머니로부터 다정함을 물려받기는 했으나 사랑에 제압당하지는 않을 것이오. 운명은 그 아이의 상상에 맞는 미덕을 갖춘 남자*를 그 애가 있는 곳으로 이끌

*[원주] 이 이야기의 진행과 전체 연관성이 이 표현을 해석해줄 것입니다. 그런 남자는 다름 아닌 그녀 마음속에 형성된 미덕과 도덕적 완벽함의 이상에 맞는 남자를 말하는 것입니다.

어줄 것이 틀림없소. 귀한 친구여, 그대에게 부탁하노니 이 착한 아이의 고상한 마음이 위선적인 미덕에 사로잡히지 않도록 돌봐주시오. 그 아이는 이웃 사람의 선한 점을 열렬히 찾아내면서도 결함에 대해선 너무 관대하게 넘어가므로, 다만 그런 점을 보면 마음이 아프다오. 어떤 사람도 그 아이 때문에 불행해지지는 않을 것이오. 왜냐하면 그 아이는 이웃의 안녕을 위해 수천 번 자신을 희생할지언정, 단 몇 분간이라도—비록 그 일로 자기 일생의 행복을 살 수 있다 해도—남에게 해를 끼치지 않을 것임을 내가 알기 때문이오. 하지만 그 애는 순수한 감정을 가졌기 때문에 많은 사람들이 비열한 힘으로 그 아이에게 상처를 줄 것이오. 난 이제까지 뢰바우 백작부인의 성격에 대한 우려를 숨기고 있었소만—조피가 그 집에 있게 될 생각을 하면 몸이 떨리는구려!—겉으로 보이는 이 부인의 온유하고 착한 모습은 진심이 아니오. 이 부인의 매력적인 위트와 궁정에서 배운 섬세하고 호감 가는 어조 뒤에는 많은 도덕적 결함이 숨겨져 있소. 난 딸에게 이 부인을 절대 불신하지 않도록 했소. 그런 일은 고상하지 못하고, 또 내가 건강한 동안에는 필요 없는 일이라고 생각했기 때문이라오. 하지만 내 귀하신 장모님께서도 연세와 근심의 짐을 지고 세상을 떠나게 된다면 그대가 조피를 보호해주시오! 신께서 그대의 걱정을 덜어줄 것이오. 그동안에 한 아비의 마지막 기도, 자식을 위해 재물이나 높은 지위가 아니라 미덕과 지혜를 간구한 기도를 신께서 들어주시기를. 이제 아무것도 예견하거나 막을 길이 없소. 그러니 내 딸을 신의 선의와 진정한 친구의 손에 맡기려 하오. 내 딸에 대한 생각보다 더 가벼운 마음으로 이제 이 세상에서 떠나오. 난 이곳에서 우리가 나누었던 대화,

즉 청춘기에 얻게 되는 강한 인상들에 대해 이야기한 것을 기억하오. 상황이 기여하는 힘과 함께, 나는 진실로 그 일부를 느끼고 있소. 내 아버지께서는 두 가지를 내게 각인시키셨으니, '인과응보의 확실성'과 '본보기가 되는 선행'이라는 명제가 그것이오. 아버지께서 말씀하신 근거는 너무 고상하고 그 가르침은 너무 사랑이 풍부하여 어쩔 수 없이 내 민감한 영혼에 고정되었소. 첫 번째 생각에 난 오랫동안 사로잡혀 있었는데, 아버지는 자주 내가 그분께 드리는 걱정이나 즐거움은 내 자식들로부터 되돌려 받거나 보상받게 되리라고 말씀하셨기 때문이라오. 다행스럽게도 존경하는 아버지께 행한 내 행동이 축복을 받아서 순종적이고 미덕을 갖춘 자식을 얻게 되었고, 그 아이는 내 인생 마지막에 행복한 기억을 허용해주었소. 내 아버지의 말년에, 성실한 아버지의 마음이라면 느낄 수 있는 완전한 즐거움을 내가 드린 데 대해 아버지는 이렇게 말씀하셨다오. "넌 어떤 나쁜 취향으로도, 반항으로도 나에게 상처를 주지 않았다. 네가 미덕을 사랑하고 열심히 이성을 사용하여 유익하게 되려고 한 점, 널 볼 때마다 내 마음은 기쁨으로 충만했다. 그 점에 대해 신은 너를 축복해주시고 네 마음 또한 위안으로 보상을 받을 것이다. 너를 보며 죽어가는 이 아비가 아들을 정의로운 시민으로 이웃들에게 남겨놓고 간다고 확신하며 위안을 얻는구나." 친구여, 나 또한 이런 위안을 지금 느끼고 있소. 내 딸에게서도 똑같은 걸 확인할 수 있으니. 나는 딸에게서 슬픈 행복을 더 많이 누렸다오. 슬픈 행복이라고 말하는 이유는, 내 아내의 진정한 모습을 닮은 그 아이로 인해 내 생에서 최고로 행복했던 날의 기억과 그녀의 상실로 얻은 고통을 매 순간마다 새롭게 느껴야 했기 때문이라오. 지난 두 해 동안 제 어미의 말투와 몸짓(그 아이는 제 어미와 똑같은 체형인 데다 옷도 내가 바라는 대로 입었다오), 착한 마음씨, 사랑스럽고 명랑한 그 모습을 그 애에게서 볼 때마다 난 우수에 차서 사람들 무리를 떠나지 않을 수 없었다오!

신께서 이러한 인과응보의 본보기가 내 딸로부터 그 후손들에게 계속 이어지게 하시길! 나도 내 아버지가 말씀하셨던 만큼 내 딸에게 했으니.

☙

저는 이 고매한 분의 마지막 시간들과 병이 깊어지던 날들의 대화를 마음 아프게도 생생하게 기억하고 있답니다. 아씨는 많이 울 수도 없었지요. 아씨는 무릎을 꿇고 아버지 침대 옆에 있었으나 극심한 고통의 표정은 그 얼굴과 몸짓에 그대로 드러나 있었어요. 아버지의 눈은 딸에게 고정되어 있었고, 한 손은 따님의 손에 놓여 있었습니다. 그리고 "조피야!" 하는 아버지의 탄식이 터져 나오면, 아씨의 두 팔은 하늘을 향해 펼쳐지고, 한 마디 소리도 없으나 절망적으로 간청하는 영혼이 그녀의 온몸에서 보였습니다! 이렇게 엄숙한 고통과 효성, 미덕, 순종을 보는 일은 우리 모두의 마음을 찢는 것이었습니다.

"조피야, 자연이 우리에게 부당한 일을 하는 것은 아니란다. 예순 살이면 너무 이른 건 아니지. 죽음은 내게 나쁜 일도 아니야. 죽음은 내 정신을 만드신 조물주와 합일시키고, 내 마음을 네 어머니의 마음과 합일시키는 것이니까. 아버지가 오래 살았다면 너에게 줄 수 있었을 즐거움을 희생하고 이 행복을 누리게 해다오."

아씨는 자신의 걱정 근심을 극복해냈습니다. 그녀는 직접 아주 세심하고 편안하게 아버지를 돌보았지요. 아버지는 딸이 고통을 극복하는 것을 보고 딸에게 부탁하기를, 자신이 딸을 위해 노력한 결실을 그녀의 영혼으로 보여주어 마지막 날의 위로가 되게 해달라고 했습니다. 그녀는 모든 것을 했습니다. "아버지! 아버지는 저에게 사는 것을 가르치셨고 죽는 것도 가르치십니다. 신께서 아버님을 저의 수호 정신으로 만드시고, 저의 모든 행동과 생각의 증인이 되도록 해주시길! 전 아버님께 부끄럽지 않은 딸이 될 겁니다!"

나리가 세상을 떠났을 때, 집은 온통 통곡하는 하인들로 꽉 찼고, 임종의 자리에는 무릎 꿇고 흐느끼는 시종들로 가득했습니다. 아씨는 침대 앞에서 차가운 손에 입 맞추며 아무 말도 할 수 없었고, 무릎을 꿇었다 일어났다 하면서 두 손을 맞잡고 있을 뿐이었습니다. 오, 이 글을 읽으시는 친구여!* 이날의 기억이 얼마나 쉽게 제 가슴속에 파고들었겠습니까! 감정이 있는 사람은 정의로운 이의 임종 자리에서 얼마나 많은 선을 모을 수 있는지요!

제 아버지는 말없이 보고 계셨습니다. 당신 자신이 너무 심한 충격을 받으셔서 아무 말도 할 수 없었던 거지요. 마침내 아버지는 아씨의 손을 잡고 말했어요. "하느님께서 아가씨를 아버님 미덕의 상속자로 만드시길 빕니다. 아버님은 그 보상을 받으려

---

*여기서 '친구'는 작가를 가리킨다. 작품 전체가 로지나라는 화자가 편지를 모아서 (드러나지 않는) 작가에게 보낸 형식으로 되어 있기 때문에, 로지나는 중간중간 작가를 '친구' 또는 '부인'이라고 부르며 작품 속으로 불러들이고 있다.

고 방금 떠나셨습니다! 아가씨는 울먹이는 이 마음속에 들어 있는 (그러면서 아버지는 우리를 가리켰지요) 존경하는 아가씨 부모님에 대한 좋은 기억을 보존하세요. 그분들의 발자취를 따르려는 노력을 통해서 말입니다!"

노부인 마님도 그곳에 계셨습니다. 제 아버지는 마님 핑계를 대며 아씨를 방 밖으로 내보내려고 했어요. 아씨에게 할머니를 위로해달라고 부탁한 것이지요. 아씨가 걸어 나가기 시작하자 우리는 모두 자리를 비켰습니다. 그녀는 우리를 보았고, 뺨에서는 눈물이 흘러내리고 있었습니다. 그때 우리는 모두 몰려가서 그 손과 옷에 입을 맞추었습니다. 맞아요, 그것은 상속녀에게 작별을 고하는 동작이 아니었고, 가장 훌륭한 주인이 남긴 것에 대한 경외심을 증명하는 것이었어요.

제 아버지와 관리가 장례를 주관했습니다.

거창한 장례식은 결코 없었습니다. 슈테른하임 나리는 밤에 조용히 치르라고 명하셨는데, 아버지가 매장되는 것을 보고 조피 아씨가 느낄 고통을 덜어주려 한 것이었지요. 하지만 교회는 사람들로 가득 찼습니다. 모두 예복을 갖춰 입었으며, 성가대석은 슬픈 날에 맞게 조명되었지요. 모두들 자신의 주인이자 선행자였던 분을 한 번 더 보려고 했습니다. 남녀노소를 막론하고 울며, 축복기도를 하고, 그의 손과 발에, 수의와 관 뚜껑에 입을 맞추고는, 그 아버지가 자신들에게 증명한 것과 같이 그 딸의 모든 일을 잘되게 해달라고 신께 간구했지요!

이후 오랫동안 S 마을에서는 모두가 슬퍼했습니다. 아가씨는 눈에 띄게 말이 없어졌고 심각해져서 저의 아버지는 걱정에 잠겼습니다. 특히 노부인 마님도 이번 일로 가슴이 찢어졌노라고 말하며 나날이 쇠약해지는 바람에 더했습니다. 아씨는 사랑하는 마음으로 할머니를 간호했지요. 그 마음을 보고 노부인이 말했습니다. "조피야, 네 어미의 온유하고 착한 마음이 온전히 네 영혼에 들어 있구나! 게다가 네 아비의 정신도 갖고 있으니 너는 이 세상에서 가장 큰 행운의 피조물이로구나. 신의 섭리가 너의 부모의 미덕들을 네 안에서 합쳐놓았으니! 이제 넌 온전히 너 자신을 맡아야 하고, 할미에게 선행을 실천함으로써 너의 자유를 사용하기 시작했다. 노인에게 생기를 불어넣어주고 친절하게 돌보아주는 것은 가난한 사람에게 황금을 선물하는 것보다 더 고상한 선행이니까 말이다."

부인 마님은 뢰바우 백작과 백작부인이 임종 직전에 방문했을 때도 아씨에 대해 열심히 칭찬했습니다. 이 두 사람은 겉으로 보기에는 아씨에 대해 큰 의무감을 느끼고 아씨를 곧 자신들 집으로 데려가려고 했습니다. 하지만 아씨는 애도 기간 중에는 집에 머물겠노라고 사양했습니다.

이 시기에 아씨와 제 언니 에밀리아 사이에 친밀한 우정이 생겨나서 그 이후로 내내 유지되었어요. 아씨는 언니와 함께 자주 교회에 가서 부모의 묘석 앞에서 무릎 꿇고 기도하며 돌아간 분들에 대해 이야기하곤 했습니다. "나한테는 이제 친척이 하나도 없어, 이 유골밖에는. 이모 뢰바우 백작부인은 친척 같지가 않아. 이모의 영혼은 내게 낯설어, 정말 낯설어. 난 그냥 이모이기 때문에 사랑하는 거야." 제 아버지는 이러한 혐오감은 옳지 않은 것이라고 가르치고, 아씨의 교육을 새롭게 하려고 했습니다. 특히 음악에 대한 재능을 키워주었지요. 아버지는 저희에게 자주 말씀하시길, 모든 미덕은 한 줄로 연결되어 이어지고 거기에는 겸손함도 같이 있어야 좋다고 하셨어요. 슈테른하임 아씨가 자신이 가진 모든 장점들의 완벽함을 스스로 의식하고 있었다면 어떤 사람이 되었을까요?

이 시기에 슈테른하임 집안의 관리로 있던 정의로운 한 남성이 제 큰언니와 결혼하고, 목사인 그 남동생이 형 집에 왔다가 에밀리아 언니를 아내로 데려갔어요. 우리 아씨는 이 에밀리아 언니와 편지 교환을 하게 되었고 이 편지 교환으로 인해 제가 장차 이야기할 기회를 자주 얻게 된 거지요.

하지만 그전에 어릴 적 우리 아씨의 모습을 그려드려야겠습니다. 그렇지만 완전한 미인형을 기대하지는 마세요. 그저 중간보다 조금 큰 키에 체형이 좋으셨어요. 갸름한 얼굴에 마음씨가 곱고, 아름다운 갈색 눈에는 영혼과 선의가 가득하고, 아름다운 입과 치아를 가졌지요. 높은 이마는 예쁘다고 하기에는 좀 넓었어요. 하지만 아씨의 얼굴에서 더 바랄 것은 없었습니다. 표정이 우아하고 행동이 고상해서 아씨가 나타나기만 하면 모든 사람의 시선을 끌었거든요. 모든 옷이 아씨에게 예쁘게 어울렸으므로, 시모어 경은 말하기를 그녀의 옷 주름 하나하나에 우아함이 깃들어 있다고 했답니다. 빛나는 갈색 머리는 땅에까지 닿을 정도였는데 그 아름다움을 능가할 수 있는 건 아무것도 없었어요. 목소리는 매혹적이고 애쓰는 것 같지 않아도 표현이 세련되었고요. 요컨대 아씨는 그 정신과 성격에 흉내 낼 수 없이 고상하고 매력적인 특성을 부여받으신 거예요. 아씨는 옷감 또한 지극히 검소한 천을 골랐음에도, 귀부인들이 아무리 많이 모여 있는 자리라 할지라도 금방 찾아낼 수 있을 정도로 두드러져 보였답니다.

아씨가 이모에게 이끌려서 D 궁정이 있는 지역으로 여행을 갔을 때도 모습이 바로 그러했어요.

이 여행을 준비하는 데는 저의 아버지가 조언을 하고 도왔습니다. 여행 준비 중에 일어난 일 한 가지만 말씀드려야겠어요. 아씨는 부모님의 초상을 팔찌에다 불로 새겨 넣었었는데 그 팔찌를 한 번도 손에서 풀어놓은 적이 없었어요. 그러다 아씨가 이 팔찌를 다시 장식하길 원했고, 어느 날 금세공사가 찾아와 아씨와 단둘이 이야기를 나누고 돌아갔지요.

초상은 보석으로 다시 세공되어 왔어요. 여행 출발 이틀 전에 아씨는 에밀리아 언니를 데리고 부모님의 묘소로 가서 유골에다 엄숙하게 작별 인사를 고하고는 미덕을 맹세했습니다. 그리고 마지막으로 팔찌를 풀었는데, 초상이 있던 자리에 비밀스러운 마개가 달린 빈 공간이 생겨 있었어요. 아씨는 마개를 열더니 그 작은 공간에다 무덤의 흙을 채웠어요. 그러는 동안 눈물이 뺨을 타고 흘러내렸지요. 에밀리아 언니가 말했어요. "아가씨, 뭘 하시는 거예요? 이 흙은 왜?" 아씨가 대답했어요. "에밀리아, 난 넓은 세상의 고귀한 사람들에게서 미덕으로 존중받았던 것을 할 뿐이야. 즉 의로운 사람들의 티끌을 존경하는 일 말이야. 그건 후세에 성유물을 존중하기 시작했던 나같이 민감한 마음이었다고 믿어. 에밀리아, 이 흙은 내 부모님의 성스러운 유물을 덮고 있었고, 내게는 이 세상 전체보다 더 소중한 것이며, 내가 여기서 멀리 떨어져 있을 때도 내가 소유할 수 있는 가장 사랑하는 것이 될 거야."

언니는 그 일이 걱정되어 아씨에게 불행이 닥쳐 다시는 아씨를 못 볼 것 같다는 예감이 든다고 우리에게 말했지요. 아버지는 저희를 안심시켰지만, 그다음 아씨의 일을 듣고는 역시 충격을 받았어요. 아씨는 소유지 마을을 집집마다 다니면서 모든 사람들과 다정스럽게 이야기하고 선물을 주면서 근면하고 정직하라고 충고하셨어요. 과부와 고아, 노인과 병자에게 더 많은 자선을 베풀고, 교사들에게는 열렬히 조언하며 급료도 인상하고, 아이들에게는 상을 주었으며, 관리인 제 형부에게는 권련담배 한 상자를, 제 큰언니에게는 반지를 선물로 주어 기억하게 하고, 형부에게는 아랫사람들에게 진정한 선의와 정의를 베풀어달라고 부탁했습니다. 이런 말들을 듣고 우리는 모두 울었지요. 아버지는 다음과 같이 말씀하시면서 우리에게 용기를 주셨어요. 우울하면서 다정한 모든 성격은 그 행동에 어떤 엄숙함을 부여하는 특성이 있다고요. 그러면서 아가씨가 그렇게 고결하고 선한 사람의 인상을 강하게 내보이면서 큰 세계로 들어갔으면 좋겠다고 하셨습니다. 그 세계에서는 이러한 감정이 많이 약해질 수 있고, 경박함과 빛나는 명랑함이 모르는 사이에 섞여버리고, 영혼의 도취로 인해 인간 감정에 대한 고찰이 막히고 울타리 안에 갇힐 수 있다고 말이지요.

에밀리아 언니는 아씨의 초상과 돈이 들어 있는 예쁜 상자를 받았어요. 하인은 남게 했어요. 그가 결혼한 몸이기도 하지만, 뢰바우 백작이 자신의 하인들이 아씨를 모실 거라고 편지에 썼거든요.

며칠 후에 이모부인 백작이 아씨를 데리러 왔습니다. 저는 아씨의 부탁으로 아씨를 수행하게 되었어요. 제 아버지와의 작별은 눈물 나는 장면이었습니다. 제 아버님이 공경할 만한 분이며, 모든 존경과 사랑을 받을 자격이 있는 분이라는 것은 다들 아시지요. 우리는 먼저 뢰바우 백작의 영지로 가서 거기서부터 백작부인과 함께 D로 여행했어요. 그리고 이곳에서 숙명의 시간이 시작되었던 거지요. 여기서, 우리 사랑스러운 젊은 아씨가 어려운 상황에 처해 자신이 세웠던 행복한 삶의 아름다운 계획이 순식간에 좌절되었으나, 그녀가 내면의 가치를 두었던 시험을 통해서 자신의 이야기를 우리 여성들에게 교훈이 되게 한 것을 보실 것입니다. 제 생각에는 제가 여기서 이야기를 계속하는 것보다는 편지의 원본들이나 나중에 필사본으로 아씨 손에 들어온 편지들을 차례로 소개하는 것이 제일 좋을 것 같아요. 그 편지들에서 한편으로는 아씨의 정신과 마음의 특성을, 또 한편으로는 아씨가 D에서 머물렀던 때의 이야기를 단순한 발췌문에서보다 훨씬 더 잘 아실 수 있을 테니까요.

슈테른하임 아씨가 에밀리아에게

다정한 내 친구, 여기 온 지 이제 나흘이 되었는데 아주 새로운 세상에 온 느낌이에요. 마차와 사람들의 소음은 예상했던 대로지만 시골의 고요함에 익숙한 내 귀에는 아주 괴로웠어요. 더 힘들었던 일은 이모가 궁정 미용사를 불러서 내 머리를 유행에 맞게 고쳐주신 거예요. 이모는 내 방으로 와서 내 머리를 풀고 미용사에게 말했어요. "무슈 르 보, 이 머리가 당신의 기술을 명예롭게 할 거예요. 모든 방법을 동원하세요. 하지만 뜨거운 고데로 아름다운 머리칼이 상하지 않도록 조심하세요!"

이모의 이러한 아첨은 편한 마음으로 견뎌낼 만했지만, 미용사의 과장된 말에는 화가 나려고 했어요. 내 자존심은 그 사람이 조심스럽게 손질해주고 말없이 경탄해주기를 바랐으니까요. 하지만 재단사와 분장사는 더 참을 수가 없었지요. 그들의 진부한 수다와 나를 향한 약간의 심술궂은 말들에 대해서는 동생 로지나에게 물어봐요. D에 사는 귀부인들의 허영심은 대단히 탐욕스러운 것 같아요. 그 부인들이 이런 일에 종사하는 사람들을 길들여서, 내 취미에는 맞지 않는 아주 거친 자양분을 만들게 하니까 말이에요. 열쇠공의 칭찬은 궁정 사람들의 칭찬보다 아름다운 몽바송 부인 마음에 훨씬 더 들었는데, 그건 아주 다른 종류의 칭찬으로, 거기엔 아름다운 여성을 보며 생기는 진정한 감정의 특징이 있었지요. 이 숙녀가 마차를 타고 바로 그의 작업장을 지나갈 때, 자신의 일에 완전히 몰두한 그가 얼핏 올려다보며 느끼는 그런 감정 말이에요. 하지만 나를 이용하여 이익을 얻고자 하는 자들의 찬사는 무슨 의미가 있을까요? 내가 특별히 예쁘다는 말을 듣지 않는 것이 얼마나 기쁜지 몰라요. 이런 일반적 찬사를 들으면 얼마나 역겨운지.

이날 오후 난 몇몇 숙녀들과 신사들을 만났어요. 이모는 이들에게 도착을 알리면서 여행의 피로를 핑계로 자신이 방문하지 못하는 것을 사과했지요. 하지만 사실 이유는 다른 데 있었어요. 내가 출현할 때 입을 궁정복과 시내 외출복이 아직 완성되지 않았거든요. 이 '출현'이란 말에 놀랐겠지요. 하지만 그 말은 오늘 어느 익살스러운 사람이 실제로 그대로 사용했던 단어예요. 비록 그 사람은 내 옷과, 내가 이 도시로 처음 여행한 것을 가리켜 한 말이지만. 에밀리아, 당신은 알고 있지요, 아빠는 내가 어머니 옷을 입은 걸 보고 싶어 했고, 나 자신도 그 옷을 가장 좋아하며 입었던 것을. 하지만 그 옷들은 이곳에서는 모두 유행에 뒤처진 것들이에요. 난 이모의 의견에 따라 애도 기간 마지막에 만들었던 흰색 호박직 옷만 입을 수 있었어요(이모가 내 취미를 좌지우지하는 데 대해 이 점에서만 양보하고 있어요). 애도 기간 마지막이라니, 에밀리아! 말 그대로 믿지는 말아줘요. 겉으로는 애도 기간이 끝났으나 슬픔은 여전히 내 마음 깊숙이 자리 잡고 있어서, 마치 우리의 행동을 은밀히 관찰하는 자(그러니까 양심 말이에요)와 동맹을 맺은 것같이 생각되는걸요. 나는 내 앞에 놓이는 많은 옷감과 화장품들을 보면서—이것은 다음 향연을 위해, 저것은 다가오는 무도회를 위해, 또 다른 것은 모임을 위해 정해져 있는 것들이지요—내 손을 움직일 때마다 팔찌에 있는 어머니 초상의 그 단순하고 섬세한 머리장식과 옷차림을 보면서 얼마나 짧은 시간에 난 어머니와 닮지 않은 모습이 될 것인가 하는 생각이 들기 때문이에요. 신이여, 저를 보살펴셔서 이렇게 어머니와 닮지 않은 점이 옷차림새 이상으로 결코 발전하지 않도록 해주소서! 나는 그 옷이 착하고 현명한 사람들도 습관과 상황과 다른 사람과의 관계를 위해 이런저런 경우에 가져가야 할 제물이라고 생각하는데, 이런 생각이 슬픔과 양심의 공동의 손짓인 것만 같아요. 외관에 대해서는 그만 이야기할게요. 하지만 아버지의 친구이신 목사님, 목사님은 저에게 기회가 있으면 제게 일어나는 일과 제 생각을 써 보내라고 하셨지요.* 그렇게 하겠습니다. 다른 사람들에 대해서는, 특히 저와 관련되

*슈테른하임은 에밀리아와 그 가족이 함께 편지를 읽는다고 전제하고 쓰고 있다.

지 않는 일이면 조금만 말하겠습니다. 그들에게서 보이는 모든 것이 제게 낯설지는 않습니다. 아빠와 할머니가 제 머릿속에 그려준 그림을 통해서 전 큰 세상을 이미 알고 있으니까요.

난 이모 방으로 들어갔는데, 거기에는 이미 몇몇 숙녀들과 신사들이 있었어요. 나는 이탈리아 꽃무늬로 장식된 흰색 원피스를 입었고, 머리는 D 시의 유행에 따라 치장했지요. 내 태도와 얼굴색이 어땠는지 모르겠지만, 아마 창백해 보인 모양이에요. 이모가 나를 '사랑하는' 조카라고 소개한 직후에, 본래 정중한 교육을 받은 듯한 젊은 남자가 이상하게 활발한 기질을 보이며 가까이 와서는, 가슴과 어깨를 괴상한 모양으로 구부리고 이모에게 인사를 하며 머리는 내 쪽으로 비스듬히 돌리면서 놀란 표정으로 이렇게 소리를 치더군요. "백작부인, 정말 부인의 조카 맞습니까?" "왜 제 말을 안 믿으시는 거지요?" "그 모습을 처음 보고 그 의상과 가볍고 우아한 걸음걸이 때문에 이런 생각이 들었습니다. 혹시 이 집의 사랑스러운 유령이 출현한 것이 아닌가 하는." "가엾은 F 백작." 어떤 부인이 말했어요. "백작은 아마 유령을 무서워하나보지요?"

"못생긴 귀신은 물론 싫어하지요." 그 웃기는 신사가 대답했지요. "하지만 슈테른하임 양과 견줄 만한 귀신이라면 몇 시간이라도 단둘이서만 시간을 보낼 자신 있습니다."

"그렇다면, 당신 이런 아름다운 발상을 가지고 제 집을 유령 나오는 집이라고 소문도 내시겠네요!"

"아마 그렇게 하고 싶을 겁니다. 다른 모든 신사들이 이 댁에 오는 걸 막기 위해서요. 하지만 그다음에는 그 매력적인 유령을 주문으로 불러내어 데리고 가고 싶습니다."

"좋아요, F 백작, 좋아요. 점잖게 말하셨어요!" 방 안의 모든 사람들이 이렇게 말했어요.

"그래, 조카님, 저분이 주문으로 불러낸다면 불려 나오시겠어요?"

"전 귀신 세계에 대해 아는 바가 아주 적어요." 내가 대답했지요. "하지만 모든 귀신에게는 각자에게 맞는 주문이 있고 그것을 잘 선택해야 한다고 생각해요. 그런데 제가 나타났을 때 백작이 놀라신 걸 보고 생각했답니다. 저는 백작에게 주문을 가르친 귀신보다 더 강한 귀신의 수호를 받고 있다고요."

"훌륭해요, 훌륭해. F 백작, 어떻게 계속하겠소?" S 연대장이 외쳤어요.

"전 여러분 모두보다 더 많이 알아맞혔습니다." 백작이 대답했어요. "비록 아가씨가 귀신은 아니지만 무한히 많은 영혼을 가졌음에 틀림없다는 걸 보았으니까요."

"잘 맞히신 거 같아요. 그것이 아마도 백작이 놀라게 된 이유이겠지요." C 양이 말했는데 그녀는 W 영주부인의 시녀로 이제까지 아무 말도 하지 않고 조용히 있던 사람이었어요.

"당신은 항상 저를 함부로 다루고 있습니다, 무자비한 C 양. 당신은 작은 귀신이 큰 귀신을 두려워하기 시작해야 할 거라고 말하고 싶은 거지요."

그래요, 이 농담에는 진실로 진지한 것이 많이 들어 있다고 난 생각했어요. 이 집에서뿐만 아니라 이 도시와 궁정에서도 나는 실제로 여러 유령의 한 장르예요. 유령들은 나처럼 인간에 대한 지식을 갖고 인간들 사이에 와서 보고 듣는 어떤 것에 대해서도 놀라지 않지만, 나처럼 자신들이 온 세계와 이 세계를 비교해

보고, 미래에 대한 경솔한 태도를 한탄하지요. 그러나 인간들이 유령들에게서 느끼는 것은, 유령이 형식은 갖추었을지 모르지만 내면의 본성을 보면 자신들에게 어울리지 않는다는 점이지요.

C 양은 이어서 나와 대화를 나누고 그 끝에 나를 아주 존중해 주며 자주 만나자고 공손하게 희망을 표하더군요. 아주 사랑스러운 여성이에요. 키는 나보다 좀 크고 체격이 좋은 편으로, 걸음걸이나 머리를 움직이는 모양새가 존경심을 불러일으키고, 모든 면에서 아름답게 갖추어진 사람이지요. 갸름한 얼굴형에 매력 있는 온유함을 갖추고 있는데 다만 그녀의 대담하고 사랑이 가득 담긴 눈이 너무 오래 또 의미심장하게 남자들 눈에 고정되어 있지 않나 하는 생각은 들어요. 그녀의 생각은 사랑할 만한 것이었고 그녀가 말하는 모든 표현은 선한 생각을 가진 사람의 마음을 나타내는 것이었지요. 그녀는 그 모임 전체에서 가장 마음에 드는 사람이에요. 내가 먼저 그녀의 우정을 자청할 생각이에요.

마침내 F 백작부인이 왔어요. 이모는 나더러 이 부인에게 특히 신경 쓰라고 권했는데, 그 남편이 이모부 소송사건에 큰 도움을 줄 수 있기 때문이래요. 나는 모든 걸 하긴 했지만 조카가 장관부인의 마음에 들어서 이모부의 특권을 지원해야 한다는 생각을 하니 불쾌했지요. 내가 그런 지위에 있다면 내 아내건 장관의 아내건 그 일에 개입시키지 않고 남자들의 일은 남자들끼리 해결하게 할 텐데. 부인을 대동하고 온 장관도 나와는 어울리지 않는 것 같아요. 하지만 이 모든 것들이 습관적인 일로 여겨져서, 그런 일에 대해 불평하는 사람도 없고 황당해하는 사람도 없더군요.

C 양과 F 백작부인은 저녁식사 때까지 머물렀어요. 대화는 매우 활발했으나 너무 얽혀 있어서 여기에다 옮기기는 어렵겠군요. F 부인은 내가 이야기하거나 뭘 보일 때마다 매번 나를 치켜세웠는데, 그렇게 함으로써 나에게서 호감을 얻을 생각이었다면 그 부인은 목적 달성을 하지 못했다고 봐요. 내 마음의 소리에 따른다면 나는 결코 그녀를 좋아하지 못할 테고, 또 그 여자를 싫어하는 감정을 억제해야 하는 것이 내 의무라고 믿지도 않으니까요. 이모 앞에서는 억제했지만 말이에요. 하지만 C 양은 좋아할 것 같아요. 그녀는 마치 여러 해 동안 알았던 사람처럼 내 방에서 함께 친근하게 이야기했어요. 그녀는 모시고 있는 영주부인에 대해 많은 이야기를 했고, 내가 영주부인 취향에 꼭 맞는다면서 부인이 나를 좋아할 거라고 했어요. 내가 류트를 연주하고 노래를 들려주자 다시 한 번 확언해주었지요. 어쨌든 나는 칭찬을 많이 받았어요. 궁정 사람들의 어조와 말을 들어보면, 실제로 모든 사람이 각각 가지고 있는 자기애를 잘 존중해주기 때문에 편안한 것 같아요.

이모는 처음엔 내가 너무 낯설어 보이고 촌스러워 보일까 봐 걱정했었다는데, 이제는 만족한 듯이 말했어요. F 백작부인이 나를 칭찬했다고 해요. 하지만 약간 거만하고 건조해 보인다고 했대요. 내가 그렇기도 하지요. 하지만 우정과 존경의 확약을 모독할 수는 없잖아요. 난 아무도 속일 수 없고, 내가 느끼지 않으면 줄 수가 없어요. 에밀리아! 내 가슴이 모든 사람을 향해 뛰지는 않아요. 이 세계에 있는 나는 이런 면에서 항상 유령으로 남게 될 거예요. 이건 내가 진심으로 느낀 거예요, 순간적이고 마지못한 생각이 아니라. 나는 적절히 행동했고 어떤 사람도 나쁘게 생각하지 않았어요. 난 스스로 말했지요, 잘못된 생각을 넣어주는 교육과, 다른 사람들과 같이 살아야 한다는 연대감의 예가 이 사람들을 자신의 본래 성격과 자연스러운 도덕적 목적에서 방향을 돌려버린 거라고. 그들 모두가 가문의 병약함을 대대로 물려받은 사람들이라고 생각해요. 난 그들과 기분 좋게 지낼 테지만 친해지지는 않을 거예요. 그들의 병이 나한테까지 전염되지 않을까 하는 걱정을 떨칠 수 없으니까요.

그러니 사랑하는 친구여, 나에게 지속적인 영혼의 건강을 빌어주고 날 사랑해줘요. 우리 존경하는 아빠,* 안녕히 계세요! 아빠는 그렇게 사랑으로 보살펴준 에밀리아와 어떻게 작별할 수 있겠는지요? 하지만 또 이 친구는 얼마나 행복하게 결혼생활로 들어가게 되겠는지요. 존경하는 아버지의 축복과 여성의 모든 미덕을 함께 갖고 가니까 말이에요! 선택된 남편에게 나 대신 인사 전해줘요. 그는 이 모든 보물과 함께 당신을 소유하게 되는 것이라고요.

두 번째 편지

에밀리아, 당신이 아직 아버지 댁에서 이 편지를 받으니 좋군요. 이 편지를 통해 내 생각이 혼란해진 것이 보이면 그걸 정리할 수 있는 좋은 방법을 우리들의 아버지가 알려줄 수 있기 때문

---

*슈테른하임이 에밀리아 아버지의 양녀가 되었기 때문에 이렇게 부른 것이다.

이에요. 난 W 영주부인 댁에 가서 모든 귀족들에게 선을 보였어요. 그리고 궁정과 큰 세계를 직접 보고 알게 되었지요.

내가 벌써 말했지요, 이 두 세계에 대해서는 묘사된 그림을 통해서 알고 있다고. 이런 비유에서 좀 더 나아가본다면, 거기엔 내 눈에 낯선 것은 하나도 없었어요. 하지만 주의력과 감정으로 꽉 차 있는 어떤 인물이 풍성하고 광범위한 구성의 커다란 그림을 이미 오랫동안 알고 있다고 생각해봐요! 이 인물은 그 그림을 자주 관찰하면서 그 구도라든가 사물들과의 관계, 그리고 색깔의 혼합에 대해 생각했지요. 모든 게 낯익은 것이었는데, 갑자기 낯선 힘에 의해서 그 조용한 그림이 거기에 포함된 모든 것과 함께 움직이는 거예요. 물론 이 인물은 놀라고 그 감정들이 여러 가지로 동요하게 되었어요. 이 놀란 인물이 바로 나예요, 대상물과 색깔들이 아니라. 그 움직임, 그 낯선 움직임이 내게 이상하게 보인 거지요.

내가 이곳저곳에서 어떻게 받아들여졌는지 말할까요? "좋아요, 여러모로 좋아요!"라는 말을 들었어요. 하지만 이 말은 그런 경우에 궁정에서 하는 일반적인 언어이고, 아주 현명한 사람보다는 생각 없는 사람이 빨리 해치우는 말이지요. 영주부인은 오십쯤 되어 보이는 숙녀인데 아주 섬세한 정신의 소유자였어요. 그분의 말에서나 표정에서나 선한 어조가 가득했는데, 그것이 주는 일반적인 호감은 모든 부류의 사람들의 우정을 필요하다고 여긴 한 시대의 잔재인 것처럼 보였어요. 이런 동기만이 단연코 고상한 마음에 그런 영향을 줄 수 있다고 보니까요. 차별 없이 모두에게 사랑받고자 하는 비열한 욕심 같은 것은 그녀에게서 볼 수 없었어요. 부인은 나와 오랫동안 대화를 나누면서, 대

위로서 또 연대장으로서 알고 있던 내 사랑하는 아빠에 대해서 좋은 말씀을 많이 해주셨어요. 부인은 정의로운 남자에게 합당한 딸이라고 나를 부르고, 자주 데리러 오겠다고 말했지요. 이 영주부인이 아버지의 기억을 존중하는 것을 보니까 이 부인을 더 좋아하게 될 것 같아요.

많은 인물들이 있었지만 더는 설명할 수가 없군요. 영주부인의 대기실에서나 보통 방문할 때 보는 사람들은 대개 비슷비슷해 보여서 말이에요.

어제는 편지를 쓰다가 중단되고 말았지요. 영주부인 댁에서 모임을 알려 왔거든요. 그래서 난 우정에 바치던 마음의 시간을 화장대 앞에서 낭비해야만 했어요.

사랑하는 로지나도 능숙한 시녀 노릇을 하기에는 나만큼 서툴러서, 나의 숙녀 신분을 입증하기 위해서는 화장대에 오래 머물러야 하고 옷이나 장신구를 선택하는 데도 괴로워하고 있다는 걸 알아줘요. 이모가 부족한 점들을 도와주려고 해요. 그래서 난 매일 미용사 외에 그 조수 하나를 옆에 두고 있는데 그 두 사람은 점잔 빼며 여러 상황을 불편하게 만들어서 내 인내심을 연습시키고 있어요. 하지만 이번에는 정말 예쁘게 되었기 때문에 난 마침내 만족했지요.

이런 기쁨이 나한테 있는 줄은 아마 몰랐을 거예요. 그 이유를 오래 찾으려 하지 않아도 돼요. 중요한 일이니까 솔직하게 말해줄게요. 치장이 잘된 걸 기뻐하는 이유는 내가 두 영국 남자들에게 선을 보였는데, 내가 그들에게 찬사를 받고 싶기 때문이었어요. 한 사람은 C 경이라고 영국 공사이고, 또 한 사람은 시모어 경이라고 공사관에 근무하는 신사인데, 공사인 숙부를 도와

업무를 능숙하게 처리하고 독일 궁정에 대해 알려고 하는 사람이에요.

공사는 그 모습이나, 고상하고 정신력이 풍부한 인상에서부터, 또 정중함이 깃든 그 어떤 위엄과 성품으로 존경을 받고 있어요. 그분이 도처에서 찬사를 받고 있다는 이야기도 들었지요.

젊은 시모어 경은 C 양의 모임에서 30분 정도 보았어요. 나는 그녀와 이야기하고 있었는데, 그는 그녀와 서로 존중하는 다정한 친구 사이였더라고요. C 양이 나를 새로 사귄 아주 좋아하는 친구라고 소개하면서, 운명이 명한다 해도 서로 떨어질 수 없을 거라고 말했어요. 시모어 경은 다만 허리 굽히고 인사할 뿐이었는데도 그 영혼이 너무도 분명하게 표정에 나타나서, 그녀가 말하는 모든 것에 대해 그가 경의와 찬사를 보내는 걸 알 수 있었어요.

내가 만일 계몽정신과 합치하는 인간애와 고매함을 하나의 형상으로 소개해보라는 임무를 맡는다면, 시모어 경이라는 인물과 그의 특성들을 들겠어요. 이런 세 가지 특성에 관한 생각을 한 번이라도 가져본 사람들이라면 모두, 그것들이 각각 그의 교양과 시선에서 드러나는 것을 볼 수 있을 거예요. 부드럽고 남자다운 어조의 그 음성이 오직 고상한 마음의 느낌을 표현하기 위해 만들어진 것 같은 점은 넘어간다 해도, 아름다운 두 눈의 우울함 같은 것으로 억제된 불길, 흉내 낼 수 없이 편안하고 숭고함이 섞인 예의바른 거동은 그런 특성을 숨김 없이 드러내줘요. 그리고, 이 몇 주간 여기에서 본 많은 다른 남자들과 구별되는 것은(내가 적절하게 표현할 수 있을지), 그 두 눈의 고결한 시선이에요. 그 눈은 나를 모욕하지 않고, 내 영혼에 어떤 싫은 감정도 불러일으키지 않은 유일한 눈이에요.

C 양이 나와 언제나 가까이 있고 싶다고 아쉬움을 표하자 그에게 의문이 생겼어요. 내가 D 시에 머물지 않는 건가 하고 생각한 거지요. 난 대답했어요. 아마 머물지 않게 될 거라고요. 난 친척 아주머니 R 백작부인을 기다리고 있는데, 그분은 남편과 함께 이탈리아 여행 중이어서 돌아오면 함께 그분들의 영지로 돌아갈 것이라고요.

"아가씨처럼 활발한 정신을 가진 분이 항상 똑같은 시골생활에 만족한다는 것은 불가능해 보입니다." 그가 말했어요.

"활발하고 바쁘게 지내는 걸 좋아하는 사람은 시골에서 즐거움이 없다고 시모어 경께서 진지하게 생각하신다는 건 믿을 수 없군요."

"완전히 없다고 생각하는 것은 아닙니다. 하지만 필연적으로 따르게 될 권태라든가 피로를 생각하는 거지요. 우리의 관찰을 계속 한 가지 비난에만 한정해서 본다면 말입니다."

"고백하자면요. 제가 이 도시에 체류한 이후 두 가지 삶을 비교해보고 알게 된 것이 있어요. 여기나 마찬가지로 시골에 사는 사람도 자신의 일이나 오락거리를 변화시켜보려고 하고 관심을 갖고 있다는 점이지요. 다만 차이가 나는 것은, 시골 사람들이 일할 때나 즐길 때에는 영혼의 밑바닥에 평온함이 있지만 이곳에서는 그런 것을 못 느꼈어요. 전 이런 평온함이 아주 중요하다고 생각해요."

"저도 그렇게 생각합니다. 동시에 (그는 C 양을 향해 말했어요) 당신이 존경하는 친구의 단호한 어조로 미루어보아, 여기서 수천 명이 이 아가씨 때문에 불안에 빠진다 해도 그녀는 이러한 평온함을 유지하리라고 저는 믿습니다."

이 말을 할 때 그는 나를 보고 있지 않았고, C 양은 미소만 지었을 뿐이어서 나 역시 잠자코 있었지요. C 양을 대하는 정중함을 보고 난 보이고 싶지 않은 혼란을 느꼈어요. 그래서 그 후에는 더 이상 그를 나와의 대화에 끌어들이려 하지 않았고, 그의 옛날 여자 친구에게 합당한 우선권을 주려고 했어요. 특히 그가 그녀에게 아주 열중해서 몸을 돌리고 있을 때는 말이에요.

당신이 이렇게 말하는 게 들리네요. "왜 '옛날' 여자 친구예요? 아가씨 벌써 그분의 여자 친구가 되셨나요? 그를 본 지 이제 반 시간밖에 안 되었는데요?"

그래요, 사랑하는 에밀리아, 난 그를 보기도 전에 그의 여자 친구가 되었어요. 영주가 자리를 비운 동안 그가 숙부와 함께 짧은 여행에서 돌아오기 전에, C 양이 이미 그의 훌륭한 성품에 대해서 이야기를 해주었거든요. 내가 당신에게 그에 관해 쓴 것은, 다름 아닌 C 양이 이미 말해준 모든 고결함과 좋은 점들을, 그의 인상을 본 후에 표현한 거지요.

더 들어봐요, 에밀리아. 우리 둘이 앉아서 대화하던 창가에 그가 앉아서 생각에 잠긴 슬픈 표정을 짓고 있는 것을 보았을 때 내 마음은 동요되었지요. 난 C 양에게 그 친구를 가리키면서 낮은 소리로 말했어요. "이런 일이 자주 있나요?"

"그래요, 그건 연극이에요."

이어서 그녀는 내게 시골에서 실제로 할 수 있는 오락거리의 종류를 많이 물어보았어요. 나는 짧지만 진심으로, 내가 교육받았던 축복의 나날들에 대해서, 그리고 양부의 집에서 보낸 날들에 대해서 이야기했어요. 그리고 C 양의 인품과 우정이 내가 이 D에서 누린 유일한 즐거움이었음을 확실히 말했지요. 그녀는 다정하게 내 손을 잡으며 만족해했어요. 나는 계속해서, '소일거리'라는 말은 참을 수 없다고도 말했지요. 한편으로 난 일생 동안 한순간도 너무 길다고 느낀 적이 없었기 때문이고("시골에서요"라고 난 그녀 귀에 속삭였지요), 또 한편으로는 그 말이 가치 없는 영혼의 움직임을 표시하는 것처럼 보이기 때문이라고 말이에요. "우리의 인생은 너무 짧고, 우리의 집이나 땅에 대해서 안다면 생각할 것이 너무 많지요. 우리의 모든 정신력을 (이건 우리에게 공짜로 주어진 것이 아니니) 사용하려면 배워야 할 것도 아주 많아요. 우리는 좋은 일을 너무 많이 할 수 있으므로 이야기를 하다가 자신을 속여야 할 일에 대해 듣게 되면 거부감이 느껴져요."

"사랑하는 친구여, 당신의 진지함이 놀랍기는 하지만 재미있게 듣고 있어요! 당신은 정말이지, 영주부인께서 말씀하신 대로 특별한 인물이에요."

에밀리아, 내가 어떤 기분이었는지 모르겠어요. 이러한 생각의 색깔이 이 모임에는 어울리지 않을 것이라고 눈치는 챘지만 어쩔 수가 없었어요. 두려움이 엄습하고 멀리 가고 싶은 열망이 생기면서 내심 불안해졌지요. 특별한 이유도 말할 수 없으면서 울고 싶기까지 했어요.

C 경이 조용히 조카에게 다가가더니 그의 팔을 잡고 말했어요. "시모어, 우물가에서 안전하게 자고 있는 어린아이같이 굴고 있군. 둘러보게." 그러고는 우리 둘을 가리켰지요. "내가 자네를 깨워주는 행운이 아닌가?"

"숙부님 말씀이 옳습니다. 듣고 있는 매력적인 화음이 저를 사로잡아서, 어떤 위험도 생각지 않았습니다." 이렇게 말하는 동안 그의 눈은 생기 있고 다정한 표정으로 나를 향하고 있어서 난 눈을 내리깔고 고개를 돌리고 말았어요. 이어서 C 경이 영어로 말하길, "시모어, 주의해. 이 그물들이 괜히 아름답게 펼쳐진 게 아니니까"라고 하는 거예요. 그의 손이 내 머리카락을 가리키고 있는 걸 보고 내 얼굴이 온통 빨개졌지요. 그 아침에 난 화가 났고, 내가 영어를 안다는 걸 그가 알면 틀림없이 갖게 될 당황함도 느꼈어요. 난 당황했지만 피차 더 이상의 혼란을 주지 않기 위해서 짧게 말했어요. "나리, 전 영어를 할 줄 압니다." 그는 흠칫하며 놀라더니 나의 솔직함을 칭찬하더군요. 시모어는 안색이 변했지만 미소 지으면서 곧 C 양을 향해 몸을 돌리고 말했어요. "아가씨도 영어를 배우지 않겠습니까?"

"누구한테요?"

"저한테요. 그리고 슈테른하임 아가씨한테도요. 숙부님도 수업을 도와주실 테고, 그러면 곧 말할 수 있게 될 겁니다."

"내 친구만큼은 결코 잘하지 못할 거예요. 그녀는 반쪽 영국인이기 때문에 타고난걸요."

"어떻게 그런 일이?" 하고 C 경은 나를 향하면서 말했지요.

"제 외할머니가 왔슨 가문이었고 P 남작의 부인이셨지요. 남작께선 공사와 함께 영국에 계셨고요."

C 양이 그분에게 나와 영어로 말해보라고 부탁을 했어요. 그는 그렇게 했고, 나는 대답을 잘해서 그가 내 발음을 칭찬했어요. 그러고는 C 양을 향해, 내가 말을 아주 잘하니 나한테 배우라고 말하더군요. C 경이 그 자리를 떠나자, 시모어 경은 C 양에게 읽는 것만이라도 배우도록 노력해보라고 계획을 세워주었어

요. 그녀는 약속했지요. 그러면서 동시에 궁정 업무가 없을 때에는 매일 나한테로 오겠다고 말했어요.

"하지만 그렇게 되면 저는 얻는 것이 없겠는데요." 그가 슬픈 어조로 말했어요.

"당신은 매주 한 번씩 내가 얼마나 배웠는지 들어주면 되지요."

그는 간단하게 허리를 굽히는 것으로 대답했지요.

영주부인이 나를 불렀어요. 난 그녀를 따라 방 안으로 들어갔지요. 그녀가 말했어요. "친애하는 슈테른하임 양, 저기 류트가 있으니 연주해봐요. 나 혼자만 당신의 목소리와 재주를 들어보게 해줘요." 어쩌겠어요? 난 손가락 닿는 대로 첫 곡을 연주하고 노래했지요. 부인은 날 껴안더니 말했어요. "오, 사랑스러운 처녀여, 그대는 시골에서 모은 많은 재주를 가지고 궁정에서 교육받은 모든 귀부인들을 부끄럽게 하는군!" 그녀는 내 손을 잡아끌고 큰 방으로 돌아갔어요. 나는 그 모임이 끝날 때까지 부인 옆에 있었고 부인은 나와 함께 수백 가지 일들을 이야기했지요. 시모어 경은 자주 나를 바라보았어요. 그런데 에밀리아(이 부분을 내 사랑하는 양부님께 읽어드려줘요!), 그가 날 주목하는 것이 기뻤어요. 많은 눈들이 나를 뚫어지게 바라보고 있지만 그들에게서는 내 원칙들을 모욕하는 표정이 들어 있는 것 같아 내겐 부담일 뿐인데 말이에요.

오늘 우리는 F 백작부인 댁을 방문했어요. 그분 마음에 들려고 노력해야 하거든요. 보아 하니 그 남편은 영주가 총애하는 사람이에요. 그 부인은 거의 자신들이 누리고 있는 은총에 대해서만 이야기했고, 또 자신의 남편이 가치 있는 주인에게 헌신하는 것에 대해서도 과장되게 떠벌렸어요. 이어서 영주에 대한 대단한 찬사가 따랐고, 영주라는 인물의 아름다움과 모든 재주와 모든 면에서의 훌륭한 취향을, 특히 화려하고 아낌없이 베푸는 향연에서 그의 군주 정신을 나타낸다고 찬사를 보냈지요. (내 생각에는, 이 마지막 특성을 그렇게 칭찬하는 이유가 이 부인에게는 아마 따로 있을 거예요.) 아름다운 여성에 대한 영주의 취향에 대해서도 말했어요. "우리는 인간이에요. 그중에서 물론 탈선이 일어나기도 하지요. 하지만 불행은 군주가 자신의 눈과 정신을 사로잡을 대상을 발견하지 못했다는 사실이에요. 그러한 인물은 틀림없이 나라를 위해 기적을 일으키고 군주의 명성에 영향을 끼칠 것이기 때문이지요."

내 이모는 동조하셨어요. 난 말없이 앉아서 이러한 군주의 형상 속에서, 내 아버지가 진정한 군주들에 대해 말씀했던, 그리고 역사를 읽으면서 내 기억 속에 남아 있던 그 어떤 특징도 발견하지 못했어요. 특히 독일인의 민족성이라는 특징에 비추어 판단했을 때도 말이에요. 사람들이 내 생각을 말하라고 요구하지 않아서 나는 기뻤어요. 그때 백작부인이 나를 자기 방으로 데려가서 실물 크기로 그린 영주의 초상화를 보여주려고 했어요. 그 인물은, 실제로도 그렇다면 아름다운 모습이라고 말할 수 있겠어요. 이모가 내 초상화도 하나 그리게 하길 원하세요. 그건 참을 수 있을 것 같아요. 다 되면 에밀리아한테도 복사화를 한 점 보낼게요. 에밀리아가 고마워하리라는 건 잘 알아요. 이 편지에 대한 양부님의 생각을 알고 싶어요.

세 번째 편지

지난번 편지에서 시모어 경이 나를 절친한 친구로 생각했다는 것을 모두 보았지요. 그리고 사랑하는 양부께서는 나를 위해 기도하고 계시는군요. 이제 나를 위해서 사람의 힘으로 할 수 있는 것은 그것뿐이니.

에밀리아, 당신은 나를 사랑하고, 나를 알고 있지요. 그런데 아버님의 의미심장한 생각 때문에 내가 할 염려는 생각하지 않았는지요?

난 전부 눈치 챘어요. 시모어 경의 탁월한 성품과 그의 업적에 대해 내가 보인 적극적 존경심이 당신을 걱정하게 하고 있는 거지요. 안심해요, 귀한 친구들이여! 내가 시모어 경에게 가질 수 있는 모든 관심은, C 양에 대한 내 사랑이 주는 것이에요. 그가 사랑하는 사람은 바로 그녀이고, 그가 그녀를 행복하게 해줄 테니까 말이에요. 한 고결한 마음이 친구가 만족하는 것을 보고, 또 이웃 사람의 좋은 성품을 관찰하면서 발견하는 기쁨만이 내가 거기에서 누리는 일부분이지요.

에밀리아, 또 한 가지가 있어요. 난 완벽하고, 고상하고, 선하고, 현명하고, 사랑스러운 남자의 실재에 대해서 확신하고 있기 때문에, 비열한 남자나 단순한 농담꾼이나 그냥 예의바르기만 한 남자는 결코 내 마음을 사로잡을 수 없어요. 그리고 이것은 내가 시모어 경을 알게 되면서 얻은 큰 이득이에요.

아버님 오른팔이 아프셔서 나한테 직접 편지를 쓰실 수 없는 게 유감이군요. 아니 내가 당신의 편지에 불만이 있어서가 아니라 나에 대한 아버님의 생각을 더 많이 들을 수 있을 것 같기 때문이에요. 부상이 나으시면 그렇게 해주십사 부탁드려주길.

어제는 C 경 댁의 성대한 오찬에 갔었어요. F 백작이 오후에 와서 저녁 늦게 모두들 영주 댁으로 갔지요. 백작은 이해심 많은 편안한 남자예요. 그의 부인이 백작을 내게 모시고 와선 말했어요. "자, 당신이 직접 이야기해보세요. 그리고 저런 딸이 있었으면 좋겠다고 바란 내가 잘못인지 말해보세요." 백작은 내게 여러 가지 친절하게 말하면서 주의 깊게 나를 살피더군요. 난 이상한 생각이 들어서 정신이 나갈 뻔했지요.

시모어 경은 식탁에서 C 양과 나 사이에 앉아 거의 우리하고만 이야기했고, 차를 마실 때도 사랑스럽고 친절한 찬사로 우리를 대접했어요. 카드에 영어 시를 써서 나에게 그 시를 C 양한테 번역해주도록 부탁도 했고 말이에요. F 백작부인이 남편을 데리고 나에게 왔을 때 두 사람은 약간 떨어진 다른 창가에서 오랫동안 대화를 했어요. 그런 다음 백작은 C 경에게로 가면서 시모어 경의 팔을 잡고 같이 갔어요. C 양과 나는 그림과 동판화로 장식된 방을 구경하러 가서 사람들이 게임하자고 우리를 부를 때까지 있었지요. 그 중간 시간에는 F 백작과 C 경이 나와 함께 내 아버지에 관하여 또 내 외조모인 왓슨 부인에 대해서 이야기했는데, F 백작은 아버지를 아주 잘 알고 있었고, 할머니도 도착한 직후에 본 적이 있다고 하면서 내가 그 할머니를 많이 닮았다고 주장했어요. 갑자기 거리를 지나는 많은 사람들의 발소리가 창가에서 들려왔지요. 나는 시모어 경과 C 양이 서 있던 창가로 갔어요. 그들은 영주가 간단하지만 아주 우아하게 강에서 유람하고 돌아오는 것을 보려고 무더기로 몰려온 사람들이었어요. 나는 수많은 사람들이 초라한 행색을 하고 있고, 반면에 우리는 아주 화려한 차림에 게임 테이블 위에는 금화가 흩어져 있는 광경을 보았어요. C 양이 그렇게 비용이 많이 드는 향연에 대해 이야기하고 수많은 백성들이 그것을 보러 여러 곳에서 온다고 이야기했을 때, 난 가만있지 않고 말했지요. "전 이런 종류의 구경거리에는 적합하지 않은 것 같아요!"

"왜 그런 말을? 한 번만 보면 생각이 달라질 거예요." (시모어 경은 내내 말없이 냉정하게 있었어요.) "아니에요, C 아가씨. 제가 궁정 향연의 화려함과, 게임 테이블 위의 금화, 그리고 굶주림과 가난으로 여윈 얼굴과 남루한 옷을 입은 많은 불쌍한 사람들을 같이 보게 된다면, 결코 생각이 달라지지 않을 거예요! 이러한 대비는 제 영혼을 근심으로 채울 겁니다. 전 제 자신의 행복한 모습과 다른 사람의 모습을 증오하게 될 것이고, 영주와 궁정은 비인간적인 사람들의 모임으로 보이게 될 거예요. 자신들의 오만을 바라보는 사람들과의 엄청난 차이에서 즐거움을 느끼는 그런 사람들로 말이에요."

"아가씨, 아가씨, 그 무슨 열렬한 훈계를 하는 거예요!" C 양이 말했어요. "너무 그렇게 격하게 말하지 말아요!" "친애하는 C 아가씨, 제 마음이 흥분했군요. F 백작부인은 어제 영주의 관대하심에 대해 그렇게 많은 찬사를 하셨는데 오늘 보니 불쌍한 사람이 너무 많군요!"

C 양은 내 손을 잡고, "쉿, 쉿" 했고, 시모어 경은 진지하게 쏘아보는 눈으로 나를 보고 있었어요. 그러더니 나를 향해 손을 들고, "고결하고 정의로운 마음입니다!" 하고 말하는 거예요. "C 아가씨, 당신 친구를 사랑하세요. 그녀는 그럴 자격이 있어요.

하지만" 하고 그는 덧붙였어요. "영주에게 판결을 내리진 마세요. 사람들이 위대한 군주들에게 아랫사람의 진실한 상태를 알려주는 일은 아주 드무니까요."

"저도 그렇게 믿고 싶어요." 나는 대답했어요. "하지만 나리, 유람선을 타고 있을 때 강가에 백성들이 서 있지 않았나요? 영주는 눈이 없나요, 다른 사람들이 알려주지 않아도 수많은 연민의 대상들을 볼 수 있잖아요? 왜 그분은 거기서 느끼는 게 없나요?"

"귀하신 아가씨, 당신의 열성이 아름답군요! 하지만 그건 C 아가씨한테만 보여드리세요."

이때 C 경이 자신의 조카를 불렀고, 우리는 금방 집으로 돌아왔어요.

오늘 이모는 나를 데리고 이상한 장면을 연출했어요. 내가 옷을 다 입고 나자 이모가 내 방으로 들어왔는데, 거기서 난 벌써 책을 옆에 두고 앉아 있었지요. "네 책들에 질투가 나는구나." 이모가 말했어요. "넌 일찍 일어나서 옷을 다 입었으면 내게 올 수도 있었을 텐데. 알잖니, 내가 너하고 이야기하는 걸 얼마나 좋아하는지. 네 이모부는 항상 암울한 소송사건에 대해서만 불평하고, 이 가엾은 부인은 또 해산을 생각해야 한단다. 그런데도 넌 무뚝뚝하게도 오전 내내 그 건조한 도덕가들의 책과 함께 있으니. 나한테도 시간을 좀 내주렴. 그리고 그 진지한 신사들은 내게 맡겨두려무나."

"이모, 저도 이모님께 가는 건 좋아해요. 하지만 제가 가장 좋아하는 친구들을 떼어놓을 수는 없어요."

"같이 가자. 우리 내 방에서 이야기하자."

이모는 화장대 앞에 앉았어요. 그때 난 이모의 귀여운 두 아들과 15분 동안 놀았지요. 그 애들은 이 시간에 엄마를 만날 수 있도록 허락을 받았거든요. 하지만 그들이 가고 난 후 난 단조롭게 앉아서 이모가 화장에 들이는 엄청난 노력을 바라보며 내키지 않는 궁정 이야기를 들었어요. 공명심, 사랑의 간계, 비난, 풍자, 이모부의 성공을 위해 쌓아올리는 여러 가지 방법 등등을 말이에요. "F 백작부인 마음에 제대로 들어야 해" 하고 이모는 덧붙였지요. "넌 이모부를 위해 큰 공을 세우는 것이고 너 자신의 명성과 행복도 얻게 되는 거야."

"전 그런 건 원하지 않아요, 이모. 하지만 이모를 위해 할 수 있는 것이라면 해야지요."

"사랑하는 조피야, 넌 아주 매력적인 처녀란다. 하지만 그 늙은 목사가 너에게 옹졸한 생각을 많이 집어넣어주었구나. 그중에는 나를 불쾌하게 하는 것도 있고 말이다. 그런 생각에서 거리를 좀 두렴."

"이모, 궁정생활이 제게 맞지 않는다는 걸 확신했어요. 제 취미나 성향 모든 면에서 거리가 있어요. 그래서 고백하지만요, 이모, 전 이곳에 올 때보다 이곳을 떠날 때 더 기쁠 것 같아요."

"궁정을 아직 몰라서 그래. 영주가 오면 모두 생기가 돈단다. 그때 너의 평가를 들어보자! 정신 바짝 차려라. 넌 내년 봄이 되기 전에는 시골로 못 간다."

"그래요, 이모. 그럼 가을에 R 백작부인이 돌아오시면 그곳으로 가겠어요."

"그럼 너 없이 나 혼자서 해산해야 한단 말이냐?"

이모는 이 말을 하며 나를 다정하게 바라보고, 내게 손을 내밀었어요. 난 그 손에 입을 맞추고 그때가 오면 이모 곁에 있겠노라고 약속했지요.

식사 전에 난 내 방으로 갔어요. 그런데 내 책꽂이가 텅 비어 있는 거예요. "이게 무슨 일이지, 로지나?" 로지나가 말하기를, 백작이 와서 모두 가져가라고 했다는 거예요. 그건 백작부인의 장난이라면서.

점잖지 못한 장난이지요. 그래 봐야 쓸데없는 일일 테고요. 난 그만큼 더 많이 글로 쓸 것이니까. 새 책은 더 사지 않으려고 해요. 내 고집 때문에 이모가 화나지 않게 하려면 그래야겠지요. 오, R 아주머니가 빨리 오셨으면 좋겠어요! 이 숙모에게라면 난 기쁜 마음으로 갈 거예요. 그분은 다정하고 조용하여 자연의 아름다움에서, 학문에서, 또 선량한 행동에서 만족의 척도를 찾고 발견하는 분이니까요. 사람들은 이곳에서 그런 것을 찾지만 발견하지 못하고 인생을 허비하고 있어요.

C 양이 영어 수업을 받았어요. 내 생각에 그녀는 금방 배울 것 같아요. 벌써 다정한 관용구들을 많이 알고 있어서 그 스승이 누군지 알아챌 수 있었지요. 그녀는 우리와 함께 식사했어요. 난 이모가 내 책을 강탈했다고 농담으로 불평했지요. 아가씨는 이모 편을 들었어요. "잘 생각하셨네요." 그녀가 말했어요. "우리 슈테른하임 아가씨가 인도자도 없고 해석자도 없이 우리와 살면 그 정신이 어떻게 될지 보아야겠군요." 나는 함께 웃으며 말했어요. "전 정의로운 어떤 학자를 믿는데, 그는 말하기를, 여성들의 감정이 남성들의 사상보다 흔히 더 옳다*고 했지요." 그

---

*[원주] 이것은 편찬자가 다른 사람들로부터 얻은 많은 경험을 통해 진심으로 강조하는 말입니다.

리고 나는 집안일을 해도 좋다는 허락을 받았어요. 계속 화장대 앞에서 거울만 들여다보거나 오후 내내 게임만 하거나 할 일 없이 지내는 것은 할 수 없다고 말했거든요. 그래서 아름다운 벽걸이 작업이 시작되었고 난 열심히 할 생각이에요.

내일은 영주와 궁정 신하 전체가 함께 올 예정이에요. 오늘 저녁에는 낯선 장관들이 도착했어요. C 경은 오후 늦게 방문했는데, 시모어 경이 함께 왔고 더비 경이라고 하는 다른 영국인을 데리고 와서 자기 사촌이라고 소개했어요. 그는 시모어 경과 C 경의 이야기를 듣고 나를 매우 보고 싶어 했대요. 내가 반쪽 동향인이기 때문이라나. 더비 경은 곧 나한테 영어로 말을 걸었어요. 그는 섬세한 사람으로 정신적으로 풍부하고 편안한 타입이었어요. 이 신사들은 저녁식사까지 초청을 받았지요. 초청은 흔쾌히 받아들여지고, 이모는 정원에서 식사하자고 제안했어요. 달빛이 있어 저녁이 매우 아름다울 테니까.

작은 홀에는 금방 불이 켜지고, C 경과 함께 나가던 이모가 문 옆에서 아주 다정하게 말을 시작했어요. "사랑하는 조피야, 달빛 아래서 네가 류트를 연주해주면 고맙겠구나."

나는 류트를 가져오라고 했고, 더비 경은 내게 손을 내밀었고, 시모어는 벌써 C 양과 앞서 가기 시작했어요. 작은 홀은 정원 끝 강가 가까이에 있어서 한참 걸어가야 했어요. 더비 경은 나에 대해서 들은 기분 좋은 이야기들을 존경하는 어조로 말해주었어요. 우리가 중간 지점을 조금 지나쳤을 즈음 이모부가 다가오더니 나를 팔로 치면서 말했어요. "저것 좀 봐라, 저 무미건조한 시모어가 달빛 아래서 저렇게 다정하게 손에 입을 맞추다니!" 에밀리아, 나는 그 광경을 보고 오한을 느꼈어요. 아마 물가 가까이 있었으니까 서늘한 밤공기 때문이었는지도 모르지요. 하지만 그 순간에만 오한을 느낀 걸 보면, 아마 그 오싹함에는 두 가지 의미가 있는 게 아닌가 싶어요. 당신이 그걸 알아주었으면 해요.

　장관의 조카인 젊은 F 백작은 뒤늦게 오다가 류트를 들고 오는 하인을 만났어요. 그가 "누구한테 가는 거지?" 하고 묻고는 류트를 받아서 홀 앞에서 튕기고 있으니, 이모부가 내다보고 그를 안내해서 데리고 들어갔어요. 나는 곧 식사 전에 연주하고 노래해야 했어요. 기분이 그리 유쾌하지 못하여 노래를 고르지 않고 본능적으로 시골의 자유와 평안을 동경하는 노래를 불렀지요. 내가 듣기에도 내 소리가 너무 떨리는 것처럼 느껴졌어요. 이모가 소리쳤지요. "애야, 넌 우리 모두를 슬프게 하는구나. 넌 왜 우리를 떠나고 싶다는 걸 보여주려고 하니? 다른 것을 불러주렴." 난 말없이 순종했고, 한 오페라에서 정원사의 아리아를 불러 많은 박수를 받았어요. C 경이 영어 노래를 할 수 없느냐고 물어왔어요. 난 할 수 없다고 말했지만, 들으면 같이 따라하는 건 어렵지 않을 거라고 했지요. 더비가 곧 노래를 시작했는데, 목소리는 아름다웠지만 너무 성급했어요. 난 그에게 맞추어 반주를 하고 노래도 같이 불렀어요. 거기서 사람들은 내가 음악에 대해 귀가 밝다고 칭찬을 많이 했지요.

　F 백작부인은 나에게 다정한 말을 해주었지만, 시모어 경은 아무 말도 하지 않았어요. 그는 자주 정원에 혼자 나갔고 영혼의 심한 동요를 보여주는 표정으로 돌아와서는 오직 C 양하고만 이야기했는데, 그녀도 생각이 많은 것처럼 보였어요. C 경은 의미심장하게 나를 보았으나 그 얼굴은 만족한 표정이었고, 더비 경

은 불타는 매의 눈으로 불안하게 나를 보았어요. 이모부와 이모는 나를 쓰다듬어주었지요. 열한 시가 되어 우리는 자러 갔고, 이제야 난 이 편지를 쓰는 거예요. 잘 자요, 귀한 에밀리아! 우리 존경하는 아버님께 나를 위해 기도해주십사 청해줘요. 이런 생각을 하면 위안과 기쁨을 얻게 돼요.

—

난 이모가 계속 짧은 여행을 했으면 좋겠어요. 그러면 계속해서 반복되는 궁정 방문과 시내 방문을 할 때보다 즐거운 마음으로 이모를 수행할 텐데. 이모부의 이복누이 하나가 G 수녀원에 있는데, 유산이 많은 분이어서 이모부는 자신의 아이들을 위해 그녀의 마음을 얻으려고 애쓰고 있어요. 이런 이유로 이모는 아들 둘을 데리고 그곳에 가야 했고 나도 함께 갔어요. 그리고 그 여행을 통해서 내가 좋아할 만한 여흥도 일부 마련해주었는데, 내가 여흥에 대해 아주 민감하니까 자연과 예술의 여러 장면을 교대로 보여주며 여러 가지로 변화하는 것을 관찰하도록 해준 거예요. 그것이 비록 떠오르고 지는 해만 보는 것이었다 해도 난 D에서 도피할 수 있는 이 여행을 좋아했을 거예요. 하지만 그 이상을 보았지요. 우리가 뒤에 남기고 가는 길에 우리 독일 땅의 큰 부분을 보았고, 그 안에 때때로 거칠고 계모 같은 땅이 있어 고통당하며 참아내는 주민들이 앙상한 손으로 그 땅을 가꾸고 있는 것을 보았어요.

그들이 힘들게 애쓰며, 슬퍼 보이지만 침착한 시선으로 우리의 마차 행렬을 바라볼 때, 동정과 희망 그리고 축복이 내 마음에 찼어요. 우리를 운명의 총아라고 인사하는 그들의 경외심을 볼 때 마음속에서 무언가가 울컥했어요. 난 그들에게 그들과 내가 인간적으로 형제라는 손짓을 보내고, 또 몇 푼의 돈을 우리가 가는 길 가까이 있는 사람들에게 던져주며 그들을 위해 좋은 순간을 만들어주려고 했지요. 특히 여기저기 아이들을 앉혀놓고 일하는 여인들에게 돈을 주었어요. 내 이모는 자신의 아들들의 이익을 바라며 여행을 하고 있고, 이 여자는 자기 자식들의 최선을 위해 옹색한 일을 한다고 생각했지요. 그래서 난 이 어머니에게도 예기치 못한 선심을 누리도록 하고 싶었던 거예요.

말을 몰던 하인이 우리에게, 그 가난한 사람들의 기쁨과 그들이 우리 뒤로 외쳐대는 감사에 대해 이야기해주었어요.

다른 지역에서는 풍성한 들판과 살찐 가축과 농부들의 커다란 곳간이 그들의 행운이 깃든 유리한 상황을 증명해주어서, 난 그들이 그 축복을 잘 사용하도록 기원했지요. 내 감정은 행운의 표시를 처음 보았을 때 그랬듯이 편안했어요. 그러다, 그들을 관찰하는 데서 출발해 우리의 덜 좋은 상황과 비교되는 생각이 차츰차츰 떠오르니, 마침내 씁쓸한 불만의 마음이 생기네요.

우리는 도중에 W 백작의 성을 지나게 되었는데, 그 성을 설명하지 않을 수가 없군요. 성은 산봉우리 근처에 있었어요. 열네 시간 거리에 이르는 들판과 초원, 흩어진 농가들로 치장된 골짜기들 앞에 아주 아름다운 지역이 보이고, 골짜기에는 물고기가 풍부한 시내와 숲이 울창한 언덕이 있어요. 산 위에 만들어진 널찍한 정원과 산책로가 이전 소유주의 고상한 취미를 보여주었는데, 그 취미에서 내가 좋아하는 원칙, 즉 '편안한 것은 항상 유용한 것과 결합해야 한다'는 원칙이 아주 잘 구현되어 있었어요.

이 성과 완벽한 귀족의 농장, 정선된 도서관, 물리학적 기구들의 수집품, 고상하고, 지나치거나 부족하지 않은 집안 시설, 전체 영지를 위한 한 의사의 기부, 모든 고용인들이 평생 누릴 수 있는 생계 보장, 능숙하고 정의로운 남자들을 선별하여 관리직에 두고 아랫사람들의 복지를 위해 현명한 조례들을 많이 만들었다는 점 등등, 모든 것들이 이전 소유주의 취미와 통찰력과 고상한 사고방식의 생생한 기념비들이에요. 그 소유주는 대단한 명성을 얻으며 여러 해 동안 큰 궁정에서 최고의 관직에 재직하다가 말년을 이 편안한 농장에서 보냈다고 해요. 그의 선의와 사람 좋아하는 성격이 상속자에게 재산과 함께 대물려진 것처럼 보여요. 그래서 주변 거주자들의 최고 모임이 항상 그 집에서 열리고 있지요. 우리가 그곳에서 엿새를 지내고 나서, 나는 게임을 통해서 B 씨를 연구해보고 싶다는 생각이 들었어요. 그곳에는 낯선 사람들이 많이 왔고, 그들을 즐겁게 하기 위하여 어쩔 수 없이 게임 테이블이 놓였지요. 스무 명이나 되는 사람들은 각기 아주 다른 정신과 기질을 갖고 있고 그것은 특히 점심식사 때나 산책할 때 드러나기 마련이라, 그때는 모두 자신들의 생각이나 성향에 따라 화제에 오르는 주제들에 대해 이야기했는데, 때로는 미덕의 섬세한 감정을, 때로는 박애주의의 의무를 모욕하기도 하는 일이 자주 있었어요. 하지만 게임을 할 때는 그들 모두 한마음으로 그 게임의 정해진 규칙들에 조금도 반발하지 않고 따르는 거예요. 여기저기서 규칙을 어겼다고 누가 말한다 해도 아무도 기분 나빠하지 않아요. 오히려 그것을 인정하고 게임의 고수들의 조언에 따라 고치곤 하지요.

난 게임의 발명을 경이롭게 여기고 좋아했어요. 게임을 통하면 여러 나라의 사람들이 서로 말을 하지 않고도 전혀 반대되는 성격의 인물들조차 몇 분 안 되는 시간 안에 한데 묶여 오랜 시간 하나가 되는 마법의 연결 고리가 생기기 때문이지요. 이런 게임이라는 도구의 도움 없이는 모든 사람의 마음에 드는 오락을 제공하기는 아마 거의 불가능했을 거예요. 하지만 어쩔 수 없이 이런 생각이 들기도 해요. 즉 모든 종류의 게임에 능통하여 모든 규칙을 어기지 않으려 노력하고 그 방에서 일어나는 모든 게임을 절대 잊지 않고 규칙도 위반하지 않을 수 있는 사람이, 어떻게 15분 전까지만 해도 미덕과 평안의 규칙들을 모독하는 농담이나 말을 기회 있을 때마다 할 수 있었나 하는 생각 말이에요. 또는 고상하게 게임을 한다고 이름난 사람이고, 실제로 승부욕 없이 침착하고 친절한 표정으로 게임하던 사람이, 그 얼마 전에 주인과 하인에 관한 질문에서는 하인들에 대해 개라고 말하며 재산 관리를 맡긴 젊은 신사에게 인정사정 보지 말고 조치하라고 조언했다고 해요. 이것은 농민들을 두렵게 하고 복종하게 만들어, 매년 납부하는 공물이 정확하도록, 자신의 신분에 맞는 지출이 방해받지 않도록 하기 위해서래요.

왜일까요? 내 마음은 이렇게 말했어요. 왜 이 사람들은 영원한 법의 제정자가 우리 이웃을 위해 만든 단순하고도 관대한 규율을 따르는 것보다 한 인간이 흔히 제멋대로 만든 법에 따르는 것이 더 필요하다고 생각하는 것일까요? 왜 또 그가 이 법을 어겼다고 일깨워줄 수 없는 것일까요? 이렇게 갑자기 든 생각을 이모한테는 말하지 않으려고 해요. 이모는 항상 내 생각이 엄격하고 날카롭고 도덕적이라고 비난하시니까요. 그런 생각은 생의 모든 기쁨을 흐리게 한다고 말예요. 모르겠어요, 사람들이

왜 언제나 그런 것에 대해 나를 비난하는지. 난 명랑할 수 있어
요. 모임도 좋아하고, 음악, 춤, 농담 다 좋아해요. 하지만 인간
의 사랑과 안녕을 모독하는 것을 보면 불만을 표현하게 되지요.
그러고 나면 영혼도 감정도 없는 대화에서 편안한 즐거움을 얻
을 수도 없고, 또 쓸데없이 사소한 일에 대해서 하루 종일 말하
는 것을 듣고 있을 수도 없는 거예요.

아, 모든 큰 모임에서나 D에 있는 우리 집의 친구들 모임에서
나 이 G 시의 귀족 수녀님 같은 인물을 하나라도 발견한다면, 내
머리나 가슴이 불만스럽지 않을 텐데요! 이 고상한 귀부인을 G
에서 알게 되었는데, 나에 대한 이분의 첫 행동은 손님에 대한
예의 이상으로 보여준 존경이었어요. 다행히 난 그분 마음에 들
어서 그 정신과 마음의 사랑스러운 특성을 온전히 알게 되었지
요. 어떤 사람의 능력이나 다른 사람의 감정이 부인에게서처럼
그렇게 섬세하고 고상하며 강인하게 집약되어 있음을 난 아직
보지 못했어요. 위트를 보여주는 그분의 편한 기분이나 정신은
그 부인을 내가 이제까지 본 사람 중 가장 편안한 말벗이 되게
했어요. [그래서 난 거의 믿고 싶었어요. 우리나라 시인 중 한
사람이 사랑스러운 그리스 여인에 대해서 말했을 때 그 부인을
생각한 것이라고.

　　"장미 없어도 그녀의 위트는
　　두 뺨을 사랑스럽게 만들었을 것이다, 그 위트는,
　　찌르거나 쓰다듬는 매력이 부족하지 않고
　　한결같고, 찌를 때도 미소 짓지만,
　　그러면서 독은 없고……."]*

이 부인은 말하고 쓰는 모든 것에 대하여 조금도 힘들이지 않고 적절한 표현을 발견하는 희귀한 재능을 갖고 있어요. 부인의 모든 생각은 아름다운 그림 같고, 우아한 여신들이 가볍고 자연스럽게 흘러내리는 옷으로 감싼 형상 같아요. 진지하기도 하고, 명랑하거나 친절하며, 올바른 사고방식과 자연스럽고 꾸미지 않은 밝고 아름다운 부인의 영혼은 매력적이에요. 또 선하고 아름다운 모든 것에 대한 감정으로 충만한 마음과, 우정을 통하여 자신도 행복하고 남도 행복하게 하는 마음이 부인의 사랑스러운 성품을 완성시키고 있지요.

오직 이 부인 때문에 나는 처음으로 오래된 귀족 조상이 있었으면, 그래서 부인의 수녀원에 들어갈 수 있고, 내 생의 매일매일을 그녀와 함께 보낼 수 있다면 하고 소원했을 정도예요. 성직자의 어려움도 부인 옆에서라면 쉬워질 거예요.

당신도 한번 생각해봐요, 이 사랑스러운 부인을 다시 떠나야 하는 것이 내 마음을 얼마나 아프게 했을지. 비록 이 부인이 친절하게도 편지 교환으로 매력적인 교제의 손실을 보상해주려 했다고 해도 말이에요. 에밀리아가 직접 그분에게서 온 편지를 보았으면 해요. 그러고 나서 그 영혼의 매력에 대해 내가 지나치게 많이 말하지는 않았는지 알려주길 바라요.

그녀의 친구인 G 백작부인이 가진 성품의 특징, 겸손함에 대해서도 말해야겠어요. 부인은 이 편지를 볼 수 없을 테니 내 말을 막지 못할 거예요. 인생을 가능하면 이렇게 속세에서 멀리 떨

---

*[원주] 실제로 이 훌륭한 여성 작가에게서 나오지 않은 것이 작가의 탓으로 돌아가는 것을 막기 위해 [ ] 안의 내용은 편찬자가 추가한 것임을 고백합니다. 여기서 충실하게 그려진 이미지의 부인을 개인적으로 알게 된 행운을 얻었기 때문입니다.

어져 행복하게 보내고 싶다는 내 소망에 대해, 부인은 앞의 수녀님 다음으로 많은 관심을 보였어요. 백작부인의 조용한 업적은 겉으로 빛나려는 의도가 없기 때문에 더욱더 인상적이고, 그 정신은 섬세하고 독서와 지식으로 치장되어 있으며 꾸밈없는 솔직함과 연결되어 있어요. 또 진심에서 나온 선의는 이 부인을 높이 존경하게 하고, 모든 고상한 사람들로 하여금 그녀와 우정을 맺고 싶게 한답니다. 거의 지나치다 할 정도로 꾸밈없는, 부인의 모든 장점을 덮어버리게 하는 겸손함이라는 두꺼운 베일조차도, 내 눈에는 부인의 가치를 높여주는 것으로 보여요. 부인은 이 베일을 S 백작부인 방에서 말고는 잘 벗지 않지요. S 부인의 칭찬 외에 그녀는 다른 모든 찬사에 무심한 것처럼 보여요. 그녀는 피아노를 치는 드문 재주를 가졌고 그 재주는 다른 수백명을 자랑스럽게 하기 충분하지만, 오직 자신의 친구를 즐겁게 해줄 수 있다는 데에만 그 가치를 두는 것 같아요. 이 수녀원의 다른 점잖은 부인들 중에 T. W. 백작부인을 잊을 수가 없어요. 그분은 매일매일 미덕을 실천하고 있고 자신의 재주 중 일부를 나누어 가난한 소녀들에게 여러 가지 수공예를 가르쳐주는 데 쓰고 있어요. 특히 이 수녀원 재단의 이사장인 영주부인에게는 사랑과 존경을 보내고 싶어요. 영주부인은 사람들과 아주 잘 어울리며, 변치 않고 항상 명랑한 마음을 보이며 가까이 다가오는 사람들에게 우아하고 품위 있게 자신의 개성을 표현하고 영향을 주고 있지요. 내가 부러워할 수 있는 점이 있다면, 그렇게 위엄 있는 어머니 같은 이사장의 경험 많은 미덕과 지혜의 지도를 받으며 나날을 보내는 행운이라고 할 수 있어요.

이 여행에서 이모의 중요한 목적은 완전히 달성되었다고 당신에게 말할 수 있어서 만족해요. 우리는 다시 D에 왔어요. 그리고 수많은 방문 때문에, 우리가 하기도 하고 또 받기도 해야 하는 수많은 방문 때문에, 그렇게 오랫동안 소식을 전하지 못했던 거예요.

시모어 경이 T 박사에게

친애하는 친구여, 전 박사님이 이렇게 말하는 것을 자주 들었습니다. 독일 여행 중에 이 민족의 본성에 대해 관찰한 결과, 한편으로는 우리 철학자들의 심오한 생각을 독일인의 표현 방법과 합쳐보고, 다른 한편으로는 이들의 냉정하고 천천히 흐르는 피와 우리의 열띤 상상력을 합해보았으면 좋겠다고 말입니다. 그리고 박사님은 제 안에서도 이러한 혼합이 일어나서 저의 격정적인 감정이 온건해지기를 원했지요. 그러면서 제가 그렇게 사랑하는 학문에서 완성된 경지에 이르지 못하게 하는 장애물이 바로 그것이라고 말했습니다. 당신은 제 마음의 다감함을 통해서 머리의 유연함에 이르는 길을 발견하려고 했기 때문에, 부드럽고 선하게 저를 대했습니다. 박사님이 그 문제에서 어디까지 왔는지 모르겠지만, 귀한 친구여, 당신은 저에게 진정한 선과 아름다움을 깨닫고 사랑하도록 가르쳤습니다. 저 역시 고상하지 못하거나 사악한 일을 하느니 차라리 죽는 것이 낫겠다고 항상 원했지요.

하지만 저를 향한 숙부의 눈길을 참아내야 하는 이 초조함을 보고 당신이 만족할지는 의심이 드는군요. 그것은 숙부가 제 영혼의 행동을 방해하는 세 가지 짐이 되는 것을 의미합니다. 즉 C 경은 숙부이며 부자로, 전 그의 상속인이 되어야 하고, 장관으로서나 공사관 참사관으로서의 제 지위는 그에게 종속되어 있는 것입니다. 하지만 염려하지 마십시오. 제가 저 자신을 잊거나 C 경을 모욕하는 일은 없을 테니까요. 스스로 행동을 자제할 정도의 힘은 충분히 있습니다. 그 행동은 죽을 것 같은 우울함으로만 나타나고 전 그것을 억누르려고 헛수고를 하지요. 하지만 제가 왜 이렇게 돌려 말할까요? 처음부터 말하고 싶었던 것을 말미에 말하려고 하는 것일까요? 저는 한 젊은 숙녀에게서 이 두 민족성이 아름답고 운 좋게 혼합된 것을 보았습니다. 그녀의 외할머니는 왓슨 경의 딸이고, 그녀의 아버지는 공로가 많은 남자로 그 고귀한 명성이 기억되고 있는 남자입니다. 이 젊은 숙녀는 C 양의 친구랍니다. C 양에 관해서는 이미 편지에 썼지요. 슈테른하임 양은 여기 온 지 몇 주일 되지 않습니다. 그것도 처음 온 것으로, 그전에는 시골에서 계속 살았답니다. 그녀의 아름다움에 대한 찬사를 기대하지는 마십시오. 하지만 한 여인의 교육과 행동이 보여줄 수 있는 가능한 모든 우아함이 그녀 안에서 합일되어 있다는 말은 믿으셔도 좋습니다. 그 얼굴에 나타나는 아름다움과 진지함, 그 행동에서 보이는 고상하고 예의바른 공손함, 친구에게 대하는 그 다정함, 숭배할 만한 선한 마음, 그리고 영혼의 섬세한 감성, 이런 것이 그 외할머니로부터 받은 영국 유산의 강한 힘이 아닐까요?* 일말의 선입견 없는 학문과 올바른 생각을 갖춘 정신, 원칙을 보여주고 주장하는 남자 같은 용기, 모든 재능이 사랑스러운 정숙함과 결합된 모습, 이 모든 것은 정의로운 한 남자, 그녀의 아버지가 될 수 있는 행운을 얻었던 그 남자가 물려준 것이지요. 이 설명을 듣고, 친구여, 제가 그녀에게서 받은 인상을 판단할 수 있을 것입니다. 한 번도, 단 한 번도 제 마음이 이렇게 사로잡힌 적이 없고, 그 사랑에 이렇게 만족해 본 적도 없습니다! 하지만 이렇게 고상하고 매력적인 처녀를 영주의 정부로 삼으려 한다니 그것에 대해 뭐라고 말씀하시겠습니까? 또 저의 숙부는 제가 그녀에게 애정을 보이는 것을 금지시켰는데, 그 이유가 다른 사람이 그녀를 얻으려고 애쓸까봐 염려하는 F 백작 때문입니다. 그녀는 그 목적 때문에 궁정으로 이끌려 왔다는군요. 이런 생각을 가진 그녀의 이모부 뢰바우 백작에 대한 경멸감을 저는 숙부에게 내보였습니다. 전 아가씨에게 이 끔찍한 계획에 대해서 알리려고, 숙부한테 무릎을 꿇고 간청했지요. 그녀와 결혼하여 그녀의 미덕과 명예와 평안을 구할 수 있게 허락해주십사 하고 말입니다. 숙부는 제게 조용히 말씀하셨어요. 자신도 아가씨를 존경하고, 아가씨가 이 모든 파렴치한 계획을 수포로 돌아가게 할 것임을 확신한다며, 그녀가 품위 있는 성격에 맞게 행동한다면 마땅히 그녀의 미덕은 보상받을 것이라고 확약했습니다.

"하지만 궁정 전체가 그녀를 예정된 애첩으로 보고 있는 한 내가 할 수 있는 것은 없구나. 조카는 이중적 명성을 가진 여인

---

*[원주] 저는 슈테른하임 양의 영국 민족에 대한 약간의 편파성에 대해 이미 서문에서 약점이라고 언급했고, 작품에 크게 변화를 주는 것이 아니라면, 이 훌륭한 작품에서 삭제했으면 했습니다. 우리가 아주 지혜로운 영국인들을 믿어도 된다면, 슈테른하임 양과 같이 아름다운 성향의 숙녀는 독일에서나 마찬가지로 영국에서도 드물다고 봅니다. 하지만, 여기서는 젊은 영국 청년이 말하고 있고, 그는 당연히 자기 민족의 편을 들 것이며, 때로는 올바르지 않게 생각할 권리가 있는 열광자입니다.

을 택해서는 안 되네. C 양과 가까이 하면서 슈테른하임 양의 성향을 알아보게. 난 F 백작이 꾸미고 있는 물밑거래에 대하여 조카에게 소식을 알려주지. 그 아가씨 성격의 모든 특징으로 보아 미덕은 승리하리라는 희망이 보이기는 하지만, 그것은 온 세상이 보는 데서 이루어져야 한다네."

숙부는 저로 하여금 영주가 굴욕당하는 것을 보고 싶다는 열망을 갖게 했습니다. 그리고 저는 미덕이 저항하는 재미있는 연극을 상상했지요. 이러한 생각으로 전 모든 행동을 숙부의 지시에 따라 하기로 했습니다. 게다가 더비 경이 새로운 동기를 부여했으니 말입니다. 그는 그녀를 보고는 그녀의 희귀한 매력에 열정적으로 사로잡혀서—그의 취향을 사랑이라고 부를 수는 없습니다만—저에게 미리 선언하고 저를 앞질러 간 겁니다. 그가 그녀를 잡으면 제 행복은 날아가는 것이요, 영주가 그녀를 취할 때에도 마찬가지지요. 만일 그녀가 평판 나쁜 남자를 사랑할 수 있다면 저 같은 사람은 절대 사랑하지 못할 것입니다. 하지만 전 비참합니다. 너무도 사랑하는 대상이 불행하게도 악덕의 함정에 걸린 것을 보고 있기 때문에 몹시 비참합니다. 그녀의 원칙을 믿고 싶은 희망과 인간의 나약함을 두려워하는 마음이 번갈아가며 저를 고문하고 있습니다. 오늘, 친구여, 오늘 그녀는 궁정극장에서 영주에게 첫 선을 보입니다. 기분이 좋지 않습니다. 하지만 인생이 걸려 있는데 그곳에 가야겠지요.

친구여, F 백작이 그 아가씨의 정신을 얻는 일에 회의적이라고 해서 좀 기운이 납니다.

숙부는 저에게 극장 안에서 자신 옆에 있으라고 했습니다. 아가씨는 그 품위 없는 이모와 함께 F 백작부인의 특별관람실로 들어갔지요. 그녀가 너무 사랑스러워 보여서 제 마음이 아팠습니다. 제가 숙부와 함께 이 세 숙녀에게 동시에 허리 굽혀 인사한 것이 그녀를 바라본 유일한 순간이었습니다. 곧이어 모든 귀족들과 영주가 들어왔고, 영주의 호색한 시선은 곧 F 백작부인의 관람실로 향했지요. 그런데 아가씨가—물론 다른 매력도 있었지만—너무 우아하게 절을 해서 이 점 역시 영주의 눈에 띄었을 것이 틀림없습니다. 영주는 곧 F 백작과 이야기하더니 다시 아가씨를 보고 특별히 그녀에게 인사를 했습니다. 모든 시선이 그녀에게 집중되어서인지 잠시 후에 아가씨는 F 백작부인 뒤로 반쯤 숨었습니다. 오페라가 시작되었고, 영주는 F 백작과 이야기를 나누더니 결국 백작은 백작부인이 있는 관람실로 향했습니다. 백작은 신사들과 백작부인들에게 그들이 아가씨의 자리를 빼앗고 있다면서, 그들은 자주 보았을 공연을 여태 한 번도 보지 못했을 아가씨에게 좋은 자리를 양보하지 않았다고 지적했습니다.

"백작님, 그것은 이유가 되지는 않아요" 하고 아가씨는 조금 진지하게 말했습니다. "이 자리는 제가 골랐습니다. 전 잘 볼 수 있고, 남들한테 잘 보이지 않아서 만족합니다."

"하지만 다른 사람들이 아가씨를 보는 즐거움을 뺏고 있지 않소?" 그 말에 대해서 아가씨는 그런 칭찬의 말이 대단치 않다는 듯 그저 허리 굽혀 인사할 뿐이었어요. 백작은 오페라에 대한 그녀의 의견을 듣고 싶어 했지요. 그녀는 또 그 특유한 어조로, 이런 오락이 그렇게 많은 사람들에게 사랑받는 것은 이상하지 않다고 말했습니다.

"그것이 그대 마음에 드는지, 그대가 어떻게 생각하는지 알고 싶소. 그리 진지해 보이니 말이오."

"그렇게 많은 종류의 재능들이 하나로 통합되는 그 노고에 감탄했습니다."

"그것이 그대가 느낀 것의 전부요? 여주인공이나 남주인공에 대해서는 아무것도 느끼는 것이 없소?"

"아뇨, 백작님, 조금도 느껴지지 않아요" 하고 그녀는 미소 지으며 말했다고 하지요.

식사는 W 영주부인 궁에서 했습니다. 영주와 공사관 사람들, 그 밖에 다른 손님들도 참석했는데, 그중에는 슈테른하임 양의 이모부 뢰바우 백작도 있었습니다. F 백작부인은 아가씨를 온갖 미사여구와 함께 영주에게 소개했고, 영주는 부자연스럽게 그녀 아버지의 이야기를 많이 했으며, 이에 대해 아가씨는 짧게 감동한 어조로 대답했다고 합니다. 식탁에서는 혼란스러웠습니다. 신사 하나가 숙녀 하나 옆에 앉도록 했지요. 장관의 조카 F 백작이 아가씨 옆에 앉고 아가씨는 영주에게 보이는 자리에 앉혀졌으며, 영주는 끊임없이 그녀를 바라보았습니다. 저는 아가씨 쪽을 자주 보지 않으려고 신경을 썼습니다만, 그녀의 표정에서 불만을 볼 수 있었지요. 사람들은 식사를 빨리 마치고 게임을 하려고 했습니다. 영주부인은 아가씨를 데리고 게임 테이블을 돌아 소파로 가 앉은 다음 그녀와 아주 다정하게 이야기를 나누었습니다. 영주도 영국 귀족들과 게임을 한 판 마친 후 그리로 와서 합석했습니다.

다음 날 F 백작은 숙부에게 말하기를, 뢰바우 백작이 아가씨를 데리고 온 것을 비난하고 싶다고 했습니다. 그녀는 격렬한 열정을 부추기기에 충분하지만 자신의 매력을 전혀 뽐내지 않고,

오페라를 보고는 모든 재능들이 하나로 통합되는 노고라고만 생각하고, 산해진미의 식탁에서는 사과절임밖에 안 먹고 물만 마시고, 궁정에서 시골 목사 가정을 향해 한숨짓고 하는 모든 것이 정신적이고 감상적이라고 말입니다. 그런 처녀의 마음을 얻기는 어렵다는 것이지요!

신이여 뜻대로 하소서, 하고 전 생각했습니다. 이 힘든 상황을 더 오래 견딜 수가 없어요!

이런 저를 어떻게 생각하는지, 제가 뭘 해야 하는지, 곧 편지를 주십시오.

슈테른하임 아씨가 에밀리아에게

오, 에밀리아! 다정하고 미덕 있는 친구와의 생기 돋는 대화가 얼마나 필요한지 몰라요!

내가 D에 가도록 설득당한 날이 얼마나 불행한 날이었다고 생각하는지 알아요? 난 그리도 행복하고 조용하게, 만족스럽게 거닐던 영역을 벗어나고 만 거예요. 여기에서 난 아무에게도, 적어도 나 자신에게조차 쓸모없는 사람이에요. 내가 가장 좋다고 생각하고 느끼는 것을 말할 수 없어요. 사람들이 날 '우스꽝스럽게 진지하다'고 보니까요. 내가 같이 지내는 사람들에게 아무리 호의적으로 그들의 언어로 이야기하려고 노력해도 이모는 내게 만족하는 일이 드물고, 나 또한 이모에게 자주 만족하지 못해요. 내가 고집 센 것이 아니에요. 친구여, 정말 그렇지 않아요.

난 사람들이 나처럼 생각하기를 요구하지 않아요. 그건 도덕적으로 불가능하다는 걸 잘 알고 있어요. 어떤 사람이 아침 시간을 화장대 앞에서, 오후 시간을 방문으로, 저녁과 밤 시간을 게임으로 보낸다고 해서 나쁘게 생각하지는 않아요. 이곳은 큰 세계이고, 그들의 삶의 습관은 이런 식으로 구분되어 시작되었으니까요. 전에 외할머니 댁을 방문하던 많은 사람들을 보면서 그들에게는 좋은 지식이 부족한데도 타고나면서 많은 재능이 있음을 보고 의아하게 생각했던 것도 훨씬 덜해졌어요. 사랑하는 친구여, 이렇게 귀를 마비시키는 듯한 떠들썩한 소음 속에서는 한 젊은 사람이 제정신 차릴 수 있는 순간을 발견하는 것이 불가능해요. 요컨대 여기 있는 모든 사람들은 이런 식의 생활양식과 행복과 만족에 대한 지배적 생각에 습관이 되어 있고 그것을 사랑하는데, 마찬가지로 나는 교육과 본보기를 통해 내 머릿속에 자리 잡힌 원칙과 사고를 사랑하는 거지요. 하지만 사람들은 나의 관용과 공정함에 만족하지 않아요. 나도 그들처럼 생각하고 느끼라는 거예요. 치장이 잘된 것을 기뻐하고, 다른 사람들의 찬사에 행복해야 하고, 만찬이나 무도회에 홀딱 반해야 한다는 거지요. 오페라만 해도 그래요. 내가 그것을 처음 보았으니 정신이 나가야 마땅하다는 건데, 난 영주가 칭찬하는 것을 보고 무엇이 그렇게 즐거운지 몰랐어요. 극장에서 사람들은 내내 나에게 묻더군요. "자, 아가씨, 얼마나 마음에 드세요?"

"좋았어요" 하고 난 아주 태연히 말했지요. "제가 이 오페라에 대해서 가졌던 생각에 맞게 완벽했어요." 그때 사람들은 불만스러운 표정으로, 무슨 말을 하고 있는지 모른다는 사람처럼 나를 보았지요. 내 감정에 잘못이 있을지도 몰라요. 내가 오페라를 좋아하지 않을 수도 있고요. 난 그것을, 내가 영어 소설에서 읽은 바와 같이, 전장에서 노래하는 장군과 죽어가면서 떨리는 목소리의 트레몰로로 끝맺음하는 연인에 대한 우스꽝스럽고 자연스럽지 못한 묘사가 준 인상의 결과라고 보아요. 이런 오락을 사랑하는 사람을 아무도 비난할 수는 없어요. 그렇게 많은 시각과 청각을 위한 예술들이 결합된 것을 보면 그것을 관찰하는 것도 유쾌한 일이지요. 여배우나 무용수가 불러일으키는 열정은 더할 나위 없이 자연스럽다고 봐요. 여배우는 지성(이 말을 써도 되겠지요)을 가지고 자신의 배역을 연기해요. 그녀는 자신이 표현하는 등장인물 속으로 들어가서, 고상하고 사랑스러운 생각을 풍부한 영혼에 담아 말하면서 자신도 그 자리에 있게 되는 거예요. 게다가 정선된 의상, 감동적인 음악, 모든 보조적인 무대장치까지. 그러니 감수성 많은 한 젊은 남자가 극장에 들어와 자연과 예술의 거친 물결에 부딪친다면, 거기서 어떻게 자신을 구출해낼 수 있겠어요?

우아한 자태의 무용수는 모든 동작 하나하나가 매력으로 가득 차 있어요. 사실이지, 에밀리아, 그 무용수가 사랑받는 것은 이상한 일도 아니고 욕할 일도 아니에요. 하지만 난 여배우를 사랑하는 남자가 무용수를 사랑하는 남자보다 더 고상하다고 생각해요. 어디선가 읽은 적이 있어요. 화가와 조각가에게 아름다움의 선이란 아주 섬세하게 그어진 것이어서, 화가가 그것을 넘어서면 그 선이 사라지는 것이고, 그가 그 아래에 머물면 작품의 완벽성이 떨어진다고요.

무용수가 가진 도덕적 매력의 선도 똑같이 섬세하게 그려져 있다고 생각해요. 그 선은 아주 자주 넘어갈 수 있는 것처럼 보이지요.

어쨌거나 나는 오페라 한 편을 본 것이 아주 만족스러워요. 이번 일로 인해 그것에 대한 나의 생각이 아주 확실해졌으니까요. 하지만 오페라를 더 못 본다고 해도 불만은 없어요.

오페라가 끝난 후 W 영주부인과 식사하는 자리에서 난 영주에게 소개되었어요. 그에 대해 무슨 말을 해야 할까요? 그는 잘생겼고, 아주 친절했고, 내 소중한 아버지를 많이 칭찬했는데, 그것이 불만스러웠다고 할까요? 그래요, 에밀리아, 이제 사람들이 아버지를 두고 하는 찬사가 더 이상 기쁘지 않아요. 그 어조는 사람들이 마치 이렇게 말하는 것처럼 들려요. "당신이 아버지에 대해 대단한 자부심을 갖고 있다는 걸 알아요. 그러니 좋은 말만 해줄게요." 그런데 영주는 내게 던지는 그 시선 때문에 자신이 할 수 있는 가장 좋은 말을 망치지 않았나 싶어요.

그 시선, 에밀리아! 신이여, 그 시선을 다시 보지 않게 해주소서! 그 스페인식 복장은 또 얼마나 싫었는지. 그건 내게 오직 고관이라는 의미밖에 없었어요. 내가 한 번이라도 내 몸매에 대해 자만했다면, 어제 그 대가로 벌을 받은 거예요. 그런 추한 시선의 대상이 되었다는 생각 때문에 쓰라린 고통이 나를 뚫고 지나갔어요. 에밀리아, 난 여기 더 있고 싶지 않아요. 당신한테 가고 싶고 내 부모님 유해가 모셔진 곳으로 가고 싶어요. R 백작부인은 너무 오래 떠나 계시는군요.

오늘 F 백작부인은 온갖 미사여구로 나라는 인물과 정신에 대하여 영주가 칭찬했다고 이야기해주었어요.

내일 백작이 큰 오찬을 베푸니까 나는 거기에 가야 해요. 이곳에 온 이후로 한 번도 내 취향에 따라 즐거웠던 적이 없어요.

C 양과의 우정이 유일하게 날 기쁘게 한 것이었는데 이것마저도 더 이상 없어졌어요. 그녀는 내게 아주 냉랭하게 말하고, 더 이상 찾아오지도 않으며, 게임에서도 더 이상 같은 편이 되지 않아요. 항상 함께 이야기하고 있는 그녀나 시모어 경에게 내가 가까이 가면 그들은 말을 멈추고, 시모어 경은 슬픈 표정으로 멀어져 가요. 그러면 아가씨는 그를 바라보면서 넋이 빠져 있지요. 내가 어떻게 생각해야 할까요? 내가 경과 이야기하는 것을 아가씨가 바라지 않는 걸까요? 그는 자신이 완전히 헌신하고 있다는 것을 보이기 위해서 멀리 가는 것일까요? 그는 그녀 말고는 아무하고도 이야기하지 않아요. 오, 친구여, 이 땅에서 내 마음은 어찌 이리 낯설까요! 다른 사람을 위해 내 행복을 내놓으려는 내가, 그들의 행복을 방해하지 않나 하고 염려해야 하다니요. 친애하는 C 양, 제가 당신의 불안을 없애드리겠어요. 내 눈으로 하여금 시모어 경을 바라보는 즐거움을 금지하겠어요. 내 시선은 어차피 잠깐만으로도 충분하니까요. 당신이 사랑할 만한 남성과 행복한 대화를 할 때 당신을 찾지 않겠습니다. 조피 슈테른하임은 약탈을 통해서 자기 마음의 행복을 얻으려 하지 않는다는 것을 보게 될 거예요! 에밀리아, 이런 생각을 하니 눈물이 고이는군요. 하지만 이곳에서 얻은 유일한 친구를 잃고, 존경하는 남성과의 교제를 잃은 것에 대해서는 눈물 흘릴 만하겠지요. D는 내게 그 외에 다른 사람을 잃게 하지는 않을 거예요. 친구여, 내일, 내일이라도 떠났으면 좋겠어요.

왜 당신 편지에는 양부님에 대해서는 아무 말도 없고, 당신의 여행과 동반자에 대해서도 아무 말이 없는 거지요?

에밀리아, 당신의 편지와 사랑과 신뢰가 내가 고대하는 유일한 좋은 일이에요.

D에는 아무것도 없어요. 나를 위한 것은 아무것도 없어요.

☙

더비 경이 파리의 친구에게

자네의 그 진부한 이야기를 곧 끝내주겠네. 이 스승의 면전에서 자네가 어디까지 잘난 체하며 떠들어댈지 지켜보려고 이제까지 참아왔지만 말이야. 내가 독일의 연애담을 계획하고 실천한 것을 자네에게 보여줄 생각이 없었다면, 자네도 오늘은 내 풍자의 회초리 맛을 보았을 것이네. 돈으로만 얻을 수 있는 파리 사람들의 정복이란 뭘 말해주는가? 그렇지 않다면 프랑스 여자가 자네의 넓적한 얼굴과 깡마른 몸집을 가지고 뭘 하겠는가? 영국 신사들이 파리에서 정복한 여자들이란 누구인가? 교태 부리는 여자와 여배우, 이 둘은 애교 있고 매력적이지. 하지만 그들은 벌써 아주 많은 사람들한테 그래 왔기 때문에 그것을 자랑하는 남자는 바보가 틀림없어. 내가 거기 안 가보았겠는가, 잘생긴 신사 나리들? 명망 있는 집안의 잘 교육받은 딸들과 정신적으로 존경받을 만한 부인들과는 교제의 기회조차 없었다는 것을 내가 모르겠는가? 그러니 나한테 너무 뻐기지 말게, 착한 B여. 자네들의 승리라는 것에 대해서는 개선가를 부를 만하지 않으니까. 하지만 제신들에게 바쳐진 자연과 예술의 걸작품을 탈취하고, 영리함과 미덕의 아르고스* 같은 감시인을 잠재울 뿐 아니라, 나라의 장관들을 속이고, 사랑받는 위험한 연적의 시도까지

묵살시켰는데, 어떤 손이 그렇게 했는지 알지 못하게 했다는 사실, 이것이야말로 특기할 만한 일이 아니겠는가!

자네는 알겠지, 내가 내 감각을 지배하는 힘 외에는 어떤 것도 사랑에 맡기지 않는다는 걸 말이야. 그 감각의 가장 섬세하고 생생한 기쁨이 사랑이지. 그래서 내 눈의 선택은 매우 세심하고, 대상들은 항상 바뀐다네. 모든 종류의 미인들이 나에게 빠졌고, 난 그들에게 싫증이 났지. 이제는 추녀라도 내 노예로 만들려고 했다네. 이 여자 다음에는 재주 있고 개성 있는 여자들을 내게 종속시켰지. 얼마나 많은 철학자들이나 도덕가들이 섬세한 그물이나 올가미들에 대해서 논평을 했는지. 여자들 세계의 미덕이나 자존심, 지혜, 냉정함, 교태, 또 경건함조차 내가 모두 사로잡아버린 그 그물에 대해 말일세. 나도 솔로몬 왕처럼 태양 아래 새로운 것은 이제 아무것도 없다고 생각했지. 하지만 사랑의 신 에로스가 내 허영심을 비웃었다네. 에로스는 어느 궁벽한 시골에서 어느 연대장의 딸을 이곳으로 데려왔는데, 그녀의 모습이나 정신이나 성격이 너무 새롭고 매력적이어서, 이전의 내 모든 시도들은 헛된 일이 될 정도였네. 만일 그녀가 나한테서 달아난다면 그렇게 되겠지. 난 정신 바짝 차려야 한다네. 시모어가 그녀를 사랑하거든. 하지만 그는 C 경에게 끌려 다니고 있어. 이 장미는 영주에게 바치도록 되어 있고, 그 대가로 영주는 그녀 이모부의 소송을 이기도록 해야 하기 때문이라네. F 백작의 아들은 자신이 그녀와 위장결혼을 하겠다고 자청했다네. 하

*그리스 신화에 나오는, 앞뒤로 눈이 두 개씩 붙었거나 전신에 무수한 눈이 붙은 괴물. 헤라의 명으로 감시 임무를 맡았으나 제우스의 속임수에 넘어가 눈을 감고 잠이 들었다가 목이 베였다.

지만 그가 그녀의 사랑을 얻게 된다면, 뢰바우 백작과 자기 아버지의 계획이 수포로 돌아가는 거지, 바보 자식! 그가 그녀를 차지해서는 안 돼. 우울하고도 상냥한 시모어는 그녀의 미덕이 승리하기를 기다리는데, 그도 안 돼. 영주는, 그녀를 가질 만한 자격이 없어! 그녀는 날 위해 꽃같이 피어나야만 해, 그건 정해졌어. 내 모든 이성을 동원하여 그녀의 약점을 찾아낼 거야. 그녀는 민감해, 난 그걸 그 시선에서 보았지. 그녀가 나하고 대화하면서도 시모어에게 자주 던지던 그 시선에서 말이야. 그녀는 솔직하기도 해. 나한테 말하기를, 나에게는 선한 마음이 부족한 것 같다나. "아가씨는 시모어 경이 저보다 착하다고 생각하십니까?" 내가 물었지. 그녀는 얼굴이 빨개지더니 그런 것 같다고 말하더군. 그렇게 함으로써 그녀는 나를 질투로 분노하게 만들었으나 동시에 그녀의 마음으로 향하는 길을 내게 보여주었지. 나는 어쩔 수 없이 어려운 가장을 해야겠네. 내 성격을 그녀에게 맞추어 조화시켜야 하니 말일세. 하지만 그녀가 내 성격에 맞춰야 할 시간이 올 걸세. 그러면 그녀와 함께 이러한 노력들은 거두겠어. 틀림없이. 그녀의 섬세하고 깨인 정신이 그 모든 능력을 사용한다면, 그녀는 쾌락의 나라에서 새로운 발견을 할 것이네. 하지만 그녀의 장점과 재능에 대해 칭찬하는 것으로는 그녀를 감동시키지 못해. 정열을 환기시키는 모든 일반적 표현들에 대해서도 그녀는 무관심하다네. 고고한 정신과 선한 영혼이 드물게도 그녀 안에서 결합되어 있는 것처럼 보이지. 마치 그 인격 안에서 훌륭한 교양의 모든 매력이 큰 원칙을 부여하는 진지한 본질과 합일되어 있듯이 말이네. 그녀의 모든 동작, 그 목소리의 단순한 어조가 그녀에 대한 사랑을 불러일으킨다네. 그런데 동시에 그 눈의 꾸밈없는 단 한 번의 시선으로 그 사랑을 쫓아버리는 것 같기도 하다네. 그렇게 순수하고 흠이 없는 영혼이 그녀에게서 보여. 잠깐, 어쩌다가 내가 이렇게 수다스럽게 되었지? 그 가련한 시모어가 아름다운 Y에게 빠졌을 때 쓴 편지에서도 그랬지. 이 시골 처녀도 나를 몽상가로 만들 것인가? 내 의도에 맞는다면 그래도 좋아. 하지만 제우스 신에게 걸고, 그녀가 나를 해롭지 않은 사람으로 여겨야 해! 난 C 경의 제2비서를 손에 넣었네! 그자는 반쯤 악마야. 신학을 공부했는데 비행을 저질러서 처벌을 받고 대학을 그만둔 사람이네. 그 이후로 그는 경건한 모든 사람들에게 복수하려고 하지. "그녀의 오기를 꺾어줄 수 있다면 좋지요" 하고 그가 말했네. 그를 통해서 시모어를 염탐하려고 하네. 시모어가 항상 설교하는 도덕 때문에 그는 참을 수 없어 하니까. 자네 보기에도, 이 신학도는 아주 급격한 변화를 겪은 것 같지. 하지만 그런 자가 지금 내게 필요하다네. 나 자신이 직접 행동할 수 없으니까 말이야. 오늘은 이만 쓰겠네, 누가 왔나보네.

슈테른하임 아씨가 에밀리아에게

에밀리아! 슬픔으로 쓰러질 것 같아요, 양부께서 돌아가시다니! 왜 모든 일이 끝날 때까지 나나 로지나에게 편지를 쓰지 않았나요? 착한 로지나는 탄식하며 시간을 보내고 있어요. 그 애를 위로하려고 해보지만, 나 자신의 영혼이 침체해버렸어요. 소중한 친구여, 그 땅은 지금 우리의 가장 좋은 분들을 덮고 있군요, 우리의 존경스러운 부모님들을요! 그 어떤 마음도 나만큼 당신의 상실감을 알지 못할 거예요. 난 당신의 고통을 두 배로 느끼고 있어요. 왜 내가 아버님의 마지막 축복을 직접 들을 수 없었나요? 왜 내 눈물이 그분의 성스러운 묘지에 뿌려질 수 없었나요! 난 그분의 두 딸과 똑같이 자식 같은 마음으로 그분을 위해 울고 있는데. 가엾은 로지나! 그 애는 내 옆에 앉아 내 무릎에 머리를 대고 눈물을 바닥에 뚝뚝 떨어뜨리고 있어요. 그 애를 껴안고 난 함께 울고 있어요. 신이 우리의 걱정을 통해 우리 영혼의 지혜를 꽃피우게 하시길, 또 그것을 통해 우리 아버님들의 마지막 소원이 이루어지도록 하시길! 특히 양부께서 그 딸 에밀리아를 위해 빌었던 소원, 그분의 떨리는 손이 에밀리아의 결혼을 축복하고 귀한 친구에게 보호를 맡긴 그 소원을 이뤄주소서. 미덕과 우정은 나와 로지나의 몫이 되게 해주소서, 죽을 운명의 순서가 우리에게도 행복한 순간에 닥칠 때까지. 그 후에는 고상한 마음이 나를 향해 좋은 모범을 보인 것에 감사를 외치게 해주시고 나로 인해 생기를 얻은 불쌍한 사람이 나를 기억하며 축복하게 해주소서! 그러면 그 현명한 분이자 인간의 친구인 그분은 내가 삶의 가치를 알았노라고 말씀할 수 있겠지요!

더 이상 편지를 쓸 수 없군요. 우리 로지나는 더욱 그렇고요. 로지나는 오빠와 언니의 사랑을 간청하면서, 계속 내 집에서 살겠다고 하는군요. 당신도 이것에 불만이 없기를 바라요. 그리고 그녀를 통해 우리 우정의 끈을 튼튼하게 만들어요. 고결하고 선한 마음으로 그 끈이 끊어지지 말아야 해요. 에밀리아에게 눈물의 포옹을 보냅니다. 내 아버지 친구 곁에 아무것도 같이 묻어드리지 못하고 이 편지를 끝내야 하는 것이 얼마나 슬픈 일인지 믿지 못할 겁니다. 영원한 행복이 당신 아버님과 내 아버님을 보상하시길! 에밀리아, 로지나, 언젠가 우리 모두가 두 분 아버님께 그분들의 미덕과 우정에 합당한 자손임을 보여드릴 수 있도록 그렇게 살아요.

시모어 경이 B 박사에게

그 아가씨는 점점 더 사랑스러워지지만 저는…… 저는 점점 더 불행해집니다. 영주와 더비가 그녀의 존경을 얻으려고 노력하고 있어요. 그 두 사람은 그것만이 그녀 마음에 이르는 유일한 길이라고 보고 있지요. 제 정열의 이중적 고집 때문에 전 똑같은 일을 할 수 없습니다. 오직 그녀를 관찰하면서 흠 잡히지 않을 행동만 하려고 하고 있습니다. 그 아가씨는 반대로 저와 C 양을 피하고 있습니다. 전 그녀가 말하는 것을 더 이상 못 듣게 되었지만, 그녀가 경의를 표하고 있는 더비의 이야기를 듣고 그 영혼의 고상함이 계속 증명되고 있음을 알고 있습니다. 제 생각에는 그녀가 처음으로 그의 마음속에 미덕의 행동을 집어넣은 것 같습니다. 며칠 전에 그가 말하더군요. 아가씨를 어떤 모임에 데리고 가려고 그녀 방에 들어가보니 그녀의 시녀가 그 앞에 무릎을 꿇고 앉아 있더랍니다. 아가씨는 아직 옷을 다 입지 않아서 아름다운 머리카락이 가슴과 어깨 위에 흘러내려와 있는데, 무릎 꿇고 있는 처녀의 목에 팔을 두른 채 처녀의 머리를 가슴에 안고 떨리는 음성으로 정의로운 자의 죽음과 미덕의 보상에 대해서 말하고 있었답니다. 그 눈에서는 눈물이 흘러내렸고, 마침내 그녀는 눈을 들어 하늘을 쳐다보며 자신의 아버지와 자신을 가르친 남자를 위해 명복을 빌었다 합니다. 이 모습에 더비는 매우 놀랐다는군요. 아가씨가 그를 알아보고 외쳤답니다. "오, 더비 나리, 지금은 때가 안 좋군요. 부탁인데, 제 이모님께 가셔서 사과드려주시겠습니까? 오늘은 아무도 만나고 싶지 않아요." 그 엄숙하고도 감동적인 모습에 그는 이중의 비난을 받은 듯 씁쓸했다고 합니다. 그녀가 자기 사고방식을 경멸하는 것처럼 느꼈다는군요. 그는 대답했답니다. 자신이 이 순간에 그녀에 대해 느끼고 있는 경외심을 그녀가 볼 수 있다면, 그녀는 신뢰에 맞게 자신을 존중해주었을 것이라고요. 하지만 그녀는 그 말에 대꾸하지 않고 그대로 시녀와 머리를 맞댄 채 있었으므로 그는 그 자리를 떠날 수밖에 없었다고 합니다. 뢰바우 백작부인에게 전해 듣길, 그 일은 P 마을 목사의 죽음과 관계되는 것으로, 그 목사는 아가씨를 얼마 동안 교육했고 바로 그 시녀의 아버지였다고 합니다. 뢰바우 백작과 그 부인은 아가씨가 이 남자와 주고받던 몽상적인 편지 교환이 이제 끝나게 되어 다행스럽다고 했답니다. 이제는 아가씨를 좀 더 귀족 신분에 맞는 사고방식으로 이끌 수 있겠다고 말이지요. 그리고 그들은 아가씨에게 가서 슬픔 때문에 모임에 가지 않겠다고 결정한 것을 꾸짖었다 합니다. 그녀는 이렇게 말했지요. "이모, 그렇게 여러 주일 동안이나 저는 이모 호의에 대한 빚을 갚으려고 궁정의 관습에 맞추며 저 자신을 바쳤어요. 그러니 우정과 미덕의 의무를 지키기 위해서 하루쯤은 허락하실 수 있잖아요!" 그러자 백작부인이 막았답니다. "그래. 하지만 너는 항상 한쪽 가족만 생각하고 있어. 여기서 너에게 보여주는 관심과 사랑에 대해서는 너무 무신경하다고." "자애로운 이모님, 제가 감사를 모르는 인간으로 보였다면 죄송해요. 하지만 제 영혼을 선한 원칙으로, 제 정신을 유용한 지식으로 채워준 사람은 좀 더 깊은 감사를 받을 자격이 있지 않을까요? 자신의 '순간'적인 유흥에 참여하기 위하여 저를 '필요'로 하는 궁정의 낯선 사람보다는 말이에요." "넌 그 말을 '다양한' 유흥이라고 좀 더 세련되게 말할 수도 있을 텐데 말이다." "이 모든 실수들이 저는 궁정에서 아주 쓸모 없다는 걸 증명해주네요." "그래, 오늘은 특히 그렇구나. 넌 집에 있어야겠다."

더비는 그 이야기를 가벼운 어조로 말했지만, 제 마음의 동요를 자세히 주시하고 있었지요. 박사님도 아다시피 저는 그런 동요를 잘 숨기지 못하는데, 이 경우에는 아주 불가능했습니다. 아가씨의 성품에 감동하면서, 그녀를 옆에서 보고 들은 더비를 시샘했습니다. 나 자신과 숙부, 영주가 불만스러워 저는 소리쳐 말했습니다. "그 아가씨는 매우 고상하고 희귀한 성품을 가졌어. 그녀를 망치려고 하는 불쌍한 자들은 벌 받을지어다!" "그 아가씨가 희귀한 처녀인 것만큼 자네도 똑같이 희귀한 사내야." 더비가 응수하더군요. "자네 같은 남자가 그녀에게 가장 적합한 연인이 될 수 있을 텐데 말이야. 난 그녀의 친구나 이야기 기록자나 될 수 있겠지."

"내 생각에는, 더비 경, 아가씨나 나는 자네에게 그런 임무를 맡기지 않을 것이네." 제가 말했지요. 이렇게 대답하고 그의 표정을 보았는데, 미소 지으며 골똘히 생각하는 듯한 표정이 마음에 아주 안 들었습니다. 사탄이 무슨 사악한 계획을 품고 있을 때 저렇게 미소 짓는 거라고 제 마음이 말하는 걸 억제할 수가 없었으니까요.

슈테른하임 아씨가 에밀리아에게

친구여, 당신의 침묵이 나나 로지나에게는 너무 긴 것처럼 여겨져요. 하지만 당신 때문에 생긴 불안에 대해 복수하는 길은, 긴 여행길 도중 편지 쓰는 것밖에는 없을 것 같군요. 당신이 나를 얼마나 사랑하는지 알고 있으니까요. 그래서 이런 경우에 내 마음이 당신을 위해 하는 걱정을, 당신 마음은 나를 위해 염려한다고 생각하니 견딜 수 없을 것 같아요. 하지만 당신이 W에 잘 도착했고 미래에 대해 만족스러운 전망을 한다니, 난 보상을 받았어요. 이 일이 아니더라도, 에밀리아, 내 운명이 나와 동시에 또 당신에게 보내는 몇 통의 편지에 만족할 만한 주제를 준 것이 기뻐요! 아니면 이 싫증나는 일들에 대해 불평을 계속해야 했을 텐데, 그러면 나 때문에 당신 행복이 깨지고 말았을 거예요. 당신의 사랑 가득한 마음은 나와 내 영혼의 희귀한 감수성에 관한 모든 일에 관심을 가질 테니까요. 도덕성이 희박한 이 지역에서 난 석 달 전부터 돌아다니며 두 군데의 쾌적한 샘물과 경작지를 만났고 여기서 한동안 머물게 될 거예요. 첫 번째 샘물에서는 내 정신과 마음을 시원하게 축이고, 두 번째 샘물에서는 좋은 열매를 심고 가꾸기 위해서요. 그래요, 에둘러 말하지 않을게요. 당신도 알지요, 내가 받은 교육은 즐거움에 대한 느낌과 생각이 단순하고 유용한 쪽으로 기울고, 인위적이고 단순히 흥겹기만 한 것을 향하지 않는다는 것을요. 나는 어머니의 다정한 마음이, 고상하고 관대한 행동에 관해서 이야기하거나 의무와 인간애를 실행하는 것에 대해 말할 때 감동하는 것을 보았어요. 어머니는 내가 집안 친구나 시종들이나 아랫사람들을 위해 무엇을 하고, 그것이 선행의 표시이거나 타인을 즐겁게 하는 것일 때, 나를 사랑스럽게 그 가슴에 꼭 껴안아주시곤 했지요. 그래서 나는 눈치 챘어요. 어머니는 내가 다른 수천의 아이들처럼 섬세하고 재치 있는 생각이나 말로 모임 전체를 놀라게 하고 칭찬받았을 때는 잠깐만 미소를 지은 후 친구들이 내게 보내는 관심을 활동적인 삶 쪽으로 돌리려고 했다는 것을요. 그러면서 내가 언어와 그림, 음악이나 다른 지식을 열심히 배우는 것을 칭찬하고, 또는 다른 사람을 위한 선행이나 그 보상에 대해서 말하면서, '좋은 행동'들이 '아름다운 생각'보다 훨씬 더 칭찬받을 만하다는 것을 알게 하셨어요. 아버지는 얼마나 감동적으로 이 원칙을 증명하셨는지요. 아버지는 나를 자연의 왕국에서 관찰하게 함으로써, 오직 눈을 즐겁게 하기 위한 꽃들은 그 종류가 훨씬 적고 열매도 약한 데 비해 인간과 동물에게 먹이가 되는 유용한 식물들의 종류는 더 많다는 사실을 알게 하셨어요. 아버지 일생의 모든 날들이 이러한 원칙을 실행한 것이라고 말할 수 있지 않나요? 아버지가 그 정신과 경험을 친구들에게 유용하게 쓰려고 얼마나 노력하셨으며, 시종이나 아랫사람들을 위해서는 또 무엇을 하셨는지요. 에밀리아! 이제 나는 이러한 원칙, 이러한 성향을 지니고 큰 세계로 들어왔어요. 이곳에서는 대부분의 사람들이 오직 눈과 귀만을 위해서 살고, 순간적으로 떠오르는 재치 있는 생각 외에는 훌륭한 정신을 내보일 수 없어요. 당신도 보다시피 내 부모님은 내 안에도 이러한 재주가 있음을 알고 그 싹을 꺾으려고 얼마나 열심히 노력하셨는지요.

그것이 내게서 아주 빛나가지는 않았어요. 하지만 갑자기 누군가의 생각이나 행동에 대해 불만이나 모멸감이 생길 때면 아버지가 그 자리에 계신 것같이 느꼈지요. 당신이 판단해봐요! 얼마 전 나는 독일을 사랑하는 마음 때문에 어떤 대화에 엮인 적이 있었어요. 그때 난 내 조국의 업적을 옹호하려고 했고, 그것을 아주 열렬히 표현했지요. 나중에 이모가 말하기를 내가 교수 손녀라는 것을 잘 증명했다는 거예요. 이 비난으로 난 화가 났지요. 아버지와 할아버지의 유골이 모욕을 당한 거니까요. 나의 이기심도 마찬가지였고요. 내 이기심은 이 셋을 위해 대답했어요. "이름만으로 고상한 혈통에서 나왔다는 것을 기억시키는 것보다, 제가 고상한 생각을 가진 영혼에서 출생했다는 것을 저의 신념으로 증명하고 싶어요." 이 말은 며칠 동안 이모와 나 사이를 냉랭하게 만들었어요. 하지만 모르는 사이에 우리 둘은 다시 화해했어요. 내 생각에, 이모는 오래된 귀족의 자부심에 따라 느끼기 때문에, 부족한 조상으로 인해 누가 비난을 받으면 얼마나 민감해지는지 모르는 것 같고, 또 나는 이모가 고상하지 못하게 비난한 그 단계에 나 자신을 놓고 복수의 대답을 한 것이 옳다고 생각되지 않았던 것 같아요. 하지만 이제 당신을, 내가 좋아하는 비유로 이야기했던 두 개의 샘물 중 한 곳으로 안내할 시간이 되었군요.

첫 번째 샘물은 사사로운 여러 방문에서 나타났어요. 이모가 손님을 맞이하기도 하고 직접 행하기도 하는 여러 방문을 통해 다양한 성격과 정신의 무한한 차이에 대해서 변화무쌍한 관찰을 할 수 있었지요. 그 차이는 사람들이 하는 평가와 설명과 희망과 불평에서 뚜렷하게 나타나요. 하지만 얼마나 많은 사소한 일들이 돌아가고, 사람들은 얼마나 성급하게 자신의 하루를 치워버리려고 애쓰는지, 또 궁정의 어법, 유행 정신이 얼마나 자주 자연스럽고 훌륭한 마음의 고결한 감동을 억누르는지요. 그리고 유행에 민감한 신사숙녀의 비웃음을 피하기 위하여 그들과 함께 웃고 말을 맞추어야 하는 이 모든 것이 내겐 경멸스럽고 불쌍하게 여겨져요. 유흥과 치장에 대한 갈증, 옷, 가구, 새롭지만 건강에 해로운 음식에 대한 갈구 등, 오, 에밀리아! 그때 내 영혼은 얼마나 불안하고 역겨워지는지요. 난 모든 일에 본래의 가치를 부여하는 데 익숙해져 있으니까요! 나는, 비열하게 많은 간계를 짜고, 운 좋은 악덕 앞에 설설 기고, 미덕과 공덕을 멸시하며, 무감각하게 불행을 일으키는 그릇된 공명심에서 말하고 싶지 않아요. 친구여, 당신은 얼마나 행복한지 모르지요! 당신의 출생과 환경은 우리의 도덕적 목표에서 멀리 떨어져 있지 않아요. 당신은 주저 없이, 방해 없이 모든 미덕과 고상함과 유용한 재능을 실천할 수 있고, 힘과 능력이 있는 건강한 동안 모든 선한 일을 할 수 있어요! 그 일이란 이 큰 세계의 대부분 사람들이 말년에나 가서야 비로소 했더라면 좋았을걸, 하고 소원해보는 좋은 일이지요.

그래도 그들 사이에 종교와 미덕은 아주 귀한 예우를 받고 있어요. 궁정 교회들은 화려하게 치장되었고, 가장 훌륭한 설교자가 설교하도록 고용되었으며, 예배는 제대로 경건하게 행해져요. 사람들은 설교와 증언에 들어 있는 평안함을 꼼꼼하고 세심하게 주목했어요. 어떠한 악덕도 가면을 쓰지 않고는 나타나지 못하지요. 그래요, 이웃 사랑의 미덕조차도 일종의 존경의 모습을 띠며, 언제나 다른 이의 자기애를 만들어주는 세련된 아첨에서 나타나요. 이 모든 것이 내게는 도덕적 관찰의 원천이 되는 것이지요. 이 샘에서 유익함을 퍼내어, 내 교육의 원칙들 안에서 난 점점 더 강해지고 있어요. 내 상상력은 자주, 운명이 맡겨준 어떤 궁정 부인의 의무들과, 영원한 행복의 기반을 위해 우리에게 요구되는 완벽한 미덕의 의무들을 결합하는 구상에 몰두하곤 하지요. 하나의 결합을 생각할 수 있지만, 그것을 한결같이 유지하기란 매우 어렵기 때문에, 그것에 신경 쓰는 사람이 적은 것을 보아도 놀랄 일은 아니에요. 난 자주 생각해요. 내 아버지 같은 남자가 장관의 자리에 있다면, 이 남자는 인간 중에 가장 존경스럽고 행복한 남자가 될 것이라고 말이에요.

매일매일 힘든 일이 많이 따를 것은 사실이지만, 아버지는 그 재능과 마음을 수천의 사람들과 후손들의 좋은 일을 위해 사용할 수 있을 큰 세계를 고찰해보고, 진정으로 고귀하고 선한 영혼을 위해 가장 아름다운 전망을 갖고 모든 것을 쉽고 편안하게 만들 것이 틀림없어요. 인간의 마음을 안다는 것이 아버지의 섬세한 정신에 영주의 신임을 얻을 수 있는 길을 알려줄 것이고, 아버지의 정의로움과 깊은 통찰력과 강한 영혼은 자연스럽게 최고의 힘을 유지하여, 다른 궁정 사람들과 신하들은 이 현명하고 덕 있는 재상의 지도 원리를 그만큼 따르게 될 거예요. 사람들이 행운과 승진을 기대하는 자들의 두뇌가 완벽하지 못하고 마음에 결점이 있음을 매일 보는 것처럼 말이에요. 에밀리아, 그런 식으로 이 사람 저 사람의 상황과 성격과 의무들에 대해 알게 된 이후로 나의 영혼은 바빠졌어요. 내 상상력은 차례차례로 내가 평가하는 사람들의 자리 옆으로 가지요. 그러고 나서 우리의 아름다운 창조주가 영원불변의 법칙에 의해 모든 인간에게 부과한 일반적이고 도덕적인 의무들을, 이 인물이 가진 의무를 실행할 능력과 통찰력에 따라 측정을 하게 되지요. 이런 방식으로 나는 이미 영주가 되었고, 영주부인, 장관, 궁녀, 총애하는 신하, 이런 자녀들의 어머니, 저런 남자의 부인도 되는 상상을 했지요. 심지어 한번은 모든 것을 지배하고 이끄는 영주의 애첩 자리에도 가보았는데, 도처에서 여러 가지 방법으로 선의와 지혜를 실행할 수 있는 기회를 발견했어요. 인물의 성격이나 정치적 상황을 불쾌하게 획일적으로 만들지 않고도 말이에요. 여러 사람에게서 그 공정성과 선의와 아름다움을, 내가 쉽게 도달할 수 없거나 별로 개선할 것이 없는 생각이나 행동을 만났어요. 하지만 많은 경우에 내 머리와 마음이 그들의 것보다 더 만족스러웠지요. 상상 여행 후에 내 자기애의 정당성은 자연스럽게 나 자신과 내게 주어진 의무로 나를 이끌어 갔어요. 내 자기애는 꼼꼼하고 엄격하게 내 영향력이 미치는 범위 내에서 재주와 능력을 계산하도록 나를 묶었어요. 그리고 그것을 통해서, 에밀리아, 나 자신에 대한 주의력을 강화시키는 원천을 발견했어요. 선을 알고 느끼고 확신하는 것을 내 마음 깊이 파묻고, 매일매일 위대한 인간 행동의 관찰자가 주장한 것이 얼마나 타당했는지를 확신하게 된 거예요. 아주 소수의 사람들만이 도덕적 물리적 능력을 완전한 정도로 사용하고 있다고 주장한 것 말이에요. 실제로, 내 인생 주변에서 많은 빈자리를 발견했고, 부분적으로는 비난받을 만한 일과 가치 없는 사소한 일들로 채워진 곳도 보았기 때문이에요. 그런 것은 제거되어야 해요. 나는 태어나기를 아주 영리하고 아주 착하고 행복한 사람들 계열에 속해 태어난 것이 아니기 때문에, 타산지석을 통해 현명하고 공정하게 되는 사람들에 속하려고 해요. 그래서 스스로 불행을 경험해야만 개선될 수 있는 그런 사람이 되지 않으려고요.

슈테른하임 아씨가 에밀리아에게

고마워요, 진정한 친구여. 내가 평가하려는 사람 입장에 서본다는 것이 내가 받은 교육의 한 부분이었다고 일깨워준 것 말이에요. 내가 그 사람들의 상황에서라면 했음직한 것을 보기 위해서뿐 아니라, 나 자신에게도 필요한 인간 친화적인 신중함, 즉 '나의 원칙과 성향에 어긋나는 모든 것을 사악하거나 저열하게 보지 않도록 하는' 신중함을 얻게 해주었다는 것도요. 궁정 사람들에 대한 나의 불만이 당신에게 마땅치 않고 지나치며 불공평하게 보이기 때문에 그것을 일깨워주었겠지요. 난 당신 말을 따랐어요. 그리하여 나 자신을 개선할 수 있는 두 번째 샘을 발견했지요. 즉 궁정에 대한 혐오감을 상상을 통해 감소시키는 방법으로요. 물질세계에서와 마찬가지로 모든 종류의 사물에는 주어진 영역이 있고, 그 안에서 그것들은 자신의 완성을 위해 도움이 될 수 있는 모든 것을 만나게 된다는 상상이지요. 그런 식으로 도덕적인 세계에서도 궁정세계가 하나의 영역이 되어 그 안에서는 오직 우리 정신과 육체의 특정한 능력만이 완성에 도달할 수 있을지도 모르지요. 한 예로, 감각을 움직이고 상상력에 의존하는 모든 것에서 세련된 취향의 최고 단계를 들 수 있어요. 예술의 무수한 일뿐만 아니라 거의 모든 의식주에 필요한 것들, 또 모든 장르의 외형적 대상에 가능한 온갖 종류의 장식들이 속하는 단계지요. 궁정은 가장 멋진 무대로 우리의 정신과 육체를 특별히 유연하게 만들 수 있어요. 즉 사상이나 표현, 몸짓에 있어서, 심지어 도덕적 행동에 있어서도 무한하게 많은 세련된 어법으로 그것을 표현할 수 있는 능력과 계책, 그리고 한쪽 또는 다른 쪽의 행운과 명예욕에 따라 궁정의 분위기를 움직이는 것을 볼 수 있어요. 미학의 여러 분야들이 이 큰 세계에서 완벽하게 연마될 수 있어요. 언어와 윤리가 오직 그 안에 내재하는 우아의 여신들에 의해 정선되고 쾌적한 의상에 입혀 비유되지요. 이 모든 것이 귀중한 이점으로 인간 행복의 많은 부분에 영향을 주는 것이고, 아마도 그것이 행복의 중요한 요소가 될 것이 틀림없어요. 식물과 동물 세계의 아름다운 특징은 형태와 크기와 색깔의 혼합으로 나타나, 아주 원시적인 민족도 아름답게 꾸미는 것에 대한 생각을 가지고 있지요. 우리의 표정과 취향과 감정 역시 아주 예민하게 비교하고, 선정하고, 폐기하고, 조합하는 특별한 재능이 있음이 괜한 것이 아니어서, 사람들이 모든 것에 그어진 경계선을 쉽게 침범하지만 않는다면, 이런 능력을 이용하는 것은 아주 타당하다는 말이지요. 하지만 이러한 한계선 침범 자체가 우리 상태의 완벽성을 증가시키려는 열망의 동기가 되는 것은 아닌지 누가 알겠어요? 열망이란 우리 창조주의 선한 의지를 증명해주는 가장 위대한 증거예요. 그 열망이 건강하고 행복한 시절에 아무리 잘못 사용되는 일이 있다 해도, 불행 속에서 우리의 존재가 해체되는 시점에서는, 또 다른 저세상을 향한 전망과 희망이 되며, 그곳에서 영원히 지속되는 불변의 행복과 미덕을 향하게 하며, 그것을 통해 다른 어떤 도움도 소용없는 위안을 주기 때문이에요. 에밀리아, 당신은 이 모든 것에 대해, 잠시 스쳐간 대상들에 대해 내가 얼마나 많은 숙고의 시간을 할애했는지 쉽게 생각할 수 있을 거예요. 또 내 이모 댁에서 베푸는 다른 오락거리들과 함께 잠시도 지루할 시간이 없다는 것도 알 수 있을 거예요.

이제 내가 만난 경작지로 당신을 안내할게요. F 백작의 영지에 있는 곳인데, 백작부인이 이곳에서 온천 요법을 이용하는 기회에 우리가 며칠 동안 방문 여행을 간 거예요. 이모는 B 백작부인과 R 양도 그곳으로 불렀고 우연히 더비 경도 오게 되었어요. 농장과 건물과 정원은 아주 아름다웠고, 나이 든 귀부인들은 자기들끼리 처리할 소소한 일들이 있어서, R 양과 나를 더비 경과 함께 산책하도록 내보냈어요. 처음에 우리는 건물과 정원 전체를 둘러보며 걸었는데, 그때 더비 경이 실로 편안한 동행자로서 우리에게 건축 양식과 장식에 나타난 모든 민족정신의 차이를 이야기하며 즐겁게 해주었어요. 그는 영국식, 이탈리아식, 프랑스식 정원과 건축에 대해서 설명도 해주고 비교도 해주며 하나하나 매우 솜씨 있고 모양 좋게 그려서 보여주었지요. 우리는 이 산책이 매우 만족스러워서 다음 날도 아침식사 후에 들로 나가 마을을 돌아보기로 약속했어요.

행복한 이틀이었지요. 시골 공기, 탁 트인 전망, 고요함, 아름다운 자연, 초원과 밭에 내린 창조주의 은총, 농부들의 부지런함. 이 모든 것을 보고 얼마나 다정하고 감동을 느꼈는지요! 흘러간 시간과 내가 누렸던 만족에 대해 내 마음에 얼마나 많은 기억이 일었는지요! 난 하인들을 위해 그들이 하는 일에 은총이 내리길 열심히 빌고, 내 아주머니가 돌아오시기를 빌었어요! 당신은 알지요, 에밀리아, 내 표정은 언제나 내 영혼의 감정을 표현한다는 것을요. 내가 아마 사랑스럽고 감동한 것처럼 보였나 봐요. 목소리도 이 표정에 들어맞았고요. 그런 나를 더비 경이 하도 열렬히 관찰하고 있어 난 그 열기에 놀라고 말았지요. 그는 성급하게 내 손을 잡더니 영어로 이렇게 말하는 거예요. "하느님! 사랑이 한 번 이 가슴을 움직여서, 사랑스러운 이 감정 표현을 이런 얼굴 표정으로 옮긴다면, 그 남자의 행복은 얼마나 클까요, 그 남자는……."

나의 혼란이, 방금 전 감동했을 때와 마찬가지로 두려움의 형태로 내 얼굴에 드러났기 때문에 그는 곧 말을 멈추고 공손히 자신의 손을 빼고는 내게 보여주었던 성급한 성격의 인상을 완화시키려고 여러 가지로 애를 썼지요.

우리는 아름다운 마을의 큰 골목 안으로 들어갔는데, 한 반쯤 들어갔을 때 우리를 뒤따라오던 수레 한 대를 피해야 했어요. 그 수레는 촘촘한 큰 바구니로 덮여 있어서 그 안에 한 여인이 아주 어린 세 아이들과 함께 있는 것이 보였어요. 그 어머니의 얼굴에 나타난 슬픔과, 창백하고 야윈 아이들의 외모, 깨끗하지만 초라한 의복이 이 가족의 가난과 근심을 증명하고 있었지요. 내 마음은 동요해서, 그들의 고난을 상상하며 돕고 싶다는 열망이 강해졌어요. 그들이 여관 앞에서 내리는 것을 보고 나는 기뻐서 오래 생각도 하지 않았어요. 난 핑계를 댔지요, 이 여인을 내가 알고 있는데 이야기 좀 하고 싶다고요. 그리고 더비 경에게 내가 돌아올 때까지 R 양과 대화하고 있어달라고 부탁했어요. 그는 진지하게 미소 짓더니 급히 그의 팔에 얹은 내 손에 닿은 자기 옷소매 끝에 입을 맞추더군요. 난 얼굴을 붉히며 서둘러 그 불쌍한 가족에게로 갔어요.

건물 안에 들어서면서 그들이 계단 옆 복도에 앉아 있는 것을 보았어요. 여인은 눈물 젖은 눈으로 작은 보따리에서 비단 목수건과 앞치마 하나를 꺼내어 여관 여주인에게 사달라고 내놓으며 그 돈으로 마차 값을 치르려고 했어요. 두 아이들은 빵과 우유를 달라고 울었고요. 난 너무 흥분했기 때문에 마음을 가다듬고 가까이 다가가, 그 불쌍한 여인이 마치 아는 사람인 듯 다시 만나 반갑다고 말했어요. 예민한 마음이라면 자신의 불행을 보는 많은 증인들이 있을 때 혼란을 느끼겠기에, 그 혼란을 피하고자 난 이렇게 말한 거예요. 불행한 사람은 명망 있고 부유한 사람이 보여주는 일종의 존중을 선행의 일부로도 받아들이니까요. 난 여관 여주인에게 이 여인과 둘이서만 이야기할 수 있도록 방 하나를 마련해달라고 말하고, 아이들에게 저녁식사를 차려주도록 주문했어요. 이 말을 하는 사이에, 여관 주인은 방 하나를 열었고, 이 착하고 불쌍한 여인은 작은 아이를 안고 그곳에 서서 나를 놀란 눈으로 쳐다보았어요. 그녀에게 악수를 청하며 난 방으로 들어가자고 말했고, 두 아이는 내가 데리고 들어갔지요. 문을 닫은 후 떨고 있는 어머니를 의자로 인도해 그리 앉으라고 손짓했어요. 그러고는 진정하라고 부탁한 다음 내가 그녀를 밀어붙인 것에 대해 용서를 구했어요. 난 그녀에게 겸손하게 행동하려고 했어요. 날 친구처럼 생각해달라고, 내가 원하는 것은 다만 낯선 곳에서 그녀를 돕는 것일 뿐이라고 말했지요. 그 여인은 눈물을 한없이 흘리며 말을 하지 못한 채 나를 희망과 탄식 섞인 얼굴로 쳐다보았어요.

마음이 아파 난 그녀에게 손을 내밀며 말했지요. "부인은 아이들과 함께 가혹한 운명을 겪고 있군요. 나는 부유하고 속박하는 것이 없어요. 내 마음은 인류와 종교가 재산이 있는 사람들에게 부과한 의무를 알고 있고요. 그러니 당신은 내가 이 의무를 이행할 수 있는 기쁨을 허락해주세요. 그래서 당신의 걱정을 조금이라도 덜어드릴 수 있도록 말이에요." 이 말을 하면서 난 돈을 꺼내어 그녀에게 받아달라고 부탁하고 그녀의 거처를 말해달라고 했지요. 이 착한 여인은 의자에서 바닥으로 내려와 매우 감동한 어조로 외쳤어요.

"오, 신이시여, 당신은 저로 하여금 고결한 마음을 만나게 해주셨군요!"

큰 아이들 둘이 어머니에게로 달려가서 그 목을 껴안고 울기 시작했어요. 나는 그녀를 안아 일으킨 다음 아이들을 잡고 부인에게 진정하고 조용히 이야기해달라고 부탁했어요. 이곳에서는 나 외에 그 누구도 그녀의 마음과 상황을 알지 못해야 하니, 내가 그녀를 위해 기꺼이 봉사하리라는 것을 믿으라고 했지요. 하지만 우선 나는 그녀의 거주지를 알아야 했기에, 종이에 내 이름을 써서 그녀에게 건네주었어요.

그 여인이 말하기를, 자기는 오빠에게 보호를 구하려고 갔다가 거절당하고, 다시 남편이 있는 D로 돌아가는 길이라고 했어요. 그녀는 나에게 모든 불행의 원인을 적어서 보내겠다고 하며, 자신의 결점을 평가하고 선의의 충고를 해줄 것을 부탁했어요. "슈테른하임 아가씨라고요? 오, 나한테 오늘 같은 날이 오다니! 저는 불행한 시의원 T의 아내입니다. 아가씨가 L 백작부인이신 이모님께 제 이야기를 하신다면, 아마도 아가씨의 동정심마저 사라질 거예요. 하지만 듣지도 않고 무조건 저를 비난하지는 마셔요!" 그녀는 두 손을 모으고 이 말을 했어요. 난 기꺼이 약속했고, 그녀와 아이들을 포용하며 작별 인사를 한 다음, 나에 대해서 절대 아무것도 말하지 말 것과 여관 여주인이 우리가 서로 아는 사이라는 것을 믿게 해야 한다고 다짐했죠. 그곳을 떠나며 나는 여주인에게 그 어머니와 아이들에게 좋은 침대와 음식은 물론 다음 날 아침에는 좋은 마차를 주문해줄 것을 지시하고, 내가 지불한다고 했지요. 더비 경과 R 양이 여관 마당에 있기에 나는 그들에게 기다려주어서 고맙다고 말했어요. 내 얼굴에는 좋은 일을 하고 난 후의 즐거운 표정이 있었지만 내 눈은 울어서 아직 충혈되어 있었어요. 더비 경은 심각하게 나를 쳐다보더니 나머지 산책길에서는 나와 아주 적게 말하고 R 양과 대화를 하더군요. 난 그만큼 편안했어요. 내가 이 가족을 어떻게 도와줄까 하는 계획을 생각할 수 있었으니까요. 에밀리아, 이것이 바로 내가 만난 경작지의 한 부분인 거예요. 여기에 배려와 우정과 봉사의 씨를 심으려고 해요. 그 수확과 이익은 이 세 아이들에게 유용하게 쓰일 거예요. 나는 죄 없이 불행한 아이들의 최선을 위해서, 부모들이 자연의 의무에 충실하게 되었으면 하고 바라니까요. 내가 하려는 일, 내 마음이 시키는 이 모든 일이 성공한다면, 이곳에 머무는 것을 다행으로 생각할 거예요. 그리고 여기 있는 시간을 더 이상 잃어버린 시간이라고 생각하지 않겠어요. 며칠 후면 이 가족의 불행의 근원에 대한 소식을 받게 될 것이고 그 후에야 비로소 도대체 내가 무엇을 해야 할지 알게

될 거예요. 시의원 T 씨는 매우 아프다고 해요. 그래서 그 부인
은 아직 편지를 쓸 수 없어요. 우리는 그저께 돌아왔어요.

🦎

더비 경이 파리의 B 경에게

자네는 내가 예고한 계책이 어떻게 진행되는지 몹시 궁금하겠
지. 모든 것을 말해주겠네. 사람은 언제든지 믿고 말할 사람이
있어야 하니, 자네가 이 영광스러운 자리를 맡게. 동시에 자네
자신을 위해 교훈을 얻게나.

　만약에 우연이 아니었더라면 나의 심사숙고와 세련된 머리
회전만으로는 얻은 것이 없었으리라고 솔직히 고백하네. 그렇
다고 아직은 바보같이 웃음을 터뜨릴 생각 말게. 난 이걸로 만족
한다네, 내 연애사도 우연을 통해 궁정의 국가 업무와 같은 단계
에 있으니까. 많은 일에 있어서 대부분 우연이 작용하지. 많은
장관들의 지혜는, 과거 국가와 현재 국가의 역사에 대한 지식에
서 이러한 우연의 순간을 이용하고, 다른 사람들에게 그것이 그
의 깊은 통찰력의 작업이라고 믿게 한다는 데에 있는 거지.* 이
제 보게나, 내가 얼마나 이러한 유사성을 발견했는지, 정열의
역사를 통해서 또 여성의 마음을 알게 됨으로써 어떻게 예기치

---

*〔원주〕 우연을 잘 이용하여 잘 고안된 계획으로 만드는 데 대한 견해는 아직도 많습
니다. 그러나 군중은 그것을 이해할 능력이 없으니, 사람들이 기꺼이 우연을 믿게 하
려는 경향이 있지요. 그것이 지배자들에게, 자신의 개념대로 큰 영광을 주는 것입니
다. 그러므로 세상은 오직, 속고 싶어 하기 때문에, 그만큼 많이 속게 되는 것입니다.

못한 사건을 이용할 수 있게 되었는지 말이네.

　며칠 전에 참을성 없게도 슈테른하임 양을 얻기 위한 수단을 잘못 썼다네. 그녀가 평범하고 영리하고 미덕을 갖춘 여자라면 내 계획은 쉬웠을 것이네. 하지만 그녀는 몹시도 원칙에 따라 생각하고 행동하기 때문에 다른 때라면 마음에 들었을 내 모든 것이 그녀에게서는 통하지 않았지. 난 그녀를 소유해야 하네, 그것도 그녀의 동의하에 말일세. 그러기 위해선 그녀의 신뢰와 관심을 얻어야 하지. 그러기 위해서는 장관처럼 우연한 기회를 유용하게 만드는 수밖에 없네. 이 두 가지가 최근 F 백작부인의 영지에서 시험대에 올랐다네. 아가씨가 이모와 함께 며칠간 그곳에 간다는 사실을 알고, 나도 그리로 갔지. 두 번이나 나의 여신과 R 양과 셋이서만 산책을 하며 내 여행 이야기를 할 기회가 있었다네. 자네도 알다시피 내 눈은 관찰을 잘하고 오랜 시간 멋지게 수다를 떨 수 있지 않나. 주제는 건축과 정원에 관한 것이었지. 슈테른하임 양은 지성과 지식을 사랑해. 난 그녀의 주의력을 아주 유리하게 이용했고, 그녀는 나의 지성을 매우 존중하여, 내가 영국의 한 정원을 설명하며 그린 스케치를 자기가 갖겠다고 했다네. 그리고 R 양에게 말했네. "이 종이는 증거로 간직하겠어요. 자신의 친구들을 이롭게 해주고 또 즐겁게 해주기 위하여 여행을 하는 신사들이 있다는 증거로 말이에요." 바보 같은 친구야, 그 웃기는 얼굴 찡그리지 말게. 내가 그 어떤 완전한 승리가 아닌 사소한 일에 기뻐하고 있다고 비웃는 겐가. 그 처녀는 정말 특별하다네. 그녀의 질문에서 그녀가 영국에 대해 특별히 호감을 갖고 있다는 것을 느꼈고, 그 점은 노력을 들이지 않아도 내가 얻을 이점이지. 난 편안하고 만족스럽게 계속 이야기했다네. 그녀가 우리 대화의 냉철한 주제를 통해서 만족하고 신뢰하는 것 같았기 때문에, 난 내 사랑이나 특별한 관심이 드러나지 않도록 조심해야 했네. 하지만 곧 슈테른하임 양의 목소리와 표정의 변화를 읽고는 정신을 못 차릴 뻔했지. 그녀는 동요한 듯 보이더니 대답을 중단했네. 하지만 난 R 양과 가능한 한 무심한 척 이야기를 계속하면서 슈테른하임을 꼼꼼히 관찰했지. 그 사이에 우리는 정원 높은 곳에 올라 넓은 들판을 바라볼 수 있게 되었네. 매력적인 슈테른하임 양은 어떤 지역에 시선을 고정하고 있었는데, 얼굴과 가슴이 붉어지면서 만족감으로 감동받은 듯 보이더군. 그 얼굴에는 동경이 가득 퍼져 있었는데 1분쯤 지나자 그 눈에 눈물이 고이는 게 아닌가. 여보게 B, 이전에 다른 여성에게서 보았던 모든 매력은 이 여성을 뒤덮은 인상적인 감정 표정에 비하면 아무것도 아니네. 그녀를 내 팔에 감싸 안고 싶은 불타는 욕망을 간신히 참을 수 있었지만, 아주 입 다물고 있는 것은 불가능한 일이었어. 열망으로 떨고 있는 그녀의 팔과 한 손을 잡고 나는 그녀에게 영어로 말했다네. 무슨 말을 했는지는 나도 모르겠네만, 격한 사랑의 말을 했음은 틀림없어. 그녀가 놀라고 불안해서 얼굴색이 죽은 사람처럼 하얘졌으니까. 비로소 난 진정하고 나머지 오후 시간을 아주 점잖고 태연하게 있겠다고 결심했다네. 내 작은 비둘기는 이 불타는 정열을 가까이 보는 것에 아직 길들여지지 않았어. 이 불길은 그 밤 내내 내 영혼을 태워 난 한숨도 못 잤다네. 계속 그 아가씨를 보았고 그 손을 잡았던 힘으로 내 손을 스무 번이나 힘주어 잡곤 했지. 그녀가 그 자리에 없는 사람을 대상으로 동경과 사랑을 보이고 있다는 생각에 미칠 것 같았지만 난 다짐했네, 그녀의 애정이 있건

없건 그녀를 소유하고 말겠다고. 만약 그녀가 나를 열렬히 사랑하게 된다면 나를 묶어놓을 수 있겠지. 하지만 냉담하다 해도 그녀는 내 소유가 될 거야.

아침이 왔고 난 미쳐 날뛰는 바보처럼 가슴을 풀어헤치고 멍청한 얼굴로 창가에 서 있었네. 거울을 보니 내 모습이 영락없는 사탄의 형상 같더군. 착하고 두려움 많은 그 처녀를 영원히 내 앞에서 쫓아버릴 수 있을 듯한 모습이었네. 난 나를 압도한 그 힘에 화가 났지. 그 대가로 난 내가 다치지 않겠다고 결심을 하고 침대로 몸을 던진 후 이 새로운 감정과 내 오래된 원칙이 뒤섞여 있는 데서 빠져나올 궁리를 했다네. 내 앞에 놓인 지루한 길 위에서는 인내가 필요했어. 그날 오후에 비약할 기회가 있으리라는 것을 그때는 알 수 없었으니까. 다시 그녀들이 모인 데에 갔을 때, 난 온순해졌고 공손해졌지. 아가씨는 말없이 뒷전에 있었고. 식사 후에 우리 젊은이들은 또 기회를 얻었네. 이모하고 F 백작부인이 아가씨를 영주와 엮어주기 위해 계획을 짜려고 우릴 내보냈으니까. 우리는 전날의 약속대로 마을로 갔지. 우리가 내 시종들이 묵고 있는 여관 근처에 갔을 때, 작은 마차 한 대가 어떤 부인과 아이들을 태우고 천천히 지나가면서 우리 길을 방해했다네. 슈테른하임은 그 여인을 빤히 보더니 한순간 얼굴이 빨개지고 생각에 잠겨 우울한 표정으로 눈을 떼지 못하더군. 그 마차는 여관 앞에 섰고 사람들이 내렸지. 아가씨의 시선은 동요 없이 그들에게 고정되어 있었어. 그녀는 불안해하며 나와 R 양을 보다가, 마침내 내게 눈을 돌리고 내 팔에 손을 얹더니 예쁜 얼굴과 간절하고 부드러운 목소리로 이렇게 영어로 말했네. "친애하는 나리, 잠깐만 여기서 R 아가씨와 이야기하고 계세요.

저기 제가 아는 부인이 있어서 몇 마디 이야기 나누고 싶어요."
나는 놀랐지만 동의의 뜻으로 허리를 굽히고 그녀의 손이 살짝
눌렀던 내 상의 소매에 입을 맞추었네. 그녀는 이걸 보고 불타
는 듯 얼굴이 빨개지더니 혼란스러워하며 황급히 떠났지. 이 처
녀는 저 여자와 무슨 일이 있는 걸까, 난 생각했다네. 이보게, 저
여자는 언젠가 아가씨에게 편지를 전해주었을지도 모르고, 아
니면 은밀하게 사랑을 맺어주는 뚜쟁이일지도 모르지. 그 처녀
는 어제 내가 다정하게 말을 건 후로 완강한 태도였다가, 오늘
은 하루 종일 냉랭하고 거만하게 나를 거의 쳐다보지도 않더니
만, 거지 마차가 뚜쟁이 같은 여자를 태우고 지나가니까 표정이
변하면서 내심 자신과 싸우다가 마침내 나를 "친애하는 나리"
라고 부르며 아름다운 손을 내 팔에 얹고 목소리와 시선으로 감
동하게 만든 다음 그 여자와 조용히 말하러 가겠다고 한 것이네.
흠! 흠! 그 엄격한 도덕은 앞으로 어떻게 될 것 같나? 난 R 양을
더러운 웅덩이에 처넣어 익사시켜버리고 여관으로 숨어 들어가
엿듣고 싶은 생각이 간절했다네. 이 여자는 슈테른하임 뒤를 바
라보더니 이렇게 말하더군. "저 아가씨가 이 여관에서 뭘 하려
는 거지요?" 난 짧게 대답했다네. 그녀가 저 거지 여인을 알고
있으며 그녀와 할 말이 있다고. R 양은 웃더니 원숭이 같은 표정
으로 머리를 흔들었지. 오랫동안 흠잡을 수 없이 장점만을 가진
여자 친구를 시기하고 있던 터라, 결점이 보이는 것 같으니 내심
기뻐하는 것 같았네. "아마도 시골 마을 P 시절의 오랜 친구인
가보죠" 하고 이 독사는 아주 잘 알겠다는 표정으로 쉭쉭거렸다
네. 난 말했지. 시종 한 사람을 보내 알아보도록 하겠노라고, 나
자신도 이 사건이 놀랍기 때문이라고. 그리고 한 사람을 따라 보

낸 다음 그사이에 R 양을 구슬렸네. 그녀가 슈테른하임 양을 어떻게 생각하고 있을까?

"그녀는 시민의 본질과 귀족의 본질을 특이하게 섞어서 독특하고 맛있는 음식을 만들어내고는 있지만 아직 지지는 못 받아요. 지체 있는 사람이 어떻게 저런 행동을 할 수 있겠어요. 같이 있던 숙녀와 신사를 떠나서, 뭐라고 말해야 할지, 웬 남루해 보이는 여자와 이야기하러 간다니 말예요. 그 여자는 많은 절차와 조치를 거치지 않고도 마음을 얻을 수 있는 방법을 잘 아는 것 같이 보이는데요……."

난 거기에 대해 별로 말하지 않고, 그녀가 긴장하지 않고 계속 말할 수 있을 정도로만 대꾸했다네. 슈테른하임 양의 족보가 들먹여지고, 그녀의 부모는 험담의 대상이 되었으며, 그 딸을 비웃고…… 머리가 뜨거워져서 더는 기억 못 하겠네. 슈테른하임 양은 꽤 오래 그곳에 있었네. 마침내 그녀가 감격하고 만족한 얼굴로 우리에게 왔는데, 눈은 약간 울었던 것 같으나 조용하게 미소 지으며 우리에게 왔지. 그녀의 목소리는 너무 부드럽고 사랑이 넘쳐서 난 이전보다 더 미칠 지경이 되어서는 무슨 생각을 해야 할지 아무것도 몰랐다네.

R 양은 경멸의 표정을 지으며 그녀를 관찰했고, 나의 여신은 우리가 당황한 것을 눈치 챘는지, 우리가 다시 집으로 돌아올 때까지 아무 말도 않고 잠자코 있었네. 나는 저녁때 소식을 들으러 서둘러 떠났다네. 거기서 시종이 이야기하기를, 자신은 여관 여주인과 그 여인이 아가씨의 착한 마음에 대해 울먹이는 것을 보았노라고 했다네. 그 여인은 아가씨를 알지 못했으며, 이 귀한 집 아가씨가 말을 걸어 와서 놀랐고, 그녀가 아이들과 함께 이끄

는 대로 방으로 따라 들어갔는데, 거기서 아가씨는 자신이 밀어 붙여 들어온 것에 용서를 구하며 도움을 주겠다고 제의했다는 것이네. 그리고 실제로 돈도 주었으며, 그 부인이 D에 살고 그리로 가는 중이라는 것을 듣고는 그녀의 이름과 주소를 적어 앞으로도 계속 봉사하겠노라고 약속을 했다는 게 아닌가. 여관 여주인에게는 그 여인과 아이들을 집으로 태워 갈 수 있도록 좋은 마차를 주문하게 했고.

난 생각했네, 시종이 아니면 내가 바보가 된 것이라고. 그리고 그의 말을 모두 반박했지만, 그는 이야기가 진실이 아니면 저주를 받겠노라고 소리쳤다네. 내가 보기에 그 처녀는 정말 특별한 성격을 가졌네. 그녀는 왜 무슨 좋은 일을 하려고 하면 얼굴이 빨개지고 당황하는 걸까? 왜 그 여인을 안다고 우리에게 거짓말을 해야 했을까? 우리가 그녀의 자비심에 간섭할까봐 걱정이 되었을까?

하지만 이러한 발견, 이 우연을 이용하려 하네. 그 가족을 찾아내서 그들에게 좋은 일을 할 작정이네. 이것은 영국인에게 익숙한 일이지. 그들에 관해 안다는 것을 알리지 말아야겠지만, 그들은 내가 내딛는 발걸음을 알아야겠지. 이러한 선행을 통해서 그녀의 성품에 다가갈 것이네. 사람은 언제나 연민과 선심의 대상에게 어떤 특정하고 다정한 성향을 갖고 집착하게 되니까. 그런 식으로 하면 자연히 그녀 안에서, 내가 보상을 바라지 않고 한 가족에게 행복을 되돌려주려고 돕는 사람이라는 좋은 생각이 들 것이고, 언젠가는 그녀의 고상한 본보기가 나에게 영향을 주었다고 말할 날이 오겠지. 그리고 내가 만일 그녀의 자기애를 넘어서는 장점을 조금이라도 얻게 된다면, 곧 바치고 묶어두는 일을 계속하겠네.

내가 그녀 가까이에서 대화에 끼어들 때면 그녀는 나를 예리하게 관찰한다네. 그녀가 내 말을 들을 수 있을 때 난 나를 알리는 잔꾀를 쓰지. 뭔가 현명한 이야기를 하거나 또는 이야기를 중단하고 아주 영리하게 보이도록 한단 말일세. 나를 견제하려는 그녀의 태도가 좀 누그러지기는 했다 해도 아직은 사랑에 관해 말할 때가 아니야. 저울은 여전히 시모어에게 기울어져 있다네. 왜 건강하고 젊은 처녀가 나의 싱싱한 색깔과 모습보다 창백하고 슬픈 얼굴을 가진 녀석을 더 좋아하는지, 왜 쾌활한 내 목소리보다 껄끄러운 그 녀석의 목소리를 더 듣고 싶어 하고, 그의 생기 없는 눈길은 찾으면서 말하고 싶어 하는 내 시선은 피하는지, 정말 알고 싶네. 그녀의 감정에 그렇게 많은 물을 뿌려야 하는 걸까? 준비하고 있는 무도회에서 그것을 보아야겠네. 거기서 그녀의 성격적 결함이 드러날 게 틀림없으니까 말이야. 적어도 깊은 곳에서 잠자고 있는 관능을 일깨워 활기를 불어넣기 위해, 모든 가능한 계획이 시도되고 있다네. 그녀의 관능이 깨어나는 것은 자네 친구에게도 나쁘지 않을 걸세. 그러면 나도 그 관능이 잠들지 않도록 주의해야겠지.

🐿️

슈테른하임 아씨가 에밀리아에게

이모와 함께 간 여행 중 가장 쾌적한 여행에서 지금 돌아오는 길이에요. 우리는 열흘 동안 T 백작 성에 있었는데, 거기서 살고 있는 미망인 S 백작부인과 이웃에 사는 두 귀부인과 또 내게 말할 수 없는 기쁨이 된 × 씨를 만났어요. 그분의 훌륭한 글은 이미 읽은 바 있고, 거기서 내 마음과 취향을 위해 많은 섬세함을 배운 바가 있지요. 대화할 때의 꾸밈없고 조용한 어조 아래에는 예리한 감각과 학식이 숨겨져 있고, 여가를 보내거나 대화를 나눌 때의 침착성은 그의 천재성과 지식의 크기에 어울리지 않는 것 같아 경탄을 했답니다. 사람들과 잘 어울리는 그분의 성격은 다른 사람들도 경탄하는 바였어요. 나는 사람들이 그분에게 기회를 주어, 우리 모두에게 예술과 좋은 책, 특히 독일 문학에 대해 이야기하게 하고, 우리가 그를 통해 지식과 취미를 개선시킬 수 있었으면 하고 바랐어요. 하지만 에밀리아, 내가 보기에 그 희망은 얼마나 기만당했는지! 아무도 이 섬세하고 선한 현자와 같이 있는 시간을, 정신을 위해 유용하게 쓸 생각을 하지 않았어요. 사람들은 무수한 방법으로—사소하고 가치 없는 주제를 가지고, 또는 새로 도착한 프랑스의 소책자들을 가지고—그의 인내심과 호의를 악용했어요. 그가 그런 것들에 대해 별로 감탄하지 않거나 다른 것들에 대해서도 그들이 기대하는 바대로 호응하지 않으면 언짢게 생각하고 말예요. 오! 난 이 존경스러운 분이 내게 내주는 1분의 시간이 얼마나 아까웠는지 몰라요. 그분이 내 지식욕과 감수성에 맞게 사랑이 가득한 어조로 질문에 대답을 해주거나 또는 훌륭한 책들을 언급하며 내게 그 책들을 어떻게 유용하게 읽을 수 있는지를 가르쳐주는 그 시간 말이에요. 한번은 그분이 내게 고상하고 솔직하게 말했어요. 내 정신에 능력과 지식욕이 이미 거의 같은 정도로 나타나 있다 해도 난 여성 철학자로 태어나지는 않았노라고, 그 반대로 자연이 나를 우리 존재의 원래 목적을 실현시킬 수 있는 가장 행복한 자질로 보상해주었다고요. 그 목적은 원래 행동하는 데에 있지 사색하는* 데 있는 것이 아니며, 그리고 내가 다른 사람들이 도덕 생활과 시간 사용에서 행하고 있는 결점을 그렇게 쉽고 예민하게 느끼고 있으므로, 그것에 대하여 관찰한 것을 내가 할 수 있는 고귀한 행동으로 나타내야 한다고 했어요.**

에밀리아, 이때처럼 행복한 적이 없었어요. 인간 마음의 좁은 틈을 들여다보는 이 사려 깊은 염탐자가 고결하고 덕스러운 성향에 맞는 증거를 내 마음에 주었기 때문이지요. 그분은 선의의 뜻으로 정신적 작품을 평가하는 나의 주저함을 지적했어요. 나도 다른 이들과 마찬가지로 생각을 말할 수 있는 올바른 감정과 자격이 있기 때문이라고요. 하지만 말하거나 글을 쓸 때 남성의 어조로 하지는 말 것을 내게 부탁했어요. 그분은, 여성 안에 있는 남성적 특성이나 성격을 훌륭하다고 칭찬하는 것은 잘못된 취향의 영향이라고 주장해요. 사실 우리는 남성들과 마찬가지로 모든 미덕과 지식에 대해 똑같은 요구를 갖고 그 실천을 촉구하면서 정신을 계몽하거나 감정과 윤리를 미화시키고 있지만, 실천에 있어서는 성별의 차이에 주목해야 한다는 거예요. 자연

*[원주] 학자들의 사색은 그것이 인간 사회에 유익을 주는 즉시 그것에 의해 선한 행동의 가치를 얻게 된다는 것을 잘 이해한 것입니다.
**[원주] 그 신사는 (영광스럽게도 우리 역시 그를 알고 있지만) 우리의 질문에 답하기를, 자신은 슈테른하임 양이 도덕적인 일들에 대하여 일반적 원칙들로부터 따지고 들며 구별하여 자신의 생각에 체계적 형태를 부여하려는 경향이 있음을 알았는데, 그 점에서 그녀는 성공하지 못하리라고 본다고 했습니다. 자신이 보기에 그녀의 장점은 감정의 섬세함, 관찰의 정신, 그리고 그녀의 모든 영혼의 힘 사이에서 합의된 놀라운 활동, 모든 경우에 선한 마음이 활동하도록 하는 데 있다고 했고, 원래 이것을 슈테른하임 양에게 말하고 싶었다고 합니다.

의 천성 자체가 그렇다는 거지요. 예를 들어, 사랑의 정열이라는 점에서 남성은 격하게, 여성은 부드럽게 만들어졌고, 모욕을 당했을 때 남성은 분노로, 여성은 감동적인 눈물로 무장을 시켰으며, 사업과 학문에서는 남성 정신에 강한 힘과 신중함을, 여성에게는 유연성과 우아함을 주었고, 불행을 당했을 때는 남성에게 확고함과 용기를, 여자에게 인내와 순종을 탁월하게 부여했고, 가정생활에서는 남자에게 가족을 부양할 수단을 강구하게 하고, 여성에게는 그것을 솜씨 있게 배분하도록 하는 등의 자질을 부여했다고요. 이러한 방법으로 각자가 자신에게 부여된 범위 안에 머문다면, 두 남녀는 같은 궤도에서 비록 두 개의 선로 위에서지만 자신들의 최종 목적지를 향해 달리게 된다는 말이지요. 성격들을 억지로 뒤섞음으로써 도덕적 질서를 교란하지 않아도 된다고요. 그분은 나 자신과 한탄스러운 내 운명에 내가 만족하도록 하고, 항상 어떤 사물의 아름다운 면을 찾고 그렇게 함으로써 거슬리는 것에 대한 인상을 약화시키면서, 이것에 대해 필요 이상으로 신경 쓰지 말고, 아름답고 선한 것의 가치와 매력을 더욱더 생생하게 느끼라고 교훈을 주었어요.

오, 에밀리아! 이분과 사귀면서 내 정신의 가장 좋은 날들은 흘러갔어요! 그런 날들이 다시 돌아오지 않을 것이라는 느낌, 나는 그렇게 소박하게 살고 싶은 소원과 성향에 맞게 결코 행복해지지 않으리라는 느낌이 드는군요! 그렇게 금방 내 연약함과 소심함을 꾸짖지 말아요. 아마도 그 × 씨가 이 집에 끔찍한 공허감을 남기고 떠났기 때문일 거예요. 그분은 아주 가끔 이곳에 오세요. 순례자가 성인이 살았던 쇠락한 장소를 찾듯이 그분은 이곳에 살았던 위대한 사람의 그림자를 숭배하기 위하여 이 집을 찾고, 그 위대한 정신과 원숙한 지혜를 친구로서 경탄하고 존중하는 것이지요.

그가 떠난 다음 날 한 자그마한 프랑스 작가가 도착했어요. 그는 파리에서 별로 행복하지 않아서, 항상 프랑스인의 독서력이 독일인보다 낫다고 생각하는 우리 귀족들의 허약함을 믿고 이 집에 오게 된 것 같아요. 귀부인들은, 파리에서 곧장 왔고 많은 후작부인들과 대화했다고 하는 이 남자 주위에 모여 야단법석을 떨었지요. 그는 아름다운 파리 사교계의 유행과 매너, 또 여가에 관한 많은 기사를 쓸 수 있었다고 했고, 여성들이 하는 모든 일을 도울 줄 알며, 아첨하는 미망인에게는 그녀의 정신적 세련됨과 우아한 인격에 대해 말하며 전혀 독일적이지 않은 영혼을 가졌다고 온갖 관용구를 동원해 말했어요.

처음에 난 이런 광경이 익숙했어요. 이미 프랑스의 부유한 거물들의 하수인이 쓴 책에서 이런 그림을 자주 보았거든요. 그런데 나흘째 되던 날 그가 공허하게 말만 바꾸어서 계속 파리의 가구나 치장, 연회, 모임에 대해서 이야기하는 통에 난 정말이지 피곤해졌어요. 하지만 × 씨가 돌아오시자 상황이 바뀌었어요. 그는 프랑스에서 불어온 바람에 휘말린 이 집의 정신을 원래 자리로 돌려놓으려고 애썼지요.

우리 귀족들이 프랑스에 대해 노예적인 선입견을 갖고 × 씨에게 이 파리에서 온 남자를 소개하는 그 허식과, 이 프랑스인이 자신을 아주 점잖고 사랑받는 책 나부랭이의 저자라고 자화자찬하는 그 자만심과 젠체하는 태도를 보면, 에밀리아, 당신도 나처럼 짜증이 날 거예요.

하지만 우리나라 남성의 겸손함이 얼마나 두드러지게 빛났는지요. 그는 진정한 철학자란 어리석은 자들도 참아준다는 인간 친화적인 생각으로 이 진부한 문예애호가에게서 받았을 인상을 감추고, 그의 글 한 편을 읽은 것이 기억나서 정말 멸시의 표정을 짓기도 했지요.

내가 보기에 이 광경은, 마치 한 가련한 허풍쟁이가 금광 소유주 앞에서 울퉁불퉁한 금 한 조각을 들고 웃기도록 오만한 태도로 그것을 손가락 사이에서 이리저리 돌리며 좋은 일을 할 수 있다고 큰소리치는 것 같았어요. 물론 이 고결한 부자의 순수한 황금 저장고에는 아무 쓸모가 없는 물건이지요. 하지만 이 부자는 어리석은 남자가 장난하는 것을 보고 미소 지으면서 생각하지요. 그것은 빛이 나고 색깔도 아주 고상하기는 하지만 그 즐거움을 계속 간직하려면 그것을 불에 달구어 연마해야 하고 또 물로써 저항력을 유지하게 해야 한다고요.*

× 씨는 그 문예애호가에게 자신이 읽고 높이 평가하는 위대한 프랑스 저자들에 대해 질문했어요. 그러나 그는 우리와 마찬가지로 그 이름만 알고 있었을 뿐 업적이 큰 학자의 이름 대신 부유하고 높은 가문의 이름만 계속 들먹거리더군요.

사람들이 × 씨와 ㄱ의 호의를 잘 사용하지 못하는 것에 대해 나는 이미 오랫동안 화가 나 있었는데, 그럼에도 모든 사람들은 그를 옆에 두고 싶어 하고 질투심에 차서 웅웅대는 벌떼처럼 나

---

*[원주] 편찬자는 이 비유에서 많은 진실성과 동시에 슈테른하임 양의 정신적 특성에 합당한 것을 발견했으므로, 표현을 수정할 수 없었습니다. 비록 "불에 달구어 연마"한다거나 "물로써 저항력을 유지"한다는 표현에 비평이 너그럽지 않을 것이라고 느꼈음에도 말입니다. 그리고 그 말들은 실제로 이 책보다 버니언의 《천로역정》에 더 잘 맞을 것입니다.

를 방해하며 내 꿀을 모으지 못하게 하는데, 그러면서도 또 오직 파리에서 온 남자에게만 말하게 하기에 난 마침내 질문을 던졌지요. 프랑스 귀부인들은 학식 있는 사람들과의 교제 시간을 어떻게 이용하느냐고요. 그러자 다음과 같은 대답이 돌아왔어요.

부인들이 학자들에게서 배우는 것은, 언어와 표현의 아름다움이라고요. 모든 학문에서 아이디어를 얻어, 여기저기서 몇 마디 말로 대화에 섞고 그 대화를 통해 많은 지식이 있다는 명성을 재빨리 얻는 데 도움을 얻으려 한다고요. 적어도 모든 저술의 제목을 알고 또 그것에 대해 평가 비슷하게 말하려 하는 거지요. 부인들은 학자들과 함께 공개적인 강의 시간에도 참석하는데, 거기에서는 많은 수고를 하지 않아도 아주 유용한 개념들을 모을 수 있기 때문이에요. 마찬가지로 화려한 즐거움을 위해 천재들이 작업하는 예술가들의 작업실도 방문하지요. 이 모든 것은 그들의 대화를 편안하고 다양하게 하는 데 큰 기여를 한다는군요.

그때 이 프랑스인이 가진 자기애의 영리함이 탁월하게 드러나는 것을 보고 나는 불쾌해졌어요. 자기애가 그렇게 고상하고도 유용하게 발달되어 있다니 말예요. 사람들이 나무의 꽃을 잘 알게 되면, 언제나 충분하지요. 곧 열매의 성장과 숙성도 탐구하려고 할 테니까요.

여성들의 취미보다 더 빨리 일반화되는 것은 없으니, 이 민족은 얼마나 많은 것을 앞서 가졌는지요.

왜 우리의 많은 신사들은 여러 해 전부터 파리 여행에서 돌아올 때, 누이들과 여자 친척들에게 수천 가지 퇴폐적인 유행 소식 중 다른 모든 것을 개선시켰을지 모르는 이러한 소식은 가져다주지 않은 걸까요? 하지만 그들은 자신들을 위해 우스꽝스럽고 해로운 것들만 모으고 있으니, 우리를 위해 점잖고 유용한 것은 어찌 찾나요?

이 점에서 난 얻은 것이 있다고 생각해요. 그 이득이란, 학식 있는 사람의 천재성조차도 배우기를 열망하는 무지한 사람의 질문을 통해서 얻어지는 것이고, 그 무지함은 종종 그가 사소하게 여겼거나 또는 그것이 감정의 영역에만 국한되어 있기 때문에 남성들보다 여성들이 먼저 깨닫게 되는 어떤 대상의 새로운 면에 대해 관찰과 숙고로 이끄는 것이지요. 예술에서나 학문에서 다른 사람을 가르치는 노력이 우리의 개념들을 더 섬세하고 명확하며 완전하게 한다는 것은 확실해요. 그래요, 학생의 엉뚱한 이해 방법과 학생의 아주 단순한 질문조차도 위대하고 유용한 발견의 동기가 될 수 있지요. 이것은 피렌체의 정원사의 발견과 같은 것이에요. 그는 변화하는 날씨에 따라 분수의 물이 높아지고 낮아지는 것을 알게 되었고 이것이 기압계를 발명하는 동기가 된 기예요. 하지만 사랑할 가치가 있는 이 독일인으로부터 너무 멀리 왔군요. 그의 섬세하고 무한한 지식을 쌓은 천재성이 도덕적 어조와 색깔들을 모으고, 그의 작품 속에서 그것들을 우리 사회의 인간 군상과 혼합해서, 그래서 우리 사회의 다양한 초상들이 만들어지는 거라고 해요. 의미 없는 많은 대화를 그가 멸시하는 것을 보고 내가 칭찬했을 때 그는 그렇게 말했어요.

그에게서 진정한 우정의 상을 알게 되어 나는 매료되었지요. 그가 예전 이 집주인에게서 교육받은 한 존경스러운 분에 대해서 이야기했을 때에요. 그분은 우리 정신의 무한한 능력을 보여주는 생생한 증거라고 해요. 그분은 까다로운 정치인의 학문과 철학자, 물리학자, 문학애호가의 모든 학식을 연결하여 많은 예술 작품을 철저히 평가할 수 있고, 국가 경제와 농업도 잘 알고 있으며, 여러 나라 언어를 능숙하게 말하고 쓸 수 있을 뿐 아니라 피아노의 거장이고, 모든 예술에 통달했으며, 그렇게 완벽한 정신으로 인류의 친구라는 위대한 성격과 고결한 마음을 완전하게 결합했다고 했으니까요.

에밀리아, 당신은 이런 그림에서 보겠지요. × 씨가 그런 남성과의 우정을 인생 최고의 행복으로 여기고 있다는 데는 이유가 있을 것이라고요! 그리고 그가 친구의 장남을 최근 자신의 새로운 목적지로 데리고 갈 결심을 한 것이 나와 마찬가지로 기쁠 거예요. 마음의 친구로부터 독일 땅 거의 반이나 되는 거리에 떨어진 그가 부모에 대해 가지고 있는 자신의 모든 생각을 이 소년의 머리에 모아서 소년을 미덕을 갖춘 남자로 기르고, 그리함으로써 친구들과 멀리 있지만 그 마음이 그들과 결합되어 있음을 느끼게 하는 것이지요. 오, 에밀리아! 황금이 무엇인가요? 영주들이 흔히 공로에 따라 수여하는 명예로운 자리라는 것이 무엇인가요? × 씨가 행복한 친구 아들에게 베푸는 이 우정의 선물에 비한다면 말예요. 너무도 존경스러운 마음이 듭니다! 그 우정이 유지되기를 얼마나 빌고 싶은지요! 그렇게 고상하게 채워진 나날의 그의 저녁시간은 얼마나 행복할까요!

내 편지가 길어졌지요. 하지만 에밀리아는 실천하는 미덕을 설명할 때 즐겨 듣고 나에게 감사하니 아름다운 영혼을 가졌어요. × 씨는 저녁때 떠났어요. 그리고 우리는 다행히도 이틀 후 아침에 떠났지요. 그를 보았던 그 집의 모든 장소며 정원들이 지금은 고통스럽게 그를 그립게 하고, 나를 내면의 슬픔으로 몰아넣었고, 그 슬픔은 우리 집에 와서도 가라앉지 않았으니까요.

하지만 그의 충고대로 항상 난 내 운명의 아름다운 면만을 찾고 또 장차 그대에게 그것만 보이도록 할게요.

이제는 F 백작이 자신의 영지에서 베풀려고 하는 축제를 위해 준비해야 해요. 연이은 유흥을 난 좋아하지 않아요. 하지만 사람들은 춤추게 될 거고, 당신도 알다시피, 다른 모든 유흥 중에서 나는 춤추는 것을 제일 좋아하잖아요.

더비 경이 친구 B에게

내 기쁜 마음의 탈출구를 찾기 위해서 자네에게 편지를 쓰네. 이곳에선 아무에게도 그 기쁨을 내보이면 안 되니까 말이야. 사람들이 영주를 위해 바치는 모든 행사들이, 아름답고 수줍어하는 작은 새를 내가 숨겨놓은 그물 안으로 몰아넣는 데 쓰이는 것을 보니 우습다네. F 백작은 이 일에서 우두머리 사냥꾼인 셈인데, 그가 최근에 모든 귀족을 위해 자신의 영지에서 아주 괜찮은 축제를 베풀었네. 우리는 모두 그곳에 농민들의 복장을 하고서 등장해야 했지.

우리는 오후에 함께 가서 완벽하게 농부 복장을 하고, 비록 고상하거나 강요된 형상이기는 했지만 예행연습도 마쳤네. 농가 머슴처럼 보이기 위해 우리에게 빠진 것이 있다면 삽이나 쟁기 같은 것들이었지. 숙녀들은 머리 위에 닭 바구니라든가 젖 짤 때 쓰는 물건 등을 얹어서 특별한 출생이나 교육받은 사소한 흔적들을 없앴다네. 나는 스코틀랜드의 농부가 되어 고지대 사람들의 특징인 뻔뻔하고 단호한 성격을 아주 자연스럽게 내보였다네. 그리고 그것을 아주 우아하게—그것이 내 특징인 것을 자네도 알겠지—내가 맡은 인물의 성격이 불리하지 않게 미화시키는 비밀을 발견했지. 하지만 이 마법의 여자 슈테른하임은 분장을 통해 순수한 매력과 아름다운 자연을 연출했다네. 그녀의 모습은 천진무구한 시골의 기쁨을 표현했지. 검은 단을 댄 밝은 파란색 호박직 원피스는 그러지 않아도 날씬한 그리스 여인 같은 체형에다 더욱 섬세한 외양을 부여함으로써 그녀에겐 아무런 인공 장식이 필요하지 않다는 것을 보여주었네. 그녀가 사용하는 모든 언어는 마술적인 힘으로 숙녀들의 시기심 어린 눈과 모든 남자들의 열망하는 시선을 한 몸에 모으고 있었다네. 예쁘게 땋은 머리는 리본으로 묶어 땅에 끌리지 않게 했는데, 그 모습은 내가 그녀의 아담이 된다면 언젠가 밀턴의 이브*의 형상으로 그녀를 보게 될 것이라는 생각이 들게 했네. 그녀는 명랑했고 모든 귀부인들과 친근하게 이야기했다네. 그녀의 이모와 F 백작부인은 계속 그녀를 쓰다듬으며 칭찬했는데, 그것으로 이 처녀가 명랑한 기분을 유지하게 해 영주에게도 호감을 줄 수 있을 거라 생각한 거지.

시모어는 그녀의 매력에 압도되긴 했으나, 숙부와의 정치적 약속에 따라 자신의 사랑을 발작적 유희에 감추고 있었다네. 이 뚱하고 유머 없이 불만에 차 있던 그자는 그저 이 나무에서 저 나무 아래로 옮겨 다녔는데, 그 뒤를 농부의 아내로 분장한 C 양

*영국의 시인 존 밀턴(1608~1674)은 아담과 이브의 낙원 추방이라는 성경의 주제로 서사시 《실낙원》을 썼다.

이 그림자처럼 따르고 있었지. 나의 정열은 자제하기 힘들었다네. 하지만 말을 안 하고 있을 수는 없었기에, 슈테른하임 옆을 지나가면서 영어로 그녀에게 찬사의 말을 할 수 있는 기회들을 날쎄게 낚아챘지. 하지만 몇 번은 그녀를 으스러뜨리고도 싶었다네. 비록 잠깐이기는 했지만 그녀의 시선이 불안한 사랑을 담은 채 시모어를 향한 때는 말이지. 마침내 그녀가 사람들 사이에서 빠져나와 목사관 정원 문을 향해 가는 것이 보였네. 사람들이 수군거렸지. 나는 그녀가 돌아오는 것을 보려고 작은 우윳집 모퉁이에 서 있었네. 한 15분쯤 지났을까, 그녀가 나왔는데, 얼굴은 붉게 물들었고 기쁨의 표정이 가득하더군. 그리고 자신에게 길을 내주는 몇몇 구경꾼들에게 친절하게 감사를 표하는데, 그녀가 그 순간처럼 예뻐 보인 적은 없었다네. 걸음걸이마저 평소보다 더 가볍고 편안했지. 모든 사람들의 시선이 그녀에게 향했다네. 그것을 알아챈 그녀는 시선을 땅으로 내렸고 얼굴은 유난히 더 붉어졌지. 그때 영주 역시 목사관 정원에서 나와 사람들 무리를 뚫고 곧장 걸어오는 게 아닌가. 이제 슈테른하임이 영주와 함께 있었다는 생각으로 사람들의 얼굴에 의심과 조롱 섞인 표정이 떠오른 것을 자네가 봤어야 하는데. 영주가 갑자기 그 뻔뻔스러운 얼굴에, 아양 떨며 헌신하는 원숭이 같은 표정을 지으며 기쁨에 넘쳐 그녀를 쳐다보았으니 그녀가 얼굴이 빨개진 이유에 대해 남자들이 어떤 진부한 농짓거리를 해댔는지도 짐작이 가겠지. 이런 장면들을 통해 사람들은 목사관에서의 두 사람의 만남이 만족스러웠다는 것으로 받아들였는지 서로의 귀에 대고 수군거렸다네. "언제고 정복되지 않을 것 같던 미녀가 인도되는 잔치를 곧 보게 되겠군요." 사람들은 그녀가 영주에게 음료를 가져다주는 매력적인 자태와, 영주가 일어나서 그녀에게 다가가, 한 번은 그녀의 얼굴을 한 번은 몸매를 열렬한 시선으로 바라보는 동작을 보았다네. 음료를 다 마신 후엔 그녀에게서 그릇을 빼앗아 젊은 F 백작에게 주고는 그녀를 자신의 옆자리에 앉힌 것까지. 눈에 띄는 늙은 F 백작의 기쁨과, 그녀의 이모와 이모부의 자부심, 이 모든 것들이 우리의 추측을 확고하게 해주었다네. 나는 분노에 사로잡혀서, 이미 첫 번째 발작으로 정신이 나가버린 시모어의 팔을 붙들고 이 광경에 대해 이야기했다네. 그녀의 꾸며진 미덕과 그 가련한 희생, 모든 귀족 앞에서 연기한 그 뻔뻔스러움과 그럴 때의 아주 만족스러운 표정에 대한 시모어의 논평은 심한 경멸로 가득 차 있었지. 그런데 그의 마지막 비난이 나를 이성으로 돌려놓았다네. 곰곰이 생각해보니 이 발걸음이 사실 너무 뻔뻔하고 어리석질 않은가. 나는 F 영지에서의 여관 장면이 떠올랐다네. 그러고는 곧 의혹이 생겨 조수 빌을 불렀지. 그에게 100기니를 주겠다고 약속하고, 목사관에서 영주와 슈테른하임 사이에 무슨 일이 있었는지 진실을 알아오도록 했네. 한 시간 후에—그때는 1분이 1년처럼 생각되었지—그가 소식을 가져왔는데, 아가씨는 영주를 만나지 못했으며 혼자서 목사와 이야기를 하면서 그에게 마을의 가난한 사람들을 위해 쓰라고 돈 10카롤리넨*을 주고는 아무에게도 그 사실을 말하지 말라고 간곡히 부탁했다는 것이네. 영주는 그녀 뒤에 온 것이고 말이야. 그는 그녀를 방해하지 않으려 자기보다 앞서 가게 하고는, 멀리서 귀족들이 즐거워하는 것을 바라보려고 했

*18세기 중엽에 사용된 남독일의 금화.

다는군.

난 거기 서서 우리를 바보로 만든 이 몽상가 처녀를 비난했네. 하지만 그럼에도 불구하고 정말 이 처녀는 우리 모두보다 고결한 사람이었어. 우리가 그저 우리의 즐거움만을 생각하는 동안, 그녀는 마을의 가난한 사람들을 위해 마음을 열고 기쁨을 위해 바쳐진 하루를 그들에게도 주려고 한 거지. 그런데 그녀가 받은 보상이 무엇이었겠나? 우리 중에 가장 불행한 사람이 받아 마땅하다고 생각되는 가장 천박한 인물 평가였지. 사실 미덕은 좋게 격려할 일이거늘! 내면의 만족이 진실한 보상이라고 자네는 말하고 싶은가? 그렇다면 이 천사 같은 처녀 얼굴에 나타난 바로 그 만족의 표정이, 그녀가 목사관에서 나왔기 때문에 결점으로 뒤바뀌었다고 말할 수 있겠지. 하지만 사실을 완전히 알려고 한 내 욕망에 감사한다네. 그 욕망이 이름 높은 악당인 나를 모임 전체에서 가장 착한 영혼으로 만들었으니까. 나만이 그녀에 관한 확고한 판단을 내리기 전에 사실을 알아보려고 했단 말일세. 그리고 보게, 나는 즉석에서 이 미덕에 대해, 이 사랑스러운 인간을 아주 순수하게 내 팔 안에 받아들일 수 있다는 희망으로 보상을 받았다네. 그리 되면 그녀의 죽음이나 내 죽음만이 그것을 방해할 수 있겠지. 내 모든 능력과 내 정신의 모든 힘은 이 계획을 실행하기 위해 정해졌다네.

의기양양한 얼굴로 난 서둘러 모임으로 갔다네. 그전에 빌에게 누구에게도 그가 알아낸 것을 말하지 못하도록 명하고, 침묵의 대가로 100기니를 더 주겠다고 약속했지. 자네는 내가 아가씨를 위해서 알아낸 것을 전해야 하지 않겠느냐고 요구하겠지. 그렇다면 내 승리가 고귀해질 것이라고 생각하면서 말이야. 조용히 하게, 이 착한 신사야! 조용히! 난 선한 행동의 길로 그렇게 서둘러 나갈 수 없었고, 내 즐거움 전부를 그렇게 즉시 희생시킬 수도 없었네. 그리고 내가 무엇 때문에 부러 나서서 영주와 나의 불편한 관계를 키운단 말인가? 또 방금 전 사람들이 입방아 찧던 대화를 중단시킨다는 것도 재미없는 일이지 않겠나? 내가 자리에 없는 동안 영주는 애매한 대답으로 이 모든 일을 해명했다네. F 백작이 영주에게 목사관 정원에서 아가씨를 보았느냐고 물었더니 영주는 아주 짤막하게 "그렇소"라고 대답했다니까. 그러면서 눈길을 곧 아가씨에게로 돌렸으니, 사건의 경과는 확실해진 것이지. 그녀는 목사에게도 한 가지 역할을 주려고 했을 테니 거기서 결혼이 맺어진 것이고, 많은 사람들은 장래에 은총을 베풀 여성으로서의 그녀에 대한 기대를 증명해 받은 거라네. F 백작과 그 부인, 아가씨의 이모부와 이모는 이 미친 사람들과 윤무를 추었다네. C 경조차도 강요된 것이기는 하지만 역할을 함께했지. 하지만 시모어는 자신의 사랑과 머릿속에서 상상했던 그녀에 대한 완벽한 이상이 모욕당한 데 대한 분노가 누그러지지 않아서, 그녀와 미뉴에트를 추면서도 의례적인 공손함 따위조차 거의 보일 수 없었다네. 그는 아가씨의 친절한 눈길을 차갑고 경직된 모습으로 받았기 때문에 결국 그녀는 그를 더이상 보지 않았고 의기소침했는데, 그 의기소침한 태도가 그녀의 흉내 낼 수 없는 우아한 춤의 매력을 더욱 돋보이게 했지. 그녀가 그에게 내보이는 모든 호감의 표현들이 나를 미치게 만들었네. 하지만 난 최종 목표를 위해 쓸모 있을 모든 것에 대해 주의력을 갑절로 늘렸다네. 그녀가 궁정 사람들의 유난스러운 노력과 아첨을 눈치 채고 마음에 들어 하지 않는 것을 난 보았네.

그래서 난 그녀에게 순수하고 세심하게 경의를 표하는 쪽을 택했지. 그것이 그녀 마음에 들었는지 그녀는 나와 아름다운 영어로 아주 점잖게 이야기했다네. 그녀가 좋아하는 유일한 오락거리인 춤에 대해서는 더욱 생기가 돌았지. 그녀의 완벽한 미뉴에트에 대해 내가 칭찬하니까, 그녀는 영국의 시골 춤에는 즐거움과 편안함이 아름답게 섞여 있다면서, 춤추는 여자에게는 자신을 잃지 않게 하고 남자에게는 마음대로 할 수 있는 자유를 허용하지 않는 점이 좋다고, 독일 춤에서는 보통 그렇지 않다고 대답하더군. 시모어가 내보인 혐오감으로 이렇게 짤막하고 친근한 대화의 즐거움은 더욱 커졌다네. 이 모습이 눈에 거슬린 영주가 우리에게 다가오는 바람에 나는 물러나 F백작에게 아가씨가 영국 춤을 추고 싶어 한다고 말했지. 곧 음악이 시작되었고 모두들 짝을 찾았다네. 젊은 F백작이 슈테른하임 양의 짝으로 중간 대열에 섰지. 하지만 그의 아버지가 모든 쌍을 뒤로 물러나게 하고 아가씨에게 첫 번째 자리를 내주었다네. 그녀는 놀랐지만 그 자리에서 흔치않은 빠른 속도로 완벽하고 우아하게 춤을 추었다네. 나는 처음의 짝과 그대로 C경과 영주와 같은 줄에서 왔다 갔다 했고. 영주는 슈테른하임에게서 눈을 떼지 않고 계속 이렇게 말하더군. "꼭 천사처럼 춤을 추지 않소?" 그러자 C경이 영국에서 태어난 여자라도 스텝과 회전을 그녀보다 더 잘할 수는 없을 것이라고 확언하자, 영주는 아가씨를 영국 남성과 춤추게 해야겠다고 생각했네. 나는 창가로 가서 누가 선택될 것인가 기다렸네. 잠시 쉬는 시간이 지나자 영주는 아가씨에게 두 번째 줄에서 우리 두 영국인들 중의 한 사람과 춤추기를 청했다네. 그녀는 아름답게 몸을 굽히고 우리를 바라보며 준비되어 있음을 알렸지. 그녀의 권유하는 시선이 퉁명스러운 시모어에게 다정하게 향했고, F 백작은 우선 C 경의 친척인 그에게 제안했으나 그는 사양했다네. 그녀의 얼굴과 가슴은 실망으로 빨개졌지. 하지만 곧 나에게 친절한 표정을 지어서 난 존경하는 태도로 빨리 손을 내밀었네만, 앞선 그 표정으로 언짢아진 내 머릿속은 이런 생각으로 꽉 찼다네. '오 슈테른하임이여! 그런 감정을 내게 가지고 있었다면 당신과 당신의 미덕은 내 마음을 영원히 차지할 수 있었을 텐데! 다른 사람에게서 당신을 빼앗으려는 노력이 내 사랑을 감소시키는군. 욕망과 복수만이 내게 남아 있으니.' 하지만 오직 경외심만 내보인 내 겉모습은 아무것도 말해주지 않았네. 그녀는 아주 훌륭하게 춤추었고 사람들은 그것이 영주의 마음에 들려는 욕망 때문이라고 생각했다네. 나 혼자만 그것이 모욕당한 자존심의 노력이자, 아름다운 춤과 명랑함을 통해 시모어의 거절을 벌하려고 한 것임을 알고 있었지. 그도 벌을 받기는 했어! 실망으로 가득 찬 그의 마음은 나한테 탄식하고, 또 자신을 저주하기도 했지. 자신이 그녀를 매우 경멸함에도 불구하고 그녀의 매력들로 인해 어쩔 수 없이 아주 다정한 감정을 느낄 수밖에 없다고 말이야.

"자네는 왜 그녀와 춤추지 않았나?"

"신이여, 보호하소서." 그가 말했지. "난 사랑과 경멸 사이에서 투쟁하면서 틀림없이 그녀 옆에서 쓰러져버렸을 거네." 난 그를 비웃으며 말했다네. 나처럼 사랑하라고, 그러면 그의 과장된 생각이 주는 것보다 더 많은 즐거움을 얻게 될 것이라고.

"내 느낌에 자네가 나보다 더 행복한 것 같네." 그 바보는 말하더군. "하지만 나를 바꿀 수는 없어." 빌어먹을 사랑이 이 친구와 나를 비참한 개처럼 만든다는 생각이 들었네. 시모어는 사모하는 대상에 대한 경멸감과 모든 감각적 매력 사이에 끼인 채 그녀의 천진무구함과 다정함에 대해서는 아무것도 모르기 때문에 불행했고, 존경과 사랑을 거부할 수 없는 나는 질투와 복수하려는 열망에 휩싸여 다른 사람에게서 그들의 기쁨을 빼앗는 것 이상의 기쁨을 얻지 못하네. 결과가 어떻게 될지는 두고 봐야겠지. 나는 여러 가지 작업할 일들이 있네. 평소에는 그렇게 교묘하고 확실하게 덫을 놓을 줄 알았던 나지만 이제까지의 경험이 그녀에게는 아무것도 통하지 않으니 말일세. 그녀는 모든 감각적 즐거움과 너무 멀리 떨어져 있다네. 무도회의 경우도, 모든 여자들은 아양을 떨면서 호감을 얻길 바라며 최선을 다하고 있는데, 그녀는 오로지 선행의 실천에만 매달리지 않는가. 다른 여자들은 많은 사람들이 모인 곳에서 잔치의 소음과 의상과 치장의 화려함에 마비되고 음악에 의해 유연해지면서 모든 감각적 유혹에 노출되고 있는데 말이야. 그녀도 물론 마음이 움직이지. 하지만 가난한 사람들에 대한 연민 때문에, 그리고 이 감정의 동요가 너무나 강렬하기 때문에, 그녀는 모임과 즐거운 분위기를 뒤로하고 선행을 행하려는 것이네. 아! 이렇게 강한 영혼의 민감함이 쾌락으로 음조를 바꾸어 그 첫 번째 가락을 나를 위해 울려준다면! 그렇게만 된다면, B여, 그러면 나는 비너스가 뮤즈 신들과 우아의 여신들과 함께 쏟아붓는 환락의 경험을 이야기해줄 수 있을 거네. 하지만 그러기 위해서는 준비를 해야 하지. 귀신들과의 개인적 교류를 원하는 몽상가들이 한동안을 금욕과 기도로 보내는 것처럼, 나 역시 이 황홀경에 빠진 영혼의 호감을 얻기 위하여 이제까지의 내 모든 향락을 포기해야 한다네. 우연히 발견하게 된 T 가족에 대한 선행이 내게는 큰 성과였지. 이제 언젠가 이 집에서 그녀를 놀라게 해주어야겠네. 그녀는 자주 그곳에 가서 아이들을 가르치거나 어른들을 위로한다네. 그럼에도 그녀의 모든 도덕이 내 돈의 영향력을 감소시킬 수는 없지. 그 돈을 통해서 나는 그들 집에서 그녀를 볼 수 있고 그녀 마음에 한 걸음 다가갈 수 있는 기회를 찾는다네. 다른 한편으로, 그동안에 그녀와 시모어가 한 번이라도 가까이 접촉하여 그들 영혼이 공감할 수 있는 소리를 서로 듣게 된다면 한순간에 일어날 수도 있는 '몽상의 마법적 교감'을 약화시키려고 하네. 하지만 난 그자를 앞서 가고 있다네. 시모어는 소식을 듣기 위하여 자신의 숙부의 비서를 이용하는데, 그자가 바로 내 노예이며, 이자는 나와 이야기하지 않고도 나에게서 소식을 가져가지. 우리는 편지로만 연락하는데 그 쪽지를 건물의 위쪽 복도에 걸려 있는 오래된 그림 뒤에 숨겨놓는다네. 이 사탄의 제자는 나를 위해 큰 공을 세우고 있지. 하지만 나는 시모어로 하여금 공평성을 잃게 함으로써 결과적으로 우리의 힘든 일을 덜어주게 만들고 있네. 그는 슈테른하임의 모든 행동을 알려고 하면서도 뱀처럼 그녀를 피한다네. 내가 알려주는 소식의 색깔에 따라 그 행동들은 애매하게 보여서 이미 선입견으로 꽉 찬 그 머리에 많은 영향을 줄 수 있는데, 그 점은 바로 내가 원하는 바이지. 영주는 두렵지 않다네. 그가 내딛는 모든 발걸음이 그를 목표 지점에서 멀리 떼어놓고 있으니까. 영주가 줄 수 있는 모든 것 중에 그녀가 좋아하는 것은 아무것도 없다네. 이 처녀는 아주 새로운 부류의 인격을 보여주고 있어!

시모어 경이 B 박사에게

저는 네 시간 전에 화려하고도 잘 차려진 축제에서 돌아왔습니다. 제 활력을 뒤흔들어놓은 격한 움직임에도 불구하고 잠을 이룰 수 없어서, 귀한 친구와의 대화로 근심에 찬 마음에 최소한의 안정이라도 찾으려고 합니다. 소중한 스승님, 왜 스승님의 경험 많은 지혜는, 이전에 악의에 찬 언행에 대하여 저를 지켜주셨던 것처럼 힘 있는 착한 인상에 대항하여 제 영혼을 무장시키는 수단을 찾게 할 수 없었는지요. 이유를 설명하겠습니다. 그러면 제가 이성적으로 무관심하였다면 얼마나 행복했을지 보시게 될 것입니다.

수석 장관이 궁정의 귀족들을 위해서이든, 아니면 F 백작의 이름으로 영주가 슈테른하임 양을 위해서이든, 아무튼 F 백작의 영지에서 잔치가 있었습니다. 그 잔치는 최고 수준의 평등을 표방한 것이었습니다. 의상, 음악, 잔치가 열릴 장소, 모든 것이 농촌의 축제를 나타내는 것이었으니까요. 중앙에는 멍석이 깔리고 농가의 집들과 춤추기 위한 헛간이 세워졌습니다. 그 발상과 실행 과정이 처음 두 시간은 저를 매료했습니다. 전 오직 축제의 아름다움과 모두를 능가하는 슈테른하임 아가씨의 사랑스러운 자태만을 눈앞에 보고 있었으니까요. 이 두 시간 내내 슈테른하임의 고상하고 아름다운 모습에서 드러난 것과 같은 그렇게 완벽하고 또 순수한 순결함과 기쁨의 형상은 한 번도, 단 한 번도 나타난 적이 없습니다. 그녀에게서 그런 것을 지우려고 했다면 예술이란 것은 저주를 받아야 해요! 하지만 그렇게 많은 정신과 그렇게 훌륭한 교육이 들어 있는 한 인물 안에는 틀림없이 의지가 있었을 것입니다. 그녀를 움직이는 것은 불가능해요. 또 그것이 음악과 화려함과 소음에 의해 격분한 감각들의 영향이었다는 것도 불가능합니다. 사람들은 이런 상황에서 알지 못하는 사이에 곧잘 도덕적 감정의 궤도를 이탈하고 시야에서 놓쳐버린다는 것을 저는 잘 알고 있습니다. 하지만 그녀는 수호신의 마지막 경고를 내팽개치고 몇 분 후에 영주와의 대화를 위해 달려갔으므로, 그로 인해 우리들 중 가장 비천한 사람의 멸시를 자초했습니다. 전 그녀에게 가졌던 극심한 혐오와 경멸을 숨기려고 노력했습니다. 먼저 그녀의 수호신이 보인 마지막 암시를 제가 어떻게 알아챘는지 설명을 드려야겠군요. 그곳에는 그림들이 있는 노점이 있어 귀부인들은 거기서 그림 복권을 뽑습니다. 그런데 그곳에서—이것이 단순히 우연인지 아니면 신의 섭리에 의한 마지막 암시인지 말씀해보십시오—슈테른하임 양이 '아폴로에게 쫓기는 다프네'*를 뽑았습니다! 영주 편에 있는 사람들은 이것이 그녀의 반항심을 강하게 할지 모른다고 좋게 보지 않았습니다. 하지만 그녀 마음에는 들어서 그녀는 그것을 모든 사람에게 보이며 그림과 회화를 잘 아는 사람같이 이야기했습니다. 저의 기쁨은 말할 수 없었지요. 전 궁정 사람들의 염려에 이유가 있다고 생각했고, 아가씨의 기쁨으로 인해 저는 그녀가 미덕의 힘으로 달아나는 새로운 다프네가 되리라는 생각을 확고하게 했으니까요. 하지만 그녀는 즉시 아폴로의 팔 안에 자신을 내던졌고, 그녀의 위선은 저를 고통스럽고 비열하게 속였습니

*다프네는 그리스 신화에서 아폴로의 구애를 피하기 위해 월계수로 변한 요정이다.

다! 전 그녀가 염치없는 이모와 F 백작부인과 함께 한동안 이리 저리 다니는 것을 보았습니다. 이 두 가련한 뚜쟁이들은 경쟁적으로 그녀의 비위를 맞추더군요. 마침내 그녀가 다정하고 조심스러운 표정으로 한 번은 모여 있는 사람들을, 한 번은 목사관 정원 문을 바라보다가, 갑자기 가볍고 즐거운 걸음걸이로 사람들을 뚫고 정원 안으로 급히 들어가는 것을 보았습니다. 오랫동안 그 안에 있지는 않았으나 그곳에 들어갔다는 사실이 주목을 끌었지요. 우선 그녀가 돌아나올 때의 만족하고 부끄러워하는 표정은 많은 추측을 야기시켰는데, 영주가 곧 그녀를 뒤따라 나왔고, 그녀에 대한 감출 수 없는 만족감과 불타는 열정을 여실히 드러내 보였습니다. 그녀는 비열하고도 호의적인 표정으로 영주에게 샤베트를 권하고, 함께 재잘댔으며, 그를 위하여 영국식 춤도 추었지요. 아주 열심히 추었는데, 그런 열성은 그녀가 평소에 미덕을 위해서만 보이던 것이었습니다. 얼마나 매력적이었는지, 오, 신이여, 그녀는 얼마나 매력적이었는지요! 그녀의 춤은 아무도 흉내 낼 수 없는 것이었어요. 모든 우아의 여신들이 그녀 안에서 하나가 되었고, 제 마음에는 그만큼 많은 복수의 여신들이 들어앉았습니다! 그녀의 미덕을 숭배하며 그녀를 아내로 맞이하길 원했던 제가, 명예와 순결을 포기하고 하늘과 사람들 눈앞에서 승리의 모습을 보이는 그녀의 증인이 되어야 한다는 생각에 마음이 찢어지는 것 같았으니까요. 이 경우에 제 마음을 이해할 수 없습니다. 박사님도 알다시피, 제가 예전에 여배우 하나를 얼마나 사랑했습니까. 그녀의 사랑은 돈으로 살 수 있는 것이어서, 그녀 마음의 존경을 받지 못했다는 사실은 저도 아는 바였고 저 역시 존경심은 없었지만 제 열정은 아주 강하게 계속되었었지요. 이제는 반대로 제가 이 슈테른하임을 경멸하고 저주하고 있습니다. 그녀의 매력과 제 사랑은 아직도 영혼 밑바닥에 있지만, 전 그 두 가지를 증오하고 있어요. 너무나 나약해서 그것을 없애버리지 못하는 저 자신도 증오합니다.

숙부는 집으로 가는 길에 말씀하셨습니다. 정열을 이미 오래전에 만족시킨 남자는, 그리고 장관으로서 영주의 공명심을 만족시키기 위하여 수천 명의 전쟁 희생자를 대수롭지 않게 생각하는 남자는, 거물의 정열을 만족시키기 위하여 한 처녀의 미덕을 희생하는 것이 물론 사소한 일로 보일 것이라고요. 오, 그녀가 앵무새 같은 미모에다 앵무새 같은 정신을 가진 평범한 처녀였다면, 저도 그렇게 보았을 것입니다. 하지만 고결한 영혼과 지식의 소유자로서 온 세상의 존경을 받고 있던 그녀가 한순간 자신을 내던져버리다니요! 그녀가 비밀리에 약혼을 했다는군요! 가련하고 우스꽝스러운 낯짝, 수치심으로부터 지키려던 왜곡된 미덕! 모두들 그녀에게 아첨했습니다. 친구이기도 한 스승님은 제가 아첨을 했는지 안 했는지 잘 아시리라 생각합니다. 저는 마음이 진정될 때까지 궁정에는 안 갈 생각입니다. 궁정생활을 아주 좋아한 적이 한 번도 없지만, 이제는 혐오해요! 숙부의 여행에는 동행할 것입니다. 하지만 제 어머님께서는 제게 궁정업무를 맡으라거나 결혼하라고 요구하시면 안 됩니다. 슈테른하임 양이 저로 하여금 그 두 가지를 영원히 포기하도록 했으니까요. 이 악명 높은 더비, 더비도 그녀를 경멸하지만, 그녀가 무감각 상태에 빠지는 것을 돕고 있습니다. 전보다 더 많은 경의를 그녀에게 표하고 있으니까요. 나쁜 자식!

슈테른하임 아씨가 에밀리아에게

에밀리아, 보세요, 신나는 이야기를 들어보세요. 당신은 내가 춤추는 것을 좋아하는 걸 잘 알지요. 그리고 F 백작이 무도회를 연다는 것도 알고 있을 거예요. 이제 무도회는 지나갔지만, 거기서 얼마나 즐거웠는지 그때를 기억하면 아직도 유쾌해요. 이 예쁜 축제의 모든 행사는 원래부터 가지고 있던 내 취향과 내 생각에 꼭 맞는 것이었어요. 시골의 소박함과 궁정의 세련된 예술이 아주 멋지게 엮어서, 어느 한쪽의 매력을 빼앗지 않고서는 그 두 가지를 분리할 수 없을 정도였지요. 자세히 설명해서 당신이 상상한 것을 더 확실하게 해줄게요.

F 백작은 부인의 요양을 위해 사용되는 영지에서 귀족 전부를 초대하여, 부인의 건강에 대한 자신의 기쁨을 증명하고, 그 지역에서 보여준 존중에 대하여 감사를 표하기 위해 우리 모두에게 즐거움을 마련하려고 했지요. 우리는 일주일 전에 초대를 받았고, 쌍을 지어 아름다운 농민 복장으로 나타나라는 부탁을 받았어요. 농촌 축제를 연출하려는 생각이었으니까요. 그의 아들 젊은 F는 농부가 되었고, 나는 알프스 소녀의 의상을 받았지요. 밝은 파랑과 검정색이 배합된 옷이었는데, 그 모양은 조금도 노력하지 않고 강요된 것도 아닌 것처럼 보이면서도 내 체형을 아주 유리하게 보여주었어요. 아주 헐렁하게 쓴 예쁜 밀짚모자와 단순하게 땋아 내린 머리가 내 얼굴을 품위 있게 만들어주었고요. 당신도 알다시피, 난 시골 사람들의 자연스러운 미덕과 소박함에 대한 사랑의 영향을 받았잖아요. 이런 성향이 내 옷을

보고 다시 살아난 거예요. 고상하고 단순한 치장에 난 감격했어요. 이 치장은 몸매보다 고요함과 자연을 사랑하는 내 마음에 더 맞는 것이어서—이 몸매도 그 당시 내 눈에는 가장 아름다운 조명을 받고 있었지만—옷을 완전히 다 입고 마지막으로 거울에 비친 시골 소녀 같은 내 모습에 만족했을 때, 난 소원을 갖게 되었어요. 이 옷을 벗어놓은 후에도 항상 순결함과 진정으로 선한 마음이 영혼의 밝고 진실한 기쁨의 근본이 되었으면 좋겠다고요. 이모부와 이모 그리고 F 백작은 쉬지 않고 사랑스럽고 매력 있는 내 모습을 칭찬했어요. 그렇게 우리들은 영지로 갔지요. 초원에 심겨진 가로수길 중간으로 마차가 내려가니, 곧 샬마이* 소리가 들렸고, 여러 쌍의 점잖은 남녀 농부들이 보였어요. 지나가는 내내 한편에서는 구금(口琴) 소리, 다른 한편에서는 갈대피리 소리가 들리면서 여러 악기들이 한데 어울려 완벽한 시골 축제를 예고하고 있었지요. 소박하게 만들어진 벤치들이 나무 사이사이에 놓여 있었고, 예쁜 농가 두 채가 가로수길 양옆으로 세워져 있었어요. 한 집에 다다르니 우유와 다른 여러 음료들이 작은 도자기 사발에 담겨 준비되어 있었고 모든 사발에는 나무 접시와 도자기 숟갈이 함께 곁들여 있었어요. 이 집 문 앞에서 여관 여주인처럼 옷을 입은 F 백작부인이 매력적이고 친절하게 모든 손님들을 환영하고 있었지요. 그 집의 모든 하인들도 심부름하는 소년이나 바텐더 옷을 입고, 악사들도 농민들처럼 옷을 입었어요. 장터에는 빵 굽는 사람들과 잡화상들이 있어서 우리 '농부'들이 우리를 그리로 안내하면, '농촌 아낙네'인 우리는

*오보에의 전신에 해당하는, 옛날의 목관 취주 악기.

프레첼 빵이나 고운 밀가루로 만든 빵을 받고, 그 빵을 파트너인 남자 농부가 쪼개면 그 속에서 레이스 조각이나 리본 또는 다른 예쁜 물건들이 나오는 거예요. 그림 상점에는 복권처럼 뽑을 수 있는 작은 예쁜 그림들이 전시되어 있었어요. 난 아폴로에게 쫓기는 다프네를 받았는데, 아주 섬세하고 예쁜 그림이었어요. 그것이 제일 아름다운 것이어서 다른 여자들이 나를 부러워하는 것 같아 보였지요. 몇몇 부인들은 그것을 보고 얼굴 표정이 그다지 좋지 않게 변하는 게 내 눈에 들어왔어요.

귀족들이 전부 모이자, 우리 젊은 여성들은 나이 든 숙녀들과 신사들에게 음료수 대접하는 것을 도와달라는 부탁을 받았어요. 우리의 바쁘게 움직이는 모습은 보기에 예뻤어요. 하지만 낯선 사람에게는 한 부인이 다른 부인에게 보내는 탐색하는 듯한 반쯤 숨겨진 눈길이 많은 관찰의 동기를 주었을 것임이 틀림없어요. 나는 진심으로 기쁨에 가득 차 있었어요. 내가 밟는 풀밭, 우유를 마셨던 나무 그늘, 내가 숨 쉬는 신선한 공기, 주위의 맑게 트인 하늘, 스무 걸음만 걸어가면 나오는 아름다운 개울, 곡식이 잘 경작된 풍성한 밭! 나에게는 마치 자연 왕국의 무한한 광경을 보는 것이 내 활기와 감정에 자유로운 움직임을 불어넣어, 인위적인 장식과 금도금으로 번쩍이는 궁전 성벽 안에서의 감옥살이 같은 삶에서부터 자연의 자유를 부여하고 본래의 영역으로 옮겨놓은 것같이 보였어요. 나는 평소보다 훨씬 많이 또 즐겁게 이야기했고, 나무들 사이에서 추는 군무가 시작되었을 때 제일 첫째 줄에서 추었지요. 군무를 시작하니 우리를 구경하려고 마을 사람들이 모두 자신들의 초가집에서 나왔어요. 몇 번 돌면서 춤을 추다가 난 나를 칭찬하고 쓰다듬어주는 이모와 F 백작부인과 함께 여기저기 거닐었지요. 거기서 곧 우리가 연출하는 즐겁고 번쩍거리는 시골 사람들 무리와, 그런 우리를 바라보는 가난하고 근심 어린 많은 사람들의 무리가 눈에 들어 왔어요. 이런 대비되는 상황에서도 우리를 보고 착한 마음으로 즐거워하는 그들을 보고 난 감격했어요. 그래서 곧 눈에 띄지 않은 순간에 우리가 춤추던 풀밭에 가까이 있는 목사관 정원 안으로 몰래 들어가, 목사에게 마을의 가난한 사람들을 위해 쓸 만한 무언가를 조금 주고, 행복한 마음으로 사람들 모인 곳으로 돌아 왔지요. 오면서 보니 더비 경이 내 발길을 엿본 것 같았어요. 내가 목사관 정원에서 나왔을 때 그가 우윗집 모퉁이에 서서 시선을 정원 문에 고정시키고 있는 것이 보였으니까요. 그가 탐색하는 듯 열띤 눈으로 나를 보더니 급히 내게 와서는 내 모습과 인상에 관하여 몇 마디 평범하지 않은, 심지어 사랑에 빠진 듯한 말을 건넸어요. 이 일과 모든 사람들이 나를 바라보는 호기심에 찬 태도 때문에 내 얼굴은 빨개졌고 두 눈은 땅을 향했지요. 눈을 들어 올렸을 때 나는 나무 가까이에 있었는데, 그 나무 옆에는 시모어 경이 아주 슬프고 다정한 모습으로 기대서 있어서, 난 더비 경이 나에게 한 말을 그가 모두 들었을 거라고 생각했어요. 이런 생각이 왜 나를 혼란하게 만드는지 잘 모르겠어요. 하지만 영주가 금방 목사관 정원에서 나오자 모두들 똑바로 서서 정렬하는 것을 보고 나는 엄청나게 놀랐지요. 영주가 나를 거기서 만날 수 있었겠다는 생각에 경악한 나는 혼자 있는 것이 두렵기라도 한 듯 곧장 이모에게로 피해 갔어요. 하지만 내면의 만족감으로 곧 다시 정신을 차려서 나는 영주에게 아주 침착하게 허리 굽혀 인사했고, 영주는 내 의상을 살피고는 아주 활기찬 표현으로 칭찬해주었어요. F 백작부인이 영주에게 샤베트 한 잔을 권하라고 나를 떠밀어서 난 당황했지요. 내키지 않게 그 옆자리 벤치에 앉아야 했기 때문이기도 했고요. 거기서 그는 나 개인에 대해서나 다른 귀족들에 대해서 이야기를 건넸는데, 모르겠어요, 그가 무슨 이상한 말을 했는지는. 사람들이 각자 산책하러 가기 시작하고 내가 그들 뒤를 주의 깊게 바라보니까 영주가 묻더군요, 나도 자기 옆에 있기보다는 돌아다니는 것이 더 좋겠느냐고요. 난 사람들이 또 춤을 추려는 것 같다며 거기에 끼었으면 좋겠다고 말했어요. 그는 곧 일어서더니 나를 다른 사람들에게 데리고 갔어요. 난 순간 내 머릿속에 든 생각에 고마워하며 황급히 젊은이들이 모여 서 있는 무리 속에 섞여 들어갔지요. 그들은 내가 뚫고 들어간 데 대해 미소 지었지만 아주 공손했어요. C 양만이 아주 퉁명하게 고개를 다른 쪽으로 돌리고 있었던 것만 빼고요. 나도 몸을 돌리자, 시모어와 더비 경이 서로 팔을 잡고 개울가에서 성급한 걸음으로 왔다 갔다 하는 것이 보였어요. 그러는 사이에 날이 좀 어두워졌고 우리는 다른 쪽 초가에 차려진 저녁식사에 초대받았지요. 사람들은 식탁에 오래 앉아 있지 않았어요. 모두 증축된 헛간에 마련된 숨겨진 무도회장으로 달려갔기 때문이에요. 식사가 끝나는 것을 나만큼 기뻐한 사람은 없었을 거예요. 직위가 없는 사람인데 뽑혀서 영주 옆에 앉아야 하는 반갑지 않은 운명에 처해 있었으니까요. 영주는 끊임없이 나에게 말을 걸고 매순간 무언가를 맛보게 했어요. 이런 우연의 특혜*로 인해서 새롭지만 아주 작은 조명 아래 궁정 사람들을 보게 되었지요. 나에 대한 그들의 태도는 내가 마치 커다란 권위라도 얻은 듯이 나의 호감을 얻으려고 하는 것 같았어요. 나에게 아첨을 안 하는 사람이 없더군요. 오직 시모어 경만 빼고요. 그는 아무 말도 하지 않았어요. 그의 숙부 C 경과 더비 경은 그 반대로 더욱더 세련되고 정중한 말을 해주었지요. 특히 더비 경은 나에 대하여 최대의 호의와 경의를 표했어요. 그는 춤에 대해서 이야기하면서 이 주제에 아주 적합한 어투로 말했지요. 그래서 그의 재능에 새롭게 주목했을뿐더러 그가 재능을 나쁘게 낭비하는 것이 유감스럽게 생각될 정도였어요. 무도회에서 미뉴에트 춤으로 시작하는 것이 모든 사람에게 유리한 것은 아닐 거예요. 이 춤은 아주 우아한 회전과 스텝의 아름다움이 요구되기 때문에 많은 사람들이 완벽하게 추기에는 매우 어렵거든요. 내가 받은 특별한 찬사 덕분에 나는 소중한 부모님들을 떠올리게 되었어요. 그분들은 내 교육을 위하여 다른 것들 중에서도 일찍감치 춤을 배우게 하셨거든요. 아버지는 내가 성장이 빨라서 키가 클 거라고 예상하셨고, 키 큰 사람은 일찍 무용 수업을 받는 것이 필수적이라고 말씀하셨지요. 춤은 음악을 통해 동작을 조화롭고 편안하게 만들기 위함인데, 우아함이란 키가 큰 사람보다는 중간 크기의 사람에게 더 잘 어울린다는 것이었어요. 내가 왜 매일 춤을 추는지, 수공예를 할 때도 혼자 있으면 왜 미뉴에트 가락을 불러야 하는지 알겠지요. 아버지는 주장하시길, 이런 연습을 통해서 모르는 사이에 내 회전이 자연스럽고 우아해진다고 하셨어요. 사람들이 내 춤과 움직임에 대해 보내는 칭찬을 믿어도 된다면, 바

*[원주] 독자들은 기억할 것입니다. 그것은 슈테른하임 양이 세상의 길에서 순진하고 경험이 없으므로 의도와 기교를 우연의 작용으로 생각하는 것이 아주 자연스러운 일이었다는 사실을. 궁정에서는 군주의 정열을 세련된 방법으로 북돋우려는 의도가 있다면, 뜻밖의 우연을 만드는 것보다 더 좋은 기술은 없습니다.

로 아버지의 예상이 모두 맞은 거예요. 아름다움보다 우아함을 선호하는 아버지의 말씀을 아주 잘 깨달은 것은, 비너스처럼 아름다운 B 양보다 그다지 미인은 아니지만 우아한 표정을 짓는 Z 백작부인을 질투하는 사람이 더 많다는 것을 보았기 때문이에요. 업적이 있는 여성들도 질투를 하지요. 어째서 이런 일이 있을까요, 에밀리아? 이성적인 사람들은 혹시 미모보다 우아함을 선호하는 것을 다른 사람보다 더 강하게 느끼고 그래서 자신이 소유하기를 더 열망하는 것이 아닐까요? 아니면 우아한 Z 백작부인이 가장 존경할 만한 남성들을 자기 옆으로 끌어들인다는 사실을 관찰로 알아차렸기 때문에 질투가 생기는 걸까요? 아니면 섬세한 자기애 때문에 완전한 미모보다는 우아함의 매력 쪽으로 감히 달려드는 것일까요? 모름지기 자기애는 사람들의 눈에 금방 띄지 않고, 완전함이 부족하다는 것은 결점 있는 성격이나 이해력과 쉽게 결합되어, 비난하는 여성에게 예리한 눈을 가졌다는 명성을 줄 수 있는데, 그 반대로 아름다운 여성에 대해서는 아주 작은 비방도 질투로 여겨지고 있기 때문이 아닐까요. 고상하고 현명한 자기애는 항상 숭배하는 여신들의 호의를 바라야 하겠지요. 여신들은 자신들의 선물을 결코 다시 빼앗아 가지 않고, 시간도 우연도 우리에게서 그것을 약탈할 수 없으니까요. 아주 솔직히 고백하겠어요. 내가 만일 아름다운 그리스 시대에 태어났다면, 가장 좋은 제물을 우아의 여신들의 신전에 바쳤을 것이라고요. 하지만 에밀리아가 무슨 생각을 하는지 보이네요. 맞혀볼까요? 이 편지를 읽으면서 에밀리아 얼굴 표정이 묻는군요. "내 친구 슈테른하임 아가씨는 그렇게 결점 없이 완벽한가요? 다른 사람들에 대해서 그렇게 주제넘게 표현을 할 만큼? 질투심은 없었던 것 같네요. 허영심이 따르는 아가씨의 계획이 전혀 방해받지 않으니까요. 무용 연습이 많았던 교육을 감사한 것에서 그것이 나타나요. 흔히 우리를 질투심에서 자유롭게 하는 것은, 오직 엄청난 자만심이지요. 진실한 미덕이 그것을 해야 하는데 말이에요."

진정해요. 엄격한 친구여, 당신 말이 맞는 것 같아요. 나는 허영심에 차 있었고 아주 자만했어요. 하지만 그 대가로 벌을 받았어요. 나 자신 아주 사랑스러워 보였다고 여겼는데, 나를 잘 보아주기를 바랐던 사람의 눈에는 그렇지 않았던 거예요. 내가 영국 춤을 아주 잘 춰 보이겠다고 결심했기 때문에, C 경과 더비 경은 타고난 영국 여자라도 스텝이나 회전이나 박자를 그렇게 잘 맞출 수 없었을 것이라고 영주에게 말할 정도였어요. 그래서 나는 영국 남성과 춤추기를 부탁받았고, 시모어 경에게 춤을 청했는데, 그런데, 에밀리아, 그가 거절했어요, 아주 불친절하고 거의 경멸에 찬 표정으로. 그 표정이 내 가슴을 아프게 했어요. 내 자존심은 이 상처를 감싸려고 노력했지요. 세상 사람 모두에 대한 그의 음울한 태도가 나를 가장 안정시키더군요. 그는 그의 숙부와 더비 경 말고는 누구와도 이야기하지 않았어요. 더비 경은 기뻐서 재빨리 춤 권유에 응했지요. 나 역시 춤을 잘 추는 것으로 그에 대한 보상을 해주었어요. 동시에 시모어에게 그의 반감에 대해 내가 동요되지 않았다는 것을 명랑하게 보여주려 했지요. 당신은 나를 아니까, 틀림없이 이 순간이 내게 불편했으리라고 판단하겠지요. 하지만 장점이 될 만한 내 성향이 벌을 받다니요! 왜 나는 시모어 경을 그 애인의 칭찬을 통해서 최고라고 생각했으며, 그 때문에 다른 사람에게 공평하지 못하고,

나 자신을 존중하는 것을 잊어버리는 길을 갔을까요? 하지만 그 사람에게 감사해요. 나로 하여금 생각하고 숙고하게 만들었으니까요. 이제 난 내심 안정되었고 다른 사람에게 더 공정하게 되었어요. 그래서 이 축제에 대해 만족해야 하는 새로운 이유도 갖게 되었지요. 이웃을 위해 선행의 의무를 실천했고, 나를 위해서 현명한 교훈을 얻었어요. 이제 에밀리아가 나에게 만족하고 전처럼 사랑해주기를 바라요.

슈테른하임 아씨가 에밀리아에게

지금 난 불쌍한 T 부인이 F 백작 영지에서 약속했던 편지를 받았어. 그 편지에서 그녀는 자신의 불행의 원인을 설명했지요. 그 편지가 아주 길고 또 촘촘히 쓰여 있어서 동봉할 수가 없군요. 하지만 내가 보내려는 이 회답에서 대부분을 보게 될 것이니, 몇 가지 중요한 내용을 여기서 언급할게요.

　T 부인은 선량하지만 가난했던 시의원 가정에서 태어났어요. 그녀의 어머니는 올바른 여성으로 꼼꼼한 살림꾼이었고요. 그녀는 딸들에게 음식과 의복을 넉넉하게 마련해주지 못했고, 집 밖으로 내보내지도 않고 계속 일만 하도록 했으며, 항상 부족한 재산에 대해 이야기해주고, 왜 음식이나 의복, 그 외의 소비에서 부유하고 행복한 남들처럼 똑같이 할 수 없는지를 말했지요. 자식들은 싫지만 참을 수밖에 없었어요. 어머니가 돌아가시자 T 의원이 둘째 딸에게 구혼했고 쉽게 그녀를 얻었어요. 그

가 부모에게서 물려받은 재산이 꽤 있다고 알려져 있었거든요. 이 젊은 남자는 자신의 재력을 보이고 싶어서 부인에게 아름다운 선물을 주고, 집의 가구도 아주 아름답게 치장했으며, 방문도 많이 하고, 손님들을 초대해 부자들의 방식에 따라 대접을 했어요. 그래서 많은 식사 친구들이 몰려들었지요. 일생 부유함이 주는 행복을 모르던 이 착한 부인은 안락한 생활을 누리고 사람들과 여가를 보내며 아름다운 옷을 마음껏 입는 즐거움에 빠졌어요. 곧 자식들도 얻어서 신분에 맞는 교육을 시키기 시작했고요. 그러다가 재산이 고갈되자 그들은 빚을 얻어서 그 빚으로 익숙한 소비를 계속했어요. 마침내 그 액수가 너무 커져서 채권자들이 인내심을 잃고 그들의 가구와 집을 차압하게 될 때까지 말이에요. 이제 그 모든 친구들은 사라졌어요. 잘 차린 식탁 습관과 아름다운 옷에 대한 사랑은 나머지 것도 빼앗아 갔지요. 의원직으로 얻는 연봉은 처음 몇 달 동안에 다 써버리고 나머지 달에는 궁핍과 근심만 있을 뿐이었어요. 남편은 자존심을, 부인은 풍요에 대한 사랑을 만족시킬 수 없었지요. 자신들의 상황에 맞게 처신하기 위한 의지가 남편에게 없었고, 부인에게는 현명함이 없었어요. 몇몇 자선가를 찾았으나 그들의 도움으로는 불충분했어요. 남편은 불만에 차서 자신의 친구였던 사람들을 비난하고 모욕했으며, 이에 대해 친구들은 그의 직책을 박탈하는 것으로 복수했지요. 이제 절망과 불행이 반반이 되었어요. 이 두 가지는 여섯 자녀들을 보면 더욱 커졌지요. 친척들도 모두 손을 놓았어요. 그 가족의 비참함은 모든 사소하고도 하찮은 도움까지 요구하는 것이어서 그들은 결국 멸시와 증오의 대상이 되고만 거예요. 이런 상황에서 내가 그들을 알게 되었고, 도움을 제안한 거지요. 돈과 옷 또 다른 필요한 집안 물품으로 시작이 되었지만 이것만으로는 충분하지 않다고 봐요. 만일 나쁜 것을 뿌리째 들어내지 않고 명예와 행복에 관한 그들의 사고방식이 고쳐지지 않는다면 말이에요. 난 계획을 세웠어요. 그래서 당신의 정의로운 남편, 통찰력 있는 B 님에게 그 계획을 검토하고 수정해달라고 부탁드려요. 스무 살 처녀의 경험과 사고는, 이 가족에게 여러 면에서 필요한 올바른 사고방식의 사용법을 제시하기에 부족하다는 것을 잘 알고 있으니까요. 에밀리아, 당신은 내가 이 경우에 적용하려고 하는 대부분의 생각이 교육받은 책에서 발췌한 것이라는 사실을 알 수 있을 거예요. 부자들은 가난한 사람들에게 편안한 충고를 해주는 일이 어려워요. 후자는 전자의 도덕적 이념의 진지함을 의심하고, 근면하고 만족하라는 경고를 그가 선행에 지쳤다는 징표라고 받아들이니까요. 이런 생각이 좋은 결과를 모두 방해하는 것이지요.

이틀 동안의 휴식 때문에 T 의원에 관한 편지가 중단되었군요. 신이 나로 하여금 그 사람을 부자로 만들 수 있게 해주었으면 좋겠어요. 그리고 그가 선물을 현명하게 사용할 수 있게 해달라고 간청하고 싶을 뿐이에요. 이 가족의 안녕을 위해 난 내 능력의 반 이상이 넘는 것을 준 것 같아요. 그들을 위해 내 사고방식의 일부를 희생했어요. T 의원은 내 이모부를 통해 다시 복직하도록 해달라고 나를 졸랐지요. 이모부에게 이야기했더니 이렇게 대답하시더군요. 영주에게 받을 수 있는 특혜는 오직 자기 자식들만을 위해 쓰겠다고, 자신은 가족 간 소송에서 이겨야 한다고요. 슬펐어요. 하지만 이모가 말씀하시길, 가까운 기회에 직접 영주와 이야기해보라고 하시면서 영주가 사람들이 합당한 대상을 보여주면 좋은 일을 하고 싶어 한다는 사실을 알게 될 거고, 나의 청원은 실패하지 않을 거라고 하셨어요. 오후에 F 백작과 그 부인이 우리 집에 왔는데, 이들과도 이야기하면서 이 가난한 가족을 위해 영주에게 부탁해달라고 청했지요. 하지만 이들도 말했어요. 이것이 영주에게 청원하는 첫 번째 특혜인데, 나 자신이 직접 하면 가장 쉽게 얻을 수 있을 것이라고요. 게다가 젊고 명랑한 숙녀가 불행해진 가족을 위해 그렇게 열심히 애쓰는 일은 아주 희귀한 일이므로 청을 들어줄 것이고, 내 성격의 새로운 특징이 영주에게 존중받을 것이라고요. 함께 선행의 작업을 하려고 손잡을 사람을 발견하지 못해서 의기소침해졌지요. 난 영주와 이야기하는 것을 아주 좋아하지 않았지만, 그가 도와줄 용의가 있다는 것은 계산하고 있었어요. 그가 나를 좋아하는 마음은 이미 충분히 보았으니까요. 하지만 바로 그렇기 때문에 내 속에서 주저하는 마음이 일어난 거예요. 난 항상 영주와 거리를 두기를 원했는데, 내 청원과 그의 수락과 그에 따른 나의 감사 등으로 그에게 가까이 가야 하고, 내가 새로이 그에게 불어넣은 그가 몰랐던 생각들에 대해서는 이미 두 번이나 한 이야기와 더불어 찬사를 받게 될 테니까요. 며칠 동안 난 자신과 싸웠어요. 하지만 나흘째 되던 밤 이 절망적인 가정을 방문하고, 내 선물에 감사하는 부모들과, 아직 필요한 물건들도 없이 텅 빈 집과, 반은 크고 반은 어린 아이들 여섯 명을 보았을 때, 안정과 기본적 생각에 대한 내 민감성은 이 아이들의 최선을 위해 뭔가를 해야겠다는 감정에 굴복했지요. 민감한 내 나르시시즘이, 곤란을 겪는 이웃을 도와야 한다는 의무와 영주의 타오르는 사랑이 주는 거부감에 양보하지 않는다면, 직책과 이 가정의 수입이 유지됨으로써 갖게 될 기쁜 그림을 쫓아버리는 것이 되겠지요. 난 그가 그런 사람에게 갖는 존중을 확신하고 있었고 그 이상이라고 믿었어요. 사람들이 나에게 협조를 보장했고, 영주의 사랑은 내가 동의하지 않는다면 해롭게 될 수는 없을 거라고 생각했어요. 그래서 곧 다음 날 결심을 실행했어요. 그날 우리는 W 영주 부인 댁에 가서 거기서 내 노래를 들려주도록 되어 있었거든요. 영주가 나에게 푹 빠졌는지 함께 홀 안을 거닐자고 청했어요. 에밀리아는 이렇게 상상해도 좋아요. 그가 내 목소리의 아름다움과 재주 있는 손가락에 대해서 많은 이야기를 했고, 또 나는 그 칭찬에 대해서 몇 마디 겸손한 말로 대꾸했다고요. 하지만 그가 나에게 말보다 무슨 다른 것으로 자신의 존경을 증명할 수 있으면 좋겠다고 말했기 때문에, 나는 그의 고상하고 자비로운 사고방식에 대해 확신하고 있다고 말하며, 나에게 자유를 준다면 한 불행한 가족을 위해 은혜를 베풀어주기를 간청한다고 했지요. 그 가족은 이 나라 아버지의 도움을 필요로 하고 또 도움을 받을 만하다고요.

그는 말없이 멈춰 섰다가 쾌활하고 부드러운 표정으로 나를 보았지요. "말해보아요, 사랑스러운 슈테른하임 양. 그 가족이 누구요? 내가 그들을 위해 무얼 할 수 있소?" 나는 짧지만 분명하고 또 할 수 있는 한 감동적으로 T 의원과 그 자녀들이 처한 불행한 처지에 대해 이야기하고, 자녀들을 위해 아버지에게 관용과 자비를 베풀어달라고 간청했지요. 그 아버지는 자신의 조심성 없는 행동에 대해 이미 오랫동안 걱정과 근심으로 속죄하고 있다고요. 영주는 모든 일이 잘되게 하겠다고 나에게 약속하고 내 열성을 칭찬하고는 덧붙여 말하기를, 자신은 불행한 사람들 돕기를 좋아한다고 했어요. 하지만 자신이 보기에 자기 주위에 있는 사람들은 항상 자기 자신과 가족들을 먼저 생각하는 것 같다면서, 내가 그에게 선행을 베풀 대상들을 더 많이 알려준다면 자신을 기쁘게 하는 일이라고 말했어요.

나는 그의 은총을 악용하지 않겠노라고 그 자리에서 약속했어요. 그리고 다시 한 번 아주 짧게 T 의원 가족을 부탁했지요.

그는 내 손을 두 손으로 꼭 잡더니 감동한 어조로 말했어요. "내 약속하리다, 열렬한 청원자여. 당신이 나를 좋게 생각한다면, 당신 마음의 모든 소원이 이루어지게 하리다."

이 순간 영주가 나를 너무도 의미심장하게 바라보아서, 난 동정심 많은 내 마음과 T 의원 가족이 거의 원망스러웠어요. 내가 손을 빼려고 하자 그는 더 꼭 잡고 그 손을 들어 올려 자기 가슴에 대더니 되풀이해서 말했어요. "그렇소, 당신이 나를 좋게 생각할 수 있도록 모든 방법을 사용하겠소."

그가 이 말을 열띤 표정에 큰 소리로 했기 때문에 모든 눈이 우리에게 향했어요. 소름이 끼치는 것 같았어요. 난 손을 빨리 빼고 반쯤 더듬거리는 목소리로 말했지요. 영주가 나라의 불행한 자식들에게 아버지 같은 은혜를 베풀려고 하는 사람이어서 좋게 생각할 뿐이라고요. 그러고는 크게 허리를 굽히고 약간 당황하여 이모의 의자 뒤로 가서 섰지요. 영주는 내 뒤를 바라보더니 손가락으로 위협적인 표시를 했다고 해요. 언제든 위협하라고 하지요. 이제 더 이상 그와 함께 산책하지 않을 것이고, T 의원에게 그가 행한 선행에 대하여 감사하는 것도 사람들이 모여 있는 가운데에서만 할 거예요. 궁정의 홀 안에 그가 등장하면 언제나 주변에 사람들이 둘러선 곳에서 말이에요.

모든 얼굴의 관심이 집중되는 것이 보였어요. 그리고 게임 테이블에서는 게임하는 사람들이 주의가 산만하다고 불평이 터져 나왔는데 전에 없던 일이었지요. 그 이유가 나와 영주에 대한 관심 때문인 것을 느끼고는 혼란스러움으로 진정할 수가 없었어요. 더비 경은 약간 슬퍼 보였는데 당황스러운 표정으로 나를 관찰하는 것 같았어요. 그는 창가에 기대어 있었고 그의 입술은 혼잣말을 하는 사람처럼 움직이고 있었지요. 그가 이모의 게임 테이블로 갔는데, 바로 그 순간 이모가 말했어요. "조피야, 넌 틀림없이 영주와 그 불쌍한 T 의원에 관해서 이야기했겠지. 네가 감동한 것을 보니 알겠다."

이모가 이 순간보다 더 좋았던 적은 없어요. 사람들이 영주와 나의 대화 내용이 무엇인지 알았으면 좋겠다고 바랐는데 이모가 그 원을 풀어주었으니까요. 나도 아주 쾌활하게 말했지요, 영주가 내 청을 듣고 자비롭게 수락했다고요. 더비 경의 우울한 표정이 사라지면서 생각하는 듯한 표정이 떠올랐으나 아주 명랑해 보였고, 다른 사람들은 내가 청원한 것에 대해 말과 행동으로 갈채를 보냈어요. 하지만 에밀리아, 내가 모임이 끝난 후 빠져나와서 잠깐 로지나와 함께 마차를 타고 T 의원 집으로 간 것에 대해서는 어떤지 생각해봐요. 그 집은 우리 집에서 아주 가까운 곳에 있어서 난 그 착한 사람들에게 영주의 은총을 어서 알려주고 그들을 안심시키고 싶었거든요. 난 그 집으로 가서, 정원을 향해 작은 골목으로 나 있는 창가에 자리를 잡고 앉았어요. 부모와 아이들이 내 주위로 모여들었지요. 나는 T 의원에게 내 옆자리 의자를 권한 다음, 부인의 손을 잡아끌어 내 옆자리에 앉히고 두 사람에게 말했어요. "친구들이여, 이제 곧 여러분들의 즐거운 얼굴을 보게 될 거예요. 영주가 의원님의 직책과 다른 도움도 약속하셨으니까요."

부인과 나이 든 두 딸들이 내 앞에 무릎을 꿇고 기쁨과 감사의 소리를 질렀어요. 바로 그 순간에 누군가 창의 덧문을 두드리는 게 아니겠어요? T 의원이 창문과 덧문을 열자 갑자기 돈 꾸러미 하나가 날아 들어왔어요. 꽤 무거워 보였고, 우리는 모두 놀랐지요. 내가 황급히 창에 머리를 가까이 댔더니 영어로 말하는 더비 경의 목소리가 아주 분명하게 들렸어요. "신이여, 감사합니다. 내가 좋은 일을 했습니다. 사람들이 내 웃기는 행동 때문에 나를 악당으로 여긴다 해도 말입니다!"

고백하지만, 그 행동과 말은 내 영혼을 움직였어요. 문득 이런 생각이 들더군요. 아마도 시모어 경은 보이는 것보다 착하지 않고, 더비는 사람들이 생각하는 것보다 나쁘지 않을지도 모른다는 생각이요. T 부인이 현관문으로 가서 외쳤어요. "누구세요?" 하지만 그는 도망가는 새처럼 급히 그곳을 떠났지요. 돈 꾸러미를 열어보니 그 안에 50카롤리넨이 들어 있었어요. 그로 인해 생긴 기쁨을 생각해봐요. 부모와 아이들은 울면서 서로 손을 잡았고, 또 돈에다 입을 맞추고 가슴에 끌어안고 하더군요. 그때 나는 행복에 대한 희망이 주는 효과와 그것을 실제로 소유하게 만든 효과의 차이를 보았지요. 약속된 직책에 대한 기쁨도 컸으나 분명히 우려와 불신이 섞여 있었는데, 손에 잡고 세어보며 자신들의 것으로 확신할 수 있는 50카롤리넨의 돈은 모든 가족들을 황홀하게 했어요. 그들은 내게 이 돈으로 무얼 시작하면 좋겠느냐고 물었어요. 난 부드럽게 말했지요. "여러분, 그 돈은 아주 조심스럽게 쓰세요. 마치 여러분이 수고해서 벌어들인 것처럼요. 그리고 그것이 여러분 행운의 남은 전부라고 생각하세요. 영주가 언제 어떻게 도움을 줄지 모르니까요." 그리고 난 집으로 갔고 그 하루에 대해서 만족했어요.

청원을 통해서 난 인간애의 의무를 실행했고 영주로 하여금 선행을 위해 지출하도록 이끌었지요. 다른 사람들은 그가 향락과 낭비로 돈을 쓰도록 하는데 말이에요. 절망에 빠진 사람들의 마음을 기쁨으로 채워주었고, 아주 악당이라고 여기던 남자의 고결하고 선한 행동을 보게 되는 즐거움도 누렸고요. 더비 경은 얼마나 재빨리 선행의 좋은 기회를 잡았나요? 이모의 게임 테이블 옆에서 우연히 동정할 만한 가족에 관한 이야기를 듣고 곧 열심히 수소문하여 바로 그날 저녁에 진실로 영국 사람다운 도움을 아낌없이 베푼 거예요.

아마 그는 내가 거기 있는 줄 모르고 집에 있다고 생각했겠지요. 그렇지 않다면 영어로 이야기하지 않았을 테니까요. 여러 모임에서 그가 자주 좋은 생각을 말하는 것을 들었지만 모두 세련된 악당의 속임수라고 생각했었지요. 그러나 모든 사람들이 알지 못하는 이런 자유로운 행동이 속임수일 리가 없어요. 오, 그 사람이 미덕에 관심이 있어 자신의 지식을 거기에 바친다면! 그는 가장 존경스러운 남자 중의 한 사람이 될 텐데요.

지금 그를 어느 정도 존경하는 마음이 생기는 것을 금할 수 없군요. 그는 존경받을 만하니까요. 세련되게 아부하는 그의 말, 그의 재치와 내게 보이는 존경심에 대하여 난 한 번도 존경을 보낸 적이 없어요. 수려한 외모와 대단한 악당의 강한 열정이 우리를 기대하도록 이끄는 수도 가끔 있겠지만, 한 여자가 그런데 호감을 갖고 이런 가련한 나르시시즘적 즐거움 때문에 감사해야 한다고 생각하면 얼마나 경멸스러운 일일까요? 아니에요!
오직 그 존경할 남자만 내가 자신을 높이 평가한다는 것을 알아
야 해요. 온 세상이 내 존경을 받을 자격이 있지만 더 좋은 생각
들은 미덕을 통해서 획득되어야 해요.

　이제 T 의원 가족이 안정된 수입을 얻게 된다면 그들을 위한
계획은 전부 마무리 지어야겠다고 생각해요. 이 계획을 쓸모 있
게 만드는 일, 그 일은 좋은 생각으로 모든 계급의 도덕과 지혜
를 알고 있는 당신 남편에게 맡기겠어요. 하지만 늦지 않게 해주
기를 부탁해요. 졸음이 와서 눈이 감기는군요. 잘 자요, 내 소중
한 에밀리아.

❦
슈테른하임 아씨가 T 부인에게

T 부인, 당신이 마음을 열고 나를 기쁘게 해주어서 감사드립니
다. 그 대신 나는 진실한 우정과 함께 지치지 않고 열심히 당신
들에게 봉사하겠다고 약속합니다.

　지난번 저의 방문에서 T 의원의 복직에 관한 요청이 자비로
운 영주의 생각에 의해 해결될 것임을 아셨지요. 당신들이 괴로
운 상황에서 곧 빠져나오리라는 생각으로 기뻐하는 제 마음도
아실 거라고 믿어요. 하지만 이런 기쁨에 수반되는 소망은, 당
신과 아이들이 장래의 평안한 상태를 지속적으로 유지하기 위
하여 노력하면 좋겠다는 것입니다. 이전의 부유하게 살던 상황
과 그 이후의 걱정 많던 시절을 비교해보는 것이 당신과 아이들

이 이제 따라야 할 계획서의 기초가 될 수 있을 것입니다. 더비경의 선물로 당신은 의복과 살림살이를 마련할 수 있게 되었으니, 당신 남편 직책에서 받는 수입은 오로지 자녀들의 교육과 교양을 위해 쓰일 수 있겠습니다.

저 자신은 어린 통찰력으로 그런 계획의 기초를 세울 수 없었으므로 성직에 종사하는 친구에게 부탁했더니, 그가 다음과 같이 적어 보내주었습니다.

나이 든 자녀들의 경우 (내가 본 바에 의하면) 이성과 감성이 충분히 성숙하여서, 비교의 강점과 유용성을 간파할 수 있을 것입니다. 그들에게 수입과 필요한 지출을 계산하도록 한다면, 그들은 기꺼이 당신의 계획에 따를 것입니다. 그러면 그 아이들에게 말하세요.

신은 우리에게 두 종류의 행복을 정해놓으셨다고요. 그중의 하나는 우리의 영혼을 위해 영원히 약속되어 있는 것이고, 그것을 위해 우리는 미덕으로 자격을 갖추어야 한다고요.* 둘째는 이 지상에서 우리의 삶과 관계되는 것이지요. 우리는 이 행복을 현명함과 지식을 통해서 얻을 수 있습니다. 그들에게 신이 인간 사이에 신분의 다름으로 정해놓은 질서에 대해 말해주세요. 그들에게 자신들보다 지체 높고 부유한 사람들과 가난하고 지체 낮은 사람들도 역시 보여주세요. 모든 계급이 갖는 장점과 부담에 대해서도 말해주고, 당신의 자녀들이 창조주에게—자신들에

*[원주] 편찬자는 이러한 평가에 이르게 한 목사님에게 그 정당함의 증명을 맡깁니다. 그의 견해에 의하면, 새롭지는 않으나, 이 세상에서도 공적이거나 사적인 행복이 미덕 없이는 생각할 수 없고, 계시의 원칙에 의하면 영원한 행복에 도달하기 위하여서는 미덕만이 아닌 그 이상의 무엇이 더 있습니다.

게 부모를 주고 그 부모를 통해 특정한 신분으로 정해지게 하고, 그 안에서 어느 정도 특별한 의무를 부과한 창조주 말입니다— 공경하고 만족하도록 이끌어주세요. 아이들에게 말해주세요. 영주든 하찮은 사람이든 인간이면 누구나 미덕과 종교의 의무에 묶여 있다고요.

민간 신분으로 첫째 줄에 있는 사람은, 유용한 지식과 학식을 통해서, 공적인 봉사의 여러 단계에서, 또는 상인 신분의 보다 높은 계급에서 평민들에게 유용한 존재가 되어야 하는 고상한 의무를 갖고 있다고요.

이런 생각을 적용해보세요. 부인의 아들들이 시의원 T 씨의 신분을 통하여 개인 신분으로 첫째 열에 속하게 되었고, 그 안에서 그들은 영원한 안녕을 위하여 의무를 수행한 후에, 열심히 배우고 공부함으로써 정신의 능력을 키워야 하는 의무도 따른다면, 장차 재주 있고 정의로운 남자로서 사회에서 한 자리 차지할 수 있다고요. 귀족이 되는 것은 하늘이 내린 특별한 선물이 아니고 조국의 이익을 위해서 실행한 탁월한 미덕과 재능에 대한 보상이라고요. 부유한 재산도 지치지 않는 근면함과 재주의 열매이며, 그들도 역시 이러한 방식으로 자신을 나타내야 한다고요. 미덕과 재능은 아직도 여전히 영광과 행복의 초석이니까요.

딸들에게는 말해주세요. 종교의 미덕과 더불어 고상한 생각을 가진 사랑스러운 여성의 특성을 지녀야 하고, 또 이것은 대단한 재산이 없어도 할 수 있는 것이라고요.

우리의 마음과 지성은 운명의 노예가 아닙니다. 우리는 귀족으로 태어나지 않았어도 고상한 영혼을 가질 수 있고 위대한 지위에 있지 않아도 위대한 정신을 가질 수 있고, 재산이 없어도 행복하고 즐거우며, 값비싼 장신구가 없어도 우리의 마음과 지성과 개인적인 매력을 통해 아주 사랑받을 수 있어요. 그러니까 좋은 성격을 통하여 영광과 행복을 위한 최고로 확실한 단계에서 우리 동시대인들의 존경에 도달할 수 있다고요.

이제 그들에게 당신들의 수입과 그 사용에 대해서 말해주세요. 그들은 육체의 필요를 위해 음식과 의복에 의무적으로 지출을 해야 하고, 또 정신과 즐거움을 위해 교사와 책 그리고 모임에 반드시 지출을 해야 하니까요. 1페니히라도 장래의 우연을 위해 꼭 남겨두어야 한다고 말하세요.

우리는 몸의 힘을 기르기 위해 음식이 필요하지요. 그리고 이런 자연의 최종 목표는 검소한 식사를 통해 아주 쉽게 도달할 수 있습니다. 이것을 위해서는 적은 수입에서 그렇게 많이 빼지 않아도 될 거예요. 우리는 그것을 통해 건강을 위한 자연의 목소리를 따르게 되고, 동시에 망상의 탈선이 우리에게 어차피 허락하지 않았던 우리의 운명에 굴복하게 될 것입니다. 부자들은 넘치는 것을 포식한 후 건강을 되찾겠다고 소박한 음식과 물을 추구해야 하는데, 왜 우리가 불평해야 하나요? 우리는 운명에 의해 건강한 동안 자연의 단순한 요구에 따라 살도록 되었는데요. 옷이란 몸을 덮어주고 추운 날씨에 보호막으로 필요한 것이므로, 이것은 값비싼 것으로도 값싼 것으로도 얻을 수 있습니다. 값싼 옷에서나 비싼 옷에서나 내 얼굴에 맞는 색깔과 형태의 아름다움은 찾아야 하는 것이에요. 이것들을 갖춘다면 옷의 첫째 장식이 되는 것이지요. 고상한 걸음걸이, 좋은 자세, 자연이 내게 부여한 형상은 깔끔하고 단순한 치장을 보기 좋게 해줄 수 있고, 이런 것은 부자가 아무리 돈을 쓴다고 항상 얻을 수 있는 것이 아닙니다. 그리고 현명한 사람들은 나의 절제된 모습에다, 부자가 번갈아 가면서 보이는 화려함 속에서 발견할 수 있는 영광을 돌려줄 거예요.

살림살이가 아름답지 못하고 쾌적하지 못한 것을 참고 견뎌야 한다면, 그것을 최고로 깨끗하게 간수함으로써 비싼 것을 대체합시다. 그리고 현명한 아라비아 사람들처럼, 행복을 위해서 과잉은 필요하지 않다고 기뻐하는 데 익숙해집시다. 그러면 장차 의원님의 딸들은 가문의 위엄을 얼마나 고상하게 장식할 수 있을까요? 만일 방들을 아름다운 그림으로, 의자들을 그들의 능숙한 손으로 짠 양탄자로 덮는다면 말이에요. 당신들이 이렇게 고결하게 운명에 복종한 후에, 부자를 보고 당신들과 그의 상황을 슬프게 비교하여본다면, 부자가 사치와 향락으로 누리는 즐거움에 대한 생각에 단순히 집착하지 말고, 당신의 생각을 상인들과 예술가 또 수공업자들이 얻게 되는 유용성으로 돌리세요. 먼젓번 생각에서 당신은 모든 기쁨을 빼앗아 갔던 운명에 대한 불만의 고통만 느끼기 때문이지요. 하지만 두 번째 생각에서는 이웃의 편안함을 기뻐하는 고상한 영혼의 즐거움을 느낄 것입니다. 그리고 일반적인 행복이라는 것에 관심을 적게 가질수록 당신의 기쁨은 더 고상해질 것입니다.

자녀들의 능력 정도가 어떤지 검토해보고, 어떤 자녀도 못 배운 채로 두지 마십시오. 옷이나 씀씀이에 있어서 당신 신분의 사람들에 비해 아무리 검소하다 해도, 교육을 위해서는 모든 것을 하세요. 그림, 음악, 언어, 여성들의 아름다운 모든 일들을 딸들에게 가르치세요. 아들들에게는 잘 교육받은 젊은 남자들에게 요구되는 모든 지식을 가르쳐야 합니다. 아들과 딸에게 고상하고도 우리 정신에 유익한 독서에 몰두하는 것을 사랑하는 취미를 갖도록 하세요. 특히 우리 몸에 대한 좋은 지식이 들어 있는 책을 읽도록 말입니다. 창조자의 작품을 아는 것은 피조물의 의무이지요. 그 작품들에 의해 우리는 삶의 모든 순간에 많은 좋은 것을 누리고 있으니까요. 물리적 세계 전체는 창조주의 선행과 선의를 증명하는 작품을 품고 있어서, 그것을 보고 아는 것은 가장 순수하고 완벽한 즐거움, 어떤 우연에도 어떤 인간에도 종속하지 않는 즐거움을 우리의 영혼에 부어주고 있습니다. 당신 자녀들이 우리 땅의 자연 역사에 대해 취미가 많을수록, 그 생물과 유용성과 아름다움에 대한 많은 지식에 도달할수록, 그들의 생각과 정열과 욕망은 더 온화해질 것이고 고상하고 단순함에 대한 그들의 취미는 그만큼 더 강해지고 견고해질 것이며, 화려함과 쾌락이 최대의 행복이라는 생각에서 그만큼 더 멀어질 것입니다.

댁의 자녀들은 도덕 세계의 역사도 알아야 합니다. 모든 왕국들과 높은 신분의 사람들이 겪었던 변화를 고찰하게 되면, 그 결과 자신의 제한된 상황에 만족할 것이고, 영혼의 미덕과 정신의 지식을 열심히 증대시킬 것입니다. 역사를 통해서 그들은 미덕과 재능만이 운명과 인간이 약탈할 수 없는 재산이라는 것을 보게 될 테니까요.

오늘 저녁 댁의 자녀들은 이 유익함에 도달하기 위하여 요구되는 많은 책을 받게 될 것입니다. 내 마음의 축복도 바구니와 함께 보냅니다. 선행을 하여 사랑받을 만한 남성들의 이 작품들이 당신들을 위해서도—저한테도 똑같이 그랬거든요—유용한 지식과 삶의 가장 좋은 즐거움의 원천이 되게 하기 위해서입니다.

또 한 가지 부탁이 있습니다, 소중한 T 부인. 식사 친구들을 더 이상 찾지 마세요. 당신이 불행할 때 도와주었던 이들에게 감사와 존경과 우정과 명예로운 모든 생각을 증명해 보이세요. 당신이 힘 자라는 데까지 고통 당하는 다른 이들을 위해 좋은 일을 하고, 정의로운 사람들이 당신들과 교제하고 싶어 할 때까지 당신의 자녀들과 함께 조용히 외롭게 떠나 사세요. 성장하는 딸들은 아름다울수록, 재주가 많을수록, 집에 많이 있을수록, 잘 지키세요. 그들은 얼굴로 아주 유명해지기 전에, 스승들의 칭찬과 겸손하고 현명한 그들의 생활방식으로 알려져야 합니다. 나는 당신이 장차 친구의 이러한 생각을 따른 것에 대해 만족하게 될 거라고 확신합니다.

더비 경이 파리의 친구에게

"헤이, 형제들" 하고 슈테른하임의 고향 사람들은 흥겨울 때 이렇게 서로 소리 지른다네. 그리고 나 또한 이 독일 땅에 영국인의 그물을 펼쳤으므로 자네에게 이렇게 소리 지르겠네. "헤이, 형제들! 내 작은 새의 날개가 걸려들었다네!" 머리와 두 발은 아직 자유로운 그녀이지만, 다른 쪽에서 쫓고 있는 작은 사냥이 그녀를 내 올가미로 밀어 넣더니, 심지어 나를 그녀의 구원자로 여기도록 만들고 있는 게 아닌가. 이런 행운이 아니었다면 난 너무 오래 기다릴 뻔했고, 유리한 조명 아래서 그녀 앞에 등장할 기회를 놓칠 뻔했지. 그 이모의 수다가 이 모든 것을 도운 것이네.

최근 궁정 모임에서 우리는 모두 슈테른하임이 영주와 오래 대화한 것에 대해서 큰 관심을 보였지. 나는 달콤하고 매력적이고 기분 좋은 그녀 말투에 귀를 기울였다네. 그 처녀가 무엇을 계획하는지 생각하다가 문득 정신을 차리니, 영주가 그녀의 두 손을 잡고 그 한 손에 키스하는 것 같았네. 난 머리가 어지러워 카드 게임에서 돈을 잃고, 약이 올라 창가에 기대어 서 있었지. 하지만 그녀가 급히 이모의 게임 테이블로 가서 동요된 시선으로 당황하며 게임을 쳐다보는 것을 보고 가까이 다가갔지. 그녀는 반쯤 수줍어하며 강한 시선을 내게 보냈네. 그 이모가 말을 시작하더군. 자기가 보기에 조카는 영주와 T 의원에 관해서 이야기한 것 같다고 말이야. 아가씨는 그렇다고 했고, 영주가 그 가족을 위해 은혜를 베풀 것을 약속했다고 기쁘게 말하며, 덧붙여 이 사람들의 곤궁한 상태에 대해서 좀 더 이야기했네. 이 기회를 내가 잡았다네. 영주가 슈테른하임의 청원을 성사시키기 전에, 다음 날 곧 내가 그녀를 위해 뭔가 할 수 있는 기회 말일세. 나는 습관대로 하인의 겉옷을 빌려 입고 뢰바우 백작 댁 식당의 창 앞으로 갔다네. 내 미녀가 매일 누구와 저녁을 먹는지 알고 싶어서 하던 짓이었지. 골목에 거의 들어섰을 때, 집 옆에 서 있던 마차가 오는 것이 보였네. 모자를 꽤 깊이 눌러쓴 두 여자가 문 앞에 와서 "S 공원 옆 T 의원 집으로 가줘요" 하는데, 분명 슈테른하임의 목소리였지. 나는 얼른 내 방으로 돌아가 돈을 챙겨 넣은 다음, 익히 알고 있던 T 의원의 집으로 가서 그녀가 앉아 있는 창가의 창문을 통해 그 돈을 던져 넣었네. 그리고 선행의 기쁨에 대해서 몇 마디 웅얼거리다가, 누군가 문으로 나왔을 때 서둘러 그곳을 떠났다네. 내 말 속에 마법의 힘이 들어 있던 게 틀림없네. 이틀 후 내가 F 백작 저택에서 아가씨를 만나 그녀에게 공손하게 경의를 표하려고 하니, 그 아름다운 눈이 존경과 만족의 표정을 담고 내 얼굴에 머무는 것을 느낄 수 있었으니까 말이야. 그녀가 내게 영어로 몇 마디 건네려는데, 젊은 F 백작이 늦게 온 그녀에게 바로 카드 한 장을 뽑으라고 권했다네. 그녀는 예감이나 한 듯이 주저하면서 카드를 뽑았는데, 왕이었고, 그건 영주 편이 되도록 정해진 카드였지.

"하필 이 카드를 뽑다니" 하고 그녀는 불편한 기분으로 말했지만 그녀가 아무리 오래 걸려서 카드를 고른다고 해도 왕밖에는 뽑지 못했을 거야. 왜냐하면 F 백작 손에 다른 카드는 없었으니까. 그 이모는 이것저것 신경 쓰느라고 늦게 와서 이미 모든 게임 테이블이 다 찼을 때였고, 영주는 우연히 들른 것처럼 이 모임에 합류했는데, 너무 점잖아서 누구의 자리도 빼앗지 않으려 했네. 신중한 F 백작의 지시에 따라 누군가 그에게 자리를 내주는 것을 우연에 맡기도록 한 것이지. 프랑스 대사와 F 백작부인이 한편이 되었고, 난 파라오 카드를 가져서 자주 영주의 의자 뒤로 갈 수 있던 덕에 눈으로 아가씨에게 무언가를 말할 수 있었지. 그녀는 아주 매력적이고 누구도 흉내 낼 수 없이 우아하게 행동했네. 영주가 그걸 강하게 느끼고는, 그녀가 아름다운 손으로 카드를 모으고 있을 때 자기 손을 뻗어서 그녀 손가락 하나를 잡고 이렇게 열렬히 외쳤다네. "P 시에서 이런 우아함을 길러냈다니 가능한 일입니까? 확실하지요, 후작님, 프랑스도 이보다 더 사랑스러운 아가씨를 보여줄 수 없겠지요."

대사가 비록 그 말에 확신이 서지 않았다 해도, 긍정하지 않았다면 그는 틀림없이 프랑스인이 아니거나 외교관이 아니었을 것이네. 나의 슈테른하임은 아름다움과 불만족으로 얼굴이 달아올랐다네. 영주의 시선이 말하는 어조보다 더 활기찼을 테니까 말이야. 아가씨는 눈을 내리깔고 카드를 계속 섞었지. 그녀가 카드를 돌릴 때 내가 한 바퀴 돌았는데, 그녀가 나를 바라보았고, 나는 생각에 잠긴 슬픈 표정을 지어 보였네. 나는 내 눈을 영주에게 고정시킨 채 빠른 걸음으로 파라오 테이블로 갔지. 그곳에서는 내가 게임하는 것을 그녀가 볼 수 있으니까 말이야. 나는 산만하게 게임을 했네. 내 의도는, 그녀에 대한 영주의 사랑을 보는 것이 내 행복을 감소시켜서 내가 생각이 산만해진 것처럼 그녀가 생각하게 만드는 것이었다네. 그녀는 이것을 다름 아닌 내 열정의 강도 때문이라고 여길 수 있겠고, 일은 내가 바라던 대로 되었네. 그녀는 내 모든 움직임을 주의 깊게 보고 있었지. 게임이 끝나 내가 우울한 표정으로 피켓 게임 테이블에 갔을 때 아가씨는 바로 거기서 딴 돈을 모으고 있었네. 상당한 액수였고 모두 영주의 돈이었지.

"오늘" 하고 그녀가 입을 열었네. "T 의원 아이들이 이 돈을 받아야 해요. 그 애들에게 말하겠어요, 우리 전하께서 그들을 위해 너그럽게 잃어주셨다고요."

영주는 만족한 미소를 지으며 그녀를 바라보더군. 마침내 난 결심하고 그 방을 빠져나왔네. 그녀가 T 의원 집으로 가면 몰래 따라갔다가 불쑥 쳐들어가서 내 사랑을 말해야겠다고 말일세. 오후 내내 그녀는 내가 깊은 생각에 잠기기도 했다가 격한 기분에 사로잡혔다가 하는 것을 보았네. 내가 쳐들어간다면 강렬한 열정 때문이라고 생각하겠지. 어차피 독일에 체류하는 동안에는 우리에게 유리한 선입견이 작동하고 있어서 우리가 엉뚱한 행동을 한다 해도 그 판결은 아주 가벼울 거야. 그렇다네, 그런 행동이 때때로 우리의 위대하고 자유로운 영혼의 증거로 여겨진다네.

우연의 순간을 이용하는 이런 기술을 통해 난 1년 내내 한숨과 징징거림으로 얻을 수 있었을 것보다 더 많은 것을 얻었다네. 이 장면을 그려보고, 내가 30분 동안 내 여신과 단둘이서 한 방에 앉아, 그 아름다운 모습을 매우 매력적인 형상으로 눈앞에 보고 있던 시간에, 평소에 제멋대로였던 감각을 제어하던 그 정신과 힘에 대해 경탄해보게나. 그녀는 집에 가서 겉에 입었던 원피스와 머리장식을 벗어놓고 큰 외투만 걸치고 모자를 쓴 채 T 의원 집으로 마차를 타고 갔네. 그녀가 모자를 벗으니 밤색 머리칼에서 가루분이 떨어지고 곱슬머리도 약간 헝클어졌네. 그리고 안에 입은 짧은 원피스와, 나의 모습을 보고 나와 대화를 하면서 아름답게 고조된 색깔은 그녀를 형언할 수 없이 매력적으로 만들었다네.

그녀가 그곳에 도착한 지 몇 분 지나지 않아서 난 문을 두드렸지. 그리고 T 부인을 조용히 불러 말했네. 나는 C 경의 비서로, 경이 이 가정을 위해 슈테른하임 양에게 선물을 보냈는데, 나보고 직접 전하라고 했으니 아가씨와 이야기해야 한다고 말이야. 부인은 잠시 기다리라고 하더니, 가서 남편과 아이들을 다른 방으로 보내고는 나에게 손짓했어. 바보 같은 나는 문 안으로 첫발을 내디디며 거의 몸을 떨었다네. 하지만 아가씨에게 엄습한 약간의 두려움은 나에게 남성적 정신의 우월함을 적시에 상기시켰고, 남아 있는 당황함을 이용해 어쩔 수 없는 나의 침입을 미화해야 했다네. 그녀가 나를 본 놀라움에서 진정되기 전에, 나는 그녀 발 앞에 무릎을 꿇고, 갑자기 들이닥쳐 그녀를 놀라게한 데 대해서 영어로 몇 마디 사과를 했네. 하지만 그녀에게 존경의 고백을 하지 않고는 더 이상 사는 것이 불가능하다고, 그런데 C 경이 그녀 이모 댁을 자주 방문하는 것을 금했고, 그럼에도 다른 사람들은 대담하게도 그녀에게 자신들의 생각을 내보이는 것을 보고, 나는 우선권을 갖고 그녀에게 말해야 한다고생각했다고, 내가 그녀를 특별한 정신 때문에 존경하고, 그녀가실천하는 미덕의 증인이며, 그녀만이 내게 현자의 격언, 즉 미덕이 가시적인 형상으로 나타난다면 아무도 그 매력의 힘에 저항할 수 없을 것이라는 격언을 상기시켰다고. 그리고 난 이 집을성전으로 여기고 그녀의 발아래 미덕의 서약을 하겠다고, 그 미덕을 그녀의 아름다움을 통해 알게 되었으며, 나도 그녀를 본보기로 삼아 나 자신을 아주 변화시키기 전에는 그녀에게 사랑한다고 말할 자격이 없다고 말이야. 나의 출현과 내 말에 담긴 격렬한 열정으로 그녀는 마비된 것 같았네. 처음에는 약간 노한 듯했지만, 내가 여러 번 말한 미덕이라는 말은 주문과 같이 그녀의분노를 누그러뜨렸고, 나는 모든 주의를 기울여 그녀의 허영심을 올려주었네. 얌전한 처녀가 불쾌할 때 짓는 이마의 주름도 보았네. 그때 그녀는 여러 번 내 말을 중단시키고 도망가려고 했으나, 나의 플라톤은 가시적인 미덕을 내보이며 이 심각한 표정을분명 밝게 만들었고, 아주 섬세한 도덕적 자존심이 땅으로 내리깐 그 두 눈 위에 자리 잡았다네.

이 말로 이번에는 충분했다네. 난 아주 부드러워진 대사로 갑작스러운 습격에 대해서 거듭 겸손하게 사과하면서 말을 마쳤지. 그녀는 약간 떨리는 목소리로 말했네. 내 모습과 말이 아주 예기치 못한 일이었다고 고백한다고, 그리고 내가 자신에게 말한 대로 생각했다면 자신을 남의 집에서 놀라게 하는 일은 말았으면 좋았겠다고 말이야.

나는 몇 번 소리쳤고, 또 내 얼굴에는 그녀 마음에 들지 않았나 하는 두려움이 나타났네. 그녀는 나를 조심스럽게 보더니 말했어. "나리, 나리는 사랑이라는 말을 저에게 하신 첫 남성인데, 단둘이 있다는 것이 저를 불안하게 하는군요. 부탁이에요, 이곳을 떠나주세요. 그렇게 해서 나리가 제 성격에 대해서 갖고 있다고 꾸며대는 존경을 시험해 보이세요."

"꾸며대다니요! 오, 슈테른하임 아가씨, 그것이 꾸민 생각이라면 당신의 분노를 피하기 위해 더 많은 조심을 했을 겁니다. 저를 무모하게 이리로 끌고 온 것은, 그것은 사모와 절망이었습니다. 저의 무모함을 용서해주시고 저의 존경을 저버리지 않겠다고 말씀해주십시오."

"아니에요, 나리. 정의로운 남성의 진실한 존중을 저는 결코 저버리지 않습니다. 하지만 제가 당신의 존경을 받고 있다면, 저를 떠나주세요."

나는 얼른 그녀의 손을 잡고 그 손에 키스하며 부드럽고 급하게 말했다네. "성스럽고 사모할 만한 아가씨! 제가 사랑이란 말을 한 첫 번째 남자라고요. 오, 제가 당신이 사랑하는 첫 번째 남자가 되었으면!"

시모어가 머리에 떠올라 나는 가는 것이 좋을 것 같았네. 문 옆에 돈 꾸러미를 내려놓고는 뒤돌아 말했지. "이걸 이 가족에게 전해주십시오."

그녀는 상냥한 표정으로 내 뒤를 바라보았네. 그 후 난 그녀를 모임에서 두 번 보았는데, 그때마다 공손하게 멀리 떨어져서 가끔 사모니 근심이니 그런 말만 몇 마디 하고, 그녀가 나를 볼 수 있고 들을 수 있을 때면 아주 점잖고 예의바르게 행동하고 있다네.

C 경으로부터 들어 알고 있네, 궁정에서 그녀의 '머리'를 얻기 위해 여러 가지 계획을 하고 있다는 것을. 그들은 그녀의 마음을 잡았다고 생각한다네. 그녀가 선행하기를 좋아하고 영주는 모든 것을 허락할 테니까 말이야. 사람들은 그녀가 있는 데서 가벼운 사랑이나 연애사에 대해 항상 대화를 한다네. 사람들이 세상에서 '철학적'이라고 부르는 것에 대해서도 말이야. 이 모든 것이 나에게는 쓸모가 있다네. 다른 사람들이 명예와 미덕이라는 개념을 약화시키려고 애쓰고, 그런 것을 잊도록 유도하려고 하면 할수록, 그녀는 흥분하여 여성의 고집을 갖고 자신의 원칙을 더욱더 주장할 테니까 말일세. C 경의 메마른 정중함, 시모어의 심술궂고 냉정한 표정은 미덕의 가치에 대한 그녀의 확신을 모독하고 있네. 나는 그녀에게 공경심을 보이고 있어. 그녀의 드문 성격에 대해 찬사를 보내고, 그녀를 모범 삼아 나 자신을 개조할 때까지 그녀에게 사랑에 대해 말할 자격이 없다고 한다네. 이런 식으로 그녀를 미덕의 올가미와 자기애의 굴레에 묶어서, 나와의 싸움에서 무력하게 되는 것을 볼 것이네. 사람들이 오래된 전투 장비에 대해서 전사는 결국 장비의 무게 때문에 쓰러지고 아름답고 견고한 갑옷으로 인하여 포로가 되는 거라고 말한 것처럼 말이야. 그토록 오래 갈구했던 아름답고 경건한 × 양과의 즐거움에 내가 일찍 싫증냈다고 말하지 말게. 또 그 모든 노력 후에 이 미덕에게도 똑같은 운명이 기다리고 있다고

말하지 말게. 자네에게 쓰고 있는 이 진귀한 피조물에 대해서 제대로 생각하려면 자네는 아직 멀었네. 경건하고 사랑스러운 한 여자가 있어 슈테른하임만큼 과장된 미덕 개념을 갖고 있다면, 이 사랑스러운 사람으로부터 그 모든 귀신들을 몰아내는 건 기분 좋은 일이지. 하지만 차이는 이것이야. 그 경건한 여자가 자기 자신을 위해서 경건함을 통해 지옥의 무시무시한 고통에서 도피하여 그 반대의 영원한 기쁨을 누리려고 하듯이 결국 순전히 이기심에서 나온 미덕이고, 지옥의 공포와 천국을 향한 열망은 오직 그녀 감각의 섬세한 감정에서만 샘솟아 나오듯이 이와 같이 연인을 향한 그녀의 복종도 오직 사랑의 즐거움을 상상한 데서 나올 수 있다는 것이지. 경건한 사람들에게 감각이 그렇게 많은 가치가 없다면, 어떻게 천상의 기쁨에 대한 감각적 묘사가 나올 것이며, 그들이 맛있는 것을 먹을 때 짓는 그 황홀한 표정들은 어떻게 나온단 말인가?

하지만 내 여성 도덕가는 아주 다른 분위기라네. 그녀는 미덕과 자신의 행복을 이웃의 최선을 위한 행동에서 나타낸다네. 화려함과 풍성함, 맛있는 음식, 명예로운 일, 즐거운 놀이 등 그 어떤 것도 그녀에게는 선행의 즐거움과 견줄 수 없어. 이런 동기에서 그녀는 언젠가 그녀를 사모하는 남자들의 소망에 승리의 관을 씌울 것이고, 그녀와 같은 생각, 즉 선행의 대상이 되는 사람들의 나쁜 모든 점을 줄이고 그들을 위해 새로운 행복을 마련해 준다는 생각, 이러한 생각을 그녀는 나의 즐거움을 확대하기 위하여 활용하게 될 것이네. 그러니 사람들이 그녀에게 싫증낸다는 일은 불가능하다고 보네. 하지만 조만간에 그 소식을 전할 수 있을 것이야. 연극은 결말을 향하고 있으니까. 영주의 열정이 아주 격해져서 그녀를 얽어매려고 분주하게 행사를 마련하고 있고, 잔치에 잔치를 거듭 기획하고 있다네.

슈테른하임 아씨가 에밀리아에게

사랑하는 에밀리아, 당신이라면 믿겠어요? 선한 일을 하고 한 순간이라도 후회하는 시간이 있을 것이라고? 그런데 그런 시간이 왔어요. 이웃의 안녕을 위해 가졌던 내 마음의 뜨거운 열성에 대해 불만스럽고 마음의 갈등을 느낀 시간 말이에요. 당신도 지난 편지에서 보았지요, T 가족을 위해 영주의 자비를 청하느라고 나 자신 무슨 대가를 치렀는지. 내 거부감의 동기와 내가 그것을 극복한 걸 당신은 알지요. 하지만 그 일로 인해 영주와 더비 경이 일으킨 이중의 불안이 나를 매우 불쾌하게 하고 내 마음을 불만스럽게 만들었어요. 영주는 여러 모임에서 시선과 대화로 이전보다 더 많이 나를 좇고 있고, 나와 함께하는 피켓 게임에서 주저하지 않고 내 승리에 대해 소리치는데, 이것을 모든 사람들이 알아챌 수 있게 정열이 담긴 어조로 외쳤답니다. 더비 경은 파라오 테이블에서 막 우리에게 왔는데, 영주의 행동에 화가 나고 당황하여 어쩔 줄 몰라 하더군요. 내가 우연히 더비에게 시선을 향했을 때 그 얼굴에서 강하게 동요하는 표정을 보았고, 또 그가 사나운 시선을 영주에게 보내고는 그 자리를 떠나 자신의 테이블로 가서 정신 나간 사람처럼 게임하는 것을 보았지요. 하지만 이날 밤 그가 나를 극도로 불안하게 만들 줄은 미처 몰랐어요. 영주는 나에게 돈을 많이 잃었는데, 그가 나와 단둘이 게임할 때면 고의적으로 져주었다는 것을 알았지요. 이 사실이 나를 기분 나쁘게 했어요. 그 의도가 무엇이든 그의 돈은 기쁘지 않았지요. 그래서 난 말했어요, 그 돈을 그날 밤 T 의원 아이들에게 주려 한다고요. 틀림없이 더비가 그 말을 들은 거예요. 그리고 나를 엿보다가 T 의원 집에 가서 나와 이야기하려고 결심했겠지요. 그는 약삭빠르게 일을 시작했어요. 내가 잠깐 그 집에 들렀을 때 그곳으로 찾아와 T 부인에게, 자신은 C 경의 비서로 이 가족에게 뭔가를 가져왔다고 말했으니까요. 부인은 큰 선물을 받는다는 희망으로 남편과 아이들 그리고 로지나까지 내가 있는 방에서 내보내고는, 내가 무슨 일이냐고 묻기도 전에 더비 경을 데리고 들어와 비서라고 소개하면서 자신들에게 가져왔다는 선물에 대해 말하고 방을 떠났어요. 놀라고 불편한 마음으로 나는 오랫동안 멍해 있었고, 그사이에 더비 경은 내 발아래 무릎을 꿇고 사과하며 간청을 했지요. 내가 그의 침입에 대해 불평하기도 전에 말이에요. 마음을 가라앉힌 나는 진지하게 몇 마디 말로 불평을 했어요. 그러자 그는 오랫동안 숨겨온 정열과 C 경이 우리집에 오는 것을 금지했기 때문에 자신이 절망에 빠져든 것을 이야기하기 시작했고, 다른 사람들이 그들의 사랑을 내게 말하는 것을 보고만 있어야 했다고 했지요. C 경의 금지라는 말에 나는 놀랐고, 생각하게 되었어요. 더비는 계속 격하게 움직이면서 말했는데, 나는 그날 저녁 모임 내내 그에게서 보았던 격한 흥분이 떠올라 당황하는 마음이 커졌어요. 그에게 떠나달라고 요구하면서 난 문으로 가려 했어요. 그는 아주 공손한 태도로 나를 막았지만, 그 목소리와 시선에 열정이 가득 차 있어서 나는 두렵기도 하고 언짢기도 했지요. 이때가 바로 내 마음에 대해서 화가 났던 그 순간이에요. 그 마음이 이날 밤 게임에서 딴 돈을 아이들에게 갖다주도록 명령했고, 그 때문에 이런 황당함에 처하게 되었으니까요.

그가 성스러운 미덕의 이름을 말하는 것을 듣고 나는 결국 진정하게 되었지요. 그는 미덕의 이름으로 맹세하며 잠깐만 더 이야기하게 해달라고 했어요. 아무 말도 전할 수가 없군요. 하지만 그는 말을 잘했어요. 내 외적인 장점에 관해서는 잘 모르지만, 그는 드물게 보는 내 성격을 잘 알고 있다고 주장했어요. 그리고 마지막에는 감동적인 방식으로 미덕과 사랑의 엄숙한 맹세를 하더군요.

그와 또 나 자신에게 불만스럽고 당황하여 난 부탁했어요. 그의 생각을 증명해 보이려 한다면 나를 떠나달라고요. 그는 곧 자신이 놀라게 한 것을 사과하며 쾌활하게 나갔고, 문 옆에는 그 가난한 가족을 위해 무거운 돈 주머니를 놓고 갔어요.

예사롭지 못한 걱정이 내 마음을 조여왔어요. 그 순간에 바랄수 있는 최상의 행복은, 나 혼자 있는 것이었어요. 하지만 T 부인이 들어와서 그녀에게 게임에서 딴 돈과 함께 선물을 건네주었지요. 그녀의 기쁨이 내 마음을 조금 가볍게 했지만 나는 그 집을 성급히 나오면서 확고히 결심을 했어요, 더비 경이 D에 있는 동안 이 집에는 더 이상 드나들지 않겠다고. 집에 오니 이모부와 이모는 아직도 게임을 하고 있었어요. 나는 자러 갔지요. 이미 부모와 친구를 잃고서 슬픈 밤을 보낸 적은 있어도, 불안과 영혼의 고통으로 가득 차서 잠 못 이룬 시간은 한 번도 없었는데. 그 시간에 운명과 환경이 내 소망과 성격에 전혀 맞지 않음을 알았지요. 난 책잡히지 않게 행동하려고 아주 노력했어요. 하지만 이제 더비 경 때문에 구설수에 오르게 되고 만 거예요. 존경할 만하다고 여겼던 C 경이 자신의 친척들에게 나와의 교제를 금했다니요. 나는 미덕 있는 남성과의 우정을 원했는데, 영주와 F 백작이 나를 따라다니기 시작하면서 그는 나를 멀리하는군요. 그런데 더비 경에 대해 뭐라고 말해야 하나요? 고백하건대 영국 남성의 사랑이 내게 참 편안했는데, 하지만……. 그래도 왜 나는 그들을 알기도 전에 한 남자를 선택하고 다른 남자를 제쳐놓았을까요. 내가 경솔했고 불공평했음이 틀림없어요. 더비 경은 재빠르고 깊이 생각하지 않지만 정신력과 감성이 풍부해요. 그 사람은 얼마나 빨리, 얼마나 열성적으로 선을 행하는데요. 선행에 대해 그렇게 많이 주의를 기울이고 있는 마음이 타락했을 리가 없어요. 그는 나와 내 사고방식을 사랑할 수 있다고 덧붙이고 싶어요. 하지만 모든 사람들이 그를 나쁜 사람이라고 여기고 있어요. 더비 경이 그런 일반적인 견해에 동기를 주었음이 틀림없지만, 그럼에도 불구하고 미덕은 그의 마음을 원하고 있어요. 에밀리아! 만약에 사랑이 그를 잘못된 길에서 돌아오게 하고, 사랑이 나를 위해 그 일을 시도한다면 말이에요, 어떤 다른 남자에게 그는 청하지도 않았는데 내가 주었던 우선권을 희생시킨다고 탓할 일은 아니겠지요? 그러나 이제 난 모든 선택에서 벗어나고 싶고, R 아주머니가 곧 돌아오시기만을 바라요. 헛된 소원이지요! 아주머니는 피렌체에 계시고 거기서 해산을 하실 것이니까요. 당신도 보다시피, 모든 상황이 나와 반대로 가고 있군요. 적막한 내 고향 S 마을에 깃든 시골의 평화, 고요함, 고상한 단순함이 있다면 내 가엾은 머리와 가슴에 생기를 불어

넣어줄 텐데요. 궁정 사람들이 오랫동안 인공의 정원을 돌아다니면서, 만들어지고 강요된 아름다움을 보느라고 눈이 피로해졌을 때, 탁 트인 야외에 나가서 보고 얻을 수 있는 생기 말이에요. 그들은 울퉁불퉁한 대리석 위를 걸어서 지친 발로 이끼가 뒤덮인 푹신한 땅을 밟으며 좋아하고, 들판과 숲, 시냇물과 초원이 무한하게 펼쳐져, 자연이 가장 좋은 선물을 질서 없이 매력적으로 늘어놓은 곳을 둘러보는군요! 많은 사람들을 관찰하면서 이 기회에 자연의 순수하고 강한 느낌을 최초로 보았어요. 그들은 유원지 공원에 있을 때보다 그 발걸음과 몸짓이 더 자유로워졌지요. 하지만 잠시 후에는 습관의 힘을 보기도 해요. 그것은 단 한 가지 생각 때문에 힘을 얻어, 마음을 사로잡는 부드러운 만족감을 방해하는 습관이지요. 에밀리아, 생각해봐요. 지성과 감성, 오락과 미덕에서 꾸며진 것들을 매일 보면서 내 도덕적 눈이 얼마나 피곤할지 말이에요! 게다가 이제 젊은 F 백작의 결혼 신청이 있는데, 그 남자가 내 마음에 든다고 해도 받아들이지 않을 거예요. 그 결혼이 나를 궁정에 묶어놓을 테니까요. 이 사슬이 아무리 황금과 꽃으로 치장된다 해도, 그것은 내 마음을 더욱더 괴롭힐 거예요. 내가 실현시켜줄 수도 있는 누군가의 행복에 대한 희망을 빼앗는다는 생각이 고통스러워요. 하지만 사람들은 왜 자신과 나의 사고방식을 비교하지 않는 거지요? 그러면 결코 자신들이 생각하는 길로 나를 이끌어 갈 수 없다는 것을 분명히 알 텐데요. 이모와 이모부가 놀라워요. 내 부모와 내가 받은 교육을 아는 분들이, 내 생각과 감정이 확고한 것을 확실히 아는 분들이, 지위와 화려함과 유흥의 번쩍이는 놀잇감으로 내 몸과 마음을 채우려 한다니요? 그분들께 화낼 수는 없어요. 그분들은 행복에 대한 자신들의 생각에 따라 나를 고귀한 결혼으로 행복하게 해주려는 것이고, 모든 노력을 기울여 궁정의 유혹적인 면을 내게 소개하려고 하는 거니까요. 그분들은 선행에 대한 내 사랑을 동기로 사용하도록 시도했지요. F 백작은 영주가 나를 높이 평가하기 때문에 내가 청할 수 있는 것은 무엇이든 즐거운 마음으로 허락하며 은총을 내릴 것이라고 확신했어요. 그들은 그런 식으로 영주의 지원을 간청할 수 있는 사람을 고용했다고 생각해요. 이것이 내게 가장 센 유혹일 것이라는 추측은 맞아요. 좋은 일을 할 수 있는 권력은, 내가 아는 유일하게 바람직한 행복이니까요.

내가 처음 한 청원은 내 즐거움을 위한 허영심의 발동이었어요. 다른 사람들에겐 없어도 될 무언가를 열렬히 원한 것이었고, 그래서 난 편안한 마음으로 직접 말할 수 있었던 것이지요. 그때 난 결심을 보였어요. T 가족의 극심한 곤궁과 절망이 내게 준 동기 때문에 영주를 결코 더 이상 불안하게 하지 않겠노라고요. 청원을 하기 위해서 나에게 말을 건 사람이 곤경에 처한 사람이었다면, 내 마음은 다시 슬프고 당황했을 거예요. 의무와 성향에 따라 그에게 봉사할지, 내 의지에 반하여 영주의 호의를 감사해야 할지 그 사이에서 결정을 내려야 하거든요. 이제 난 이모부의 소송에 관해 이야기해야 하는데, 그 일은 벌써 많은 준비를 하고 있는 가면무도회에서 해야 해요. 가면무도회를 위해서는 모든 사람들의 재치 있고 호감 가는 가장이 필요하므로 모두들 창의력을 발휘해야 하지요. 궁정과 도시의 사람들이 초대되는데, 영국의 복스홀* 가면무도회를 모방하는 것이에요. 고백하지만, 전체 계획이 나는 즐거워요. 한편으로는 평등 축제라 부르고 싶은 로마의 토성신 축제**의 광경을 보게 될 것이고, 다른 한편으로는 많은 사람들이 여러 가지를 고안하고 의상을 고르면서 발휘할 상상력의 아름다움과 강도를 알 수 있고, 그것을 보면서 아주 즐거울 게 기대되니까요. F 백작과 그의 조카, 이모부와 이모 그리고 나는 스페인의 악사들로 분장하여 밤거리를 돌면서 여러 집 앞에서 노래를 할 거예요. 이 생각은 아주 멋지고, 검은 호박직 천에 보석으로 테두리한 우리 의상은 너무 아름다워요. 하지만 내 목소리를 여러 사람 앞에서 들려주어야 한다는 생각이 기쁨을 반감시키고 있어요. 내 목소리가 아름답다고 생각하고 칭찬을 듣게 하려는 것 같아서요. 하지만 사람들은 내 노래를 듣기 좋아하는 영주의 호감을 얻으려고 나에게 노래를 시키는 거예요. 그래야 이모부의 소송이 유리해진다고 믿으니까요. 난 어제처럼 우리 정원에서 노래하느니 차라리 온 세상 앞에서 영주를 위해 노래하는 것이 더 좋겠어요. 어제 영주와 함께 산책하면서는 사랑에 대해 이야기하는 걸 들어야 했어요. 물론 내 정신과 재주를 감탄하는 표현으로 에둘러서 했지만, 내 눈과 모습, 내 손이 궁정에 많은 혼란을 가져왔다고 하더군요. 내 매력의 힘이 주인이나 하인이나 똑같이 꼼짝 못하게 하기 때문에 어쩔 줄 모르겠다는 거였어요.

"그러면 저를 멀리 떼어놓는 것이 이 혼란을 다스리는 가장 좋은 방법이 되겠네요." 내가 말했어요.

"그러지 말아요, 아가씨로 인해 내 궁정이 치장되었는데 그

---

*1750년에서 1830년경 음악회나 무도회가 열리던 런던의 놀이공원.
**토성신을 기리기 위해 12월 중순에 열리던 고대 로마의 축제. 이 기간에는 주인과 노예들이 평등하다.

걸 빼앗지 말아요. 행운의 남성을 선택하고 결코, 결코 D를 떠나지 마시오."

영주가 이 말을 덧붙인 것에 난 감사했어요. 내가 혼란에 빠져 갑자기 슬프고 진지하게 보였음을 눈치 채고 그렇게 말한 게 틀림없어요. 영주가 행운의 남성을 선택하라는 말을 할 때 내게 몸을 돌려 그리움에 가득 찬 시선으로 바라보아서 난 더 이상의 설명이 있을까봐 염려되었어요. 영주는 부드럽게 내가 심각해지는 이유를 물었지요. 나는 마음을 다잡고 꽤 명랑하게 말했어요. 선택이라는 말 때문인 것 같다고요. D에서는 어떤 선택도 할 수 없을 것 같다고요.

"전혀 선택을 못 하겠다고? 그대를 가장 사랑하고 그 사랑을 가장 잘 증명할 수 있는 남자를 택하시오." 이 대화를 하며 우리는 사람들이 모인 곳으로 왔어요. 모두들 영주의 얼굴 표정에서 무언가를 읽어내려고 했지요. 영주는 그들에게 아주 친절하게 대했지만 곧 그 자리를 떠났어요. 그러면서 나에게 미소 지으며 자신의 충고를 잊지 말라고 했어요. 나는 이모에게 내가 느낀 생각을 진지하게 말했어요. 나는 어떤 사람에게서도 사랑을 볼 수 없고, 또 내가 동의하지 않는 사랑을 키우지도 못할 테니까, 무도회에서 노래 부르지 않겠으며, 나를 고향으로 돌아가게 해달라고 부탁한다고요.

그러자 이모는 내가 지나치게 과장된 우울한 생각 때문에 부드러운 친절조차 견딜 수 없어 한다고 야단치며, 제발 자신의 아이들을 위해서라도 무도회에 참석해달라고 하며, 만약 그 후에도 불만스럽다면 나를 고향에 데려다주고 올해의 나머지 시간을 그곳에서 보내도록 해주겠다고 약속했어요. 이 약속에 나도 이모를 붙잡고 새로 약속했지요. 그러니까 이것이 다른 사람을 위해서 호의를 행해야 하는 마지막 강요라고요. 그러고 나면 난 다시 슈테른하임 고향 집을 볼 수 있게 돼요. 오, 에밀리아! 내가 그 집에 들어서서 모든 장소에서 부모님이 행하신 미덕을 기억하면 얼마나 기쁘고 황홀하고, 그분들의 모범을 따르기 위해 기운을 얻게 될까요! 이 큰 세계의 미덕과 오류는 내게 아무것도 아니에요. 전자는 너무 번쩍거리고 후자는 너무 시커매요. 내 정신과 마음을 위한 일들이 고요히 순환하는 것을 보는 것이 나에게 주어진 행복이고 이것은 내 농장에서 발견될 거예요. 예전에는 에밀리아와의 친한 교제로 그 행복이 커졌지만, 신의 섭리는 에밀리아의 미덕을 다른 지역에서 빛나도록 했고, 나에게는 서신 교환만을 허락한 것이지요.

이 큰 세계와 그 훌륭함을 알게 된 것은 참 좋은 일이에요. 이제 모든 부분에서 그 세계를 더 올바르게 판단할 수 있을 거예요. 여러 가지 예술에서 완벽성을 알게 됨으로써 그 덕택에 내 취미와 기지가 세련될 수 있었어요. 그 세계의 사치와 요란하고 피곤하게 하는 오락들을 보고 내 고향 집의 고상한 단순함과 고요한 기쁨을 더 쾌적하게 여겼지요. 이곳에서 참아야 했던 친구의 부족은 에밀리아의 가치를 더욱 높이 평가하도록 가르쳤고요. 사랑이 내 마음을 요구했다는 것을 이미 느꼈음에도, 그 마음은 오직 천상에 있는 비너스의 아들에 의해서만 상처 받을 수 있고, 미덕이 방해받지 않고 그 권리를 얻는다는 사실이 기뻐요. 내 애정은 미덕을 억압하는 대상을 결코 선택하지 않을 테니까요.

미모와 재치는, 비록 내가 둘의 가치를 알고 있다고 해도, 내 마음을 제압하지는 못해요. 불타는 정열과 부드러운 말씨도 아니에요. 하지만 그중에서도 제일 아닌 것은 내 개인적 매력에 대한 과한 칭찬이에요. 그때 나는 연인에게서 오직 쾌락의 사랑만 보게 되니까 말이에요. 내 마음의 착한 성향과 여러 재능을 모으기 위하여 애쓰는 정신적 노력을 존중해주는 것, 이것만이 나를 감동시키지요. 그 까닭은 내가 그것을 기질이 같은 영혼과 진실하고 지속적인 사랑의 징표라고 여기기 때문이에요. 하지만 아무도 그런 말을, 내가 듣고 싶은 사람 중 아무도 그런 말을 해주지 않았어요. 더비 경이 이런 어조로 말하기는 했지만 내 마음은 털끝만치도 거기에 응하지 않았지요. 이 남자의 사랑 역시 그게 무엇이든 간에 고요와 고독을 그리워하고 빨리 그곳으로 가고 싶은 마음을 증가시킬 뿐이에요. 일주일 후에는 무도회가 열려요. 에밀리아, 아마 다음 편지는 고향 내 방에서 어머니의 초상화 아래서 쓰게 될지도 몰라요. 그 그림을 보면 내 펜은 다른 내용의 편지를 쓰도록 영감을 받게 될 거예요.

✑

더비 경이 친구에게

영주가 슈테른하임 양과 벌인 희극은, 내가 마지막 편지에 쓴 바도 있지만, 시모어 사촌의 낭만적 우울로 인하여 비극적 면모를 띠게 되었고, 이제 오직 여주인공의 죽음이냐 아니면 도주냐 하는 쪽으로 전개될 정도가 되었다네. 첫 번째 길은 청춘의 여신이 막아주었으면 하는 바이고, 두 번째 길은 내가 중간에 서서 비너스의 도움을 얻을 수도 있는 것이겠지.

사람들은 아가씨가 춤추는 것을 좋아한다는 것을 알고 무도회의 즐거움을 통해서 그녀를 유연하게 굴복시킬 수 있다는 희망을 갖게 되었고, 그녀가 아직 가면무도회를 한 번도 본 적이 없으므로 영주의 생일을 기념하여 그 행사를 마련했다네. 사람들은 그녀의 마음을 움직여서 이 기회에 노래를 하도록 만들었고, 그녀는 몇몇 사람들과 함께 스페인 악단을 선보인다는 멋진 발상에 참여하기로 했네. 영주는 그 소식을 받고 뢰바우 백작에게 청하기를, 아가씨의 의상을 만들어 그녀의 눈에 띄지 않게 선물할 수 있도록 해달라고 했다네. 이모부와 이모는 자신들의 가면도 즉시 맞추었기 때문에 그 제안을 받아들였지. 하지만 무도회 이틀 전에, 영주가 아가씨에게 의상과 보석을 선물할 것이며 자신도 그녀와 같은 색깔로 옷을 입을 것이라는 이야기가 궁정과 시내에 퍼졌다네. 시모어는 극도의 분노와 경멸에 빠져들었지. 나 자신도 의심이 들어 다른 때보다 훨씬 더 날카롭게 슈테른하임 양을 관찰하려고 작정했고 말이야.

그녀가 홀에 등장했을 때는 말할 수 없이 매력적이었다네. 나이 든 부인으로 가장한 뢰바우 백작부인은 등불과 몇 가지 두루마리 악보를 들고 앞서 걸었지. 늙은 F 백작은 콘트라베이스를 들고, 뢰바우 백작은 독일 플루트를, 아가씨는 류트를 들고 뒤따랐다네. 그들은 영주의 관람석 앞에 서서 음을 맞추기 시작했고, 무도곡은 소리를 죽여야 했지. 아가씨가 아리아 한 곡을 불렀는데, 보석 박힌 검은색 호박직 옷을 입은 그녀는 아름다운 머리카락을 풀어 곱슬거리게 했고, 그녀의 가슴은 상당히 가려져 있었지만 평소 때보다 덜 가려져 있었지. 여하튼 그녀는 자기 몸매의 모든 아름다운 부분을 번갈아 내보일 수 있는 방법으로 영리하게 옷을 입은 것같이 보였네. 류트를 칠 동안에는 넓은 옷소매가 흘러내리도록 하여 그 완벽하게 예쁜 팔을 드러내 보였으니까. 반쪽 가면 아래로 보이는 아름다운 입술을 통해서, 그녀의 자존심은 자신의 목소리의 아름다움을 예술의 마력으로 끌어올리려고 애쓰고 있었지.

시모어는 검은 수사복으로 가장하고 창가에 기대어서 경련을 일으키며 그녀를 바라보고 있었네. 영주는 베네치아풍의 망토를 걸치고 자신의 관람석에 앉아, 열망과 희망을 두 눈에 드러내며 즐겁게 박수 치고, 그녀 손가락에 대해서 많은 칭찬을 늘어놓은 후에, 그녀와 미뉴에트를 추기 위해 관람석에서 내려왔다네. 나는 머리가 뜨거워지기 시작해서 내 친구인 C 경의 비서 존에게 주의력을 두 배로 증가시키라고 명했다네. 끓어오르는 피를 더 이상 진정시킬 수 없었기 때문이었다네. 하지만 그때 나는 우리의 얼굴, 사람들이 인상이라고 말하는 그것이 근본적으로 우리 영혼의 표현이라는 사실을 깨달았네. 나의 슈테른하임 양은 가면을 안 썼을 때의 그 표정과 시선이 영혼의 드높은 순수함을 그녀 인격 전체 위로 분출하는 것처럼 항상 도덕적인 아름다움의 상이었으니까. 그로 말미암아 그녀가 내뿜는 모든 열망은 공손의 울타리 안에 머물게 되고 말이야. 하지만 지금 그녀의 눈썹과 관자놀이와 뺨이 반쯤 가려져서, 말하자면 그녀의 영혼이 보이지 않게 되자 그녀는 이점이 되는 도덕적 특성을 잃고 보통 일반적인 한 처녀의 상으로 가라앉았다네. 영주로부터 옷을 전부 얻었고 그를 기리기 위해 노래를 하고 이미 오랫동안 영주의 사랑을 받고 있다는 생각으로 그녀는 우리 모두에게 마치 실제

애첩이 된 듯이 여겨졌지. 특히 15분쯤 후에 독일 춤이 시작되었을 때, 그러니까 그녀와 같은 색깔 가면을 쓴 영주가, 이모 옆에 서서 이야기하고 있던 그녀를 데려가 한 팔을 그녀의 허리에 감고 기다란 홀을 춤추며 돌았을 때는 더욱 그렇게 생각되었지. 이 광경을 보니 미칠 것같이 화가 났다네. 하지만 그녀가 여러 번 저항하고 몸을 빼려고 한다는 걸 난 느꼈지. 그러나 영주는 그럴 때마다 그녀를 더욱더 강하게 가슴에 껴안았다네. 마침내 영주가 그녀를 놓아주자 곧 F 백작이 영주를 창가로 데리고 가서 열심히 대화를 나누었지. 잠시 후에 보니 흰색 가면을 쓴 남성이 아가씨 옆에 섰는데, 갑자기 아가씨가 오른팔을 격하게 움직여서 가슴에 대더니, 좀 있다가 왼쪽 손을 그 하얀 가면을 향해 내뻗는 게 아닌가. 이 가면은 곧 사람들 사이로 빠져나가고, 아가씨는 지독히 빨리 홀을 가로질러 달려갔지. 난 이 하얀 가면을 복도 끝까지 따라갔는데, 거기서 그가 겉옷을 떨어뜨리자 검은 수사복을 입은 시모어의 모습이 드러났다네. 그는 거친 동작으로 계단을 뛰어 내려갔지. 그가 아가씨와 무슨 이야기를 했는지 나는 대단히 궁금하고 황당했네. 존이 그녀에게서 눈을 떼지 않고 있다가 그녀를 따라갔다네. 그녀는 이모부와 F 백작부인이 있던 방으로 들어가서는 바로 머리장식의 모든 보석들을 떼어내어 모멸감과 고통이 가득한 표정으로 바닥으로 팽개치고, 가까이 다가오는 이모부를 거부하는 눈으로 쳐다보며 탄식의 목소리로 물었다더군. "이모부께서 영주의 가증스러운 정열을 위해 저의 명예를 희생시키시고 제가 얻는 것은 무엇인가요?"

떨리는 손으로 그녀는 자신의 가면을 벗었고, 목둘레의 레이스를 떼어내고, 소맷부리 장식도 떼서는 조각조각 찢어 앞에다

내던졌다지. 존이 금방 그녀를 문 옆까지 뒤따라가서 이 모든 행
동의 증인이 되었네. 영주가 황급히 F 백작과 그녀의 이모와 함
께 왔고, 나머지 사람들은 물러갔다네. 존은 금방 닫힌 문 옆의
커튼 뒤로 몸을 숨겼다네. 영주는 그녀 발밑에 무릎을 꿇고 애정
이 담긴 말로 걱정의 원인이 무엇인지 말해달라고 청했다네. 그
녀는 눈물을 줄줄 흘리며 그 자리에서 떠나려고 했고, 영주는 그
녀를 잡고 다시 부탁했다네.

　"왜 전하가 이렇게 몸을 낮추십니까? 그것은 제 명예가 떨어
진 데 대한 보상이 되지 못합니다. 오, 이모님, 언니 딸을 얼마나
비참하게, 얼마나 비열하게 만드셨나요! 오, 아버지, 저를 어떤
손에 맡기셨는지 아십니까!"

　이 말을 하는 그 엄숙하고 고통에 찬 어조가 그 영혼의 깊은
내면을 움직였다고 하네. 이모가 말하기를, 자신은 그녀의 불평
과 불만을 한 마디도 이해하지 못하겠다고, 하지만 더 이상 그녀
로 인해 부담 갖고 싶지 않다고 했다는군.

　"마지막 호의를 저에게 베푸셔서 절 집으로 데려다주세요.
이모님은 이제 더 이상 저 때문에 괴로워하지 않으실 거예요."

　슈테른하임 양은 이 말을 더듬거리는 목소리로 말했다네. 그
녀는 심하게 떨었으며, 애써 의자 옆에 꼿꼿이 서 있었고, 영주
는 연인의 애정 어린 태도로 그녀를 진정시키려고 했다네. 그는
그녀에게 자신의 사랑으로 그녀를 위해 자신의 힘 안에 있는 세
상의 모든 것을 하겠노라고 확언했다지. "오, 그것은 전하의 힘
안에 있지 않습니다" 하고 그녀가 외쳤네. "전하가 제게서 빼내
어 오신 삶의 안정을 되돌려주시는 것 말예요. 이모님, 저를 불
쌍히 여기셔서 집으로 데려다주세요!"

그녀의 떨림은 점점 더 커졌고, 영주는 걱정이 되어 친히 옆 방으로 가서 마차를 준비시키고 자신의 주치의를 불러오라고 명했다네.

뢰바우 백작부인은 아가씨의 처신에 대해서 가혹한 비난을 퍼부었다네. 아가씨는 아무 대답도 못 하고 강물 같은 눈물만 흘렸으며, 그 눈물은 하늘을 향한 그녀의 두 눈에서 흘러나와 부여잡고 있는 두 손을 적셨다지.

영주가 의사와 함께 왔고, 의사는 놀라서 아가씨를 보더니 맥을 짚어보고 말하기를, 강한 경련과 더불어 열이 심하다고 했네. 영주는 의사보고 그녀를 계속 진찰하고 돌보라고 명했다네. 마차가 준비되었다는 보고가 왔을 때, 아가씨는 조심스럽게 놀라서 주위를 살피더니 영주 앞에 엎드려서 두 손을 그를 향해 올리고 외쳤다네.

"오, 전하가 저를 사랑하시는 것이 사실이라면, 저를 어디 다른 곳 말고 제 집으로 가게 해주세요."

영주는 그녀를 일으키고 감동적으로 말했다네. 정중히 약속하겠노라고, 그녀를 속일 생각은 전혀 없다고, 다만 진정하고 의사와 동행해달라고 말일세.

그녀는 스카프를 목에 두른 다음 노인에게 손을 내밀고, 비틀거리는 걸음으로 그 방을 나갔다네. 그 자리에 있던 그녀의 이모가 이 처녀에 대해 말하기 시작하자, 영주는 그만두라고 명하고는 화가 나서 말했다네. 사람들이 모두 아가씨의 성격에 대해서 잘못된 생각을 심어주어서 자신을 순전히 반대되는 길로 가게 했다고 말이야. 그 말을 하고서 영주는 떠났고, 백작부인도 갔으며, 그제야 존은 커튼 감옥에서 풀려났지.

홀에서는 사람들이 계속 춤추고 있었지만, 한 옆에서는 그 사건에 대해서 다들 쑥덕거리고 있었네. 거의 모든 사람들이 아가씨의 행동이 과장되게 꾸며낸 것이라고 비난했지. "그렇게 요란스럽게 굴지 않아도 미덕을 나타낼 수 있는데, 영주가 자기보다 더 사랑한 여자가 없었으리라고 생각하는 건가? 좀 더 유연하고 고상하게 자신의 명예를 방어할 방법이 있을 텐데, 구태여 온 세상 사람들을 증인으로 세우지 않고도 말이야" 등등.*

다른 사람들은 그것을 재미있는 희극라고 여겼고, 그녀가 앞으로 배역을 어떻게 이끌고 나갈지 아주 궁금해했다네.

난 이 미덕을 급격하게 끓어오르게 한 것은 틀림없이 시모어라고 확신했네. 하지만 그가 그녀에게 무어라고 말했는지, 그로 인해 그녀가 어떤 인상을 받았는지 알고 싶었네. 그래야 그것에 맞추어 계획을 할 것 아닌가. 난 불안정한 마음을 감추고 함께 조소했다네. 그러면서 시모어를 염탐하기 위해 그 집으로 급히 뒤쫓아 보냈던 존이 돌아오기를 기다렸지.

하지만 상상해보게, 내가 얼마나 놀랐는지. 존이 와서 말하기를, 시모어는 돌아가자마자 여섯 마리 말이 끄는 우편마차로 시종 하나만 데리고 그곳을 떠났다는 거야. 여보게, 이것이 의미하는 것이 약속된 납치가 아니고 무엇이겠는가! 나는 존의 팔을 잡아끌고 무도회장 밖으로 나와, 가면을 벗어 길에 내던지고는 시종의 외투를 입고 그 길로 뢰바우 백작 집으로 달려갔다네. 이 여배우에 대한 새로운 소식을 들으려고 말일세. 질투와 분노와 사랑이 내 머릿속에서 들끓었지. 여자도 떠났다고 말하는 자

*〔원주〕 그렇게 말한 사람들이 그 나름대로 아주 부당하게 말한 것은 아닙니다.

가 있었다면 내게서 목숨을 부지할 수 없었을 것이야. 하지만 한 15분쯤 지났을까, 누군가 집에서 나와 약국으로 달려갔네. 문이 열린 채여서 나는 살그머니 마당으로 들어가 슈테른하임 아가씨 방의 불빛을 보았네. 마음이 좀 가벼워졌지만, 이 불빛들이 착각일 수도 있다는 의심은 여전히 남아 있었네. 난 그녀의 하녀 방으로 들어갔는데, 방문이 열려 있어서 아가씨가 말하는 소리가 들렸지. 그러니까 시모어는 혼자 떠난 거야. 나는 내가 거기에 간 이유에 대한 마땅한 변명을 생각해놓고, 하녀에게 아주 간절한 손짓으로 이리 와달라는 신호를 보냈네. 그 하녀는 나를 몰랐으므로, 얼른 문으로 가서 순간적으로 등 뒤로 방문을 닫고 황급히 물었지. 내가 누구고, 무엇을 원하느냐고.

난 나를 밝힌 다음, 걱정스럽고 공손한 말로 존경하는 아가씨의 안부를 묻고, 매일 내 하인에게 상태를 말해주겠다는 약속을 받았네. 나는 그녀에게 내가 아가씨의 성품이 얼마나 고상하고 존경받을 만한지를 본 증인이라면서, 말로 표현할 수 없이 그녀를 사모하고 사랑하고 있다고 말했네. 그리고 아가씨를 섬기기 위해서는 내 생명과 모든 것을 희생시킬 각오가 되어 있지만, 의사가 그녀의 열이 많이 올랐다고 하는 소리를 듣고 그 건강이 걱정된다고 했지.

이 고양이 같은 처녀는 그날 저녁에 있었던 일을 내게서 듣고는 기뻐했다네. 아가씨가 울기만 하고 몸을 떨면서 아무것도 말해주지 않았다는 거야. 난 이야기를 가능한 한 잘 꾸며서 아가씨를 추켜세우고 하얀색 가면을 말했다네. 그때 이 처녀가 끼어들었네. "오, 그 가면이에요. 그것이 아가씨를 병들게 했어요! 그 가면이 아가씨에게 거침없이 말했기 때문이에요. 아가씨가 모든 명예와 미덕의 규칙을 짓밟고, 그녀의 미덕의 대가가 되는 의상을 입고 장식품을 달고 나타난 것이 아니냐고, 그래서 모든 가면들이 그녀를 경멸한다고 말할 것이라고, 그녀의 정신과 교육에서 무언가 더 나은 것을 기대했기 때문이라고."

"그런데 그 가면은 누구였소?" 처녀가 답하길, 아가씨도 모른다고 했다는데 그러면서도 그 가면을 고상하고 착한 일을 하는 영혼이라고 불렀다는군. 비록 그녀의 가슴을 찢어놓기는 했지만 말이야.

난 생각했네, 하늘이 그 착한 일을 하는 시모어의 바보 같은 짓을 축복하시라고! 그것은 내 이성에 쓸모가 있을 것이네. 난 처녀에게 약속했지. 반드시 그 일을 밝혀낼 것이며, 모였던 사람들의 평가에 대해서도 이야기하고, 덧붙여서 내가 목숨을 걸고라도 아가씨의 변호인이 될 것이니 무엇을 해주면 좋겠는지 말만 하라고 말이야. 그 처녀는 감동했지. 처녀들은 사랑의 위력을 보기 좋아하니까. 그들은 여성이라는 종족이 우리에게 행사하는 권력에 참여하여 즐겁게 월계관 짜는 일을 돕고, 우리의 변함없는 마음은 그것으로 보상받는 거지. 다음 날 저녁 두 번째 대화를 갖기로 약속하고, 난 기분 좋게 집으로 돌아와 갖가지 계획으로 가득 찬 채 잠자리에 들었다네.

내 큰 걱정은, 멍청한 시모어에게 아가씨의 저항과 그의 무례한 비난의 영웅적 효과를 감추어야 한다는 것이었지. 하지만 그가 어디 머무는지 알 수 없었기 때문에 난 돈의 도움을 받아야 했어. 우체국 관리 하나를 매수하여 아가씨나 뢰바우 그리고 시모어의 모든 친지들에게 오는 편지들을 내게 가져오도록 했다네. 그녀가 자신의 본래 집에서는 아무것도 받을 수 없다는 것이 확실해. 그녀는 곧 자신의 농장으로 가기를 바랐으나 이모부가 떠나지 못하게 했지. 그녀는 열이 계속되었고, 죽고 싶다는 마음으로 의사와 고양이 같은 시녀 외에는 아무도 못 들어오게 했지. 이 고양이는 완전히 내 손안에 있어서 난 매일 밤 그녀를 만나 아가씨의 미덕에 대해 들었네. "아가씨는 정말 다정해요. 하지만 남편 외에는 아무도 사랑하지 않을 거예요."

자네 눈치 챘나?

"아가씨가 한 번도 사랑한 적이 없소?" 난 순진하게 물었네.

"없어요, 그런 얘기 하시는 건 한 번도 들은 적 없어요. 아니, 한 신사를 칭찬한 적은 있어요. 우리가 여기 처음 왔을 때 시모어 경 말이에요. 하지만 그분 얘기를 안 하신 지 오래되었어요. 최근에는 나리의 선행에 대해 좋게 생각하세요."

난 아주 겸손하고 친근감 있게 이 고양이를 대했는데, 아가씨의 명예를 변호하겠다는 나의 제안을 아가씨의 이름으로 그녀가 금지시켰기 때문에 난 불쌍한 표정을 짓고 덧붙였네. "아가씨가 내가 구혼하는 것도 거부할까?" 비록 C 경의 뜻을 거역하는 일이기는 하지만, 아가씨를 이 점잖지 못한 가족의 손에서 끌어내서 영국에서 좀 더 나은 집안에 소개하기 위하여 모든 것을 감행하겠다고 했지. 이런 식으로 선율을 맞추어야 했다네. 그녀가 나 자신에게 그런 음조를 들려주었으니까. 그리고 난 D에 대한 그녀의 혐오와 영국에 대한 애착을 이용하려고 했고, 그것을 시모어의 격렬한 감정이 식기 전에, 또 그가 그녀의 미덕의 보상에 도취되어 돌아와서 그의 경멸로 인해 내디뎠던 걸음보다 훨씬 더 멀리 가기 전에 해야 했지. 아가씨는 전에 그를 대단히 칭찬했으나 지금은 더 이상 그에 관해 말하지 않고, C 경에 대해서도 언급하지 않는다지. 이 모든 것들이 내 사랑의 징표를 서서히 빛나게 하고 있네. 난 그녀에게 짤막한 풍자적 편지를 보낼 방법을 찾아냈지. 그 편지에서 그녀의 병과 무도회에서의 행동에 대해 조롱하고, C 경이 그녀를 무시했다는 말도 덧붙였네. 이와 동시에 나는 매일 그녀를 도울 수 있는 나의 제안과 구애를 반복해 전했고 말이야. 내가 그 모든 사실을 알리도록 할지 아니면 그녀가 나의 명예와 사랑에 자신을 맡겨야 할지 그녀더러 자유롭게 선택하라고 말일세. 이제 도화선을 운명에 맡기네. 벌써 2주가 지나고 있는데, 더는 이렇게 숨어 있을 수 없지. 아마 × 지역에서 온 두 영주들을 환영하는 궁정에서의 행사 준비가 없었다면 난 내 작업을 중단해야 했을지도 모르네. 존은 아주 탁월한 녀석이야. 그는 비상시를 대비해서 결혼선언문을 외우고, 자기가 영국 대사관의 신부인 척 연기를 하겠다지 않나. 내 마지막 제안들이 좀 결실을 얻은 것 같네. 빛나고 완벽한 그녀도 결국은 한 처녀일 뿐이니까. 그녀의 자존심이 상처 받고 복수의 기회를 피한다는 것이 어렵게 되었지. 나 외에 어떤 사람도 그녀를 받아들이지 못해. 그녀도 나를 관대하다고 보고 내 생각에 많이 감사하고 있다네. 이런 걸 예측하지 못했겠지. 하지만 그녀는 나를 불행하게 하고 싶지 않고, 아무도 자신의 불행에 엮이지 말아야 한다고 생각하네. 내가 그녀 방으로 밀고 들어가지 않고 조심한 것도 그녀를 기쁘게 했어. 아마도 열에 들뜬 얼굴색을 보이고 싶지 않았기 때문이었겠지.

며칠 후엔 도화선이 폭발해야 하네. 내 생각엔 잘될 것 같네. 미리 축복해주지 않으려나?

더비 경이 친구에게

그 여자는 내 것이네, 돌이킬 수 없이 내 것이야. 내 화살은 단 하나도 과녁을 빗나가지 않았다네. 하지만 또 다른 사람들이 그녀의 예민한 감성을 이용하지 못하도록, 그녀의 신조를 유지시키기 위한 악마의 환심도 필요하지. 아마도 그녀의 착한 수호천사가 그녀를 떠났거나, 아니면 무기력하고 게으른 피조물이었거나, 어쨌든 여러 면에서 그녀를 위해 아무것도 하지 않은 게 분명해. 자네한테 말하지 않았던가, 그녀는 자신의 미덕 때문에 사로잡히게 될 것이라고? 내가 그녀를 위해 희생하려 했으므로 그녀의 아량이 자극된 거야. 그 대가로, 나한테 빚진 여자가 되지 않으려고, 그녀는 자신을 희생할 정도로 관대해졌지. 그걸 믿어도 되겠느냐고? 그녀가 비밀결혼을 승낙했다네. 몇 가지 조건들만 빼면 그녀 같은 몽상가가 생각할 수 있는 일이야. 풍자적인 편지로 난 그녀에게 이모부가 자신의 소송의 승리를 위해 그녀를 희생시키려 한다는 것과, 그녀 어머니가 신분에 맞지 않는 결혼을 한 것이 어차피 그녀를 귀부인에 합당한 존중을 받을 수 없게 했으므로 사람들이 하찮게 생각한다는 것을 말했다네.

이제 모든 것이 다 자극된 거지. 미덕, 자존심, 허영심 말일세. 난 풍자글 묶음 전체를 읽어보라고 되받았네. 그녀는 내 글에서 한 곳을 발췌해서는, 내가 관찰한 그녀의 성격에서 내 마음과 사고방식을 충분히 알겠느냐고, 그래서 이러한 비난이 잘못된 것임을 확신할 수 있느냐고 묻더군. 자신이 알기로 영국에서는 명예가 있는 남자가 본인의 마음과 공로에 따라 결혼한다면 비난받지 않는다고 하던데 정말이냐고 말이야. 그녀는 내 마음이 고결함을 의심할 수 없노라고 하면서 내가 자주 다른 사람들에게 선행하는 것을 이미 보았기 때문에 나를 높이 평가했고, 이제는 운명이 그녀를 내 관용의 대상으로 만들었으므로 딴생각 않고 고상한 마음을 가진 사람의 도움을 받아들이기로 했다며, 내가 그녀의 감사와 존경을 영원히 확신해도 좋을 거라고 했네. 그리고 우리 결혼을 공표하는 것이 염려된다면서, 자신은 모든 것을 조용히 처리해서 사랑의 근심 이외에 아무것도 희생하지 않으면 좋겠다고 했지. 다만 네 가지 조건을 지켜달라고 부탁했네. 그 첫 번째가 어렵기는 하지만 자신의 안정을 위해 꼭 필요하다고 했는데, 즉 이모부의 집을 떠나기 전에 내가 결혼해주어서 자신이 다른 사람 아닌 품위 있는 남편의 손을 잡고 집을 나가고 싶다는 것이었네. 두 번째는 자신의 농장에서 나오는 수입을 3년 동안 양도할 수 있도록 허락해달라는 것이었어. (착한 집 비둘기 같으니라고!) 세 번째는 자신을 즉시 피렌체에 있는 숙부 R 백작에게 데리고 가달라는 것이었어. D의 친척들은 신뢰하지 못하겠다면서 R 백작에게 자신의 결혼을 이야기하겠다고 말이야. 피렌체에서 자신은 내 것이 되고 나머지 일생 동안 내 의지 외에는 어떤 다른 뜻도 섬기지 않겠다고 했네. 그리고 나머지 네 번째로 자신의 시녀를 그대로 데리고 있게 해달라고 했지.

난 첫 번째 항목에 반대하면서 C 경이나 영주가 모든 것을 알게 될 것이므로 불가능하다고 말했지. 그러면서 어디 다른 안전한 곳에서 혼인식을 올리자고 했어. 하지만 대답은 단호했지. 자신의 생각은 그대로라고, 자신의 운명을 기다리겠노라고. 이제 존이 끼어들 차례였네. 이틀 후에 나는 그녀에게 편지를 보내 우리를 결혼시켜줄 대사관 소속 신부를 구했노라고, 그러니 저녁에 시녀를 보내서 그와 직접 이야기하는 게 좋겠다고 했지. 그 처녀는 그에게 영어로 쓰인 편지를 주었는데, 그 안에서 내 여주인공은 비밀결혼의 이유를 털어놓고, 자신의 결심을 사과하며, 자신을 그의 기도와 배려에 맡긴다고 하고 아름다운 반지 하나를 동봉했다네.

존, 이 악마는 박사 가운을 입고, 가발을 쓰고, 더듬거리지만 아주 장중한 독일어로 말했지. 이 작은 고양이는 아주 예의바르게 그의 주위를 맴돌았고 말이야. 나는 그녀에게 존이 서명한 약혼 증서를 주면서 말하기를, 얼마 안 남은 축제가 우리 계획을 실행할 수 있는 좋은 기회가 될 것이라고, 아가씨가 계속 아프니까 사람들이 그녀를 초대하지 않을 것이며 주의해서 보지도 않을 것이라고 했지.

모든 것이 원하는 대로 되었네. 그녀는 내가 보낸 증서에 기뻐했고 그녀의 조건에 대한 내 호의에 기뻐했다네. 하지만 왜 착한 사람들에겐 그렇게 멍청한 점이 많고, 왜 여자들은 우리 남자들이 하는 못된 장난질의 수많은 예를 눈앞에 보면서도 똑똑해지지 못하는 건가. 허영심에 지배를 받는 여자들은 하나같이 자신은 예외를 요구할 권리가 있다면서, 자신은 너무 사랑스럽기 때문에 남자들이 자기한테는 장난을 칠 수 없을 거라고 믿는 거지. 이제 우리가 우리 꾀에 대한 보상을 즐기는 동안, 여자들은 자신의 어리석음에 대한 자연의 벌을 받게 되는지도 모르네. 나의 슈테른하임도 예외를 만들지 못하니 이 세상에 예외는 없는 거야. 그렇다고 그녀의 파멸이 정해진 것은 아니네. 그녀가 나를 사랑하고, 그녀가 가진 것으로써 내가 기대하는 모든 변화무쌍하고 생생한 즐거움을 안겨준다면, 그녀는 더비 경의 마님이 되는 것이고, 나를 어리석게 혼합된 새로운 종족의 시조로 만드는 것이지. 내 첫 자식에게는 그 어머니가 그렇게 온유하고 경건한 영혼의 사람이라는 것이 행운이 될 것이네. 그녀가 나 같은 정신을 갖고 불이 붙었다면, 그 조그만 녀석은 인간 사회의 행복을 위하여 태어나는 순간에 숨이 막혔을지도 모르지. 하지만 이런 식으로 우리 같은 종류의 젊은이들을 뛰어나게 만드는 감성과 지혜의 아름다운 혼혈이 있게 되는 것 아니겠나. 젠장, 내가 어떻게 하다가 이런 가문의 물리학 같은 것에 이르게 되었지! 친구여, 그렇게 계속된다면 전망이 안 좋아 보이네. 하지만 난 마지막 단계까지 시험을 통과하려고 하네.

아가씨는 약을 지어 오게 하고, 한편으로는 흰색 옷과 가벼운 옷 몇 벌이 든 짐 가방을 꾸렸네. 어느 날 밤 나와 존이 그 가방을 옮겼지. 그녀는 편지 한 장을 썼는데, 미덕의 어조가 담긴 거창한 편지에서 자신은 점잖은 남편과 함께 위험과 악의로부터 도피하는 것이라고 썼다네. 그리고 이모부에게 3년 동안 자신의 수입을 사용하여 소송 비용에 쓰라고 하고, 이모부가 그것을 통해 자신에게 행했던 잔인함에 의해서 얻을 수 있는 것보다 더 많은 축복이 그 아이들에게 내려지기를 바란다고 말했네. 자신은 피렌체에서 소식을 보내겠노라고 했지. 자신의 많은 옷들은 목사관으로 보내서 가난한 사람들에게 선물하도록 했네. 이런 유서 같은 편지의 복사본을 영주와 C 경에게도 보냈다네.

영지에서 큰 잔치가 열리던 날 내 계획이 실행되었네. 난 하루 종일 궁정에서 여기저기 끼였지. 분위기가 꽤 소란해졌을 때 마차로 살짝 빠져나와 D로 날듯이 달려갔네. 존도 나와 함께 뢰바우 백작의 작은 정원의 홀로 서둘러 들어갔고. 그곳에서 난 과연 처음으로 두근거리는 가슴을 안고 내 귀여운 아가씨를 기다렸네. 마침 그녀가 고양이 시녀의 팔을 잡고 비틀거리며 들어왔는데, 사랑스럽게 옷을 차려입고 머리부터 발끝까지 고상함과 우아함으로 무장한 모습이었지. 그녀가 잠시 문 옆에서 멈칫하자 난 그녀를 향해 달려갔고, 그녀가 한 걸음 내딛자 난 그녀 앞에 무릎을 꿇고 진심 어린 사랑의 동작을 보였네. 그녀는 내게 두 손을 내밀었지만 아무 말도 하지 않았네. 그리고 미소 지으려 애쓰는 두 눈에서는 눈물이 흘러내렸지. 난 그녀의 당황함을 그대로 흉내 낼 수도 있네. 가슴이 약간 조이는 느낌을 받았으니까 말이야. 존이 잠시 후에 말하기를, 자신에게 신호를 보낼 때가 되었노라고 하더군. 그렇지 않으면 자기는 단호함을 잃게 되어 아무 대답도 받을 수 없을지 모른다면서.

하지만 그것은 아직 충분히 소화되지 못한 젊은이들의 선입견을 공허하게 내뱉는 소리였다네.

난 아가씨의 오른손을 내 가슴에 가져다 댔네.

"이 축복 가득한 손이 제 것입니까? 당신은 나를 행복하게 해주시겠습니까?" 난 아주 사랑스러운 어조로 말했지.

그녀는 더듬거리며 "네!"라고 말하고 왼손으로 자신의 가슴을 가리켰네. 존이 내 신호를 보고 옆으로 와서 영어로 짤막한 인사말을 하고, 결혼선언문을 중얼거린 다음 우리 둘을 위해 축원했네. 그리고 나는 반쯤 정신을 잃은 슈테른하임을 의기양양하게 일으켜 세우고 처음으로 그녀를 내 팔에 안고 이제까지 내 입술에 닿았던 그 어떤 입술보다 아름다운 그 입술에 키스했네. 난 내가 알지 못하던 애정을 느꼈고 그녀에게 용기를 주었지. 몇 분 동안 그녀는 말없이 놀란 기분에 휩싸여 있었어. 마침내 그녀는 매력적으로 신뢰감을 보이며 아름다운 머리를 내 가슴에 놓았다가 다시 들고, 내 두 손을 자기 가슴에 대고 말했다네.

"서방님, 이제 전 이 세상에 당신 외에는 아무도 없어요. 내 마음이 증명해요. 하늘은 당신이 제게 주신 위로에 대해 보상하실 거예요. 그리고 이 마음은 영원히 당신에게 감사할 거예요."

나는 그녀를 포옹하고 모든 것을 맹세했지. 그러고 나서 그녀는 시녀와 함께 옆쪽으로 가서 남장을 해야 했다네. 난 그녀를 혼자 내버려두었네. 내 정열을 믿지 못했고 시간을 빼앗겨서는 안 되었으니까. 우리는 눈에 띄지 않게 집을 나왔는데, ×× 영주를 위한 잔치 때문이 많은 마차들이 드나들고 있었으므로 내 신부와 시녀가 탄 마차는 아무도 주목하지 않았다네. 본래 모습으로 돌아온 존이 그들을 수행했네. 난 그녀가 쉬게 될 B 마을과 멀지 않은 Z 마을에서 그와 만나기로 약속하고 다시 무도회장으로 돌아왔는데, 아무도 내가 자리를 비웠던 것을 눈치 채지 못하더군.* 난 내 차례의 춤을 즐겁게 추었고, 영주가 슈테른하임에 대한 기억으로 괴로워 영국 춤을 보려 하지 않을 때는 웃었지.

그 이튿날의 소동과 추측, 수색 등에 대해서는 다른 편지에서 쓰겠네. 이제 난 일주일 예정으로 내 신부에게 가네. 존이 쓰기를, 그녀는 아주 우울해하며 많이 울고 있다는군.

*〔원주〕다행이었습니다!

218

야비한 더비 경의 편지에서, 그가 아주 착하고 젊은 부인을 불행의 가장자리까지 이끌고 가기 위해 어떤 비열한 간계를 사용했는지 보셨지요. 아가씨가 무도회에서 돌아온 후 병이 나고 걱정과 불안한 마음으로 이리저리 휘청거리던 순간부터 제가 얼마나 슬픈 시간을 보냈는지 상상하실 수 있을 거예요. 아가씨가 아무에게서도 편지를 받지 못하자, 우리는 영주와 뢰바우 백작이 편지를 압수했다고 추측했어요. 자신의 농장으로 가겠다는 아가씨의 청이 거부되고, 영주가 한 번 방문함으로써 더비 경은 빨리 계획을 실행하게 했지요. 불행히도 그 비인간적인 남자가 저까지 마비시키고 모든 일을 조종해서 아가씨를 이모부 손에서 끌어내게 했어요.

편지에서 그가 얼마나 많은 간계와 지략을 가졌는지 보셨을 거예요. 게다가 그는 아주 잘생긴 남자인 데다 또 아가씨는 영국에 대한 자신의 열망을 충족시킬 수 있어 기뻐했지요.

더 놀랄 만한 읽을 것들을 많이 받으실 거예요. 제가 할 수 있는 한 부지런히 써서, 오래 기다리시지 않도록 하겠습니다.

2부

시모어가 T 박사에게

박사님께 편지 쓴 지 두 달이 지났군요. 그동안 저는 의심과 심술로 인해 고통을 받고, 모든 모임을 떠났다가, 미덕에 대한 열성을 잘못 이해함으로써 결국 세상에서 가장 비참한 피조물이되고 말았습니다. 오, 저 혼자만 그렇게 되었다면 다행이라고생각할 것입니다. 하지만 전 가장 착하고 고결한 영혼으로 하여금 절망적인 결정을 하도록 이끌었고, 숭배하던 폰 슈테른하임아가씨가 파멸하게 된 원인이 되었습니다. 아무도 그녀의 운명에 관해 말해줄 수 없어요. 하지만 제 마음은 그녀가 불행하다고 말하고 있고, 이 생각이 커져서 가슴을 갉아먹습니다. 하지만 이해할 수 없는 일들을 당신에게 말하겠습니다. 전 저 자신을 이해시켜야 하니까요. 당신도 제가 F 백작의 축제에서 얼마나 기분이 나빠서 돌아왔는지 아실 겁니다. 그리고 이 순간부터모든 모임에서 사라졌다는 것도요. 제 사랑은 상처 받았지만 죽은 것은 아니었습니다. 전 그 사랑이 경멸과 도주를 통해서 치유될 것이라고 생각했지요. 아가씨에 대한 것은 아무것도 들으려고 하지 않았습니다. 마침내 숙부는 제 정열이 갑자기 수그러들었다고 믿고 제게 소식을 주었지요. 영주의 생일잔치를 위해 가면무도회가 준비되고 있고, 영주는 아가씨와 똑같은 가면을 쓸 것이며, 아가씨는 영주로부터 의상과 장신구를 받게 될 것이라고요. 그러니 그녀가 자신을 희생했다는 결론을 내려도 좋을 거라고, 그녀는 벌써 영주로부터 은총을 받았고 요구하는 모든 것을 얻었으며, 영주는 밤마다 뢰바우 백작 정원에 가서 총애하는 여자와 단둘이만 있다는 등등의 소식을 전했습니다. 숙부는 목적을 달성했어요. 제 사랑의 근심이 맹목적인 희망과 존경과 더불어 사라졌으니까요. 하지만 아직 무관심한 상태는 되지 않았습니다. 제 영혼은 그녀의 정신과 미덕을 기억하며 아팠지요. "그녀는 나를 얼마나 행복하게, 오, 신이여, 얼마나 행복하게 해 줄 수 있었을까요." 나는 외쳤어요. "그녀가 자신의 교육과 최초의 기질에 충실하기만 했다면!" 저는 그것을 상기시키고 그녀를 처벌하지 않고는 놓아주지 않으려고 했습니다. 그리고 가면무도회는 제 계획에 안성맞춤이라고 생각되었지요. 전 이중 가면을 만들었습니다. 첫 번째 가면을 쓰고는 그녀가 자신의 가치와 의무를 망각했다고 모든 사람이 말한 것을 확인하려고 했습니다. 아주 우아한 자태로 넓은 방으로 들어온 그녀는 궁정 보석상이 영주에게 갖다준 그 보석을 달고 있었어요. 그녀는 호감가는 목소리로 노래를 들려주며 기분을 돋우어 영주와 모인 사람들을 기쁘게 했지요. 그 매력적인 모습과 모든 재능에서 그녀를 빼앗아 올 힘이 제게 있었다면 아마 그 순간에 했을 겁니다. 그녀의 도덕이 파괴되는 것을 보며 증인이 되느니, 차라리 그녀가 불행하고 추하게 죽어 있는 것을 보는 것이 마음 가벼웠을 테니까요. 그녀가 노래하는 것을 듣고, 영주와 다른 사람들과 함께 미뉴에트를 추는 것을 보고 제 마음은 깊은 고통을 느꼈습니다. 하지만 영주가 그녀의 몸을 감싸고 자신의 가슴으로 끌어당기고, 비도덕적이고 뻔뻔한 독일인들의 회오리 같은 춤을 추며, 모든 예의범절의 굴레를 벗어나 친밀하게 그녀 옆에서 뛰어다니는 것을 보자 제 조용한 우울함은 불타는 분노로 변했습니다. 저는 서둘러 두 번째 가면을 쓰고 그녀에게 가까이 가서 그녀가 수치스럽게 치장하고 우스꽝스러운 짓을 보인다고 신랄한 비난을 퍼부었습니다. 온 세상이 숭배하던 그녀를 경멸하고 있다고도 덧붙였습니다. 제가 처음 말을 걸자 그녀는 너무 놀라서 아무 말도 못하고 손을 가슴에 올리고는 "저는…… 저는……" 하고 더듬거렸고, 다른 한 손으로 저를 잡으려고 했지요. 하지만 불행한 저는 제 말이 끼친 영향을 보려고도 하지 않고 그 자리에서 도망쳤습니다. 급히 집으로 가서 마차에 여섯 마리 말을 매게 하고, 늙은 시종 딕을 데리고 엿새 동안을 어디로 가는지도 모른 채 달렸습니다. 마침내 어느 마을에 머물면서, 딕에게는 아무에게도 제 소식을 전하지 말라고 엄하게 명했습니다. 제 감정 상태는 말로 표현할 수 없을 정도였습니다. 감정도 정신도 없었고, 불만스럽고 불안했지만 그 고통을 덜어줄 어떤 도움도 거절했습니다. 그러니까, D로부터의 소식들 말입니다. 이런 좋지 못한 고집이 바닥까지 내려가 깊은 슬픔이 되어 제 인생 끝까지 따라다닐 것입니다. 제가 외딴 마을 한구석에서 극복하지 못한 사랑에 대해 말없이 분노를 감추고 있고, 영주가 승리의 날들에 도취해 있을 동안, 아가씨는 고귀한 저항을 하며 근심으로 인하여 거의 목숨을 잃을 뻔하다가 결국 이모부 집에서 탈출했으니까요.

그녀 소유의 농장으로는 갈 수가 없었기 때문이었지요. 이런 일이 있은 지 한 달 뒤 저는 쇠약하고 우울한 마음으로 돌아왔습니다. 숙부는 아버지처럼 다정하게 절 맞아주시면서 제가 그분에게 끼친 걱정을 모두 털어놓으셨고, 제가 아가씨를 납치했을지도 모른다는 생각도 했었다고 말씀하셨습니다.

"제게 그런 일을 허락하셨다면 이렇게 불행하지는 않았을 텐데요. 하지만 그 여자 이야기는 이제 그만하세요." 전 소리쳤습니다.

그분은 절 껴안으면서 말씀하셨지요.

"사랑하는 칼, 하지만 무슨 일이 일어났는지는 너도 알아야 한다. 그 아가씨는 진정 고상하고, 미덕이 많았지. 그녀의 결점에 대해 우리가 들은 것은 모두 잘못된 것이었다. 그 아가씬 달아났단다."

모든 것을 알고 싶은 제 열망은 이제 이전의 걱정만큼이나 커졌습니다.

아가씨는 이모가 장신구를 새로 맞추어서, 무도회를 위해 자신에게 빌려준 것이라고 생각했답니다. 의상 값은 상인에게 갚아야 하는 것으로 믿었고, 자신이 노래를 부른 것은 내켜서 한 것이 아니었다고 합니다. 그리고 그녀는 영주에게 보내는 편지에서 흰색 가면에게 축복하고 싶다고 썼다는군요. 그 가면이 자신의 명예를 짓밟았을지 모르는 모든 악행을 밝혀주었기 때문이라고.

"오 숙부님." 전 외쳤습니다. "그 흰색 가면은 저였습니다. 제가 그녀에게 말했고, 그녀를 비난했어요. 하지만 대화 후에 곧전 급히 떠났지요." 숙부는 이야기를 계속했어요. 아가씨는 무도회장에서 영주가 준 보석을 그의 발아래로 내던지고, 극도로 불안해하며 집으로 갔고, 여드레 동안 매우 아파 누워 있으면서 그 누구도 만나려 하지 않았다고 하더군요. 몸이 회복되자 그녀는 자신의 농장으로 가겠다고 요구했으나 이모부는 보내주지 않았다고 합니다. 일주일 후 사람들이 P 영주를 영접하기 위해 축하연을 벌이고 있을 때 그녀는 시녀와 함께 사라졌답니다. 아침까지 무도회에 참석했던 뢰바우 백작과 부인, 그리고 역시 오전에 정신을 못 차리던 하인들도 오후에 백작의 식탁이 차려질 때에야 비로소 아가씨가 없는 것을 알게 되었고, 사람들이 그녀의 방문을 부수고 들어갔을 때는 그녀 대신 편지만 발견했다지요. 편지 하나는 영주에게, 하나는 C 경에게, 하나는 이모부에게 보내는 것이었는데, 거기에는 그녀의 옷 목록이 첨부되어 있었다고 합니다. 팔아서 그 돈을 교구의 가난한 사람들을 위해 쓰라고 목사에게 보낸 옷 목록이었지요. 이모부에게 보내는 편지에는 짤막하지만 위엄 있고 또 감동적으로 이모와 이모부에 대한 불만을 말했고, 왜 자신이 그들을 떠나야 하는지 그 이유를 썼다고 합니다. 그녀는 자신이 선택한 남편의 보호를 받으며, 결혼한 몸으로 이모부의 집을 떠나 피렌체의 R 백작에게 가며 그곳에서 소식을 보내겠노라고 하면서, 그와 동시에 자신의 농장에서 이후 3년 동안 나오는 수입을 이모부에게 넘기겠으니 이모부의 소송사건을 마치는 데 사용하라고 썼답니다. 그렇게 비열한 방법으로 그녀의 명예를 희생시키면서까지 이기려고 했던 그 소송을요. 그리고 그것은 이모부의 두 아들에게 주는 선물이며, 그것으로 그들이 자신의 몰락을 통해서 얻을 수 있었던 것보다 더 많은 축복을 얻길 바란다고 했답니다. 영주에게는, 자신이 고결하고 점잖은 남편의 손에 이끌려 가증스럽고 불명예스러운 정열의 추적으로부터 도망가는 것이고, 이모부에게 3년간의 수입을 맡겼으나, 시간이 흐르고 나면 자신이 영주의 공정함을 다시 얻게 되길 바란다고 썼답니다. 내 숙부에게는, 그의 정신과 감성적 성격을 항상 존경해왔으며 그에게 어느 정도 존중받기를 원했지만, 아마도 그녀가 처한 상황이 그녀의 감정을 두꺼운 안개로 감싸고 있어서 제대로 이해될 수 없었던 것 같다고, 하지만 그에게 확신을 주겠다고, 자신은 그의 존경심을 결코 저버린 일이 없으며 그에게 가혹하고 불리한 평가를 받을 까닭이 없다면서, 이 내용을 조카인 시모어에게도 읽어보게 하라고 했답니다. 뢰바우는 이 일이 밝혀진 후 영주에게 급히 갔고, 영주는 대단히 놀라서 도처에 사람을 보내려고 했지만 F 백작의 잘못된 조언으로 피렌체의 R 백작에게만 파발꾼을 보냈고, 아직까지 아가씨에 대한 소식은 얻지 못했다고 합니다.

숙부의 이야기가 계속되는 동안 제 영혼의 모든 용수철이 멈춘 듯했다가 이야기가 끝나자 다시 활발히 움직이기 시작했습니다. 숙부는, 제가 그 고결한 마음과 결합하려던 것을 방해한 자신의 계책에 대해 늘어놓는 쓰라린 불평을 들어야 했습니다. 이모부에 대한 그녀의 관대한 선행, 그의 끔찍한 모욕에 대한 고상한 복수, 가난한 사람에 대한 생각, 그리고 그녀를 정당하게 보아주기를 바랐던 저에 대한 기억, 이 모든 걸 생각하면 제 가슴이 갈기갈기 찢어집니다! D가 얼마나 증오스러웠는지요! 전 그녀의 적들을 만나 누군가 그녀에 대해 말하려고 할 때면, 끓어오르는 분노를 감추려고 얼마나 노력해야 했는지요! 그녀가 자신을 구출하기 위해 내디딘 용기 있는 발걸음은 모든 사람들에게 비난받았고, 그 훌륭한 성격들은 축소되고, 그녀에게는 있을 수 없는 실수나 웃음거리가 꾸며져서 이야기되었습니다. 얼마나 불행한 일입니까. 하지만 또 사람들은 공로가 있는 사람에게 결점이 있나 살피면서 얼마나 즐거워하는지요! 수천 사람의 마음은, 고상하고 공정하게 다른 사람에게 지식과 미덕의 대부분을 고백하고 그를 올바로 존경하기보다는, 심술궂게 자신을 낮추고, 훌륭한 사람에게서 인간적 약점들을 들추어내려고 하는 것 같습니다.

저도 피렌체로 파발꾼을 보냈고, R 백작에게 그 존경스러운 조카에 관해서 편지를 썼습니다. 그에게서 답장을 받고 그가 그녀의 거처에 대해 조금도 모른다는 것을 알았지요. 그녀를 찾으려고 모든 노력을 했으나 헛수고였다고 했어요. 이 모든 일이 제가 너무 성급하게 D를 떠났기 때문이라고 크게 자책했습니다. 왜 나는 내 말의 결과를 기다리지 않았던가? 누구를 개선하려고 할 때 심한 질책만 하면 충분한가? 누가 아픈 사람을 때리고 학대하는 것을 본다면 제 마음은 온통 분노로 찰 것입니다. 그런데도 저는 사랑하는 사람이 눈멀었다고 생각하고, 그 영혼에 상처 줄 일격을 가했단 말이에요! 그녀를 제멋대로 내던져진 여자로 존경할 만한 가치가 없는 피조물로 보고, 그렇게 대하는 제 행동을 정당하다고 생각했지요. 그렇게 사랑할 가치가 있는 처녀에 대해 전 얼마나 소름 끼치도록 이기적이었나요! 우선 전 그녀가 제 생각에 맞게 미덕의 승리를 찬란하게 보여줄 때까지 저의 사랑에 관해서는 말하지 않으려고 했습니다. 그녀는 자신의 아름다운 길을 갔고, 저는 그녀가 제 이상적인 계획을 따르지 않았기 때문에 폭력을 사용하여 그녀를 가장 세게 벌준 것입니다. 우리 모두 그녀를 평가하고 비방했지만, 아가씨는 제가 굴욕적으로 생각한 순간에도 얼마나 고상하고 위대했는지요! 그녀는 백색 가면을 쓰고 분노하던 인간인 저를, 자신을 때 이른 무덤의 가장자리로 밀어 넣었던 저를 축복했다니까요. 오, 이제 그녀는 성급하고도 생각 없는 행동으로 분명히 자신을 불행으로 몰아갈 결혼으로 뛰어들었습니다. 벌써 후회하겠지만 다시 파혼할 수도 없게 만든 그놈에 대해서는 무어라고 말할 수 있을까요. 아가씨는 그 순간에도 제 이름을 쓰며, 제가 그녀에 대해 좋게 생각하기를 바란다고 했다니요! 오, 슈테른하임 아가씨, 저로 인해 불행한 가운데서도 당신의 관대하고 순결한 영혼은 내 마음의 고통을 위해 울어주겠지요. 그대가 만일 거기서 내가 처음 가졌던 희망이 자신을 갉아먹는 모든 괴로움과 일치하는 것을 보게 된다면 말입니다!

더비는 8주일 동안이나 자리를 비우고 H로 갔던 여행에서 다시 돌아와서는 저를 유난히 주목했습니다. 저는 모든 걱정 근심을 그에게 쏟아놓았지요. 그는 웃으면서 자신의 악의에 찬 외침이 저의 열렬한 미덕보다 덜 해로웠다고 주장합니다. 그의 악의에는 일종의 경고가 담겨 있어서 모든 사람들이 조심할 수 있는 데 비해, 저의 엄격한 원칙들은 저로 하여금 외관상 피할 수 없는 인간의 실수에 대해 잔인하게 대하도록 하며, 그것은 악한 사람의 저항심을 키우고 선한 사람들을 절망으로 이끄는 것이라고 말입니다. 더비가 어떻게 이런 진실의 요구에 도달하게 되었지요? 전 느꼈어요, 정말 느꼈습니다. 그가 옳았고, 제가 잔인했다고요. 제가 그랬습니다, 불행한 사람인 바로 제가! 제가 여자 중에서 가장 착한 여자를 불행하게 만들었습니다!

오, 친구 같은 스승이시여, 저의 염증은 가득 찼고, 제 삶의 모든 시간들은 오염되었습니다. 대사관의 비서인 존은 아가씨가 도주하기 이틀 전에 여행을 떠나 그 이후 돌아오지 않고 있습니다. 아가씨의 시녀가 한 번 그의 집에 갔었고, 그의 서류 중에서 찢어진 쪽지 한 장이 발견되었는데, 거기에는 아가씨의 필적으로 이렇게 쓰여 있었답니다. "우리의 결혼을 숨겨야 하는 모든 이유를 제시하신 데 대해 동의하겠어요. 다만 우리의 결혼식은 준비해주세요. 결혼하지 않은 몸으로는 떠나지 않을 테니까요. 비록 제가 영국인과의 결혼을 좋아한다고 해도 말이에요……."

그렇다면 그녀는 모든 민족들 중에 가장 비난받을 만한 민족의 소유가 된 것입니다! 오, 다정한 그녀의 영혼을 보게 된 그날을 저주합니다! 그녀가 그 팔에 몸을 내던진 악당에게 신의 저주가 있으라! 그놈은 무슨 계략을 썼을까요! 근심이 그녀의 이성을 파괴했을 겁니다. 하지만 그녀가 남기고 간 편지들은 선의에 가득 찬 고상한 어조로 영혼이 담겨 있었습니다! 언젠가 읽은 글이 기억납니다. 인위적이고 학습된 이성의 움직임이 깨어지면서 바로 동기들이 드러나고, 그 동기를 통해 우리의 자연스럽고 우수한 성향은 이성을 사용한다는 글이었습니다. 그러니 우리 아가씨 성격의 고귀한 근본에 대해 판단해주십시오.

슈테른하임 아씨가 에밀리아에게

외딴 마을에 도착했어요. 여기서 나를 보는 사람들은 내가 누군지 모르지요. 나를 알았던 사람들로부터는 몸을 숨기고, 자존심과 감수성 때문에 나 자신으로부터 이렇게 멀리 이끌려 왔어요. 침착하게 생각한 날이었다면 전율을 느끼며 피했을 길을 성급하게 내딛고 난 다음이지요. 내 영혼의 모든 힘이 불만과 병으로 인해 쇠약해지고 억압당하고 있었다는 것을 나 스스로 말할 수 없었다면, 로지나와 더비 경이라는 증인조차 없었다면, 에밀리아, 나는 어디서 한순간이라도 생각의 평안과 만족을 얻었을까요. 비밀리에 일을 꾸미고, 비밀리에 결혼하고, 아버지가 손수 나를 맡기신 그 집에서 도주했다는 생각을 하면서 말이에요.

사실이에요. 난 그 집에서 잔인하게 취급당했어요. 신뢰와 기쁨을 갖고 그 집에 머물 수 없었으니 이 불쾌하고 씁쓸한 기분은 당연했지요. 내 이모부와 이모가 그렇게 비열한 방법으로 자신들의 이익을 위해 나를 희생시키고 내 명예에 올가미를 씌우는 일을 도왔다는 걸 생각하면 어떻게 불쾌하지 않을 수 있겠어요?

게다가 D에는 친구가 하나도 없었어요. 건강을 회복한 후 내 명성을 빼앗은 친척들과 나의 저항과 근심을 조롱했던 사람들, 그리고 이미 이전에 나를 궁정에 선보임으로써 궁정에 도달하려던 사람들을 다시 만나야 한다는 생각을 조금이라도 하면 내 가슴은 분노로 끓어올랐어요. 그래요, 모두 알고 있었어요, 심지어 C 양조차도. 그런데 아무도 내 성격을 알고 난 다음에도 나에게 조그만 눈치도 줄 만큼 고결하지도 인간적이지도 않았어요. 난 어떤 사람도 모욕한 적이 없고, 그들의 생각이 비난할 만하고 혐오스럽게 보일 때에도 내 생각을 감추느라고 애썼는데 말이에요! 내 잘못이라고 생각되는 모든 것에 대해서는 언제든지 사과할 각오가 되어 있었는데요! 하지만 그들은 신분이 차이 나는 결혼에서 생긴 딸은 크게 손해 볼 일도 없다고 생각한 거예요. 내 출생과 성격과 명예에 이렇게 도를 넘는 지나친 모욕이 쏟아졌을 때, 더비 경의 사랑과 존중이 보여준 위로를 어떻게 떨쳐버릴 수 있었겠어요? R 백작 내외분은 멀리 떨어져 계시고, 내 마지막 편지에는 답장도 없고, 내 농장으로 피해 가려는 길도 막히고, 그리고, 에밀리아, 당신에게 숨기지 않겠어요, 영국에 대한 내 사랑과 더비 경이 나를 그 손과 고결함을 통해 명망 있는 신분으로 끌어올려주리라는 기대 말이에요. 이런 두 가지 생각이 절망적으로 마비된 내 영혼을 자극했어요. 난 결혼하지 않고는 이 집을 나가지 않으려는 조심성이 있었지요. 그것을 영주와 크래스톤 경과 이모부에게 편지로 썼어요. 내 남편 이름은 말하지 않았어요. 남편은 비록 자신이 이 일로 자기 나라의 대사나 궁정의 신임을 잃게 될지도 모르는 위험을 안고 있었음에도, 그 모든 것을 내 재량에 맡길 정도로 아량 있는 사람이었지만요. 그럴 경우 사람들은 크래스톤 경이 이 일을 도왔을지도 모른다고 생각할 수 있는데, 그러한 오해는 불유쾌한 결과를 초래할지도 몰라요. 그러니 나도 나를 사랑하고 구원해준 남자를, 침묵을 통해 화근과 책임에서 보호해줄 정도의 아량은 있어야 하지 않겠어요? 그분이 대사관의 신부를 구해 온 것으로 충분해요. 난 그에게 비밀결혼식에 관한 모든 것을 썼고, 더비 경은 그에게 만일 대사관에서 일자리를 잃게 될 경우 평생 살 수 있을 만큼의 연금을 주었지요. 이렇게 지원을 받아서 나는 기쁜 마음으로 D를 떠났어요. 더비 경의 충성스러운 하인 하나가 동행했지요. 남편은 모든 혐의를 피하기 위하여 그곳에 남아서 타지역 영주 두 사람을 기리기 위해 마련한 잔치에 참석해야 했어요. 이 상황이 차라리 나에게는 편했어요. 그가 옆에 있었다면 난 떨면서 괴로워했을 테니까요. 반면 나는 우리 로지나와 함께 행복하고 편안한 길을 계속 가서 마침내 이 작은 마을에 머물게 되었어요. 이곳에서 4주일 동안 있으면서 더비 경이 걱정 없이 적당한 시간에 나에게 달려올 때까지 기다렸지요. 처음 내 생각은 피렌체까지 가서 거기서 더비 경을 기다리려고 했으나 그의 동의를 얻을 수 없었어요. 그는 먼저 크래스톤 경에게서 완전히 벗어나려고 했고, 그다음에 나와 함께 R 백작에게 가고, 그 후에 곧 자신의 조국으로 가려고 하지요.

혼자 있던 4주일 동안 난 갇혀 살았어요. 더비 경의 영어로 된 책 몇 권 외에는 아무것도 없었는데 그것들은 예시와 유혹을 통해 그의 도덕을 타락시킨 증거가 되는 책들이었기 때문에 읽고 싶지 않았어요. 난 그 모든 책들을 쌀쌀한 초가을날 필요한 불을 피우려고 난로 속에 던져버렸어요. 나와 이 책들이 공동의 주인과 거처를 소유해야 한다는 생각을 견딜 수가 없었거든요. 하루하루가 길게 느껴져서, 로지나는 여관 주인여자에게서 바느질감을 가져왔고, 나는 내 정신력이 다시 회복되는 느낌 속에서 나와 내 운명에 대해 생각하기 시작했어요.

생각하면 슬퍼요. 사랑하고 존경하는 아버지가 돌아가시고 난 후부터, 아니 내가 커다란 세계로 발을 들여놓은 순간부터 내가 좋아하는 것과 나의 상황을 지배한 그 모순 때문에요.

오, 아버지의 축복을 받으며 합당한 남편과 결혼할 수 있을 때까지 그분이 살아 계셨더라면! 내 행복한 상황은 충분히 유리하게 흘러갈 수 있었을 텐데. 남편과 더불어 내 부모의 고결한 선행의 흔적을 따랐다면, 삶을 잘 응용하여 복된 감정과 아랫사람들의 안녕을 보고 느끼는 기쁨의 영광이 매일 나에게 씌워졌을 텐데. 왜 나는 나를 P에 붙잡아두려는 소리를 듣지 않았을까요? 내 정신이 두려움으로 가득 차 있고, 이모부와 당신 아버님의 설득이 일치하지 않았을 때 말이에요. 하지만 난 결국 스스로 생각했지요, 거부하는 내 마음속에는 선입견과 고집이 있을 수 있다고요. 그래서 받아들였어요. 그리고 내 삶의 빈약한 끈이, 그때까지 그렇게 순수하고 한결같이 풀려가던 것이, 이제 이모의 다르게 얽힌 삶에 엮인 탓에 오직 난폭한 수단을 통해 떼어냄으로써만 모든 연결에서 풀려나올 수 있게 된 거예요. 이것과 함께 내 명예와 어렸을 적부터 키워온 내 섬세한 감정을 거역하는 공모가 합쳐졌지요. 모욕당한 자존심을 위해서만 작동하는 감정 말이에요. 오, 난 이 영향들의 차이를, 다른 사람을 위한 섬세한 감정과 우리만을 위한 감정의 차이를 아주 잘 알았는데 말이에요!

두 번째 것은 쉽고 모든 인간에게 자연스러운 거죠. 하지만 첫 번째 것만이 고결해요. 그것만이 우리가 조물주의 모습에 따라 창조되었다는 표현의 개연성을 얻게 하지요. 우리 이웃의 불행과 행복에 대한 섬세한 감정이 선행의 동기가 되니까요. 그것은 유일한 특성으로, 불완전하지만 이 신성한 모습의 순수한 특징을 갖는 것이에요. 하나의 특징, 창조주가 모든 피조물의 육체에 특징을 부여하여, 강하고 큰 나무가 여러 방법으로 우리에게 좋은 일을 해주는 것만큼, 아주 가느다란 풀줄기라도 동물의 양식이 됨으로써 좋은 일을 하고 있는 것이지요. 아주 미세한 모래알이라도 땅을 부드럽고 비옥하게 만들어서 좋은 일을 하려는 자신의 목적을 달성하는 거예요. 그것은 우리를 놀라게 하는 커다란 암석들이 우리가 사는 집터를 단단하게 만들기 위해 도움을 주는 것과 같아요. 식물의 세계와 동물의 세계 전체가 우리 삶을 위한 좋은 선물로 온통 차 있지 않은가요? 물리적인 세계는 모두 이러한 의무를 충실히 수행하고 있어요. 매년 초 그 의무들은 새로워지지요. 오직 인간들만이 변종이 되고 있고, 우리 안에서 훨씬 더 강하고 보다 더 아름답게 빛날 수 있을 이러한 특징을 지워가고 있어요. 우리가 그것을 여러 가지 방법으로 나타내 보일 수 있는데 말이에요.

나의 에밀리아, 당신은 여기서 내 아버지의 원칙들을 깨닫겠지요. 나의 우울한 심정은 그것들을 강렬하게 불러내고 있어요. 지금 고요하고 고독한 순간에 나 자신을 돌아보고, 내 감수성이 나를 몰아온 길을 돌아보고, 얼마나 멀리 목적지에서 벗어났나 보고 있어요. 오, 난 모범적인 선행 의무의 길을 벗어났어요!* 근심과 절망 때문에 내가 이런 결정을 내렸다고 아무도 말하지 않을 거예요. 하지만 모든 어머니들이 내 실수를 생각하며 딸들에게 경고할 거예요. 모든 사람이 더 고상하고 미덕에 맞는 방법을 찾을 수도 있지 않았을까 하고 생각하겠지요. 나 자신도 그런

---

*[원주] 하지만 이런 경고적인 본보기를 통해서 그녀의 실수 자체가 선행이 되지 않을까요? 이 고찰에서 그녀는 왜 위로될 만한 것을 발견하지 못했을까요? 그것은 아주 고결한 영혼의 사람들이라도 자존심을 희생하지 않고는 선해지지 못하기 때문이겠지요.

것이 있다고 알아요. 하지만 그 당시 내 정신은 그걸 보지 못했고, 또 아무도 내게 그런 방법 하나를 말해줄 만큼 착하지도 않았어요. 나의 에밀리아, 사람이 변명거리를 찾아야 한다면 얼마나 불행한 일인가요. 그리고 그 변명거리가 너무 가볍고 불충분하다면 얼마나 슬픈 일인가요! 다른 사람들에 대해 민감하지 못했을 때는 감정 없는 사람들의 선입견에 대해서만 잘못 생각했지요. 또 선행에 대한 내 생각들이 과장되어 보였다 해도, 그 생각들은 신의 꼭 닮은 모습의 특징을 통해서 계속 존경할 만하고 모방할 만한 가치가 있을 거예요. 하지만 이제 나 자신만을 위해 생각해본다면 한 착한 처녀가 모든 사회적 미덕과 안녕에 위배되는 잘못을 한 거지요. 지나간 삶의 이 부분이 얼마나, 얼마나 어두운지요! 이제 내 앞에 놓인 길에 두 눈을 고정시키고, 그 안에서 밝은 빛 아래 곧은 발걸음을 내딛는 일 말고 무슨 일이 남아 있겠나요?

나는 일을 하면서 처음으로 회복 시간을 찾았어요. 그 일이란 여관 주인의 불쌍한 두 조카딸에게 일하고 생각하는 것을 가르치는 것이었어요. 에밀리아 당신도 알다시피 난 일에 몰두하는 걸 좋아하잖아요. 이미 일어난 일을 더 이상 바꿀 수 없다는 생각으로 글로 쓰는 일은 나를 슬프게 했지요. 내게 쏟아지는 질책은 빗나간 내 자존심의 결과라고 보아야 했으므로, 내 밖에서 격려해줄 것을 찾아야 했어요. 그것은 한편으로 더비 경을 행복한 남편으로 만들어주는 일이었고, 다른 한편으로는 같이 있는 다른 사람들을 위해 가능한 모든 좋은 일을 하려고 노력하는 것이었어요. 난 이 지역의 가난한 사람들에 대해 알아보고 그들의 부담을 덜어주려고 했지요. 마침 착한 로지나가 여관 안주인의 두 조카딸에 관해 말해주었어요. 여주인 언니의 딸들인데, 여관 주인의 미움을 받고 있고, 부족한 양식 때문에 주인은 자신의 아내마저 좋게 대하지 않고 있다고 해요. 난 그들을 불러서 그들의 취향을 알아보고, 이미 무엇을 배웠는지 또는 뭘 더 배우고 싶은지 물었지요. 그 애들은 시녀 로지나의 기술을 알고 싶어 했어요. 나도 그 아이들의 수업에 참여하기로 하고 그들에게 옷을 입혀 보냈더니, 다음 날 내가 옷 입는 것을 보겠다고 찾아왔어요. 그 후 2주 동안 아이들은 번갈아 가며 내 시중을 들었고, 난 아이들에게 신분의 의무에 대해서, 신이 그들에게 내려준 신분과 내게 주어진 신분의 의무에 대해서 말했지요. 그랬더니 귀부인보다 시녀로 사는 것이 훨씬 행복해 보인다고 말하더군요. 우리의 특권과 권력을 다른 사람에게 사용해야 하므로 우리에게 지워진 책임이 매우 크다는 것을 이야기했더니 그런 것 같아요. 행복에 대한 그들의 생각과 소원은 어차피 제한된 것이었기 때문에 그들 각자의 적성에 맞게 내가 해줄 수 있는 것을 미리 말해주었더니 몹시 기뻐했어요. 내가 자신들의 생각을 읽을 줄 안다고 믿은 거지요. 난 여관 주인에게 그 아이들의 밥값을 지불하고 아이들이 배우는 데 필요한 모든 것을 살 거예요. 그들에게 쓰기와 셈하기 수업을 해주고, 귀부인을 치장해주는 취미도 갖게 하려고 해요. 특히 모든 종류의 사람들의 성격을 알고 좋은 태도로 그들을 대할 수 있도록 가르치고 있어요. 여주인과 그 조카딸들은 나를 천사처럼 여기고, 매번 내 앞에 무릎 꿇고 감사를 표해요. 이 아이들하고 보내는 시간은 달콤하고 행복하답니다! 난 자주 어느 현자의 말씀을 기억해요. "네가 우울하면 주위에서 위로될 것을 아무것도 보지 못하리라. 성경을 읽어라. 자신에게 붙어 다니는 실수에서 해방되어라. 아니면 이웃에게 선한 일을 행하라. 그러면 틀림없이 슬픔이 너를 비껴가리라.”

고결하고도 확실하며 도움되는 방법이에요! 내 학생들과 산책을 하면 얼마나 즐거운지 몰라요! 도중에 그들에게 우리를 함께 창조한 창조주의 선함에 대해 이야기해주기도 하지요. 그들이 내 이야기에 감동받고, 존경과 감사가 담긴 두 눈으로 하늘을 보았다가 내 손에 입 맞추고 하는 것을 보면 내 마음은 내면의 기쁨으로 가득 찬답니다. 에밀리아, 이런 순간에는 나의 도주가 심지어 만족스럽기까지 하다니까요. 그 일이 없었다면 이 아이들을 만나지 못했을 테니까요.

슈테른하임 아씨가 에밀리아에게

오, 이 소녀 아이들은 더비 경이 온 후에 또 한 번 사랑스러워졌어요. 이 천진난만한 아이들에 대한 기쁨을 통해서 내 정신과 마음이 강해졌으니까요. 더비 경은 나의 진지한 성품을 좋아하지 않아요. 그는 나의 풍부한 재치만 바라고, 그의 성급하고 격렬한 사랑에 수줍고 온화한 사랑으로 응하는 것을 좋아하지도 않아요. 그의 책을 태워버린 데 대해서는 남성이자 가장으로서 분노를 표현했지요. 그는 3주 동안 이곳에 있었고 그동안 난 소녀들을 볼 수 없었어요. 그의 마음 상태가 내게는 고르게 보이지 않았는데, 한번은 지극히 쾌활하고 열정적이다가, 한번은 음울하고 냉정해 보였어요. 그의 시선은 때로는 미소로, 때로는 불만이 담긴 채 나를 향했지요. 처음에 그를 보고 거부감을 느꼈던 이유와 마음이 변한 것을 설명해야 했어요. 그랬더니 그는 시모어 경에 대한 내 생각을 묻더군요. 이 이름을 듣고 내 얼굴이 빨개지자 그의 얼굴이 뭐라 말할 수 없는 무서운 표정이 되었어요. 훨씬 더 민감해진 경우도 있었는데, 그때 난 그가 시모어 경을 질투하고 있다는 것을 깨달았어요. 그러니 나는 계속 다른 사람 때문에 괴로움을 당해야 하나봐요. 서방님은 화려한 것을 좋아해서 내게 값진 장신구들을 사주었어요. 난 비록 화려한 것보다 검소하게 보이는 것을 좋아하지만 그의 생각을 따르려고 해요. 우리가 서로 다른 점이 이것만이라면 좋겠어요. 하지만 여러 가지가 있을 것 같아 염려되네요. 오, 에밀리아, 날 위해 기도해주어요! 내 마음은 무언가 예감하고 있어요. 남편을 편안하게 하기 위해 어떤 노력도 호의도 게을리하지 않을 거예요. 하지만 자주 피해야 할 것이 있을 거예요. 오직 내 성격과 원칙들이 희생되지 않기를 바랄 뿐이에요!

내가 그를 선택했고 그에게 나의 안녕과 명예, 또 인생을 맡겼으니, 어떤 상황에서보다 더 그에게 많은 감사와 복종의 빚을 진 것이지요.

오, 내가 영국에 가서 우리 집을 갖게 되고 서방님이 그 자존심에 맞는 일을 하게 되면, 그 끓어오르는 피는 가정의 고요한 품 안에서 보다 부드럽게 흐를 것이고, 그의 오만함은 고상한 품위로 바뀌고, 미덕에 대한 그의 성급한 열성은 훌륭한 일을 위해서 쓰일 것이라고 믿어요. 난 이런 용기를 잃지 않을 것이고, 고대의 그리스 여인처럼 보이는 것이 행복하지 않으므로, 적어도 가장 훌륭한 영국 여인 중 하나가 되려고 노력할 거예요.

더비 경이 친구에게

빌어먹을 자네의 예언, 자네는 왜 내 연애사에 그 예언을 집어 넣었나? 자넨 말했지, 나의 마력이 오래가지 못할 거라고! 젠 장, 자네는 어떻게 이것을 파리에서 그 멍청한 머리로 볼 수 있 었지? 난 여기서 아주 눈이 멀어 있었는데 말이야. 하지만, 여보 게, 자네가 아주 옳은 건 아닐세! 자네는 포만감에 대해 말했지. 이런 건 나한테 없고 가질 수도 없다네. 포만감을 누려보았다는 생각이 없기 때문이야. 그런데 더 이상 그런 것을 볼 수도 없게 됐네! 나의 슈테른하임 아가씨를, 나 자신의 아내를 더 이상 눈 으로 볼 수가 없다네! 내가 다섯 달 동안 정신을 잃도록 사랑했 던 그 여자를 말일세! 하지만 그녀의 액운이 나의 기쁨과 그녀 의 생각들을 대립시켜놓았네. 내 마음은 양쪽 사이에서 흔들렸 지. 그녀는 습관의 힘을 모르고, 연인의 열렬한 포옹에 대하여 결혼한 여자의 냉랭하고 힘없는 사랑으로 응했다네. 차갑고 한 숨 섞인 키스를 나에게 준 것이지. 그렇게 동정심 많고 바쁘게 이념과 머릿속 귀신들에게 열렬함을 보일 수 있었던 그녀가 말 일세! 그녀의 사랑과 그녀를 소유하게 된 것을 상상하고 난 얼 마나 달콤하게 사로잡혀 있었던가! 그녀에게 가게 될 시간을 얼 마나 열망했던가! 말이고 마부고 하인들이고 여행에 박차를 가 하기 위해 혼신을 다했다네. 그녀를 정복했다는 자만심에 차서 난 영주와 그 조력자들을 경멸의 시선으로 보았지. 그녀가 있는 마을을 보았을 때 내 심장과 맥박은 기쁨으로 쿵쿵거렸고, 하인 이 마차 문을 빨리 열지 못했을 땐 난 참지 못하고 그 녀석을 향해 권총이라도 당길 뻔했네. 다섯 걸음 만에 계단을 뛰어 올라갔지. 그 위에 그녀는 영국식 옷을 입고 서 있었네. 새하얀 옷을 입은 그녀는 아름답고 기품 있어 보였지. 기쁨에 들뜬 내가 그녀를 팔에 안자 그녀는 더듬거리며 환영 인사를 했는데 얼굴이 붉어졌다가 창백해졌다가 했다네. 그녀가 한 번만이라도 사랑을 애타게 기다렸다는 표정을 지었다면 그 의기소침한 표정도 나를 행복하게 했을지 모르네만, 그녀의 모든 표정은 두려움과 압박감을 나타내고 있었네. 난 옷을 갈아입고 곧 돌아왔는데, 문을 통해 의자에 앉아 있는 그녀가 보이더군. 두 팔로 창문 커튼을 감싸 안고, 모든 근육에 힘을 주고, 시선은 높이 들어 올리고, 그 아름다운 가슴은 깊고 세게 내쉬는 호흡으로 천천히 움직이면서…… 요컨대, 말없는 절망의 형상이었다네! 그 모습이 내게 어떤 인상을 주었을지 말해보겠나? 내가 어떻게 생각해야 했겠나? 나의 도착이 그녀에게 새로운, 알지 못할 기대를 주었을 수도 있지. 그래 약간 두려울 수도 있었을 거야. 하지만 그녀가 나를 사랑하는 마음을 가졌다면, 이런 투쟁하는 모습이 자연스러웠을까? 고통과 분노가 나를 사로잡았다네. 내가 방 안으로 들어가자 그녀는 깜짝 놀라 두 팔과 머리를 내렸고, 난 그녀 발 앞에 꿇어앉아 그녀의 무릎을 떨리는 두 손으로 잡았지.

"미소 지어봐요, 부인, 미소 지어요, 당신이 나를 무가치한 사람으로 만들지 않으려면!" 난 소리쳤다네.

그녀의 두 눈에서 눈물이 강물처럼 흘렀네. 나의 분노는 더욱 커졌으나, 그녀는 두 팔로 내 목을 감싸 안고 그 아름다운 이마를 내 이마에 대었네.

"오, 소중한 분이시여, 불행한 상황에서 제가 아직도 민감한

242

상태에 있다고 화내지 마세요. 당신의 착한 마음으로 모든 것을 잊게 되기를 바라요."

그녀의 숨결과, 말할 때 내 뺨에 느껴지는 그 입술의 움직임과, 내 얼굴에 떨어지던 눈물은 내 분노를 사그라뜨리고, 3주 동안 내가 느꼈던 아주 사랑스럽고 행복한 감정을 돌려주었다네. 난 그녀를 포옹하며 안심시켰고, 그녀는 그날 저녁 나머지 시간과 식사 때에 미소 지으려고 노력했지. 자주 내 시선이 너무 불타는 것처럼 보일 때면 그녀는 처녀다운 수줍음의 매력을 보이며 눈을 내리깔았네. 매혹적인 여인이여, 왜 당신은 계속 그런 생각에 잠겨 그대로 있지 않았지? 왜 시모어에 대한 호의적 애정을 나에게 보였는가 말이야.

나머지 날에 난 쾌활하려고 노력했네. 그녀에게 만돌린을 가져다주자 그녀는 친절하게도 자신이 만든 프랑스어로 된 짧고 귀여운 노래를 불러주었지. 노래 내용은 사랑하는 사람을 영원히 자신에게 묶어둘 허리띠를 달라고 비너스에게 청하는 것이었네. 생각은 아름답고 섬세하게 표현되었고, 멜로디도 감동적이고, 그녀의 목소리도 애정으로 가득 차 있어서 난 달콤하고 정열적인 기분에 싸여 귀를 기울였다네. 하지만 곧 내 아름다운 꿈은 날아가버렸네. 그녀가 가장 사랑스러운 대목을 부를 때 날 보지 않고 고개를 숙이고 바닥을 보며 한숨을 내뱉는데, 그 대상이 내가 아니었으니까. 마지막에 내가 물었지, 이 노래를 오늘 처음 부른 것이냐고? "아니요"라고 그녀는 얼굴을 붉히며 말했네. 그러니 몇 마디 질문을 더 하게 되었지. 언제부터 나를 좋게 생각하기 시작했느냐고, 그리고 시모어에 대한 생각이 어땠느냐고. 하지만 대답할 때의 그 솔직함은 지옥에나 가버렸으면 좋겠네. 그로 인해 그녀에게 묶여 있던 나의 모든 매듭이 풀려버렸으니까. 수백 가지 사소한 일과 다정하고 즐겁게 보이려는 그녀의 노력조차도 그녀가 날 사랑하고 있지 않다는 확신으로 이어졌네. 나의 위트와 호의에 대한 약간의 존중, 영국으로 간다는 기쁨, 그녀를 그 친척들과 영주로부터 구출해낸 것에 대한 냉랭한 감사, 이런 것들이 그녀가 내게 느끼는 감정의 전부였고, 그녀를 내 팔에 들어오게 한 모든 것이었지! 그렇다네. 그 여잔 조심스럽지 못했어. 내가 사랑에 빠져서, 나한테 있는 가장 사랑스러운 점을 말해보라고 부탁하니까, 글쎄, 다름 아닌 시모어의 형상을 그려 보이는 게 아닌가. 그러면서 계속 피렌체 여행을 재촉하더군. 그것은 내 사랑의 행복을 위해서가 아니라 자신의 명예욕을 만족시키려 한다는 것을 분명히 알리는 것이었지! 그녀는 가능한 모든 표현을 동원하여 이것을 상기시킴으로써 그녀를 소유하고 있는 나날에 독을 뿌렸네. 심지어 피렌체에 가서야 비로소 나를 사랑할 수 있을 것이라며 나를 확신시키려 들었지. 그녀는 내 행복을 독살한 거야. 어리석기 짝이 없는 내 마음도 상하여 때때로 잘못된 결혼을 후회하기도 하다가 어느새 그녀의 모습이 자주 거슬리기 시작했네. 3주째 나쁜 일은 더욱 커졌다네. 그녀에게 난 영어로 된 책을 몇 권 주었었는데, 그건 아주 열렬하고도 생생한 쾌락의 그림들로 가득 차 있는 것이었지. 난 그 안에 있는 몇 가지 불꽃이 그녀의 상상력에 불길을 당겨주기를 희망했네만, 그녀의 말도 안 되는 미덕이 책을 불태워버렸다네. 들추어보지도 않고 내버렸단 말일세. 책도 잃고 희망도 잃은 내가 약간의 불쾌감을 표현했으나 그녀는 침착하고 용감하게 견디더군. 이틀 후 밤에 난 그녀 방에 들어갔네. 그녀는 침실

탁자 옆에 앉아 머리를 빗고 있었지. 옷은 하얀 모슬린 면사에 붉은 호박직이 섞인 것이었는데 몸에 아주 잘 맞았다네. 그 전체 형상이 완전한 그리스 미녀의 모습이어서 얼마나 매력적으로 보였는지! 난 한 손으로 그녀의 머리카락을 잡고 오른팔로는 그 허리에 감았다네. 밀턴의 이브 형상이 머리에 떠올랐지. 난 하녀를 내보내고 그녀에게 부탁했네. 잠시만이라도 옷을 벗고 자연의 최초 걸작품을 닮은 그녀의 모습을 감탄하며 행복해할 수 있게 해달라고 말이야. 그녀의 얼굴은 부끄러움으로 빨갛게 달아올랐다네.* 하지만 내 청은 곧바로 거절당했네. 난 그녀를 밀어붙였고, 그녀가 너무 오랫동안 저항을 하는 바람에 결국 초조함과 열망으로 그녀의 옷을 목에서부터 잡아 찢고, 그녀의 의지에 거역하여 목적을 달성했다네. 별로 대수롭지도 않은 일인데 자유로운 우리 상황에서 그녀가 그렇게 행동했다는 것을 자네 믿겠는가? "서방님." 그녀는 외쳤네. "당신은 제 심장을 찢고 있어요. 당신에 대한 제 사랑도요. 당신에게 이렇게 섬세한 감정이 부족하다니 절대 용서할 수 없을 거예요! 오, 신이여, 제가 눈이 멀었었군요!" 그녀는 쓰디쓴 눈물을 흘리며 내 팔을 세차게 뿌리치고 이렇게 외치더군. 난 냉정하게 말했네. 시모어 경을 기쁘게 하기 위해서였다면 확실히 이런 무관심을 보이지 않았으리라고 말이야. "저도 확신해요, 시모어 경이라면 보다 고상하고 섬세하게 사랑할 만한 가치가 있었을 것이라고요." 아주 비극적인 어조로 그녀가 말했다네.

*[원주] 이 무슨 무리한 요구인가요, 더비 경? 당신은 그녀에게 시간을 좀 더 줄 수 없었소?

자네 이보다 더 이상한 방울이 달린 특이한 미덕의 어릿광대 모자를 본 적이 있나? 아내라는 여자가 자신의 완전한 매력을 보이려고 하지도 않고 감탄받으려고도 하지 않으니 말일세. 내 눈과 감정 사이에서 그녀가 만든 차이는 얼마나 어리석고 완고한 것이었는지. 오후에 난 그녀에게 직접 설명을 들으려고 했으나, 그녀는 모든 것을 곰곰이 생각하더니 오직 이렇게만 말하더군. 자신의 가장 선한 도덕적 특성이 발견될 때도 자신은 같은 저항감을 표현하리라고. 비록 사람들이 자신의 정신과 외모에 대해서 유리한 평을 해주는 것을 알아채고 즐거웠다는 것을 고백하기는 했어도 그녀는 자신의 노력을 통해 얻지 않은 즐거움은 차라리 포기하고 싶다고 했네.* 자네, 이렇게 머리가 돌아버린 여자와 내가 만족스럽게 살 수 있으리라 생각하나? 이성과 어리석음이 뒤섞여 그녀의 전 존재를 관통하고, 그로 인해 내 쾌활한 신경 조직의 모든 움직임에는 권태감과 불쾌감이 쏟아졌는데. 그 여자는 이제 더 이상 내가 사랑하던 사람이 아니라네. 그러니 그 당시 그래 보였던 것처럼 그대로 있어야 한다는 의무감도 없지. 그녀 자신이 내게 그 사슬을 벗어나 도주하게 될 길을 만들어준 것이니까. 내 형의 죽음이 어차피 내 운명의 칠현금 줄을 다른 식으로 조율하고 있네. 난 곧 영국으로 돌아가야 할

---

*〔원주〕 실제로 이런 대답은 수수께끼를 전혀 풀어주지 못합니다. 더비 경은 그녀 자신의 노력을 면제해주었는데, 그럼에도 그녀는 왜 그렇게 화가 났을까요? 왜 그녀는 그가 자신의 심장을 찢는다고 말했을까요, 그저 가운을 찢었을 뿐인데? 추측건대, 그녀가 그를 사랑하지 않았고, 그런 장면을 위하여 점진적인 준비가 되어 있지 않았기 때문이고, 요컨대, 부드러운 애정보다는 변덕처럼 보이는 발상을 위해 마음에 들려고 자신을 낮춰야 한다는 감정 상태에 있었기 때문이니, 그것이 그의 방향을 갑자기 바꾸게 한 것입니다.

것 같아. 그러면 시모어가 내 '미망인'과 함께 자신의 행복을 찾을 수 있겠지. 그녀도 곧 행복해할 수 있을 것이고. 다만 자신의 행동 때문에 그렇게 되었다는 것을 알고 감사해야 할 테지. 자신을 내 아내라고 여긴다면 모든 면에서 내 생각을 따르는 것이 의무가 아니겠나? 그녀는 이 의무를 완전히 무시하지 않았는가? 심지어 다른 남자까지 사랑하지 않는가? 그녀의 공명심이 나를 속였으니 내가 그 공명심에 복수하는 것은 당연하고 정당하지 않은가? 기쁜 마음으로 난 주변을 살핀다네. 나는 선택된 도구였고, 그것을 통해 그 이모부의 비열함과 영주의 음탕함과 나머지 조력자들의 어리석음이 벌 받았다는 것을 생각하면서 말이야! 그 일로 실제로 얻게 된 교훈은, 신은 경건한 자들이 사라지는 것을 벌하기 위해서 악당을 사용한다는 것이지. 그러니 나는 도구에 지나지 않았어. 슈테른하임 양의 도주를 속죄해주어야 할 도구. 그것을 위해 필요한 재물과 재주가 내게 주어진 거지. 나는 보상을 받았네. 이제 그들이 그녀가 받은 징벌을 전부 이용하라지!

그 밖에 알아둘 것은, 내가 실제로 시모어의 절친한 친구가 되었다는 것이라네. 그는 어느 시골에 들어앉아서 그 처녀가 미덕을 상실한 것에 대해 울부짖었다네. 그사이에 나는 아주 조용히 그녀를 데려가서 다른 쪽에서 그를 비웃고 있었지. 그는 편지를 써놓고 함께 달아난 그 남편이 누구일까 궁금해하면서 나를 통해 알아내려고 했다네. 그는 피렌체로 파발꾼을 보냈지만 난 그의 추적을 중단시킬 만한 방법을 알아냈지. 슈테른하임이 D에서 나에게 썼던 마지막 편지에서 나를 드러낼 만한 모든 말들을 찢어버리고, 나머지 조각은 비서 존의 서류들 사이에 섞어버렸으니. 존이 사라지자 모두 당황하기에, 난 그의 방을 수색해보라고 충고했지. 그러자 조각 난 편지가 발견되고 추측은 그에게로 쏠려, 그 고운 처녀가 선택한 구원자가 바로 그자라고 공표되었다네. 사람들이 증거로 여긴 한 가지 사실은, 그녀의 머릿속은 순전히 시민적인 생각과 성향에 지배되고 있다는 것이었네. 그리고 그것은 귀족 어머니들이 딸들에게 신분에 맞지 않는 결혼에 대해 수년 동안 설교하게 될 교재가 되는 거지. 시모어의 사랑은 불쾌감과 멸시 속으로 가라앉았다네. 그는 이제 더 이상 그녀의 이름을 언급하지 않고, 파발꾼도 더 이상 보내지 않는다네. 하지만 난 영국에서 오는 파발꾼을 기다리고 있네. 그다음에 비로소 내가 자네에게 가게 될지 아닐지 알게 될 거네.

로지나가 에밀리아 언니에게

오, 언니, 우리 아씨에게 닥친 끔찍한 불행을 언니에게 어떻게 말해야 할까! 더비 경! 하느님은 그를 벌하실 거야, 꼭 벌하셔야 해! 소름 끼치는 남자! 그는 아가씨를 떠나 혼자서 영국으로 갔어. 그의 결혼은 가짜였어. 자기 주인처럼 신을 모독하는 하인이 성직자로 가장하고 결혼식을 치른 거야. 아, 그걸 쓰려니 내 손이 떨려. 그 염치없는 악당이 직접 작별의 편지를 들고 왔어. 그 얼굴을 보니 우리의 불행은 의심할 여지가 없었지. 나리는 편지에서 말하고 있었어. 부인은 자신을 사랑하지 않았으며, 항상 시모어 경만 가슴에 담아두고 있다고. 이것이 자신의 사랑을 식게 했으니, 그렇지 않았다면 변함없었을 것이라고. 파렴치한 인간! 영원한 하느님! 제가, 저도 그 결혼을 도왔단 말입니다! 그때 시모어 경에게 갈걸! 아, 그런데 우리는 둘 다 눈이 멀었었어. 난 우리 아씨를 볼 수가 없어. 가슴이 찢어져. 아씨는 아무것도 드시지 않고, 하루 종일 의자 앞에 무릎을 꿇고 앉아 머리를 기댄 채 꼼짝하지 않아. 오직 이따금 두 팔을 하늘을 향해 들어올리고, 죽어가는 목소리로 외칠 뿐이야. "아, 하느님, 아, 나의 하느님!"

오늘부터 아씨는 비로소 덜 우셔. 처음 이틀 동안 난 우리 둘 다 미쳐버리는 줄만 알았어. 그렇게 되지 않은 건 하느님의 기적이야.

2주 동안 우리는 주인 나리로부터 아무 소식도 듣지 못했어. 그 시종이 떠난 지 닷새 후에 우리를 그렇게 불행하게 만든 편지가 온 거야. 그 저주받을 악당은 아씨에게 그 편지를 직접 전했어. 아씨는 창백하게 굳어버렸지. 마침내, 한 마디 말도 없이 그 편지를 세게 찢더니, 종잇조각과 함께 바닥에 내던지고는 손가락으로 가리키며 고통스럽고 가련한 표정으로 그놈을 향해 말했어. "가, 가버려." 하지만 아씨는 곧 무릎 꿇고 주저앉아 두 손을 모으고, 두 시간 이상 말없이 죽은 듯이 있었어. 내가 겪은 걸 언니한테 말할 수가 없어. 하느님만이 아실 거야! 나는 아씨 옆에 무릎 꿇고 앉아, 아씨를 팔에 안고 하염없이 눈물을 흘리며 아씨에게 간청했어. 마침내 아씨가 힘없는 목소리로 더듬거리며 말했어. 더비 경이 아씨를 떠났고 그들의 결혼은 가짜였다고 말이야. 아씨는 죽고 싶은 생각밖에 없다고 했어. 아씨는 복수하지 않겠대. 그리고 사랑하는 언니, 언니네 집에서 몸을 숨기고 싶대. 내일모레 우리는 떠날 거야. 하느님이 우리 여행을 살펴주소서! 언니가 아씨를 받아주어야 해. 형부도 그렇게 해주겠지. 아씨에게 충고도 해주고 말이야. 우리는 주인 나리가 남겨둔 건 아무것도 가져가지 않을 거야. 그가 준 600카롤리넨짜리 어음은 아씨가 찢어버렸어. 아씨가 가진 돈은 겨우 300 정도인데도. 그중에서 두 소녀들을 위해서 50을 주고 가난한 다른 사람들에게 또 50을 줄 거야. 아씨의 보석과 옷이 든 트렁크 하나가 우리가 가져가는 전부야. 언니는 우리를 못 알아볼 거야. 그렇게 비참해 보이는걸. 아씨는 아무하고도 이야기하지 않아. 두 계집애들의 오빠가 우리를 언니네 가는 길 중간까지 데려다 줄 거야. 사랑하는 언니, 우리는 언니네 집에서 위로를 찾게 되겠지! 아씨가 직접 언니에게 편지를 쓰고 싶지만 그 사랑스러운 착한 손이 움직여지지 않는대. 아씨가 모든 사람들에게 얼마나 착하게 대했는지 모두 기억할 수도 없는데, 이제 이렇게 불행해져야 한다니! 하지만 하느님이 아씨를 받아들이실 거고 꼭 그렇게 하셔야 해.

슈테른하임 아씨가 에밀리아에게

오, 나의 에밀리아, 이 불행의 심연에서 당신 친구의 목소리가 당신 가슴에 이른다면, 사랑 많은 당신 손을 나에게 건네주어요. 당신 가슴에 안겨 내 근심과 삶을 통곡하게 해주어요. 오, 나는 얼마나 가혹하고 비참하게 빗나간 발걸음에 대해 벌을 받고 있는지! 오, 하늘의 섭리여……

아, 내 운명에 대해서는 논쟁하지 않겠어요. 생전 처음으로 복수와 은밀한 간계에 대해 생각하게 되었으니. 내가 악의와 속임수 손아귀에 들어간 것을 정당한 벌이라고 받아들여야 하지 않을까요? 내가 왜 겉모습을 믿었던가요? 하지만, 하느님이 주신 이 마음이, 오 하느님, 어떻게 고결하고 선한 행동에 사악한 원칙이 들어 있다고 의심할 수 있었겠어요!

자기애여, 너는 나를 불행하게 만들었도다. 내게 명하여 더비가 나를 통해 미덕을 사랑하는 것을 배우리라고 믿게 했지! 그는 말했지요, 자신은 내 손만을 속였으나 난 그의 심장을 속였노라고. 잔인하고, 잔인한 남자여! 당신은 내 솔직한 마음을 어떻게 이용했나요! 그 마음은 당신에게 가장 다정한 사랑과 존경을 보이려고 애썼는데! 당신은 미덕을 믿지 않아요. 믿었다면 내 영혼 안에서 그것을 찾고 발견했을 테지요.

사실이에요, 에밀리아. 나는 시모어 경의 손을 빌려 해방되기를 원했던 순간이 있었어요. 하지만 그 소원을 내 마음에서 떼어내버렸어요. 그 마음을, 남편으로 맞은 그 남자를 위해서, 감사와 존경으로 채웠어요. 남편이라는 치명적인 이름, 어떻게 그 명칭을 쓸 수 있었을까? 하지만 내 머리와 감정은 황폐해졌어요. 내 행복과 명예와 기쁨이 파괴되었듯이 말이에요. 난 먼지 속으로 떨어졌어요. 땅 위에 누워 하느님께 빌고 있어요. 당신 옆으로 가서 위로를 얻을 때까지만이라도 날 지탱해주십사 하고요. 당신은 내 마음의 무고함을 알고 날 위해 동정하며 눈물을 흘려주겠지요. 운명이여, 그런 다음 내 생명을 가져가라. 그 생명은 어떤 악덕에도 더럽혀지지 않았으나 나흘 전부터 네가 들어와서 너무 비참해졌으므로, 곧 끝이 있으리라는 희망 없이는 견뎌낼 수가 없구나.

더비가 친구에게

난 영국으로 가네. 그전에 자네에게 들르겠네. 내 마지막 사랑에 대해서는 아무 말도 하지 말게. 거기에 대해 더 생각하고 싶지 않으니까. 내 의지에 반하여 날 몰아대는 불안한 회상으로 충분하다네. 내 반쪽 부인은 그 마을에서 떠났네. 모험적인 운명이 그녀의 모험적인 성격에 할당해주었던 그곳에서 말일세. 분노에 차서 오만하게 떠났지. 내가 준 어음을 산산조각 찢어버리고, 내가 준 선물도 모두 두고 말이야. 곧 그녀를 다시 따라갈 수도 있었지만, 그녀가 내 장난을 용서할 수 있다면 내가 그녀를 경멸하게 되겠지. 이 모든 일이 일어난 후에도 그녀가 날 사랑한다는 것은 불가능한 일이고, 나도 더 이상 그녀와 함께 행복할 수 없을 것이네. 그렇다면 무엇을 위해 내 역할을 연장하겠는가? 그녀는 나의 진실 사랑을 계속 존경해야 할 것이고, 우리 영혼에 들어 있는 가장 은밀한 동기를 내가 알고 있는 데 대해 경탄해야 할 것이네. 그녀와의 결합을 어떻게 해야 할지 결정하지 못하고 난 그녀를 떠났다네. 하지만 그녀는 끊임없이 피렌체로 데려다달라고 요구하고 나 없이도 떠나겠다고 협박하기에 난 냉정하게 다음과 같은 편지를 썼네.

내가 보니 그녀는 내 사랑을 이용한 것이라고, 이모부 뢰바우 백작에게서 벗어나고 자신의 명예심을 보호하기 위해서, 그래서 내 성격에 대해 조금도 좋게 생각하지 않고 내 사랑과 마음의 행복은 한 번도 염두에 두지 않았다고. 그리고 내가 그녀의 환상에 귀 기울이고 내 생각을 그녀의 망상과 일치시킬 때만 존중해주었다고. 그녀가 좋아하는 남자의 성격이라고 그랬던 상에 근접하는 건 나로선 불가능하다고, 난 시모어가 아니며 그녀는 내가 받기를 원하는 열정적 사랑을 시모어만을 위해 키워왔다고. 내가 그 이름을 언급할 때 당황하는 표정이라든가, 그에 대해 말하지 않으려는 배려, 내 심술을 달래주려고 그녀가 해주는 애무조차도, 시모어에 대한 애정이 계속되고 있음을 확증하는 것이라고. 그녀는 나로 하여금 결혼을 결심하게 한 첫 번째 여성이지만, 그전에 그녀의 생각에 대해 확신을 가질 때까지 조심성 있게 기다려야 했다고 했지. 이것을 위해 내 아랫사람 중 하나가 신부 옷을 입고 가장하여 그 기회를 마련해준 것이라고, 영국의 대주교나 교황이 직접 주례한 결혼식 못지않게 내 사랑과 명예는 그 결혼을 통해 단단히 연결될 수 있었다고. 하지만 거기엔 무엇보다 중요한 일인 두 사람의 감정 합일이 없었으니 우리가 결혼했던 때처럼 증인이나 허례허식 없이 헤어지는 것이 좋겠다고. 나라는 인간이 그 마음의 관심을 얻지 못한 채 단순히 매력적인 인물을 소유하기만 하는 것으로 만족할 만큼 비열하지도 않고, 시모어 경을 위해 그녀를 영국으로 데려다줄 만큼 단순한 사람이 아니기 때문이라고. 그녀는 나에게 불평할 이유가 없을 거라고, 내가 영주의 추적과 그 이모부의 힘으로부터 빼내주었으니까. 난 오직 그녀의 손만 속였지만, 나에게 사랑을 느끼지 않은 그녀는 내 마음을 속인 것이라고. 그러니 이제 난 그녀에게 완전한 자유를 선사하는 것이라고.

사람을 보내고, 난 B 시의 무희에게로 가서 모든 종류의 불안한 생각을 떨칠 수 있는 확실한 방법을 찾았지. 그 무희가 역시 나에게 다시 생기를 불어넣어주었다네.

이때 내 형이 죽은 것은 기회였지. 나에게 보내오는 돈이 점점 줄어드는 상황에서 이 멍청한 소설 같은 일 때문에 돈이 좀 들었으니까. 하지만 그만한 값은 있었어. 다만 그녀가 날 사랑했더라면, 또 그녀가 몽상에서 깨어났더라면 좋았을 텐데! 멍청하게도 난 편지 쓴 것을 후회하고는 이틀 전에 그녀에 관해 알아보았지. 그런데 그녀는 떠났다더군. 모든 것을 생각해보면 그녀는 당연히 그렇게 행동했을 거야. 우리는 이제 서로 만날 수도 없고 만나서도 안 되는 것이지. 그녀가 내 어음을 찢어버렸듯이 난 그녀의 편지와 초상화를 찢어버렸네. 하지만 D는 모두가 그녀에 대해 말하고, 모든 것이 그녀를 기억하게 하는 곳이기에 견딜 수가 없네. 영국의 아들에게 적합한 즐거운 만남을 소개해주게. 다시 얻게 된 자유를 써먹을 수 있도록 말일세. 내 아버지에게 가까이 가면 내게 굴레를 씌울 테니까 그건 안 되지. 아버지는 원하시는 여자를 내게 주실 수 있으나, 난 내 사랑을 가져가지 못해. 마음에 남아 있던 얼마 안 되는 사랑을 독일의 시골 처녀가 완전히 태워버렸다네. 이제 그 자리는 완전히 비어 있지. 그걸 느끼고 있어. 여기저기서 몇몇 길 잃은 생명의 귀신들이 돌아다니고 있네. 내가 그들을 믿는다면, 그들은 40일 동안의 내 아내에 대해서 무엇인가 속삭이겠지. 그녀의 그림자가 아직도 그 안에서 돌아다니고 있다고 말이야. 하지만 난 그런 잡소리에는 귀 기울이지 않는다네. 나의 이성과 상황은 내가 실행한 계

획에 대해 말하고 있어. 결국 모든 모임에서 그녀를 보곤 했던 D
에서 그녀의 모습을 떠올리고, 계속 그녀에 대해 말하는 것을 습
관적으로 들을 뿐이야. 하지만 그 모든 일에도 불구하고 자네에
게 맹세하노니, 형이상학적 여자, 도덕가 여자는 절대 내 연인
이 되지 않을 것이네. 공명심과 관능의 쾌락만이 사람들이 여러
가지 시도를 감행하고 실행하는 것을 돕지. 내가 장차 숭배하고
자 하고 유일하게 신성한 것은 역시 감각일세. 나는 모든 종류의
향락을 소유하고 옹호하기 위하여 많은 명성과 권력에 도달하
길 바란다네. 공명심이란, 결국 언젠가 가장 사랑하는 것을 의
원 선거에서 희생시키거나, 아니면 경마에서 머리를 밟게 하
는 것이니까. 하, 자네는 내 몸속에서 귀족의 일반적인 특성이
어떻게 깨어나고 있는지 보이나? 우선 모든 계략을 동원하여 한
얌전한 처녀를 내게로 끌어당겨 그녀를 행복하게 해줄 수 있는
사람들로부터 빼앗고, 무의미한 낭비를 하고, 그리고 모든 것에
싫증이 나면 경마대회나 선거에서 애국자의 태도를 취하고, 이
런 여러 가지가 섞여 발효되면 항아리 속에 유익한 무엇이 남을
지는 시간에 맡겨보는 거지.

❧

친구여, 여기서 제가 직접 다시 말씀드려야 하겠어요. 사랑하는
아씨의 운명이 불행하게 변화한 후에 잇달아 생긴 일과 연관되
는 이야기를 전해드릴게요.
　제 언니의 집은 우리가 이런 상황에서 도피할 수 있던 유일

한 장소였어요. 아씨는 복수나 권리 주장에 대해 말할 수 없었어요. 그리고 아씨의 농장으로 가겠다는 생각도 이 상황에서는 할 수 없었고요. 아씨의 근심은 너무 커서 죽음을 바랄 정도였으니까요. 우리가 그 불행한 결혼이 이루어진 그 집에 더 머물렀다면 혹시라도 그런 일이 생겼을지 몰라요. 우리의 출발을 준비하느라고 더비 경이 머물던 방의 방문을 몇 번 열 때마다 아씨의 눈치를 살폈는데, 저는 아씨가 고통 때문에 그 자리에서 질식하지나 않을까 생각했어요. 아씨는 제가 짐을 싸고 있는 동안 제 방에서 깊은 시름에 잠겨 있었지요. 더비 경이 준 모든 선물은, 매우 아름답고 양도 많았는데, 모두 집주인 여자에게 주어버렸어요. 우리는 우리가 D를 떠날 때 가져왔던 몇 가지 안 되는 것만 집어넣었어요. 집주인 여자는, 다음 한 달치 방세를 선불했으므로 더 있으라고 만류했지만, 우리는 다음 날 새벽 네 시에 주인 여자가 우리를 위해 축복하고 그 불경한 양반을 저주하는 소리를 들으며 그곳을 떠났어요.

말없는 아씨는 죽음처럼 창백하게, 눈은 아래로 내리깔고 제 옆에 앉아 있었어요. 어떤 말도 어떤 눈물도 아씨의 뭉친 마음을 펼 수 없었지요. 이틀 동안 우리는 아름다운 풍경을 지나왔지만 아씨는 아무것도 쳐다보지 않았어요. 다만 발작적으로 자주 저를 세게 껴안고, 머리를 한동안 제 가슴에 대셨지요. 저는 점점 불안해져서 큰 소리로 울었어요. 아씨는 제가 그러는 것을 보더니, 저를 가슴에 안고 진정된 목소리로 말했지요.

"오, 로지나, 너의 근심을 보니 비로소 내 불행의 크기를 알겠구나. 다른 때 넌 날보고 미소 지었는데, 이제 내 모습이 네 마음을 슬프게 하는구나! 오, 내가 너까지 불행하게 만들었다고 생각하지 않게 해다오! 진정해라, 난 이렇게 태연하지 않니."

아씨가 다시 그렇게 말하며 그 생기 없는 눈에서 눈물이 몇 방울 떨어지는 것을 보고 저는 기뻤어요. 전 대답했지요.

"아씨가 그렇게 의기소침해 있지 않고, 아름다운 곳을 보고 느끼시면서 조금이라도 만족한 듯 보이면 저도 진정하려고 했어요."

아씨는 잠시 말이 없었습니다. 그리고 하늘과 주변을 둘러보고는 부드럽게 눈물 흘리며 말씀하셨어요.

"과연 그렇구나, 로지나. 난 마치 내 불행이 지상의 모든 선하고 쾌적한 것을 삼켜버렸다는 듯이 살고 있구나. 내 비탄의 원인이 창조물이나 선한 창조주에 있지 않은데도. 왜 나는 미리 정해진 길에서 이탈했을까?"

아씨는 다시 자신의 삶과 자신의 운명의 특이한 상황에 대해 생각하기 시작했어요. 전 아씨가 자신에 대해, 그 행동의 동기에 대해, 특히 비밀결혼의 이유에 대해, 또 D로부터 탈출한 것에 대해 스스로 만족스럽게 생각하도록 애썼지요. 그래서 아씨는 우리가 지나가는 마을에서 분주한 가을걷이 모습과 가득 찬 헛간들을 보고 어느 정도 만족해하면서 시골 사람들이 잘 사는 모습에 기뻐할 정도가 되었어요. 하지만 젊은 처녀들을 보고는, 특히 자신의 나이와 비슷해 보이는 처녀들을 보고는 전처럼 슬픔에 빠져서 하느님에게 두 손 모아 기도했어요. 순수한 생각을 가진 자신과 같은 여성 모두의 그 온유한 마음을 갉아먹는 근심 걱정을 없애고 보호해달라고요.

이렇게 기분전환을 하면서 우리는 행복한 마음으로 파엘스에 도착했습니다. 언니와 형부는 모든 우정이 담긴 위로와 함께 우리를 맞아주고, 아씨를 진정시키려고 애썼어요. 하지만 닷새째 되는 날 아씨는 병이 들었고, 열이틀 동안 우리는 아씨가 돌아가시지나 않을까 하는 걱정밖에 할 수 없었어요. 아씨는 자신의 운명에 대해 짧은 글과 유서도 써두었으니까요. 하지만 아씨는 자신의 뜻과 다르게 회복했어요. 그리고 다시 일어날 수 있게 되었을 때, 아씨는 에밀리아 언니의 아이 방에 가서 그 어린아이에게 읽기를 가르쳤어요. 이런 일에 몰두하고 언니와 형부와 지내면서 아씨는 확실히 안정이 되는 것 같았지요. 그래서 형부는 용기를 내어 아씨의 결심과 장래 계획에 대해 물었더니, 아씨는 말하기를, 자신의 농장에 가서 생을 마치고 싶다는 생각 외에는 아직 아무것도 생각한 것이 없다고 했대요. 하지만 자신의 수입을 뢰바우 백작에게 맡긴 3년이 지날 때까지는 자신이 있는 곳을 알리고 싶지 않다고도 했다는군요. 그래서 우리는 아씨가 이곳에 머물겠다는 결심을 따를 수밖에 없었지요. 아씨는 자신의 운명과 관련하여 마담 라이덴스*라고 이름을 바꾸고, 젊은 장교의 미망인으로 언니네 집에서 살기로 했어요. 아씨는 부모님 초상화 주위에 박힌 아름다운 보석을 팔고, 나머지 보석들도 팔아 돈으로 바꾸어 그 이자로 생활비를 내겠다고 결심했지만, 그래도 좋은 일을 하려고 가난한 처녀들 몇 명에게 일하는 것을 가르치기로 했지요.

이런 생각이 후에도 아씨의 나머지 운명의 토대가 되었어요. 이 처녀들 중 한 명이 그 지역의 한 부유한 부인의 대녀(代女)였는데, 자신이 배운 일을 대모에게 보여주기 위해서 그 댁에 갔던

*라이덴(Leiden)은 독일어로 '고통', '고뇌'를 의미한다.

거예요. 이 부인은 여선생이 누구냐고 물었고, 형부에게 라이덴스 부인을 자기에게 데려오라고 졸랐답니다. 자신의 집에 자선학교를 설립하고 싶고, 라이덴스 부인을 동거인으로 자기 집에 살게 하겠다고요. 처음에 아씨는 그러다가 너무 알려질까 두려워 그 제안에 응하지 않으려고 했어요. 하지만 형부가 열심히 권하면서 안 그러면 좋은 일을 할 기회를 놓치는 거라고 했지요. 결국 아씨는 설득당했어요. 아씨는 그렇게 해서 에밀리아 언니의 집에 부담을 덜어줄 수 있겠다고 믿었던 거예요. 자신이 생활비는 내고 있지만 짐이 될까봐 염려했으니까요.

아씨는 아마포 줄무늬 원피스에 커다란 흰색 앞치마를 입고 스카프를 둘렀어요. 약간 영국적인 모습이 아직 아씨 생각 속에 남아 있었던 것이지요. 아름다운 머리카락과 얼굴은 엄청나게 큰 모자를 써서 가렸는데, 그렇게 아씨는 자신을 위장하려고 했어요. 하지만 그 아름다운 눈과 고상하고 선의에 찬 미소는 내면의 고통 아래서도 빛났으며, 그 섬세한 모습과 태도, 얌전한 걸음걸이 등이 모든 사람들의 시선을 끌었지요. 마담 힐스는 아씨와 함께 있게 된 것을 자랑스러워했어요. 마담 힐스의 집은 언니의 집에서 세 시간이나 떨어진 곳에 있었기 때문에 아씨와의 작별은 마음이 아팠어요. 하지만 아씨의 편지들이 우리에게 다시 위로가 되었지요. 아마 부인께서도 제 악필보다는 그 편지들을 직접 읽으시는 게 좋을 거예요.

마담 라이덴스로 개명한
슈테른하임 아씨가 에밀리아에게

자매같은 친구여, 여기 온 지 열흘이나 되었는데 이제야 편지를 쓰게 되었군요! 여태까지는 느릿한 펜의 움직임을 견딜 수 없을 만큼 내 감정이 너무 격앙되어 있어서 쓸 수 없었어요. 이제 습관이 되고 이틀 동안 맑은 아침과 아름답게 트인 주변을 보면서 어느 정도 필요한 안정을 되찾아서, 더는 어지럽지도 않고 두려움도 없이, 운명이 나를 명성과 특혜의 그 꼭대기로부터 끌어 내려오게 한 계단들을 관찰해볼 수 있을 정도가 되었어요. 먼저 내 어린 시절과 교육을 회상하니 따뜻한 눈물이 주르륵 흘러내렸어요. 그러다 내가 D 시를 향해 떠난 날을 생각하니 소름이 끼쳐서 난 급히 눈을 감고 그다음 장면들을 찾았지요. 다만 당신 집에 도착하던 순간에만 울먹이며 멈추었는데, 그것은 운명이 나에게서 모든 것을 빼앗아 갔을 때 내가 택한 도피처와 그곳에서의 영접을 그만큼 더 주의해 보지 않을 수 없었기 때문이에요. 충실한 에밀리아의 얼굴에는 다정한 연민이, 그 남편의 얼굴에는 공경심과 우정이 나타났지요. 그 얼굴들에서 나를 무고하다고 보고 내 마음에 동정하고 있는 것을 보았어요. 당신들이 나의 무고함과 미덕의 증인임을 알 수 있었지요. 오, 이런 생각은 내 상처 받은 영혼에 얼마나 위안이 되었는지! 첫날밤의 내 눈물은, 신이 충실한 에밀리아의 우정을 통해 보여주었던 위로에 대한 감사의 표현이었어요. 이튿날 아침은 고통스러운 내 이야기의 모든 상황을 되풀이해서 말하느라고 힘들었지요. 당신 남편의 판단과 생각은 나에게 많은 위로가 되었지만, 당신 집, 허술하게 지어진 가난한 초가집을 산책하며 난 더욱 위로를 받았어요. 그 안에는 당신과 더불어 우리 여성의 모든 미덕이 있고, 또 당신 남편과 함께 남성의 모든 지혜와 공덕이 살아 있으니까요. 당신들과 함께 먹고, 당신이 아이들과 있는 것도 보았지요. 적은 수입으로도 고결하고 만족하게 살고 있는 것과, 온유하고 어머니다운 당신의 걱정, 당신 남편이 가난한 교구 아이들을 다루는 훌륭한 태도도 보았어요. 이런 것이, 에밀리아, 향기로운 진정제 한 방울을 처음으로 내 영혼에 뿌려준 거예요. 난 당신이 평생 지혜와 미덕의 의무를 수행했음을 보았어요. 행운이 한 번도 당신에게 미소 짓지 않았음에도, 존경스러운 당신 남편과 다섯 아이들과 함께 강철 같은 운명의 무게를 견디는 것을요. 그러면서도 당신은 칭찬받을 만하게 복종했지요. 그런데 나는! 나 스스로 짜놓은 불행에 대해 운명에 반항하며 계속 투덜거려야 할까요? 진실로 미덕을 사랑함에도 불구하고, 고집과 조심성 없음으로 난 걱정 근심과 멸시의 대상이 되었어요. 모든 것을 잃었고, 많은 고통을 받았지요. 하지만 그렇다고 내 초년기에 누렸던 행복을 잊어야 할까요? 그리고 내 앞에 놓인 선을 행할 기회를 무관심한 눈으로 바라보며, 감상적인 자존심에만 빠져 있어야 할까요? 난 내가 잃은 모든 것의 가치를 알고 있었어요. 하지만 내가 병이 들어 생각한 결과, 난 아직 우리 삶의 진정한 재산을 진정으로 소유하고 있다는 걸 깨달았어요.

내 마음은 무구하고 순수하고, 내 정신이 알고 있는 것은 감소하지 않았으며, 내 영혼의 힘과 착한 성향은 바른 길을 지켰으므로, 그러므로 아직 선을 행할 능력을 가지고 있다고.

내가 받은 교육은 나에게 가르쳤지요. 즉 미덕과 재주가 유일하고 진실한 행복이며, 선을 행하는 것은 고결한 마음의 유일하고 진실한 기쁨이라고요. 하지만 운명은 경험으로 나에게 그 증거를 보여주었어요.

나는 번쩍이는 거물급 인사들 무리에 있다가 이제는 중간 정도의 명성과 재산이 있는 사람들 속으로 옮겨 와서, 비천하고 가난이 손을 내미는 무리에 아주 가까이 있게 되었어요. 하지만 일반적인 행복의 개념에 따라 내가 아무리 밑바닥으로 가라앉았다 해도 이 두 집단 사이에서 좋은 일을 많이 베풀 수 있을 거예요.

이 부유한 힐스 부인에게는 나와의 교제와 대화를 통해 우정과 지식의 행복을 누리게 해줄 것이고, 가난한 소녀들에게는 좋은 수업을 받아 재주를 갖게 되는 기쁨을 주고 그들의 미래에 좋은 전망이 있음을 보여줄 거예요.

마담 힐스는 내게 들판을 향해 창문이 두 개 난 아담한 방 하나를 비워주었어요. 나는 그곳에 있다가 열세 명의 소녀들을 가르치기 위해 큰 방으로 들어가지요. 부인은 그들을 먹이고 입히며, 그들에게 책과 일감을 마련해주어요. 한시도 헛되이 보내는 시간이 없고, 내 수업을 들으며 아주 만족해하고 있어요. 때때로 부인은 눈물을 흘리거나 내 두 손을 잡아주고, 또 스무 번씩이나 고개를 끄덕이며 나에게 호의적인 갈채를 보내주고 있어요. 그런 일이 자주 생기니까 내 마음에도 한 줄기 기쁨이 내리꽂히는 거예요. 자기 자신 때문에 사랑을 받는 것은 기분 좋은 일이에요! 그런데 지금 한 가지 생각이 떠올랐어요, 에밀리아. 하지만 그것을 실행하기 위해서는 당신 남편의 도움이 필요해요.

마담 힐스에게는 일종의 자만심이 있지만 그것은 고상하고 유익한 거예요. 부인은 큰 재산을 영원히 남을 재단을 위해 사용하고 싶어 해요. 하지만 아주 새로운 재단이어야 하고, 자신에게 명예와 축복이 되는 것이라야 한다고 말하지요. 그러면서 내가 무언가를 생각해내기를 바라고 있어요. 지금의 내 작은 여학교가 가난한 소녀들을 훌륭하고 재주 있는 하녀들로 교육시키는 '고용인학교'를 설립하는 계기가 될 수 있지 않을까요? 난 열세 명의 여학생들을 시험해보려고 했고, 그들을 정신과 마음의 성향에 따라 분류했지요.

첫째, 온유하고 마음이 착한 소녀들은 아이들의 보모로 교육하고, 둘째, 재치가 있고 손재주가 있는 소녀들은 시녀로 만들며, 셋째, 생각이 깊고 부지런한 소녀는 요리사나 가정부로, 그리고 넷째, 일하는 능력에서 가장 뒤처지는 소녀들은 가사도우미, 부엌도우미, 정원도우미로 키우려고 해요.

그것을 위해 정원이 딸린 마땅한 집 한 채가 필요하고, 이성적인 성직자 한 명도 필요해요. 그는 아이들에게 자신들의 신분에 부여된 의무를 알고 사랑하는 것을 가르치게 될 거예요. 또 활발하고 좋은 생각을 하는 가난한 과부들이나, 나이가 많고 혼자 사는 사람들도 필요해요. 그들은 여러 수업에서 보조를 해줄 수 있겠지요.

이러한 생각에 몰두함으로써 과거의 고통스러운 시간에 대해 골똘히 생각하는 일에서 벗어나게 되고, 쓰라린 걱정을 넘어 내가 장래 많은 선행의 근원이 될 수 있다는 달콤한 위안을 얻을 수 있게 되었어요. 하지만 여기서 자기애와 관련된 비유 하나가 떠오르네요. 자기애는 일종의 종양과도 같아서, 사람들이 모든 가지를 잘라내고 심지어 본줄기에 상처를 주어도 그것은 새로운 변종으로 태어나려는 수단을 발견한다고요. 내 영혼은 얼마나 상처 받고 굴욕을 당했었나요! 그런데 이제 내가 생각한 기록들만 읽어봐도, 동요하던 자기만족감이 얼마나 아름다운 지지자를 발견했는지 당신은 볼 수 있을 거예요. 그리고 내가 차츰 얼마나 커다란 계획의 꼭대기에까지 올라갔는지도요. 오, 이런 유익한 이웃 사랑이 내 마음속에 그렇게 깊이 뿌리박고 있지 않았다면, 그래서 내 자기애가 잘못 자라서 기형이 되었다면, 나는 무엇이 되어 있을까요?

ᕰ
마담 라이덴스의 두 번째 편지

사랑하는 에밀리아, 당신은 지난번 내 편지의 어조에 대해 만족할 수 있었겠지요. 내가 D를 떠난 이후 한 번도 그런 적이 없었을 테니까요. 내 생각과 표현이 변했다고 말하는 에밀리아에게 부당하다고 내가 불평해도 될까요. 나 자신도 이런 차이를 느끼고 있어요. 하지만 그것은 내 운명의 커다란 변화가 보여주는 아주 자연스러운 영향인 것 같아요. D에서는 내가 행복의 전망에 둘러싸여 잘 보였고 나 자신에 대해 만족하고 있었으므로, 능란하기도 하고 쾌활하게 낯선 대상에 대해 관찰할 수 있었지요. 나의 재치는 자유롭게 사소한 것도 묘사하며 놀았고, 내 생각에 맞는 것과 맞지 않는 모든 것에 대해 칭찬하거나 비난했지요. 그러면서 나는 행복과 자기만족과는 거리가 멀어지고, 눈물과 탄식이 내 몫이 되었어요. 내 모든 영혼의 힘으로 할 수 있던 최선은 운명을 침착하게 감내하는 것이었고, 그러니 내 상상력의 날개가 제약받지 않고 즐겁게 움직일 수는 없었겠지요. 이 미덕으로는 정신이 별로 활동할 수 없어요. 당신 남편이 나를 알고, 이런 나의 내면으로부터 끌어내주었어요. 그리고 내가 아직도 선을 행할 수 있는 힘을 가지고 있음을 증명해주었지요. 이 생각만이 나를 활동하는 삶으로 돌려놓을 수 있었어요.

좋은 친구들이여, 당신들이 고용인학교에 대한 내 계획에 찬성해주고 격려해주어서 감사해요. 마치 누군가 내 굽은 영혼에 손을 내밀어, 다시 일어나서 고귀한 발걸음으로 앞을 향해 나아가도록 사랑으로 가득한 격려를 해주는 것 같아요. 눈부신 광채에 이끌려 빠져들게 된 좁은 가시밭길로부터 이제 그 영혼이 평탄한 길로 인도되었으니까요. 물론 그 길은 양옆으로 빛나는 궁전들과 커다란 세계의 화려한 장면들로 둘러싸여 있지는 않지만 그것을 보는 모든 시선에게 물리적 도덕적으로 영향을 주는 부패하지 않은 자연의 순수한 매력을 나타내 보여주고 있지요.

좋은 친구들이여, 이런 격려가 내게는 필요했어요. 내 불행한 운명의 반은 나 자신의 조심성 없음에 그 책임이 있다고 여기면서, 결점 없는 삶에 대한 고상한 자부심을 더 이상 요구할 수 없다고 오랫동안 생각했기 때문이에요. 그리고 이러한 판단의 결과가 복종과 인내였지요. 내가 현명한 규칙에 따라 행동하고, 비밀결혼과 도주를 통해 법을 모독하는 일이 없었다면, 실천하는 의연함과 관용의 생각으로 죄가 없는 사람이라면 다른 사람의 악의와 예상치 못한 불행으로 인해서 자신이 누릴 즐거움을 방해받았을 때 가질 수 있는 그런 고매한 자부심의 지지를 얻었을 텐데요. 그 사람은 자신을 모욕하는 자들을 단호하게 바라보거나, 아니면 조용히 경멸하며 시선을 돌릴 수 있겠지요. 그는 자신을 불쌍히 여기는 친구들을 찾는 것이 아니라 칭찬할 만한 자기 행동의 증인이 될 사람들을 찾아 둘러보고, 이런 것에 정신을 쓰면서 그의 영혼은 더 강해지고 힘을 모아서 다른 쪽에 있는 명예와 행복의 산에 오르려고 하지요. 그런데 나는 운명이 새롭게 이끌어 가는 길을 따르기보다는 자신의 조심성 없음을 기억하며 베일을 쓰고 숨어야 했어요. 그럼에도 좋은 결과가 있으리라는 희망이, 많은 후세들의 안녕을 위해 내가 이제 내딛는 길 위에 피어나는 꽃들을 뿌려주는 것을 보고 있어요. 편안함과 만족감이 내게 미소를 짓는군요. 바라건대, 미덕이 나의 간청을 들어주고, 내 변함없는 동행자가 되었으면 좋겠어요. 내 마음의 행복은 더욱 커질 것이고 고결해질 거예요. 그것은 많은 다른 사람의 번영에 참여하는 것이고, 자신의 가장 편한 습관과 소원을 잊고 자신의 삶과 재주를 이웃의 최선을 위해 사용하는 것이니까요. 하지만 지금 내 삶에서 모든 걸음을 내디딜 때마다 내가 누렸던 교육의 행복이 증가하여, 그 안에서 모든 것이 올바른 도덕적 관점으로 자리를 잡았어요. 이것에 따라 내 감정은 형성되었고, 그러는 동안 내 지성은 반대되는 생각들과 그로 인해 뿌리박게 된 습관들에 대한 고찰에 이르게 되었지요.

내 마음은 얼마나 행복한지요, 신 앞에서는 우리들 영혼의 도덕적 차이만 있을 뿐이라는 진실이 내 마음에 깊이 새겨졌으니! 내가 지금의 이 상황에서 보통 내 출생에 대하여 갖게 되는 편견에 사로잡혀 있었다면 얼마나 괴로웠겠어요! 사랑하는 부모님께서 나를 교육시킬 때 우리 모두가 타고난 자기애를 현명하게 사용하도록 한 것은 얼마나 존경스럽고 성과 있는 일이었던

가요! 값비싼 옷과 장신구가 한 번이라도 내 행복의 일부였더라면, 이 줄무늬 아마포 옷을 입는 것이 얼마나 고통스러웠을까요. 깔끔하고 잘 고안해낸 옷의 모양은 내 여성성으로 하여금 만족스럽게 거울 앞을 떠나게 하지요. 더 바랄 것이 뭐가 있겠어요? 이제 이런 소박한 옷을 입고도 사랑과 존경을 받고 있고, 이런 생각들만으로도 도덕적인 내 성격을 표현할 수 있는데요.

난 아침에 일찍 일어나 창가에 누워, 자연이 얼마나 충실하게 자신에게 부과된 영원한 유용성의 법칙의 의무를 모든 계절에서 수행하고 있는지 보고 있어요. 겨울이 가까이 오고 있네요. 꽃들은 사라지고, 태양이 밝게 빛나고 있어도 대지는 더 이상 광채가 나지 않는군요. 하지만 감상적인 마음에는 텅 빈 들판도 즐거운 그림을 보여주고 있어요. 들판은 여기서 곡식이 자랐다고 생각하고, 하늘을 향해 감사의 눈길을 보내며, 채소밭과 과일나무들도 헐벗은 채 거기 서서, 자신들이 준 양식이 저장되어 있다는 생각에 북풍이 불어오는 가운데서도 따뜻한 기쁨의 감정을 느끼지요. 과일나무들의 잎이 떨어지고, 초원의 풀이 시들고, 어두운 구름이 비를 뿌리면, 땅은 질척해져서 산책하기에는 쓸모가 없게 되어요. 생각이 없는 사람들은 그것을 불평하겠지만 깊이 생각하는 사람들은 우리가 살고 있는 곳의 표면이 부드러워지는 것을 감동에 차서 볼 거예요. 마른 나뭇잎과 누런 풀은 가을비를 맞고 풍요로운 우리 땅의 양분이 되기 위해 준비하지요. 이런 생각은 우리로 하여금 창조주의 배려에 대해 즐겁게 느끼도록 해주고, 우리에게 뒤따라올 봄에 대한 희망을 주어요. 외관상의 모든 안락함을 잃고, 자신이 기르고 즐겁게 해주었던 자식들의 반감에 부딪쳐도, 우리의 어머니 대지는 내면에서 자식들의 장래 행복을 위해 일을 시작하는 것이지요. 그런데 말이에요, 왜 도덕적 세계는 그 물리적 세계만큼 목적에 충실하지 못할까요? 떡갈나무 열매는 결코 떡갈나무 외에는 다른 아무것도 이루어내지 않고, 포도나무는 언제나 포도송이를 맺어요. 그런데 왜 위대한 사람들이 생각이 좁은 아들을 낳을까요? 왜 유익한 학자와 예술가들이 무지하고 불행한 후손들을 볼까요? 왜 미덕을 갖춘 부모가 악당을 낳을까요? 이런 한결같지 않음에 대해 생각해보니, 우연은 내게 무수한 장애물을 보여주더군요. 도덕의 세계에 (물리적 세계에서도 흔히 만날 수 있듯이) 그 원인이 있는 장애물이지요. 아주 좋은 포도나무라도 날씨가 안 좋으면 신맛이 나고 쓸모없는 포도송이가 열리듯이, 훌륭한 부모가 나쁜 자식을 키우기도 한다고요. 내 생각에서 몇 걸음 나아가다가 난 멈춰 서서 자신을 돌아보고 말했어요. 내 행복한 날의 밝은 전망도 역시 어두워지지 않았는가, 그리고 겉으로 빛나던 광채도 시든 나뭇잎처럼 내 몸에서 떨어져 나가지 않았는가, 하고요. 우리의 운명에도 역시 사계절이 있는 것인가요? 그렇다면 난 교육과 경험의 열매를 내 운명의 슬픈 겨울 동안 도덕적 자양분으로 사용할 거예요. 거기서 나오는 수확은 매우 풍성하므로, 땅이 좁고 개량되지 않아 수확이 적은 가난한 사람에게 내가 할 수 있는 것을 전달해줄 수 있겠지요. 실로 나는 착한 씨앗의 일부를 제삼자의 손에 넘주어서 척박하고 메마른 땅에 심을 수 있게 했어요. 이것을 보살피는 일이 친구에게 맡겨졌고, 난 일주일 동안 그 감독을 하게 될 거예요. 잘 지내요!

마담 힐스가 B 목사님에게

친애하는 목사님, 마담 라이덴스의 편지 대신 제 편지를 받으시고 놀라지 마세요. 부인은 아픈 게 아닙니다, 절대 아니에요. 하지만 부인은 2주일 동안 저를 떠나 아주 낯선 사람 집에 머물면서 많은 일을 하고 있습니다. 유감스럽게도 잘 먹지는 못하지만요. 일이 어떻게 이렇게 된 건지 들어보세요! 오, 그런 천사는 여태 어떤 부잣집에도, 가난한 집에도 없었을 거예요! 제가 생각하는 것을 말로 할 수도 없고, 글로 쓸 수도 없군요. 하지만 보세요, 댁의 부인께서는 G 씨가 일자리를 잃은 후 처자식과 함께 얼마나 불쌍하게 되었는지 알고 계실 거예요. 그래서 제가 항상 무언가를 좀 주었지요. 하지만 저는 그 사람들에 대해 참을 수가 없었어요. 모든 사람이 말하기를, 남자는 교만하고 여자는 너절하다 했고, 그들의 장점을 모두 잃어버렸다고 했어요. 이런 일에 저는 화가 나서, 레네라는 처녀와 그 일에 대해서 이야기를 했어요. 레네도 제가 도와주는 처녀인데 그녀는 일을 열심히 하고 있어요. 마담 라이덴스가 그 자리에 있어서 처녀에게 그 사람들에 대해서 물었지요. 어렸을 때부터 그들을 보아온 레네는 부인에게 지금까지의 그들의 삶에 대해 전부 말해주었어요. 다음 날 마담 라이덴스는 G 부인을 방문하고 아주 동요되어 돌아왔어요. 저녁식사 때 부인은 그 사람들에 대해 감동적인 말을 많이 해주어서 저는 울 정도였고, 그들에게 호의가 생겨서 즉시 그 부모와 자녀들을 부양하겠노라고 말했지요. 하지만 부인은 그렇게 하는 것을 원하지 않았어요. 다음 날 아침 부인은 저에게 이 종이를 가지고 왔어요. 목사님은 그것을 보시고 돌려주셔야 해요. 제 유언장에 서명과 함께 첨부되어야 하니까요. 제가 자필로 쓴 마담 라이덴스에 대한 칭찬도 함께요. 마담 라이덴스를 위해서는 무언가가 더 있지만, 그건 지금 말하지 않겠어요. 아무튼 부인은 자기 학생들에게 가면서 이 종이를 제게 넘겨주었어요. 저는 그렇게 똑똑한 생각은 평생 보질 못했답니다. 낚싯줄 하나로 두 마리 고기를 잡고, 사람들을 현명하고 재주 있게 만드는 것, 부인은 그것을 잘 알고 있더라고요. 저는 탄복하여 두 번이나 울었어요. 내용을 제대로 파악하려면 두 번은 읽어야 했거든요. 저는 그 밑에다 "모두, 모두 허락합니다, 내일부터 즉시"라고 썼어요. 하지만 이것은 제가 부인에게 말로 했고요, 또 그 종이에 글로도 썼지요. 그것을 유언장에 첨부할 때, 부인이 저를 가리켜 자선사업가라고 부르지 않도록 말이에요. 제가 부인에게 무엇을 주었기에요? 약간의 음식과 자그만 방 하나예요. 하지만 기다려보세요, 생각해둔 게 있어요. 부인은 내 집을 떠나서는 안 돼요. 저의 고용인학교가 건축되면 제 이름 다음에 부인의 이름을 돌에 새기도록 할 것이고, 거기에 제 양녀라고 적을 거예요. 그러면 모든 사람들은 그녀가 자신과 다른 잘생긴 남자를 위해 저의 돈을 간직하지 않았다는 것을 알고 놀랄 거예요. 사람들은 나와 그녀를 함께 칭찬할 것이고, 저는 그녀가 이 모든 것을 제대로 누리게 하겠어요. 부인은 나를 위해 가난한 아이들의 대모가 되는 것이고, 그렇게 우리는 그녀의 이름을 가진 아이들을 갖게 되는 거지요. 이 아이들은 제 양녀들처럼 우선적으로 제 고용인학교에 들어올 수 있어요.

안경을 쓰니 피곤해서 오늘 아침에는 편지를 계속 쓸 수가 없었어요. 그리고 마담 라이덴스가 떠난 후의 시간이 길게 느껴져서 곧장 G 부인의 집으로 갔거든요. 하지만 사람들이 너무 많은 감사의 말을 하고, 내가 그 때문에 온 것인 양 믿는 것 같아서 곧 후회했어요. 전 그저 제 양딸을 보고 싶어서 온 것일 뿐인데 말이죠. 아시겠지요, 전 그녀가 돌아오면 그녀에게 어머니라고 불리고 싶답니다!

전 그 집 하녀에게 방문을 조금 열어놓게 했어요. 방은 그 안에 있는 가구가 아니라 사람들로 아주 아름다웠어요. 아름다운 가구는 아예 없었어요. 짚으로 엮은 작은 의자들과 탁자 몇 개가 전부였으니까. 한쪽 구석에 아버지가 장남과 함께 있었는데, 그 아들은 아버지 옆에서 글을 쓰고 계산을 하고 있었어요. 방의 반대편 탁자에서는 G 부인이 뜨개질을 하고 있었고, 레네 양은 어린 두 계집아이들 사이에 앉아 그들에게 바느질을 가르치고 있었어요. 마담 라이덴스는 이탈리아 꽃무늬 꽃다발을 그리고 있었는데, 이것은 팔려고 만든 의자에 붙일 것이었어요. 작은 아들과 맏딸은 부인의 손가락을 보고 있었고, 그녀는 그들과 아주 다정하고 친절하게 이야기를 나누었지요. 전 그녀를 보고 눈물이 나오려고 했어요. 또 그녀를 그렇게 좋아하고, 저에게 감사하는 어린아이들도 보았고요. 투박한 남편은 내게 감사하며 얼굴이 빨개졌고, 그 부인은 그 모양을 보고 아주 경박하게 웃었지요. 하지만 그건 아무것도 아니에요. 저는 마담 라이덴스가 주관하는 대로, 그들이 완전히 자립할 수 있을 때까지 그들을 도우려는 것뿐이니까요. 레네 양은 궁정 시녀들을 가르치는 주임 선생 자리를 얻게 될 거예요. 전 저녁식사로 부드러운 빵과 좋은 과일을 가져다주도록 했어요. 아이들이 얼마나 기뻐했는지 목사님은 믿지 못하실 거예요. 하지만 마담 라이덴스는 그것에 만족하지 못했어요. 그들의 적은 재산에서 허용되는 빈약한 식사가 아이들을 더 이상 사랑스럽게 하지 못할 수도 있다고 염려하고 있었지만요. 부인은 말하길, 자신은 아이들에게 좋은 음식으로 보상하지 않겠다고 했어요. 이제 아무것도 더 말하지 않겠어요. 그녀는 사과 한 개와 집에서 만든 빵 한 쪽만을 먹었어요. 제가 그 이유를 물었더니 그녀는 그 집 딸에게 말했어요. "이런 사과는 우리가 정원에서 기를 수 있어요. 하지만 이런 빵은 힐스 부인 한 분만이 굽게 할 수 있는 거예요." 그때 난 알아챘어요! 하지만 화나지 않았어요. 그녀 말이 옳았으니까요. 그녀는 사람들이 평범한 빵을 먹는 식사를 불행한 것으로 생각하길 바라지 않은 거예요. 라이덴스 부인이 그 사람들한테 간 지 일주일이 지났어요. 다음 주일에는 다시 내게 돌아오지요. 그러면 부인이 직접 목사님께 편지를 쓸 겁니다. 이 사랑스러운 딸과 제 삶을 위해 기도해주세요. 오, 저는 목사님이 이 사람을 제게 맡겨주신 것을 결코 잊지 않을 거예요. 저의 모든 돈을 가지고 이렇게 기쁜 날을 보내는 일은, 이 사람이 오기 전에는 결코 없던 일이거든요.

G 가족과 레네 양을 돕기 위한 계획서

친애하는 은인께서 저에게 임무를 주고, G 가족을 돕기 위하여 제 생각을 써보라고 했습니다. 전 자신의 잘못으로 불행하게 된

이 사람들과 기꺼이 교제하며, 의사가 제멋대로 건강을 해친 환자를 치료하듯 이들을 개선시키고 싶습니다. 의사는 도움이 되는 데 필요한 것을 모두 합니다만, 약 처방과 동시에 다이어트의 실천을 연결시키기도 하는데, 그것은 장래의 위험과 지나간 고통을 상기함으로써 필요한 것이기도 합니다. 서서히, 그러나 지속적인 치료를 통해 의사는 환자로 하여금 새로운 힘을 얻게 하고, 그래서 마침내 의사 없이도 살 수 있도록 하는 것입니다. 너무 강한 약을 처음에 바로 사용하면 몸에 나쁜 것이 굳어져 장래에는 해롭게 될 것입니다. G 가족이 큰 선물을 받는 것 역시 이와 비슷합니다. 그러니 우리는 조심스럽게 그들을 도와야 하며, 또 악성의 뿌리를 치료하도록 해야 할 것입니다.

자비심 많은 힐스 부인은 처음에 필요한 옷과 천 그리고 살림 도구를 주시게 됩니다. 옷은 꼭 없으면 안 될 만큼만 완성품으로 만들어주실 것입니다. 하지만 나머지는 모두 그 부인과 딸들이 수작업으로 만들어야 합니다. 만약 그들이 그것을 완성하면 여분의 마와 면을 얻게 될 텐데, 그것은 앞으로 리넨과 면제품들이 낡아서 못 쓰게 되면 보충할 수 있도록 스스로 가공법을 알려주기 위함입니다. 그리고 그것은 어머니와 딸들의 일입니다.

G 씨의 재능과 자부심은, 좋은 자녀 교육을 위해 노력함으로써 실추된 명성을 되찾게 하는 데 쓰이도록 할 것입니다. 그는 자식 교육에 책임이 있습니다. 그는 교사에게 지불할 재산이 없습니다. 만약 그가 열성과 아버지다운 성실함을 가지고 낭비한 재산의 손실을 만회하기 위해 직접 아이들에게 글쓰기와 셈하기를 가르친다면 얼마나 고상한 일이 되겠습니까! 아들들의 라틴어 수업은 마담 힐스의 학교에 가난한 아이들을 위한 자리가

둘 있으니 거기서 하면 되지만, G 씨가 직접 그들을 가르칠 수도 있고 복습 시간을 담당할 수도 있겠지요. 그렇게 아버지로서 의무를 충실히 이행하는 사람에게는 시간이 지나면 틀림없이 조국의 직책이 맡겨질 것입니다. 이제 생각해야 할 것은, G 부인의 문제인 태만함이 모든 것을 허사로 돌아가게 할 수도 있다는 것입니다. 이런 나쁜 점은 레네 양을 통해서 예방하기를 바라고 있어요.

레네 양은 G 부인의 어릴 적 친구였고, 부인의 부모들로부터 은덕을 입었지요. 자신이 가난하지 않았다면 그 딸에게 기꺼이 갚으려 했을 거라고 생각합니다. 하지만 레네 양은 아주 많은 재주를 가지고 있어서, 그것으로도 친구에게 좋은 일을 할 수 있지요. 그녀가 만일 힐스 부인의 선행을 관리하고, G 부인의 딸들에게 선생으로서의 임무를 실행한다면 말입니다.

힐스 부인은 레네 양에게 선을 베풀고 계시고, 그녀도 감사하고 싶어 한다는 건 제가 압니다. 그런데 자신의 수호자에게 손을 내밀어서 불행한 친구를 파멸에서 끌어낼 수 있다면 이보다 더 칭찬할 만한 일이 어디 있겠습니까? 그리고 그녀가 선한 마음을 통해 천진난만한 아이들의 행복의 토대를 확고하게 세우도록 돕는다면, 착한 이웃들에게 얼마나 존경을 받겠습니까?

귀하신 우리 힐스 부인께서 이런 생각들에 만족하신다면, 그 것을 G 씨 부부와 레네 양에게도 전달하겠습니다. 그다음에는 청이 하나 있습니다. 저에게 G 씨 댁에서 2주간 머물면서 이런 계획을 그들 삶에 적용하는 것이 가혹하거나 불쾌하지 않으리라는 것을 보여주도록 허락해주십시오. 저는 좋은 말과 존중하는 마음으로 남편을 그의 집과 가족에게 익숙하게 하려고 합니다. 그다음 며칠은 어머니의 자리에서, 또 며칠은 레네 양의 자리에 서서, 아이들의 마음을 좋은 성향으로 돌려보고, 그들의 능력을 발견하여 시간이 지나면 그들의 가장 훌륭한 재주를 키워줄 수 있게 하려고 합니다. 하지만 의복이나 식사나 살림 도구들에서는 아직 부족함을 느껴야 합니다. 이러한 느낌을 통해 결국 그들은 분수를 알고, 근면과 좋은 심성을 통해서, 자신들이 낭비하고 조심하지 않았기 때문에 떨어져 내려온 그 단계에서 다시 위로 올라갈 때까지 인식과 주의력에 도달하게 되니까요. 그들을 비난하지는 않을 것입니다. 하지만 제 인생의 몇 가지 상황을 이야기해줌으로써 행복의 우연성을 증명할 것이며, 내게는 교육밖에 남은 것이 없었고, 그것이 힐스 부인의 우정과 그분을 모실 수 있는 기회를 얻게 해주었다는 것을 아이들에게 말해주겠습니다. 그러면 또 행운과 불운을 고상하게 사용하도록 우리를 이끄는 자부심에서도 말할 수 있을 것입니다. 저는 단순히 그들의 몸만 살찌우고 잘 입히는 것만을 보고 싶은 것은 것이 아니라, 그들 영혼의 잘못된 성향들도 올바른 방향으로 향하게 되고, 그들의 이성이 온당한 생각으로 채워지는 것을 보고 싶기 때문입니다.

꿍

마담 라이덴스가 에밀리아에게

이제 난 다시 집으로 돌아와서, 지난번 편지에서 내가 제삼자의 손에 맡기게 될 거라고 말했던 씨뿌리기에 대해서 말하려고 했어요. 그런데 마담 힐스가 자신이 당신들한테 모두 써 보냈다고 하는군요. 오, 친구여! 모든 부자들이 힐스 부인과 같은 생각으로 자신의 재산을 잘 사용할 기회를 얻고 기뻐한다면, 우리 지구상의 도덕적인 부분이 얼마나 아름다워질까요! 에밀리아, 당신은 알 거예요, 내가 레네 양에게 관리인 업무를 주게 된 동기 말이에요. 내가 어떻게 이 가난한 가족을 알게 되었는지 당신도 알지요. 바로 이 사람이 힐스 부인 옆에서 그들의 상황에 대해 말해주었기 때문이에요. 반쯤은 동정하고 반쯤은 비난하는 어조에서, 그녀가 저들이 누리고 있는 선행에 대해 일종의 시기심을 갖고 있다는 것과 그 선행을 자신만이 차지하고 싶어 하는 욕심을 나는 눈치 챘어요. 동시에 레네 양은 자신이 G 부인의 입장에 있다면 어떻게 하리라는 것도 여러 번 말했지요. 난 어릴 때의 강했던 우정의 끝이 그렇게 냉정하고 악의에 차 있음을 보고 화가 났어요. 그래서 용기를 내어 이렇게 반쯤 곰팡이 핀 마음을 자신의 첫 친구에게 이롭게 사용할 수 있는 계획을 세웠지요. 내가 그녀에 대해 생각한 것을 아무것도 눈치 채지 못하게 하고, 다만 나를 그 집에 데려다달라고 말했어요. 비참한 광경을 보고, 또 그 집 부인이 자신에게 보내는 다정한 태도에 그녀는 감동하더군요. 이렇게 감동하는 레네를 내 방으로 데려와 내 계획서를 읽어주면서, 그녀에게 맡기게 될 역할의 아름다움을 아주 생생한 색채로 그려주었어요. 그 역할을 하며 그녀는 신의 마음에 들 것이고, 정의로운 모든 사람들의 축복과 존경을 얻을 것이라고요. 난 그녀가 힐스 부인보다 더 많이 좋은 일을 하는 것이라고 확신하게 했어요. 힐스 부인은 때때로 남는 돈에서 약간 내주는 것으로 즐거움을 누리지만, 반대로 그녀가 하는 매일의 노력과 인내심은 가장 고귀한 마음의 미덕이 될 것이라고요. 이러한 발상이 레네 자신에게서 나온 것이라고 힐스 부인이 칭찬하더라는 말을 덧붙였더니 그녀의 마음은 쉽게 잡혔어요. 내 계획은 동의를 얻었고, 지난 2주일 동안 난 그것을 직접 실행했지요.

관리인을 채용한다는 것이 부담스러워 보였지만, 수락을 얻어냈어요. 특히 내가 2주일 동안 그 집에 머물겠다는 것도요.

첫날은 힐스 부인의 선물들을 펼쳐놓고, 모든 사람에게 조심하라는 경고와 함께 각자 자기 몫을 전해주었지요. 그리고 이 선행을 아껴서 사용하여 감사함과 고결한 마음—사람들이 자신에게 증명하는 선의를 악용하지 않겠다는 마음 말이에요—을 보이도록 하라고 했지요. 이어서 난 내가 그들의 상황을 어떻게 보고 있는지, 그들의 삶에 대해 어떤 계획을 갖고 있고 어떤 일을 생각해냈는지를 말했어요. 하지만 각자가 나에게 자신이 바라는 일과 또 반대하는 의견이 있다면 말해달라고 부탁했어요.

대답을 듣기 전에 그들에게 나 자신에 관한 이야기 중에서 유익한 부분을 뽑아 짧게 말해주었어요. 특히 내가 태어나고 교육받은 부유하고 명망 있는 환경에 대한 부분에서 시간을 끌었지요. 그들에게 내가 일찍이 가졌던 소망과 취향에 대해 이야기했고, 이제 나는 그것들을 포기해야 한다는 것도 말했으며, 그들에게 주는 다정한 격려와 권고로 이야기를 마쳤지요. 이로 인해 그들은 나에게 신뢰의 마음을 열었고, 내 조언을 따르려는 각오를 보였어요. 아주 부유하고 행복한 인물이 좋은 일을 이야기했다면 그렇게 인상적이지 못했을 거예요. 하지만 나 역시 가난하므로 다른 사람 밑에서 살아야 한다는 생각이 그들의 마음을 부드럽게 해주었지요. 난 그들이 내 입장이라면 어떻게 했을 것 같으냐고 물었어요. 하지만 그들은 내 도덕을 좋게 보았으며, 자신들도 그렇게 생각하기를 바란다고 했지요. 이어서 난 내가 그들의 위치였다면 했으리라 생각되는 제안들을 했는데, 그들은 진심으로 만족했어요. 오, 난 생각했어요. 사람들이 좋은 일을 하려는 동기를 갖고 있을 때 다른 이들의 상황과 성향에 관심을 갖고 대하며, 우리 모두에게 주어진 자존심을 무조건 강압하려 하지 않고, 아첨하는 유혹자가 자신의 목적으로 유도하기 위해 사용할 수도 있는 수단을 영리하게 사용한다면, 그러면 이미 오래전에 도덕의 세계도 영역을 넓히고 거기에 헌신하는 사람들의 수도 증가했을 거라고요.

자기애여! 우리의 선한 조물주의 사랑의 손이 우리를 진정한 행복으로 끌어당기기 위해 자유의지를 묶어놓은 편안한 끈이여, 무지와 시련이 당신을 얼마나 망가뜨렸는가요! 또 인간들로 하여금 최고의 선행을 불행하게 악용하는 길로 이끌었는가요! 나를 되돌아가게 해주세요.

둘째 날 G 부인과 대면했지요. 그녀가 있는 자리에서 레네 양과 우리의 오래된 우정에 대해서 이야기했고, 내가 얼마나 쾌히 그녀에게 우리 학교를 대표하는 자리를 부여했는지도 말했어요. 그녀가 그 일로 선량한 마음을 사용할 수 있으리라고 믿는다면서요. 난 그녀에게 내가 원하는 것을 말했고(이것은 G 부인의 뜻에 따른 것으로, 단둘이 미리 이야기했던 것이지요), 딸들을 레네 양에게 맡기고, 덧붙여서 우리는 항상 모든 것을 함께 생각하고 실행하려 한다고 했지요. 그다음 이틀은 레네 양에게, 그리고 다음 사흘은 세 딸들을 위해 할애했어요.

작업을 하는 중에 난 종교의 도움을 받아, 그들이 자연을 관찰하며 여러 가지로 우리 마음에 들어오는 편안한 즐거움을 알게 했어요. 힐스 부인은 내가 찾던 책들을 마련해주었고, 두 아들은 교대로 그 책을 조금씩 낭독해야 했어요. 그러면서 아이들이 항상 생각하고 적용하는 것을 배우도록 했지요. 위의 두 딸은 재주도 많고 머리도 좋았어요. 그들에게는 양탄자 짜는 기술과, 그것을 위해 제일 오래된 도안 그리는 것을 가르쳤지요. 그들의 근면함을 격려하며 자부심을 갖게 했어요. 그들이 작업한 것은 모두 상인들에게 팔 수도 있고, 아니면 반은 새 털실을 마련하고, 나머지 반은 필요한 다른 물건과 바꿀 수도 있다고 말하면서요. 이 기술을 나는 다른 누구에게도 가르쳐주지 않겠노라고도 약속했지요. 그래서 지금 두 딸과 어머니는 매일 그 일에 매달려 있어요. 장사에 대한 생각이 그들의 허영심을 부추겼거든요. 레네 양은, 모든 일이 잘 진행되고 있다고, 그리고 자기가 감독과 진실한 우정이라는 시험에서 많은 칭찬을 받으므로 자신도 매우 즐겁다고 말해요.

난 눈물을 흘리며 그 집을 떠났어요. 이제 매주 이틀 동안 반나절씩 가 있을 거예요. 그곳에서 보낸 2주일은 순수하고 평화롭게 흘러갔어요. 내가 좋은 일을 행하고 가르치니까 매 순간 실천하는 미덕으로 채워지더군요. 그러니 사랑하는 에밀리아, 가난한 내 손의 이 작은 씨앗이 이 가족의 행복을 위하여 풍성한 수확을 얻게 해달라고 신에게 빌어줘요. 이전에 내 신분이 허용했던 농장의 수입으로 가난한 사람에게 금전적 도움을 줄 수 있었을 때에는 결코 이렇게 많은 진정한 기쁨을 얻지 못했어요. 돈은 없지만, 오직 내 재주와 생각을 전해주고 내 생애의 며칠간을 할애함으로써 내 마음이 이 가족을 위해 최선을 행했다는 생각을 할 때보다 말이에요.

내가 그려준 작은 도안들을 보고 둘째 아들은 장차 장식미술
가가 되겠다고 해요. 그 애는 그것들을 아주 정확하고 세밀하게
모방해서 그릴 수 있답니다.

그 가족이 전부 나를 사랑하고 축복해주었어요. 힐스 부인은
벌써 고용인학교의 초석을 놓고 건물을 짓고 있어요. 좋은 친구
여, 도덕적으로 새롭고 행복한 건물의 튼튼한 초석들이 같은 시
간에 내 영혼 속에 모이고 있다고 생각하지 않나요? 외적인 내
행복을 파괴해버린 감각적 불행의 폭풍이 지나갈 때까지, 내 감
정이 보호처와 양분을 발견하게 될 영혼 말이에요.

마담 라이덴스가 에밀리아에게

에밀리아! 당신 남편의 형이상학적인 머리에 물어봐줘요. 강하
게 지속되는 내 감정과 생각 사이에서 나타나는 이 모순이 어디
서 오는지 말이에요. 힐스 부인이 부탁하기를, 자신의 가장 사
랑하는 친구인 아름답고 우아한 미망인 C 부인이 구혼자들 중
에서 하나를 결정할 수 있도록 나더러 도와주라는 거예요. 어떻
게 내가 한 남자의 사랑과 거기서 오는 행복에 대해서 말할 수
있었을까요? 내가 사랑으로 인해 겪은 지속적 고통은 나를 오
히려 아름다운 미망인의 냉정함을 지지하도록 했는데 말이에
요. 우리가 다른 사람과 다르게 생각하는 것이 당연한 그 모순의
정신만이 원인이라고 생각할 수는 없어요. 아니면 사랑의 손으

로 찢어진 내 마음 한 부분에 아직 선한 형상의 자국이 남아 있을 수 있을까요? 언젠가 내가 청춘 시절 미소 짓고 즐거워했던 날에 그려보았던 그 형상 말이에요. 혹은 오랫동안의 시름이, 다른 사람의 상황에 대해서 내 감정을 개입시키지 않고 숙고하여 판단할 수 있도록 내 어린 이성을 성숙의 단계로 이끌 수 있었을까요? 보시다시피, 난 자신에 대해서 회의적이에요. 올바로 서도록 도와주세요.

그 미망인과의 대화를 적어볼게요.

"네 명의 괜찮은 남성들이 구애하고 있는데요, 귀하신 C 부인, 어째서 그렇게 오래 고르시나요?"

"고르는 게 아니에요. 많은 가혹한 운명을 통해서 얻은 자유를 즐기려고 하는 거예요."

"부인이 자유를 사랑하시고, 모든 방법으로 누리시는 건 당연해요. 하지만 그중에서 가장 고상하게 사용하는 것은 아마도 자유의지로 누군가를 행복하게 해주는 것일 거예요."

"오, 행복이라. 당신이 말하는 그것은 대체로 지금 불타고 있는 연인의 열렬한 환상 속에만 있는 것이고, 꺼진 불꽃이 차가워질 때 곧 사라지는 거예요."

"친애하는 C 부인, 그 말이 맞을 수도 있어요. 만약 오직 눈을 통해서만 생겨난 젊은 남자의 사랑이 갓 피어오르는 처녀 옆에서 불타오르고 있지만 그녀의 훈련 안 된 성격이 이 불길에 지속적인 영양분을 제공할 수 없다면 말이지요. 하지만 이성과 고상한 마음 때문에 사랑을 받고 있는 당신은 틀림없이 그 불길을 꺼뜨리지 않게 할 수 있어요."

"그러니까 내 업적이라면 페르시아 석유 같은 성질이 되겠네요. 하지만 내 애인들 중 어떤 사람이 한결같은 불길을 견뎌낼 수 있는 심장을 가졌을까요?"

"모두에게 있어요. 우리의 심장은 사랑과 넘치는 행복이 꺼질 수 없는 재료로 만들어졌으니까요."*

"하지만 모든 사람은 행복에 대해서 자신만의 생각을 갖고 있기도 하지요. 두 번째 선택할 때 다시 행복에 대한 개념이 내 성격과 맞지 않는 마음을 만날 수 있어요. 그렇게 되면 우리는 둘 다 망하는 거지요."

"부인의 핑계는 훌륭하지만, 옳지는 않아요. 처음과 마지막 선택 사이의 10년이란 세월은 많은 경험을 통해서 당신의 통찰력에 힘을 주어 다양한 사람들과 상황들을 판단할 수 있게 했고, 특히 어떤 상황의 힘이 당신을 첫 번째 결혼으로 끌어들였는지를 깨닫게 해주었잖아요."

"어떻게 그렇게 정확하게 모든 것을 보나요? 하지만 말해보세요, 친애하는 라이덴스 부인, 당신이 내 입장이라면 누구를 선택하시겠어요?"

"제가 가장 행복하게 해줄 수 있는 사람을 바라지요."

"그런 사람이라면, 당신 눈에는……."

"사랑할 만한 그 학자의 아름답고 명석한 정신은 부인의 공덕이 조금이라도 가려지거나 사랑받지 못한다고 느끼게 하지 않음으로써 부인을 즐겁게 해줄 것이며, 그와의 교제는 부인 존재의 가장 고귀한 부분이 무한한 장점을 누릴 수 있게 해줄 거예

---

*[원주] 상당히 꾸민 것 같고 또 평소의 슈테른하임의 단순성과 대조되는 이 대화의 문체는, 그녀가 C 부인과의 대화에서 편안하지 않음을 증명하는 듯 보입니다.

요. 그는 부인의 손을 다정하게 잡고 학문의 넓은 영역을 통과하여 이끌고 갈 것이며, 거기서 부인의 이성은 편안하게 대화하며 자신을 강하게 만들 수 있겠지요. 그러면 감정 풍부한 그의 마음이 그 즐거움과, 소중한 아내의 사랑과 공로로 인해 얼마나 행복해질 것이며, 또 당신의 감성적 영혼은 자신이 만들어낸 이 기품 있는 남편의 행복으로 인해 얼마나 행복해지겠습니까! 그의 명성과 그의 친구들 사이에서 누리는 당신의 몫은 얼마나 달콤하겠나요!"

"오, 라이덴스 부인! 당신은 아름다운 면을 강하게 색칠하고 있군요! 이렇게 소중한 예민함이 진짜로 또 우연한 내 실수에서 강하게 나타날 수도 있다는 사실을 몰라야 할까요? 그러면 넘치는 행복의 저울은 어디로 기울게 될까요?"

"부인의 타고난 온유함과 호의가 잡아당기는 쪽으로요."

"위험한 여인이군요. 당신은 숨겨진 사슬 위에다 많은 꽃을 뿌리고 있어요!"

"저를 잘못 생각하시는 거예요. 전 그저 가치를 알고 있고, 사랑이 당신에게 권하는 꽃들의 나머지를 보여드리는 거지요. 그것으로 만족의 사슬을 엮기 위해서 말이에요."

"그리고 장미꽃들 아래 숨겨진 많은 가시들은 간과하고요."

"그것에 대해서는 대답하지 않겠어요. 부인의 현명함과 정당함을 모욕할지도 모르니까요."

"화내지 말고, 당신이 내게 묶어주려고 하는 다른 리본들의 아름다운 색깔도 더 알려주세요."

"잠깐만요. 부인의 탁월한 사랑스러움이 부여한 귀여운 자만심이, 뮤즈의 부드러운 손에 의해서보다 프로이센 전쟁신의 한 고결한 아들의 출생과 인물이라는 특성에 의해서 길들여질 수도 있어요. 이 끈은 아름답지요. 빛나는 이름, 영혼의 고결함, 진실한 사랑 또 당신 성격에 대한 존경이 그 안에 섞여 있어요. 명망 있는 지위, 당신이 들어가게 될 새롭고 아름다운 사교계의 황금 띠들은 기본이고, 편안한 지역에서 오는 존경하는 ×× 부인의 편지들은, 그의 사랑이 당신을 위해 친구들과 숭배자들을 준비해놓았다는 것을 보여주지요. 그러면 이 오랜 가문의 귀족이 모든 특권을 용감하게 희생한 것은 당신의 주저함과 불신을 보상할 만한 희생이 아닌가요?"

"마법사여! 당신은 자신의 색깔을 어떻게 그렇게 교묘히 섞나요!"

"왜 마법사라고 하세요, 친애하는 C 부인? 우연이 묶은 이 끈의 빛나는 매력을 느끼지 않으세요?"

"그래요, 하지만 하느님 감사합니다, 당신은 나를 놀라게 하는군요, 현혹하니까요."

"사랑스러운 수줍음이여, 오, 인공 불길의 아름다운 색채에 이끌리고 현혹되어, 갑자기 슬픈 운명의 잔혹한 어둠 속에서 떠나게 될 당신을, 감정으로 가득 찬 사람의 영혼에 집어넣을 수 있으면 좋겠네요!"

"사랑스러운 여인이여! 당신의 칭찬은 감동적이에요. 나로 하여금 성장하는 내 딸에 대한 어머니의 걱정을 일깨워주고 있어요!"

이렇게 고결하고, 진정한 선의에 의해 생기를 얻는 마음의 동요에 대해서 난 그녀를 부드럽게 포옹하고 말했지요. "이 순간, 감정에 바쳐진 이 순간에 주목해보세요. 실제로는 그리 번쩍거리지는 않지만 기반이 단단한 만족의 상태에 대해서 말이에요. 그것은 T 씨의 멋진 시골 별장에서 당신을 기다리고 있지요. 거기서 부인은 고결한 결정을 통해서 동시에 세 가지 성스러운 의무를 행할 수도 있고요. 업적이 많고 편안한 남자의 간절한 소원을 이루어주고, 그는 부인의 성품이 아니라(왜냐하면 그는 그것을 모르니까요) 부인의 매력적인 모습 때문에 사랑하게 되고, 그렇게 당신의 영혼에 대한 이미지가 만들어졌지요. 그가, 당신에 대한 모든 감정 표현이 고갈된 다음에, 한 부자의 마음을 한 번 흔들었던 고상한 감동을 추가하겠지요. 부인의 딸은 당신들 마음의 자식이 되어야 하고, 그의 모든 재산이 그 딸에게 돌아가야 해요. 그렇게 함으로써 자식의 외관상의 행복을 배려하는 어머니의 의무를 충분히 행하는 것이 아닐까요? 그리고 부인이 유년 시절의 의지로 순종하고 복종한 것보다, 부인이 자유로울 때 해드릴 수 있는 지금 존경스러운 당신 아버님을 훨씬 기쁘게 해드릴 수 있을 거예요. 만일 부인이 아버님의 충고와 희망에 따라 결혼을 하고, 그 결혼을 통해 당신이 아버지께 가까이 가고, 인생 마지막 지점에 아버지의 마음이 자식들 교육에 들였던 수고를 보상받을 수 있다면 말이에요. 잘 생각해보세요, 사랑이 풍부하고 모든 사람들에게 친절하며 선을 행하는 부인! 전 부인께 우리의 아름다운 궁정 도시들 중 한 곳에서 부인의 착한 손을 기다리고 있는 존경스러운 손에 대해서는 아무 말도 하지 않겠어요. 그곳에는 공로가 충만한 많은 사람들이 마음의 미덕과 정신적 지식과 다정한 성향을 부인께 보장해줄 거예요. 가장 잘생기고 선한 남성 중 하나가 당신을 위해 그런 성향을 키우고 또 그 때문에 가장 행복한 남자가 되겠지요. 그 남성은 부인이 자신의 두 아이들을 위해 가장 마땅한 최선의 어머니가 되어주기를 바랐으니까요. 부인은 그분이 꽤 많은 재산의 소유자로 고매한 인품을 가졌다는 걸 알고 계시고, 또 이 도시에서 부인을 기다리는 많은 사회적인 안락함을 알고 계시지요. 하지만 사랑스러운 C 부인, 부인이 원하는 대로 하세요. 전 부인께 제 마음에 떠오른 것들을 이야기했을 뿐이에요. 전 우리 모두가 같은 대상에 대해 다른 관점을 갖고 있다는 것을 알아요. 그리고 우리의 감정은 그것을 따른다는 것도요. 하지만 우리 모두가 생각해야 할 한 가지 측면은, 우리 자신의 행복과 마찬가지로 이웃의 행복을 사랑하는 것이고, 사소한 동기에서 그것을 주저하지 말아야 한다는 것이지요."

"당신은 내 마음을 극히 당황하게 만들었어요." 그녀는 눈물을 머금고 내게 말했지요. "하지만 슬픈 내 경험이 결혼에 대한 모든 생각에 반대하고 있군요. 난 이 남자들이, 그들 머릿속에 그리고 있는 나보다 훨씬 더 합당한 아내들을 만나기를 원해요. 하지만 내 목은 첫 굴레에 의해 너무 상처를 받았기 때문에 아주 가벼운 비단실에도 눌릴 거예요."

"전 부인 친구의 청을 들어드린 것뿐이고, 다만 부인이 항상 행복해질 수 있게 결정하시라고 말씀드릴 뿐입니다."

부인은 나를 껴안았지요. 그리고 난 힐스 부인에게 돌아가서 C 부인을 그냥 두어달라고 부탁했어요. 하지만 방에 돌아와서는 내가 이 일에 그렇게 열심히 개입한 것에 대해 스스로 놀랐지요.

그 일에 대한 내 영혼 속의 어둠을 설명해주세요. 내가 순전히 옳지 않은 이유들에 붙잡혀 있다는 생각이 드는군요.

시모어 경이 T 박사에게

친구여, 제가 다시 아마 영원히 빠져들지도 모르는 이 근심에서 저를 지탱할 수 있게 충고를 해주십시오! 제가 슈테른하임 양에 대한 열정을 완전히 억제해버렸다는 걸 박사님은 알고 계시지요. 그녀가 비열한 존과 결혼했다는 확신으로 그녀의 정신과 성품에 대한 모든 존경심을 빼앗겼기 때문이라는 것도 말입니다. 전 또 C 양에게 온전히 애정을 바치면서, 안정적이고 매력적인 사랑을 맛보기 시작했습니다. 그리고 뜻밖에 숙부께서 궁정으로부터 W로 출장 명령을 받았을 때 그녀의 애정도 확신하게 되었지요. 사랑스럽고 민감한 C 양은 우리가 헤어질 때 많이 괴로워했고, 저 역시 그녀만큼이나 슬펐습니다. 제 가족의 공명심과 숙부 크래스톤 경의 애정이 제게 씌워놓은 사슬에 대해 불만스럽게 투덜거리며 사랑이 많은 분 옆에 말없이 음울하게 앉아 있었는데, 숙부의 확고하고 안정된 이성이 제 격분한 감정을 더욱 화나게 했으므로, 숙부가 저의 무례함을 얼마나 참고 있는지 주의하지 않았답니다. 하지만, 친구여, 우리는 이틀째 되는 날, 저녁 날씨도 나쁜 데다 우편마차의 실수로 어느 마을에 도착해서 거기서 묵어 가야 했어요. 여관 앞에 마차를 대고 내리려고 했는데 갑자기 여관 여주인이 "뭐라고요, 영국인들이라고요? 그냥 가세요. 저희 집에는 들일 수 없으니까. 숲 속에서 주무시든 말든 상관없고요, 어쨌든 어떤 영국 사람도 더 이상 저희 집 문턱을 넘을 수 없어요"라고 하는 것이 아닙니까. 그때 제가 받은 충격을 상상해보십시오. 이 마지막 말을 하면서 그녀는, 씩씩해

보이는 아들이 그녀를 계속 설득하려고 하자 그의 팔을 끌어당기며 문을 닫으려고 했지요. 이 여자가 외치는 거부감이 너무 이상해서 오히려 호기심이 일었습니다. 우리 하인들이 소리치고 다시 싸우고, 우편마차꾼들도 그랬지요. 숙부는 우리 사람들에게 조용히 하라고 명하고 제게 말했습니다. "여기서 심각한 일이 일어났던 모양이다. 이런 사람들의 이익 보려는 욕심을 억누를 만큼 중요한 일 말이다."

숙부는 그 여인을 친절히 불러서, 왜 우리를 받아들이려 하지 않는지 이유를 말해달라고 했지요.

"왜냐고요? 영국인들은 양심이 없는 사람들이고, 아주 착한 사람의 불행을 모른 체하니까요. 그래서 제 평생 한 사람도 숙박시키지 않을 겁니다. 그러니 그 번지르르한 말들 모두 가지고 떠나세요. 그 모든 번지르르한 말 모두 돌려드립지요."

그녀는 돌아서서 가며, 아마도 금전적 이익 때문에 그녀를 설득했을 아들에게 말했습니다. "안 돼, 저 사람들이 내 집을 금으로 가득 채운다 해도, 사랑하는 그 부인 때문에 내가 했던 맹세를 깨뜨릴 순 없어."

전 초조해서 속이 부글부글 끓었습니다. 하지만 숙부는 의원직에 있을 때부터 성이 나서 들끓는 민중을 무마시키는 데 익숙한 분이었으므로, 아주 조용히 그 아들을 손짓으로 불러서 어머니의 거부감과 비난의 이유를 물었지요.

아들이 대답했습니다. "반년 전에 한 영국인이 아주 예쁘고 착한 자신의 부인을 우리 집에 데리고 왔었는데, 그는 곧바로 여러 주일을 떠나 있다가 다시 왔어요. 그사이에 항상 슬픈 얼굴을 하고 있던 그 젊은 부인은 제 사촌누이들에게 옷을 주고, 멋진 일을 가르쳐주고, 또 가난한 사람들에게 좋은 일을 많이 했답니다! 오, 그분은 어린 양처럼 부드러운 분이었어요. 제 아버지조차도 그분이 저희 집에 있게 된 후부터 부드러워졌다니까요. 저희는 그분을 사랑하지 않을 수 없었지요. 하지만 그 못된 나리가 오랫동안 떠나 있던 어느 날 그의 하인 한 사람이 말을 타고 와서는 부인에게 편지를 가져왔다고 했어요. 우리는 주인께서 곧 돌아오시느냐고 물었지요. '아뇨.' 그는 말했어요. '주인께서는 돌아오시지 않소. 여기 나머지 달에 대한 돈이 있소.' 그자는 이 말을 아주 거칠게 그리고 사나운 개처럼 오만하게 했지요. 어머니는 무언가 좋지 않은 일이 있음을 예감하고, 살며시 옆방으로 들어가 편지 내용에 관해서 엿보려고 했어요. 그때 어머니는 우리 예쁜 부인이 바닥에 무릎을 꿇고 울면서 시녀에게 설명하고 있는 걸 보게 된 거예요. 편지에는 그들의 결혼은 가짜였다고 써 있었대요. 편지를 가져다준 전령이 성직자로 위장하고 그들에게 축복을 내린 거라면서, 그러니 부인은 가고 싶은 곳으로 갈 수 있다고요. 부인은 그 이틀 후에 떠났어요. 하지만 도중에 죽었을지도 몰라요. 병이 깊었고 우울했었으니까요. 그래서 제 어머니가 어떤 영국인도 집에 받지 않으려고 하는 거예요."

숙부는 동요된 표정으로 저를 바라보았습니다.

"칼, 이 이야기를 듣고 네 마음이 말해주는 것이 없느냐?"

"오, 숙부님, 그 사람은 슈테른하임 양입니다." 난 소리쳤어요. "그 악당은 대가를 치러야 합니다! 그놈을 찾겠습니다. 더비가 틀림없어요. 다른 사람은 그런 잔혹한 일을 할 수 없어요."

"이보게, 젊은 친구." 숙부는 여주인 아들에게 말했습니다. "어머니께 말씀드리게. 못된 영국인을 미워하시는 것은 지당하

다고. 그런 자는 왕으로부터도 엄한 벌을 받아야 한다고. 하지
만 내가 집 안으로 들어갈 수 있도록 자네가 힘 좀 써보게."

"마차에서 내리십쇼. 제가 어머니를 설득하겠습니다."

그가 안으로 들어가더니 곧이어 그 여인이 직접 나왔습니다.
"나리께서 그 끔찍스러운 남자를 말씀하신 대로 벌주시겠다면,
들어오세요. 사정이 어땠는지 모두 말씀드리겠어요. 나리는 나
이 드신 신사님이시고 자비로운 양반이시니, 젊은 사람들의 부
당한 행위를 잘 보실 수 있을 거예요. 그 악한 남자를 예로 삼으
세요. 그렇지 않으면 그자는 장난을 더 많이 할 수 있으니까요."

저는 말없이 천천히 그녀와 숙부를 따라 계단을 올라갔습니
다. "여기예요." 그녀가 위에서 말했어요. "남편이 그녀에게 처
음 왔을 때 그 사랑의 천사는 여기 서 있었지요. 그는 부인을 아
주 멋지게 가슴에 안았고, 부인은 사랑스러운 손을 그를 향해 내
밀었어요. 저는 그분들이 하나됨을 기뻐했지요. 하지만 부인은
아주 조용하게 말했고 말을 많이 하지 않았는 데 비해 그 양반
은 아주 큰 소리로 말하는 거예요. 그는 눈을 아주 크게 뜨고 부
인을 빠르게 살펴보았고, 곧 하인들을 향해 이것저것 외쳤기 때
문에 그 광경으로 보아 무언가 예감할 수 있을 정도였습지요. 제
남편도 거친 사람이었지만, 처음에는 아주 낮은 소리로 눈을 끔
쩍거리기도 하면서 다정하게 말했는데 말예요. 하지만 모든 사
람에겐 각자 자기 방식이 있다고 생각해요. 그래도 아름답고 경
건한 미덕의 형상을 사람이 속일 수도 있다는 생각을 어떻게 할
수 있겠어요?"

이제 우리는 아가씨의 하녀가 기거했던 방으로 들어갔습니
다. 여기서 여주인은 아가씨가 있었던 방을 가리키고는 그레트

헨을 불러서 아가씨가 앉았던 자리에 앉아 이 소녀에게 무엇을 가르쳤는지 보여주도록 했지요. 이어서 소녀는 벽에서 그림 하나를 떼어 와서는 말했어요. "자 여기, 내 작은 정원, 내 벌통, 그리고 목장의 암소들이 지나간 풀밭이야, 하면서 그리셨어요." 소녀는 그림을 숙부에게 내밀면서 그림에 입을 맞추고 울면서 말했습니다. "사랑하는 아씨, 신의 돌보심 있기를 빕니다. 아씨는 틀림없이 살아 계시지 못할 거예요."

한 번만 보아도 슈테른하임 양이 그린 그림이라는 걸 확신할 수 있었습니다. 그 정확한 윤곽과 섬세한 음영을 단번에 알아보았지요. 제 가슴이 조여들었습니다. 전 앉지 않으면 안 되었고, 눈에서는 눈물이 넘쳐흘렀습니다. 고결한 처녀의 운명과 이 여주인의 거칠지만 진심 어린 사랑에 감동했습니다. 그런 모습이 그녀 마음에 들었는지, 그녀는 제 어깨를 툭툭 치더니 말하더군요. "나리가 슬퍼하심은 당연하지요. 신께 착한 마음을 갖게 해달라고 비세요. 그래서 아무도 유혹하지 않게 해달라고 하세요. 나리도 역시 영국인이고, 또 잘생기셨으니까요. 나리는 누구 눈에든지 쏙 들겠는걸요."

이제 그녀는 딸과 아들 또 다른 사람들에게, 그 부인이 얼마나 선했는지, 무엇을 했는지를 이야기하게 했습니다. 그런 다음 우리에게 침실을 가리키며 계속 말했지요. "편지를 받은 후 부인은 더 이상 이 방에 들어가지 않고, 하녀의 침대에서 잤어요. 전 충분히 이해가 가고도 남지요. 누가 사기꾼이 덮던 이불을 덮고 자고 싶겠어요? 여기 이 옷장에는 온갖 금붙이와 장신구, 또 많은 물건들이 있었지요. 그것들은 나리가 부인에게 가져다준 것인데, 날보고 그에게 도로 돌려주라고 했어요. 부인은 아무것도 가져가지 않았지요. 부인이 떠난 지 이틀 후에 다시 편지 한 통이 왔는데, 그 남자가, 아니 그 인간이 다시 돌아오겠다고 말하는 게 아니겠어요. 전 그자에게 물건 보따리를 주고 집에서 쫓아냈지요."

숙부는 일어난 모든 일에 대해 더 자세히 물었습니다. 저는 반은 듣고, 반은 듣지 못했지요. 제정신이 아니었는 데다 아가씨가 어디로 떠났는지 여주인이 말할 수 없었을 때는, 더 이상 아무것도 들리지 않았으니까요. 하지만 고통스러워하는 미덕의 사랑스러운 형상을 연민에 젖은 새로운 애정으로 제 영혼에 붙들 만큼은 이미 충분히 들었습니다. 전 하녀 방을 택했습니다. 그곳이 그녀가 무릎을 꿇고, 속고 버림받고 말할 수 없는 고통을 느꼈을 장소라는 것을 알아챘기 때문이었지요. 더비의 침실은 그녀가 받았을 똑같은 혐오감을 제게도 주었습니다. 전 옷도 벗지 않고 감정이 반쯤 무너진 채, 슈테른하임이 근심으로 가득 찬 밤을 보냈던 침대 위로 쓰러졌습니다. 위안 없는 애정과 쓰디쓴 만족감이 뒤섞여서 제 감정에 힘을 주었어요. 그 감정은 제게 말하는 겁니다. 여기 사랑스러운 사람이 누워 있었다고, 그 팔 안에서 난 넘치는 행복을 찾을 수도 있었다고, 여기서 그녀의 피나는 가슴은 그 못된 악한의 배신에 대해 눈물을 흘렸다고! 그리고 나는—오 슈테른하임이여, 당신의 운명과 상실, 또 당신에 대한 사랑을 얻기 위해 부지런하지 못했음을 생각하며 울고 있습니다!—기쁨, 실로 고통스러운 기쁨을 누렸답니다. 절망으로 가득 찬 제 눈물이 그녀의 흔적을 만나서 합쳐질지도 모른다는 생각을 하면서 말입니다. 저는 일어나서, 찢어지는 불행이 그녀를 굴욕으로 덮쳐버린 그 자리에 말없이 무릎을 꿇었습니다. 그곳에서 그녀는 맹목적인 믿음을 갖고 지극히 잔인한 남자에게 자신을 바친 것을 자책했겠지요. 그 자리에서 전 그녀를 생각하며 맹세했습니다, 그녀를 위해 복수하겠다고요.

오 친구여, 왜, 왜 그녀의 지혜는 제 용기를 북돋울 수 없었을까요? 그녀가 더비의 소유가 되었던 순간들을 저주하니, 전 얼마나 비참하고 얼마나 한탄스러운 인간인가요! 그녀의 모든 아름다움과 모든 매력이 그의 소유였다니요! 그녀는 그를 사랑했고, 계단에서 두 팔을 벌리고 그를 환영했답니다. 어떻게 그런 일이 있을 수 있습니까? 그 순수하고 고결한 선한 마음이 어떻게 그 감정 없고 심술 맞은 인간을 사랑할 수 있단 말인가요?

전 여주인 아들로부터 그 작은 베개를 샀습니다. 그녀의 머리가 저와 똑같은 고민을 안고 그 베개 위에서 뒹굴었겠지요. 그녀와 저의 눈물이 그 위를 적셨겠지요. 그녀의 불행은 제 영혼을 영원히 사로잡았습니다. 그녀와 헤어졌고, 아마 영원히 헤어져 있겠지만, 공감의 끈은 이 초라한 오두막에 저의 온 영혼을 묶어 놓을 겁니다. 그 끈은 이제껏 저를 사랑했던 그 어떤 것보다 더 강하게 그녀에게로 끌어당겼습니다.

숙부는 아침에 제 몸에 열이 있는 것을 보고 자신의 외과의사를 불러 제 혈관을 따게 했습니다. 그리고 한 시간 후에 숙부를 따라 마차에 탔는데, 그전에 정원을 그린 그 작은 소묘화를 슈테른하임의 제자였던 소녀에게서 빼앗다시피 받고, 몇 기니의 돈을 던져주었습니다.

숙부는, 정치라는 것이 냉혹해서 알지 못하는 사이에 정도가 크든 작든 뜨거운 가슴에 냉기를 부어넣기 쉽고, 또 그 가슴에게 개별적인 불쾌한 일을 지나치라고 명령한다고, 여러 가지 이성적 근거를 말씀하면서 저를 위로하려고 했고, 제 근심과 분노에 대해 방어하려고 했지요. 전 그 말을 경청하며 침묵해야 했습니다. 하지만 밤이 되니 베개가 보상을 해주었습니다. 전 쇠약해지고 아주 지쳤습니다. 고통은 좀 가라앉았고, 더비가 왕국에서 아무리 최고위층에 오른다고 해도 아가씨의 불행에 대해 그에게 복수해야겠다고 결심하면서 제 힘은 회복되고 있습니다. 박사님이 런던에 가게 되면, 그가 불안해하고 후회로 괴로워하는 흔적을 보이는지 살펴봐주십시오. 전 그가 영원히 후회의 고문을 느끼게 하고 싶습니다. 영원히 증오할 만한 그 인간이 말입니다!

모든 노력을 기울여 아가씨 운명의 결과를 알려고 했지만 아직까지는 모두 헛수고였습니다. 마찬가지로 제 안에 있는 그녀의 기억을 지워버리려고 했던 박사님의 노력도 헛수고가 될 것입니다. 그녀에 대한 제 근심은 이제 저의 기쁨이요, 유일한 즐거움이 되었습니다.

R 백작이 시모어 경에게

경은 소중하고 불행한 제 조카딸에 관한 소식을 보내주셨구려. 하지만, 오 신이여, 이 무슨 소식입니까, 시모어 경! 그 고결하고 착한 아이가 악마 같은 건달에게 납치되다니! 당신이 숙부의 비서 이름을 언급했을 때, 야비하고 나쁜 생각을 하는 그런 인간은 그 아이를 결코 얻을 수 없다고 생각했지요. 그는 사기꾼, 꾀와 미덕을 가지고 놀며 그 아이의 정신을 현혹시켜서 울타리 밖으로 끌어낼 줄 알았던 사기꾼임에 틀림없소. 나는 국가의 보호 아래 그런 가치 없는 남자의 죄를 묻도록 크래스톤 경에게 도움을 간청하겠소.

내 아내와 외아들의 건강 상태가 좋지 않아 이곳을 떠나지는 못하지만, 이 사랑하는 아이를 생각하며 다음과 같은 일을 했어요. 즉 영주에게 영주의 의회를 통해서 그 애의 재산을 돌보아주도록 요청했소. 수입은 그녀의 생각에 따라 뢰바우 백작의 아이들을 위해 쓰게 하고, 그 아버지와 어머니는 조금도 못 쓰게 만들었소. 그들은 착한 조카의 마음을 찢어놓았고, 그 애가 불안 때문에 이성을 잃고 파멸의 길로 들어가게 한 원인이니까요.

내가 즉시 D로 가서 그 애가 어디 있을지 우리가 다만 몇 가지 단서라도 얻을 수 있으면 좋으련만! 그래서 어떻게든지 그 애의 가치를 알지 못했던 그 불행한 사내가 그 애를 유괴하고 내버린 것에 대한 책임을 지게 되기 바라오.

시모어 경, 경에게 동정을 보냅니다. 이제 다시 돌아온 사랑으로 인하여 마음의 고통이 커졌을 테지요. 하지만 여성의 세계를 잘 알고 있었을 남자가 어떻게 이렇게 탁월한 처녀를 잘못 보고, 또 일반적인 척도를 들이대고 그 미덕을 시험해볼 수가 있단 말이오? 그 애가 모든 면에서 두드러지지 않던가요? 용서하시오, 시모어 경, 경의 근심을 증가시키는 일은 옳지 않겠지요! 가까운 조카의 다정함을 생각하니 나의 불쾌감이 과장되었소. 그리고 일어났던 일과 일어나지 않았던 일이 똑같이 증오스럽게 나를 몰아대는구려.

사랑하는 그 애의 거처를 알기 위해서라면 아무리 지나친 일도 피하지 마시오. 염려되는 것은, 오, 염려되는 것은, 그 애가 죽은 채 발견되면 어쩌나 하는 것이오!

더비 경은 천벌을 받을 거요. 당신도 그 애의 복수를 위해 나와 함께 손을 잡지 않는다면 벌을 받을 거요! 하지만 당신이 비록 너무 늦었지만 자신의 고매한 사랑을 증명하기 위해 모든 것을 한다면, 이 귀한 조카딸의 숙부는 당신의 가장 좋은 친구가 될 것이오. 나는 모든 걱정과 고통을 당신과 함께 나누듯이, 모든 경비도 함께 나누겠소. 여기서는 모든 일을 비밀로 할 것입니다. 제 아내의 연약한 마음을 지나친 슬픔으로 채우고 싶지 않으니 말이오.

마담 라이덴스가 에밀리아에게

사랑스러운 미망인 폰 C 부인은 온유한 감성으로 가득 찬 아름다운 영혼의 소유자예요. 지난번 나와 면담할 때, 마지막에 내가 짧게 말을 끊은 것을 정확히 눈치 채고 며칠 후에 다시 찾아와서 다정하고 조심스럽게 그 이유를 물었지요. 나 자신도 내가 갑작스럽게 입을 다물게 된 퉁명한 태도를 느끼고 있었지만, 내겐 강한 동기가 있었고, 그녀의 감정에 너무 가까이 가고 싶지 않았기 때문에 말을 끊고 집으로 오는 길밖에 다른 수가 없었어요. 집에 와서는, 내가 그 입장이라면 할 수 있을 선행의 가능성을 향해 그녀가 열심히 달려들지 않기 때문에 가졌던 불만을 확실히 느꼈고요. 에밀리아, 당신 남편의 최선의 사랑을 대변하는 따뜻한 어조가 오직 선행을 향한 내 성향에 있음을 알았다는 것이 기뻐요. 비록 내가 이런 미덕의 몽상에 빠져 있었음을 책하기도 했지만요.

(오! 이렇게 과도하게 선한 정열이 내 장래의 유일한 과오가 되었으면 좋겠어요!)

난 폰 C 부인에게 아주 솔직히 대답했어요. 예민한 감수성으로 가득 찬 영혼이 선행의 영역을 향해 그렇게 냉혹한 시선을 보내는 것을 보고 아주 이상하게 생각했다고요. 부인은 대답했지요.

"당신의 활동적인 정신이 내 우유부단함에 불만스러워하리라는 건 충분히 이해할 수 있어요. 당신은 선행에 대한 생각 때문에 내가 첫 번째 결혼을 선택했다는 것을 몰랐으니까요. 하지만 거기서 난 스스로 행복하지 않으면 다른 사람도 행복하게 할 수 없다는 것을 너무 잘 경험했어요. 그리고 즐거움의 꽃이 곧 근심의 안개 속에서 시들어가게 되는 이 불확실한 땅에 다시 도전할 마음이 없다는 것도요."

극도로 고조된 감정의 동요가 온화한 금발 미인의 매력적인 모습에서 전부 표현되었지요. 그 어조는 동시에, 제대로 씨도 뿌려보지 못한 희망이 갑작스럽게 썩어버렸던 기억을 내 마음속에 불러냈어요. 나 자신의 고민이 내 안에 들어 있던 인간적 감성을 고조시켰고, 내가 다른 사람의 행복에 대해 생각하고 느꼈던 만큼 강하게 그녀의 근심을 느끼게 되었지요.

"용서해주세요, 친애하는 C 부인! 제가 부인께 제 사고방식의 근거에 맞추시라고 부당하게 요구했음을 알겠어요. 그리고 그것을 저의 내면의 선한 동기에 대해 확신한 만큼 더 열렬히 요구했지요. 왜 저는 좀 더 일찍 부인 입장에서 보지 않았을까요. 부인의 입장에서 보자면 저의 제안에는 실로 많은 위험이 있지요. 부인을 더는 부당하게 생각지 말아야겠어요. 앞으로 이런 이야기는 꺼내지 않도록 할 거예요."

"내 말에 만족한 듯하니 기뻐요. 하지만 당신은 나 스스로에게 많은 불안감과 불만을 생각하게 해주었어요."

난 황급히 물었어요. "어떻게요, 어떤 점에서요?"

"그 모든 계기에서 행복한 사람을 만든다는 생각 때문에요. 내 거부감과 회피성이 나를 고통스럽게 하는군요. 무언가 다른 것으로 보충하고 싶어요. 당신의 고용인학교에서 내가 할 일을 줄 수 없을까요?"

부인은 솔직히 아니요, 라는 대답을 들었지요. 난 그녀의 손을 잡고 미소 지으며 말했어요. "하지만 전 즉시 부인의 후회의 감정과 보충의 열망을 이용하고 싶고, 부인과 연결시켰으면 좋겠어요. 이제 부인은 자신의 마음을 통해 어떤 남성도 행복하게 해주려 않으시니, 그 노력을 부인의 교제와 호감 가는 수업을 통해 친척들과 친구들의 딸들에게 부인의 고상한 사고방식을 전수하고, 그것을 통해 부인이 사시는 곳을 위해 사랑받을 만한 여성들을 교육하고, 또 마담 힐스의 착한 소녀들을 그들 나름의 좋은 여성들이 되도록 연결하면 좋겠어요."

이 제안은 부인 마음에 들었지만, 부인은 곧 나를 통해 구체적인 계획을 얻고자 했어요.

"전 하지 않겠어요, 부인. 전 제 자신에서 벗어날 수 없기 때문에 그 계획이 부인의 의도에도 맞고 동시에 만족스러울지도 모르겠어요. 부인에겐 지혜와 경험이 있고, 그곳의 습관도 알고 계시고, 친절로 가득 찬 마음이 있습니다. 이런 것들이 합쳐져서 이 계획을 수행하기 위해 최선이 무엇인지 부인께 지시를 해줄 거예요."

"그 점은 아주 의심스러운데요. 그럼 질서 있는 수업을 배울 수 있는 책이라도 추천해주어요."

"책의 순서에 따라 행하는 수업은 부인이나 어린 친구들을 금방 지치게 할 거예요. 이들은 여러 가지 다른 방법으로 교육을 받았을 터이고, 대개 부모들의 상황이 조직적인 교육을 허용하지 않을 것이고, 열댓 살 되는 소녀들은 부인 따님의 동무들과 마찬가지로 그런 방법에 익숙해지기를 싫어하지요. 부인은 어떤 교본에도 얽매이면 안 됩니다. 다만 어린 처녀들과 교제하면서 그때그때 상황에 맞는 다채로운 수업을 제공해야 해요. 예를 들면 어떤 아이가 부인을 방문했는데, 그 시간에 눈이 많이 와서 돌아가는 일 때문에 불평을 한다고 가정해보세요. 그때 그 애한테 눈이 어디서 오는지 알고 싶지 않느냐고 물어보는 거예요. 그것을 짧고 분명하게 말해주고, 그 유용성이 조물주의 현명한 의도에 따른 것이므로 그 아이의 불평은 옳지 않다고 부드럽게 말해주고, 또 쾌활하고 사랑에 찬 어조로 오늘은 눈이 불편하지만 며칠 후에는 썰매를 타는 즐거움이 있다는 것을 보여주는 거지요. 그러면 귀 기울여 듣는 어린 소녀들의 대화는 곧 아름다운 겨울 의상이라든가 예쁜 썰매의 종류 등으로 이끌려 갈 거예요. 그때 심각하거나 불만스러운 표정으로 그 대화를 중단시키지 마시고, 부인이 그들의 여러 가지 생각을 듣는 걸 좋아한다는 것을 보여주세요. 화장이나 치장에 관한 좋은 취향에 대해서도 좀 말씀해주시고요. 부인이 축제를 기획하고 열려고 하는 듯이 말이에요. 이 모든 것을 부인의 기지를 발휘하여 아주 명랑한 기쁨의 색깔로 칠하도록 하시고, 젊은 사람들에게 이런 기쁨을 누릴 권리가 있다고 인정해주시고, 부드럽고 감동적인 어조로 이렇게 덧붙여주세요. 하지만 이런 즐거움의 무대가 미덕과 세련된 유복함의 햇불로 비추어져야 하지 않을까 하는 걱정도 생긴다고 말이에요. 이런 첫 번째 시험에서 부인은 소녀들의 마음과 생각을 엿볼 수 있을 거예요. 그런데 부인의 그런 말을 듣고도 그 아이들이 다시 오고 싶어 하지 않는다면, 제 생각이 틀린 것이겠지요."

"확실한 방법이라 생각돼요. 하지만 의심이 드네요! 그 소녀를 눈에 대한 물리적 지식과 신이 베푼 선행에 대한 도덕적 사고로 이끌기는 할 거예요. 하지만 썰매 타기 때문에 첫 번째 교훈이 지워지지 않을까요? 그러니까 진지한 수업이 유용성을 잃게 되지 않을까요?"

"그렇게 생각하지 않아요. 우리는 즐거움과 연결되지 않는 일만 쉽게 잊어버리고 싶어 하니까요. 그러므로 미소를 지으며 인간을 부드럽게 만드는 지혜는, 사람들이 진리의 오솔길 위에 꽃을 뿌려놓기 원하지요. 미덕이란 존경을 얻기 위해 꼭 진지한 색깔로 묘사될 필요는 없어요. 내면의 본질과 그 모든 미덕의 행동이 진짜 존엄성이 있는 거지요. 미덕이 비록 기쁨과 행복의 옷을 입고 나타난다고 해도 존엄성은 뗄 수 없는 일부분이에요. 이런 의복 안에서만 미덕은 신뢰와 존경을 동시에 얻게 됩니다. 애들에게 절대로 엄격하고 위협하는 손짓을 하지 마시고, 친절한 손짓만 하세요! 우리가 이 육체의 세계에서 사는 한, 우리의 정신은 오로지 우리의 오감을 통해서만 행동할 것이니까요. 만약이 오감이 거슬리는 방법으로, 또 적당하지 않은 시간에 억눌린다면, 그러면 교훈의 강요와, 자연이 우리에게 부여한 즐거움에 대한 강한 사랑 사이에서 갈등이 생겨나 우리의 도덕적 삶이 성장하는 데 아주 나쁜 결과가 초래될 거예요. 조물주가 기쁨의 달콤한 감정을 우리에게 부여한 것은 헛된 일이 아니에요. 우리에게 수천 가지 종류의 즐거움을 누릴 수 있는 능력을 부여한 것도 괜한 일이 아니고요. 여러 가지 오락에 기쁨의 미덕을 한번 섞어보세요. 그리고 젊은 혈기가 거기서 달아나, 외진 곳에서, 거친 쾌락에 무절제하게 끼어들었다가, 잘못된 기쁨을 무사히 지나가는지 살펴보세요. 신성한 도덕론 자체도 우리를 미덕과 지혜의 길로 이끌고 갈 때 영원한 천상의 행복에 대한 매력적인 전망을 보여주지 않나요?"

마담 C의 아름다운 눈이 놀라고 기뻐하며 나를 응시했지요. 난 너무 말을 많이 한 것을 용서해달라고 청했지만, 부인은 자신의 만족감을 확실히 보여주며 알고 싶어 했어요. 왜 귀족 처녀들을 가르치는 궁정의 여교사 자리를 찾지 않고, 자라나는 하녀들의 여선생을 자원했는지?

난 말했어요. 각 신분에 부여된 행복의 분배를 비교해보면서, 천한 신분 사람들의 행복은 너무 작고 불완전한 것으로 보여서 무언가 더 얹어주면 기쁠 것이라고 생각했기 때문이라고요. 높은 사람들이나 중간층 사람들은 부와 명성이라는 모든 특전 외에도 말로 글로 교육을 받죠. 그런데 미천하지만 쓸모 있는 계급은 넘치는 지식과 복지의 쓰레기조차 얻지 못하니까요.

"당신은 지식에 관해서 말하는데, 내 젊은 아가씨들을 학자같이 만들어야 할까요?"

"수천 명 시민 신분의 처녀들 중 그 어느 처녀의 상황에도 맞지 않는 그런 생각은 하지 말아주세요! 아니에요, 친애하는 C

부인, 모든 가정적 미덕을 실천하는 일에 그들을 붙들어주세요.
하지만 한편으로 그들이 숨 쉬는 공기라든지, 밟고 다니는 흙,
그들에게 식량과 의복을 제공하는 동식물들에 대한 간단한 지
식은 알게 해주세요. 또 역사적 지식도요. 그러면 남자들이 여
자들 앞에서 그런 이야기를 할 때 아주 낯선 사람처럼 앉아 있지
않아도 되고, 미덕과 악덕이 끊임없이 인간 종족 전체를 돌고 도
는 순환을 하고 있다는 것을 볼 수 있지요. 학문을 나타내는 말
을 모두 이해시키도록 하세요. 예를 들면, 철학이 무엇인지, 수
학이 무엇인지 말이에요. 하지만 고결한 영혼이라는 표현의 의
미에 대해서, 모든 선행의 미덕에 대해서는 아주 완벽한 개념을
그들에게 넣어주도록 하세요. 설명을 통해서, 또 이런저런 미덕
을 훌륭한 방법으로 행한 인물들의 예를 통해서 일부 또는 전부
를 알려주세요."

"그들이 소설도 읽도록 둘까요?"

"그러세요. 특히 그 점에서는 부인이 어차피 막을 수도 없을
거예요. 하지만 부인이 할 수 있으면 주인공들이 고귀한 원칙에
따라 행동하는 소설이나, 삶의 진실한 장면이 묘사된 것들을 찾
아주세요. 만일 소설 읽기를 금지시키려 한다면, 모임에서도 젊
은이들 앞에서는 그들이 살고 있는 도시나 거리에서 일어나는
연애 사건에 대해 짧게, 아니면 자세하게 이야기하는 것도 피해
야 할 거예요. 아버지, 어머니, 오빠들이 여행 중에 관찰한 일이
나 멋진 사건들에 대해 너무 많이 말해주어서도 안 될 테고요.
그렇게 하지 않으면 이러한 금지와 반대 실천도 해롭고 대조되
는 결과를 초래할 거예요. 훌륭한 남성이나 인간을 아는 사람
은, 남녀 젊은이들에게 호기심을 진정시키기 위해 두꺼운 여행

책을 주고 싶어 하지요. 거기에는 자연의 역사와 그 지방의 풍습에 관한 것이 많이 등장하는데, 그것을 통해 많은 유용한 학문이 그들 사이에 퍼지기 때문이에요. 모든 신분의 미덕에 관한 도덕적 초상화, 특히 여성에 관한 그림이 모아졌으면 좋겠어요. 그 안에서는 프랑스 여성들이 우리들보다 더 행복하게 보여요. 그들 사이에서는 여성의 공로가 공개적이고 지속적으로 예우를 받고 있지요."

"하지만 아마 우리가 그들보다 더 많은 것을 얻게 될지 몰라요. 우리는 보상이 없어도 공을 세우기 위해 애쓰니까요."

"그건 사실이에요. 하지만 다만 모든 어려움을 극복하고 올라서서 다른 사람들에게 활기를 줄 수 있는 소수의 사람들만 그렇지요. 그래서 전 모든 신분과 계급에서 자신들의 수단으로 이끌어낸 모범상을 세우고 싶어요. 그래서 그들의 출생도 환경도 모두 너희들과 같은데, 열렬한 미덕과 이성의 활용을 통해 그렇게 존경스럽게 되었다고 말할 수 있기를 바라요. 공개적인 모임의 훌륭한 장소, 특별한 옷이 가치 있는 보상이 될 수도 있지요. 오래전에 인간의 마음을 잘 아는 위대한 사람들이 해왔던 것처럼 말이에요. 하지만 우리들은 이런 제도에 적응하라는 임무를 받은 것이 아니라 오직 우리의 능력이 닿는 대로 많은 선을 행하라는 의무만을 갖고 있지요. 저는 정말 가난하고 봉사하는 사람들 속에 있어요. 그러니 저는 이들을 수업과 본보기를 통해서 그들의 정도에 맞는 미덕과 행복으로 이끌어주어야 한다는 의무감을 느끼고 있어요. 이때 저의 찬란하고 명예로운 환경에 맞았던 생각이나 정신이 그들에게 흘러 들어가지 않도록 피할 거예요. 뒤섞인 사고방식에서부터 뒤섞인 욕망이나 소망이 그 약점들과 더불어 발생할까 염려되니까요. 부인께서는 그 지역에서 최고 서열에 계신 미망인이세요. 부인은 사람들에게 친절하시고 이들과 이성적이고 편안한 교제를 하시므로 부인 신분의 모든 사람들이 찾아올 거예요. 따님도 기르셔야 하지요. 그러니 부인은 따님과 나이가 같고 신분이 같은 모든 소녀들에게 고결한 마음을 심어주시는 겁니다. 만일 그들이 부인 따님의 수업 시간에 함께할 수 있게 한다면 말이에요. 그 어머니들은 살림살이와 어린 동생들 때문에 이 딸들에게 책을 읽어주거나 함께 이야기할 수 없을지도 모르니까요. 그들로 하여금 자신의 신분 중에서 뛰어난 사람이 되기 위해 마땅히 어떻게 생각하고 행동해야 하는지를 알려주세요. 이것이 부인이 결혼하지 않고 사시겠다는 생각 때문에 초래될 손해를 보상할 수 있는 유일한 방법이 될 것입니다." 부인은 이 모든 것을 듣고 또 지침을 달라는 부탁을 내가 사양한 데 대해서 미소 지었고, 나에게 우정과 만족의 모든 표현을 보냈어요.

마담 라이덴스가 에밀리아에게

내키지 않아요, 정말 내키지 않아요, 에밀리아. 난 힐스 부인을 따라 온천에 가게 되었어요. 내 건강이 쇠약해진 것은 사실이고, 온천 요법이 약속해주는 도움이 필요하다는 것도 인정해요. 말없는 괴로움이 내 몸에서 기력을 갉아먹고, 그동안 도덕적 삶에 퍼부었던 내 열성 역시 쇠약하게 만들었으니까요. 친구여.

당신도 내가 당신 집에서 보냈던 행복했던 열흘 내내 걱정을 했었지요. 어제 그대 남편이 내 거부감을 제압했지만 그가 첫 주일은 우리와 함께 있겠다는 조건하에서였지요. 그때까지 낯선 사람들이 모인 큰 모임에 대한 내 증오심이 줄어들기를 그는 바라고 있어요. 그는 또 주장하기를, 이 겨울이 지나는 동안 내 마음은 나의 모든 정신력을 소모시키고 피곤하게 만들었는데, 이 쇠약해진 정신은 오직 자유로운 공기 속에서의 교제를 통해서 회복될 수 있다고 해요. 난 아주 수척하고 창백하며, 사람들이 매력 있다고 했던 두 눈도 자주 올려 뜨지 못하고, 옷은 아주 소박해져서 어떤 남자의 추적도 염려할 필요가 없을 정도예요. 그러니 두 달 동안 잘 있어요, 사랑하는 친구여. 내일 아침 일찍 우리는 당신 남편과 몸종 하나, 하인 하나과 함께 떠날 거예요.

◈

마담 라이덴스가 온천에서 에밀리아에게

친구여, 댁의 낭군님은 무슨 힘으로 내 영혼을 지배하고 있는지요? 그는 나를 마담 힐스 댁의 바쁜 일터로 이끌더니, 내 저항에도 불구하고 나를 온천으로 옮겨놓았고, 나흘째 되는 날에는 레이디 서머스를 알게 해주었어요. 그래서 이제 난 그의 손에 의해 레이디 서머스와 연결되었고, 그분과 함께 영국으로 가게 되었답니다. 우리의 여행이 행복했다는 건 부군을 통해 들어 알고 있겠지요. 부유한 힐스 부인의 덕택으로 우리 넷은 아주 편안하고 품위 있는 방을 얻었어요. 그런 걸 바라지도 않았는데 말이에요. 첫날 저녁 목사님은 바로 레이디에게로 갔고, 이튿날에는 산책하는 그녀를 가리키며 나에게 알려주었어요. 그녀의 모습은 아주 연약하지만 고상했어요. 순수하고 붙임성 있는 얼굴 표정과, 감정이 풍부한 크고 아름다운 눈, 그리고 모든 동작이 우아함으로 가득 찼고 품위가 있었어요. 부인은 우리 두 여자에게 인사하고 주의 깊게 살펴보더니 우리에게는 아무 말도 하지 않고 B 씨를 불러 갔어요. 다음 날도 점심식사 때 그 부인은 B 씨를 불러 가더니, 나에게는 영어로만 말하는 거예요. "오늘 저녁에는 당신이 제 말동무가 되어주세요"라고. 내가 허리를 굽히고 대답하려고 하니 부인은 벌써 저쪽으로 가버렸어요. 하지만 나도 아마 더듬거렸을 거예요. 영어의 진짜 악센트를 듣고 영혼의 심한 고통을 느꼈을 뿐 아니라 동시에 슬픈 기억과 영상들이 빠르게 내 영혼 속을 뚫고 들어왔으니까요. 에밀리아, 부인이 나를 즉시 보자고 하지 않은 것은 다행이었어요. 그랬다면 내가 눈에 띄게 당황했을 테지요. 저녁에 마담 힐스와 B 씨는 나와 함께 레이디 식탁에서 식사했어요. 부인은 아주 선한 인상이었지만 내가 계획하고 말하는 모든 것에 대해 탐색하는 눈길을 주었지요. 부인은 마담 힐스의 고용인학교 재단에 대해 찬사를 보내고 덧붙이기를 자신도 그것을 본보기로 영국에도 하나 세우고 싶다고 했어요. 이 말을 B 씨가 마담 힐스에게 통역하자, 이 착한 부인은 너무 기뻐서 눈물을 글썽이며 미소 지었지요. 그리고 재빨리 내 손을 잡고 B 씨에게 말하기를, 자신은 그저 여윳돈이 있었을 뿐이고 내가 바로 그것을 착안했다는 것을 알려드리라고 했어요. 그때 내 얼굴이 몹시 빨개지자 레이디 서머스는 내 뺨에 손을 대고 말했어요. "좋아요, 딸 같은 여인이여, 진정한 미덕이란 겸손해야지요."

내가 주의 깊게 마담 힐스와 이야기하며, 레이디가 나나 B 씨와 대화하는 모든 것을 그녀에게 담담하게 통역해주는 것이 레이디의 대단한 칭찬을 받았어요.

"그대는 앞으로 틀림없이 좋은 날들을 겪게 될 것이에요. 그대의 미덕은 노인을 행복하게 해주려 애쓰고 있으니까요."

내 앞날을 가리키는 이런 말에 감동을 받아서 내 두 눈은 촉촉해졌지요. 레이디가 그것을 보더니 다정한 눈길을 건네며 내 쪽으로 몸을 기울였어요.

"가엾어라, 착한 청춘." 그녀는 말했어요. "장래 그대의 눈물을 모두 씻어줄 손을 나는 알고 있어요."

몸을 숙이고 난 B 씨를 바라보았어요. 그는 쾌활하게 고개를 끄덕이며 답했지요. 레이디는 그에게 손짓하며 말했어요. "오늘은 아니에요. 하지만 내일 아침 모든 것을 확실히 알게 될 거예요."

그 아침이 바로 엿새 전이었고, 그동안 내 마음은 제안과 결정 사이에서 흔들리다가, 결국 올 한 해를 레이디의 시골 별장에서 보내고 내년 우기에 다시 그녀와 함께 돌아오기로 생각을 굳혔어요.

런던으로는 안 갔으면 좋겠어요. 부디 이미 알고 있는 영국인들은 만날 기회는 없기를! 하지만 이 사람들 중 누구도 적적한 곳에서 살고 있는 노부인을 찾아올 일은 없을 테니까, 난 안심하고 이 나라를 보고 싶고, 왓슨 가문에 대해서도 알고 싶은 내 오래된 욕망을 채울 수 있을 거예요. B 씨는 내가 고용인학교를 세워야 한다는 이유로 마담 힐스에게 나를 붙잡지 못하게 했지요. 그러면서 영국에서 마담 힐스의 계획과 그 고상한 본보기에 따라 학교가 세워지는 것임을 사람들이 알게 될 거라는 말로 그녀를 진정시켰어요.

에밀리아, 오! 이 레이디는 오랜 세월 인간 사이를 거닐던 천사예요. 최고로 고귀한 우정의 달콤한 향유를, 그것을 느낄 수 있는 영혼 안에 부어주기 위한 천사 말이에요. 내 영혼은 다시 아주 생기를 얻게 되었어요.

마담 라이덴스가 서머홀에서 에밀리아에게

첫 번째 편지에서 벌써 말했지요. 행복하게, 정말 행복하게 난 어진 마음을 가진 레이디와 함께 도착했다고요. 로지나와 B 씨도 집에 잘 돌아갔기를 바라요. 로지나가 뱃멀미를 한다고 바다를 건너오지 않으려 해서 유감이었어요. 쉽게 견딜 수 있었는데 말이에요.

당신은 이미 영국의 시골 별장들에 대해 묘사한 글을 읽었을 테지요. 오랜 취향이 보존된 가장 아름다운 것을 생각해봐요. 그리고 그것을 서머홀이라고 부르면 돼요. 정원 옆에는 크고 예쁜 마을이 있고, 나와 레이디가 팔짱을 끼고 골목을 걸어가면서 아이들이나 일꾼들과 이야기하고, 병든 자를 방문하고, 어려운 사람들에게 도움을 주고 있는 걸 상상해보아요. 이것은 오후에서 저녁까지 부인이 하는 일이고, 오전에 나는 부인에게 책을 읽어드리고, 집안을 돌보며, 부인이 얼마 안 되는 이웃들로부터 받는 방문들에 신경 쓰지요. 그리고 이곳의 훌륭한 신부님과의 교제로 그 외 시간을 채우면 내가 특별한 것을 읽을 시간은 많지 않아요. 부인이 찾아 읽게 하는 책들은 민족정신을 나타내는 것과, 다가오는 그녀 인생의 한계를 느끼게 하는 것들이에요. 앞의 분야는 영국의 역사가들과 궁정 신문들이 채워주고, 뒤의 분야는 훌륭한 영국의 설교자들이 채워주지요. 나는 거기다가 나를 위해 영국의 자연사를 추가해서, 신부의 가족과 함께 산책할 때 이것에 대해 함께 이야기해요. 신부의 부인과 두 딸들은 아주 영리해서, 내가 좋아하는 지식을 늘리고 넓힐 수 있으니까요. 난 아주 편안하고 만족감을 즐기고 있는데, 이것은 즐거운 만족감이라기보다는 안정감과 비교될 수 있는 거예요. 나는 다른 때 같으면 내 감정과 사고를 지배했을 바쁜 일들을 느끼지 않게 되었어요. 아마 영국의 선량한 영혼들을 지배하고, 성격들의 생생한 색깔을 마치 섬세한 향기로 뒤덮는 것 같은 부드러운 우수의 숨결이 나의 정곡을 찔렀나봐요. 난 다시 류트를 켜고 노래를 시도했어요. 내가 노래할 때 레이디가 내게 키스를 보내거나, 잘 연주된 아다지오에서 그녀가 두 손을 꼭 잡고 있는 것을 보면 이두 가지는 나에게 말할 수 없이 가치 있는 일이 된 거예요. 하지만 영국에 대한 내 사랑이 얼마나 강한지 생각해봐요. 영국 출신 남자에게 받은 끔찍한 기억에도 불구하고, 정원의 공기를 다소 기쁜 마음으로 호흡하며 이 나라를 내 조국이라고 생각하니까 말이에요. 나는 의복과 언어, 그리고 행동에 있어 영국 여성처럼 보이고 싶어 했어요. 하지만 레이디가 말씀하기를, 나의 노력에도 불구하고 내 모든 행동을 지배하고 있는 사랑스러운 이국적인 창조 정신을 몰아내지는 못할 거라고 했어요. 난 이 댁 사람들의 신뢰를 얻었는데, 그들은 레이디를 특히 주의 깊게 섬기며 헌신하는 모습을 보여줘요. 레이디는 내가 그들의 감정에 영향을 준 결과 그렇게 되었다고 보는데, 이것이 내가 그녀를 위해 행하는 모든 일 중에서 그녀를 가장 감동시킨 것처럼 보여요. 레이디는 그 점에 대해서 내게 다정스럽게 감사를 표하지요. 그 선량한 노부인이 잠자리에서 내게 축복을 빌어주고, 그녀의 하인들이 만족한 표정과 사랑스러운 어조로 내게 잘 쉬라고 말해 줄 때면, 매일 저녁 순수한 행복의 감정을 느끼며 잠들 수 있어요. 그리고 아침에 해 뜰 때 가벼운 몸으로 정원으로 나가면, 목동이 놀란 표정으로 날 보고, 그 아들과 함께 "좋은 아침 맞으세요, 착한 아씨" 하고 외치지요. 이 외침은 내가 밭고랑 위에서 펼쳐진 신의 선행을 목격한 기분이 들게 하고, 그래서 나도 선행의 의무를 기꺼이 실천하고 싶게 해요. 눈물을 흘리면서 난 우리 조물주에게 내 마음에 이런 힘을 허락해준 데 대해 감사를 드려요. 당신도 알지요, 내가 이끼 긴 작은 숲과 하찮아 보이는 작은 꽃들로도 만족한 시간을 보낼 수 있다는 것을요. 그러니 내가 우리 정원에서 좋았던 시절의 이런 오랜 친구들을 발견하여 감동하며 바라본다는 것도 생각할 수 있을 거예요. 항상 내 속에서는 지나간 생각들이 현재의 느낌과 모든 경우에 함께 엮이고 있으니까요. 부드러운 이끼, 쓰러진 나무뿌리에서 새로 자라난 나뭇가지를 보고 난 말하지요. 한참 꽃필 시기에 불행한 운명의 타격으로 인해 수관과 줄기를 빼앗긴 나는 저 어린 나무와 같지 않은가, 하고요. 오랜 시간 나머지 나무는 슬프게 메말라서 그 자리에 서 있었지만, 마침내 그 뿌리에서 새로운 가지가 돋아 나와서 자연의 보호를 받아 다시 강하고 높이 자랄 수 있게 되고, 어느 정도 시간이 지나면 좋은 그늘을 드리우게 되겠지요. 내 명예와 행복한 모습, 큰 세상에서 난 설 곳을 잃어버렸어요. 그 고통이 오랫동안 내 영혼을 마비시켜서 결국 시간은 감성을 축소시켜버리고, 운명이 건드리지 않았던 내 삶의 뿌리들은 새 힘을 모았고, 내 교육의 좋은 원칙들은 작지만 싱싱한 선행과 유용함의 가지를 이웃 인간들을 위해 솟아나게 했지요. 그 원칙들은 키 작은 이끼들 옆에서, 작은 풀들 사이에서 나와 닮은 뿌리에 가지가 싹터 오른 것처럼, 낮은 계급의 이웃 사람들 사이에서도 싹이 자라났어요. 이 계급의 사람들을 가까이 본 것이 기뻤어요. 그중에서 크게 자란 나무 밑에서 알려지지 않은 채 시들어버리는 예쁜 꽃들을 많이 보았으니까요. 인간관계와 배려라는 내 그늘 아래에 사랑이 많은 고용인학교 창설자가 아끼지 않고 씨를 뿌림으로써 그렇게 많은 유용한 인간들을 자라게 한다는 사실은, 나 자신을 위로하기 위해서라도 할 수 있는 말이 아니겠어요? 이제 사랑하는 레이디 서머스의 고결한 마음은 크고 작은 인생의 근심사에 의해 방해받지 않고, 내 모든 능력과 감사의 마음이 애쓰는 노력과 합쳐져서, 육십 인생을 맞아 사라지는 기쁨과 다가오는 쇠약함 사이에서 힘들게 내딛는 발걸음에도 안식을 하게 되었어요.

🙞

마담 라이덴스가 에밀리아에게

에밀리아, 부자들도 일종의 결핍을 느끼는 일이 있지 않아요? 그 결핍은, 그들이 모든 종류의 즐거운 일들을 높이 쌓고자 하지만 나쁜 일을 벗어날 수 없다는 데서 오는 것이지요. 그리고 그것은 우리의 정신과 마음도 역시 자신의 욕구를 갖고 있고, 그것을 만족시키기 위해 인도의 모든 황금도, 프랑스의 모든 아름다운 환락의 진기한 물건들도 아무것도 할 수 없다는 사실을 그들이 모르기 때문이고요. 그것에 대처하는 데 도움이 되는 것은 오직 감정이 풍부한 손에 있고, 또 배움이 많고 즐거운 교제에서만 발견할 수 있지요. 이러한 장점을 알고 있는 행복한 부자의 수는 얼마나 적은지요? 나는 정말 인생의 많은 쾌적한 재산을 소유하고 있고, 운명이 요구할 수 있는 이 행복의 선물들을 온몸으로 느끼며 즐기고 있어요. 하지만 내 마음의 넘치는 감정을 쏟아부을 수 있는 절친한 친구의 가슴이 없어요. 난 사랑받고 있어요. 겸손해 보이는 내 원칙이 여기저기서 나를 존경하도록 만들어요. 우리의 신부님과 또 이웃에 사는 아주 철학적으로 사고하는 귀족 한 분과 대화하면서 셰익스피어와 톰슨, 에디슨과 포프의 미적 감각이 내 정신에 새롭고 생동감 있는 자양분이 되었지요. 신부의 큰딸은 온유하고 감정이 풍부하면서 진실로 이성적이에요. 난 그녀를 사랑해요. 하지만 부드럽게 그녀를 포옹하는 중에도 내 마음은 에밀리아를 대신하기에 부족감을 느낀답니다. 그렇다고 감사를 모르는 사람이라고 날 꾸짖지 말아요. 난 당신의 우정을 아직 간직하고 있고, 사랑스러운 에마의 우정도 똑같다는 걸 알아요. 당신에게는 여기서 내보일 수 없는 내 영혼의 부분을 써 보내고 있고, 에마와는 영국에 체류하는 동안 내 주위에서 볼 수 있는 것에 대해서 이야기해요. 하지만 어쩔 수 없이 나는 내 편지들이 당신에게 도착할 때까지 달려가는 먼 길을 생각하지 않을 수 없네요. 그리고 이 거리가 습관적으로 내 마음을 아프게 하는 것을 느껴요. 에밀리아, 난 아마도 완전한 도덕적 감정의 길을 가야 하는 운명인가봐요. 그것을 통해 노련해져서, 쓸쓸함과 달콤함에서 그 다양한 정도와 뉘앙스를 빠르고 정확하게 알아챌 수 있겠지요. 만일 가까운 사람의 모든 고통과 안녕에 대해 똑같이 동시에 느낄 수 있는 힘이 있다면, 내 운명의 이 부분에도 기꺼이 순종하겠어요. 그리고 할 수 있는 한, 난 그의 고통을 가볍게 해주려고 노력할 거예요.

레이디 서머스는 자신의 명예를 위해 또 내 자존심을 위해 배려한 것 같아요. 부인은 나를, 고귀하게 출생했으나 고아가 되고 재산도 없이 결혼하여 곧 남편을 잃은 사람으로 소개했으니까요. 내 손과, 고운 속옷과 레이스, 불로 새겨 아름답게 그린 부모님 초상화, 내 사교적 행동과 어조 등이 이런 생각을 확고히 하는 데 기여했지요. 내가 원래 생각할 수 있었던 것보다 훨씬 많이요. 하지만 레이디 서머스의 미덕을 위해 확고히 세워놓은 아름다운 기념비는 내 도덕의 순수성에 대한 믿음이에요. 그녀가 나를 사랑하기 때문에 어떤 영혼도 추호의 의심을 갖지 못하도록 하는 순수성이지요. 레이디가 숨 쉬는 공기는 아주 도덕적이어서, 악덕이 결코 접근하지 못할 정도라고 신부가 말하니까요. 이것이 진정한 명성의 최고 자리라고 생각하지 않아요? 당신의 남편은 얼마나 인간과 선과 고귀함에 대해 잘 아는 사람인지요. 부인 집에서 내 미덕을 강화하고 정신력을 실천하리라고 그가 약속했을 때, 그는 레이디의 존경스러운 이마의 주름 사이에 있는 이 모든 것을 보여주었으니 말이에요! 리치 경이라는 철학적인 귀족이 있어요. 내가 이 편지 시작할 때 썼지만, 그의 집은 여기서 1마일밖에 안 떨어져 있는데 아주 단순하지만 고상한 취향으로 지어진 집이에요. 내부의 제일 좋은 장식물로는 다양하고 아름다운 자연의 수집품들과 수학적 도구들이 완벽하게 구비되어 있고, 상당히 많은 책들이 수집되어 있어요. 그중에는 스무 권이나 되는 대형 서적들도 있는데, 그 안에는 그의 손으로 직접 말린 지상의 모든 진기한 식물들이 들어 있어요. 그가 손수 작업하는 잘 꾸며진 그의 정원과 우리 정원이 맞닿아 있어서 우리는 처음에 그리 가보고 싶은 유혹을 받았지요. 하지만 자신의 모든 보물을 우리에게 보여주고 그 이름을 말해주는 간단하지만 명확한 태도와, 오랜 기간의 아시아 여행과 예술에 대한 폭넓은 지식은 그의 사교성을 아주 매력적으로 보이게 해서, 레이디는 그를 자주 방문해야겠다고 생각하게 되었어요. 레이디는 자신의 인생의 황혼기에 그런 창조물을 즐기는 것은 매우 기쁜 일이라고 말했지요. 이제까지 아주 외롭게 살면서 신부 외에 만날 사람이 아무도 없었던 리치 경은 우리와 알게 된 것을 아주 만족해하며 우리 집에 자주 오곤 해요. 그의 행동거지는 아주 안정감 있어 보였어요. 마치 그의 모든 행동들은 눈에 뜨이지 않지만 쉬지 않고 작업하는 식물 세계의 본성에서 나오는 것 같아요. 하지만 내게는 그의 정신이 피조물의 도덕적 부분도 이전의 물리적 부분을 조사하듯이 똑같이 관찰하는 것처럼 보여요. 에마와 서머스 부인은 그 점에서 얻는 것이 많지만, 그는 이런 점에서 나를 수줍게 만들어요. 최근에 내 생각에 대한 그의 의견을 내가 물었을 때, 그는 말하더군요. "전 당신이 가진 감정의 아름다운 열매의 뿌리가 무엇인지 기꺼이 이야기하고 싶습니다만, 당신의 고향 땅을 둘러싼 두터운 안개 속에서 나타나는 당신의 애호가들에 의해서만 알게 되는군요." 나는 당황하여, 내 정신이 안개에 싸여 있어 애매하게 보이느냐고 위트 섞인 질문을 던지며 궁지를 모면하려고 했어요. 그는 나를 뚫어지게 바라보며 부드럽게, "당신이 의미하는 그런 식으로는 아니지요" 하고 말했어요. "당신 눈에 고인 눈물이, 당신의 정신이 구름에 싸여 있다고 생각한 제가 옳았다는 걸 증명하지 않습니까? 도대체 왜 당신 영혼의 아주 작은 움직임은 제가 말하는 그 안개를 물방울로 변화시킬 수 있는 겁니까? 하지만 마담 라이덴스, 그 이야기는 더 하지 않겠습니다. 하지만 당신도 내 마음이 당신에 관해 어떤 판단을 하는지 더 묻지 말아주세요."

에밀리아, 당신이 없어서 내가 얼마나 아쉬운지 알겠지요. 내 안에 몰려드는 모든 감정을 당신에게 말할 수 있다면, 그러면 마음이 가벼워지고 이렇게 눈치 채인 안개를 통해서만 나타나지는 않을 텐데요. 나는 마음을 충분히 다잡고 그의 물리적 어조로 그에게 대답할 수 있게 되어 기뻤어요. 그가 나를 싸고 있는 구름이 내 마음의 천성에 의해서가 아니라 환경에 의해서 생겨난 것이라 믿어도 좋다고 했지요. "저는 확신합니다. 당신도 안심하세요! 이 고운 구름을 보는 것이 저의 관찰 대상이니까요. 다른 것들은 그리 중요하지 않지요." 우리의 대화는 에마 양 때문에 중단되었어요. 리치 경은 그 이후로 나를 너무 자세히 관찰하지 않도록 주의하고 있지요.

마담 라이덴스가 에밀리아에게

에밀리아, 왜 만물의 영장인 인간까지도 이런 식으로 고집스럽게 선입견을 따르게 되는지 말해봐요. 왜 이렇게 존경스러운 남자를 사랑한다고, 생각이 고상하고 미덕을 갖춘 처녀가 먼저 말할 수 없는지요? 그 처녀가 그의 호의를 얻으려 애쓰고 모든 방법으로 그의 존경을 얻기 위해 노력한다면, 왜 사람들이 용서하지 않는지요?*

이런 질문은 리치 경 때문에 하게 된 거예요. 그의 정신은 모든 광기의 사슬을 벗어던진 듯이 보이고, 그는 오직 진실한 지혜와 미덕만을 따르려고 생각하고 있어요. 그는 에마 양의 온유한 성향에 대해 일종에 반감 같은 걸 보이고 있음에도 언제나 그녀에 대해 대단히 존경심을 보이며 이야기하고, 그녀의 이해력과 마음을 칭찬하고, 그녀의 모든 행동에 갈채를 보이며 그 행동을 사랑했었는데, 그런데 이제는 그녀 마음에 불을 붙였던 부드러운 불꽃을 급격하게 냉담으로 바꾸었어요. 그리고 나에게 똑같이 다정하고 특별한 관심을 고집스럽게 지속적으로 보여주기 시작하는 거예요. 그의 지식에 대한 존경심 외에 그에게 별로 관심이 없던 내게는 부담이 돼요. 나는 그의 찬사를 피하려고, 또 타오르기 시작한 그의 불길에 한 방울이라도 기름을 붓지 않으려고 감정이나 생각의 표출을 수십 번 억누르고 있어요. 난 그

---

*[원주] 이 질문은 대답하기 어렵지 않습니다. 생각이 고상하고 미덕을 갖춘 처녀는 이러면 안 됩니다. 왜냐하면 사람들이 그녀를 위해 어떤 특유한 도덕을 만들어줄 수 없으니까요.

의 사랑을 받아들일 처지가 아니니까요. 그런데 왜 내 여성적 허영심을 위해 그 사랑을 키워야 할까요? 우리는 오늘 오후에 그의 집에 가서 기계를 사용해서 경작지에 파종하는 새로운 시도를 보려고 해요. 레이디 서머스는 무언가 파내거나 심을 때 아주 기꺼이 그곳에 가곤 해요. 그리고 말하지요. "매일 나는 우리 어머니 대지와 합일하는 데 가까워지고 있어요. 이것이 땅에 대한 내 내면의 성향을 굳건히 해준다고 믿어요." 사랑하는 에밀리아, 우연이란 것이 나와 선량한 리치 경에 반대해서 작용하지 않았다면 행복한 하루가 되었을 텐데요. 리치 경이 밭의 경작과 땅의 차이에 대해, 그래서 필요한 경작 방법의 차이에 대해 이야기할 때 신부가 그곳에 왔고, 나는 신부 옆에 앉게 되었어요. 리치 경의 말투는 고상하고 단순하며 명확했어요. 그는 우리에게, 이 나라 저 나라의 농업인들이 농지의 수확을 올리기 위해 만들었던 여러 가지 발명품들에 대해 설명하고, 그들의 노력이 얼마나 보상을 받았는지에 대해서도 이야기했어요. 그리고 그가 말을 마쳤을 때 나도 신부에게 속삭이던 것을 중단하지 않을 수 없었지요. 내가 속삭인 것은, 도덕가들이라면 타고난 성향과 정열의 서로 다른 종류와 강세에 대한 지식을 통해서, 모든 것이 자기 방식으로 어떻게 유용하고 좋게 만들어질 수 있는지 다양한 수단을 결정하는 데 도달하기를 바란다는 말이었어요.

"그것은 이미 오래전부터 행해졌어요." 신부는 말했어요. "하지만 개선할 수 없는 도덕적 토양이 아주 많아서, 그곳에서는 훌륭한 경작지와 씨앗이라도 수확을 얻지 못하지요."

"유감이군요" 하고 나는 대응했어요. "도덕의 세계에도 아무것도 자라지 않는 모래밭이 있을지 모른다는 생각이 드니까요.

그 모래밭에는 작은 마른 풀조차 거의 자라지 않는 황무지와 일반적인 도덕적 개선과는 역시 거리가 먼 습지대가 있고, 물리적인 세계에서처럼 많은 인간의 세월이 지나가겠지요. 필요와 상황이 합쳐져서, 모래에 나무와 울타리를 심어서, 적어도 바람이 좋은 땅에 불어닥쳐 황폐하게 하는 것을 막기 전에요. 황무지를 개간하고 습지의 물을 빼고 그것을 유용하게 만들 때까지 시간이 많이 필요하지요. 그럼에도 신부님의 모든 노력은, 장애가 되는 것을 제거해버린다면 유용성의 미덕은 이 땅 전체에 있다는 것을 증명해주고 있지요. 도덕 세계의 기본 소재는 끊임없이 자체 내에 미덕의 능력을 간직하고 있어요. 하지만 그것을 경작하는 것이 자주 등한시되고 자주 거꾸로 시작되어, 그 때문에 꽃이나 열매를 맺지 못하지요. 역사가 그것을 증명한다는 생각이 들어요. 미개했던 민족들이 고상한 미덕을 갖추게 되고, 과거에 그랬던 민족들은 태만으로 인해 다시 미개하게 되었지요. 마치 경작지처럼, 한때 밀을 수확하여 가족 전체를 부양했던 땅이 경작을 게을리하여 가시나무숲과 해로운 덤불을 키우기 시작하는 것같이 말이에요." 신부는 조용히 참을성 있게 내 말을 들었지만, 우리 뒤에 와서 앉았던 리치 경이 갑자기 벌떡 일어나더니 의자 너머 내 팔을 잡으면서 감동한 듯 말했어요. "마담 라이덴스, 당신은 그런 마음으로 그 큰 세계에서 무엇을 하셨습니까? 그 안에서 행복할 수 없었을 것 같은데요." "그럼에도, 나리" 하고 내가 대답했어요. "그곳에서 정신과 마음 사이에 있는 진실한 차이를 알게 되고, 정신이 아름다운 정원으로 만들어질 수 있다는 것을 보게 되지요." 그는 열광하며 말했어요. "고결하게 심겨진 영혼이여, 당신은 축복받은 곳에서 성장했군요. 또 아름다운 인간성이 당신을 돌보았군요!"

마음이 감동하여 난 항상 내 손에 쥐고 있던 부모님의 초상화에 입을 맞추었지요. 그 위로 눈물이 떨어져서 난 창가로 갔고, 리치 경이 나를 따라왔어요. 내가 몇 분 후 그를 보자, 그의 시선이 초상화에 머물면서 관심 어린 슬픈 표정이 그의 얼굴에 나났어요. "이건 부모님 초상화군요, 마담 라이덴스. 아직 살아 계신가요?" 그는 부드럽게 물었어요. "오, 안 계세요, 나리. 계시다면 제가 이곳에 오지도 않았을 것이고, 제 눈에서는 기쁨의 눈물만 흘렀을 거예요." "그러면 어떤 폭풍이 당신을 영국으로 이끌어 온 것인가요?" "아닙니다, 나리. 우정과 자유로운 선택은 폭풍이 아니니까요." 나는 미소 지으려고 애쓰면서 말을 받았지요. 리치 경은 활기에 차서 말했어요. "당신의 '반쯤' 솔직함에 감사드립니다. 그것이 당신에게 선택의 자유가 있다는 확신을 내게 주었으니까요. 한 남자가 이제까지 키워왔던 가장 고결한 성향이 이 땅 위에서 희망을 세울 것 같습니다." "그럴 수가 없습니다, 나리. 말씀드리자면, 이 땅의 여주인이 영원히 그 희망과 갈라지게 할 것이니까요." 내가 이 말을 했을 때 레이디 서머스가 우리 옆에 왔는데, 내가 마지막 말을 하는 순간 그 손을 내밀어 내 입을 막았어요. "그런 말 하지 말아요" 하고 그녀는 말했어요. "당신은 과거 때문에 미래의 날들을 내던지려 하나요? 신은 당신을 잊지 않을 겁니다, 사랑하는 친구여. 그러니 고집스러운 요구는 하지 말아요." 이런 꾸중으로 감정이 예민해져서 내 얼굴이 빨개졌어요. 난 내 입을 막으려 했던 레이디의 손에 입을 맞추고 다정하게 물었지요. "귀하신 마님, 제 요구가 고집스럽다고 보셨는지요?" "당신은 끊임없이 과거에 대해 슬퍼하고, 망자들의 나라에서 반환을 청구하고 있어요." 그녀는 대답했어요.
"오, 친애하고 존경하는 서머스 부인, 왜, 왜……." 이런 외침이
내게서 튀어나왔어요. 내가 그녀의 선의에 감동하여, 우리가 거
짓말로 그녀를 속여야 했던 것을 내심 죄송하게 생각했기 때문
이지요. 하지만 부인은 그것을 다르게 생각하고 끼어들었어요.
"딸 같은 사람아, 내게 '왜'라는 말은 더 하지 말아요. 당신 마음
이 느끼는 것을 그대 앞에 나타나는 만족할 대상으로 이끌어 가
요. 그리고 그대가 만족을 누릴 동안 어머니로서의 내 애정을 믿
어봐요." 난 부인의 손을 내 가슴에 대고, 자식의 사랑을 완전히
느끼며 감격하여 부인을 바라보았어요. 부인 마음은 그것을 느
끼고, 어머니처럼 나를 포옹해주었지요. 리치 경은 감동하여 우
리를 살피는데, 같은 순간에 나는 에마의 아름다운 두 눈이 사랑
으로 가득 녹아든 채 그에게 꽂혀 있는 것을 보았어요. 난 이탈
리아어로 그에게 말했어요. 저기 고귀한 생각을 가진 남성의 시
간을 섬세한 행복으로 채워줄 수 있는 순수한 감정이 있노라고
요. 그가 같은 언어로 대답했어요. "아니, 그렇지 않습니다, 마
담 라이덴스. 이런 종류의 감성은 외롭게 사는 남자를 행복하게
해줄 수 있는 그런 것이 아닙니다." 그분은 무슨 뜻으로 그 말을
했을까요? 나는 약간 불만스럽게 머리를 흔들고 말했어요, "오
나리, 나리의 감정은 무슨 색깔로 되었나요?" "아주 오래 계속되
는 색깔들로 되어 있습니다. 그것은 실천하는 미덕에서 생겨난
것이니까요." 난 대답하지 않고 그에게 고개 숙여 인사한 후 돌
아서서 에마에게 갔어요. 그녀는 슬픈 표정으로 말없이 내 옆에
있었지요. 우리는 서머홀로 돌아왔는데, 이제 들으니 그녀가 떠
날 거라고 하네요.

마담 라이덴스가 에밀리아에게

사랑하는 에밀리아, 과잉은 행복이 아니에요, 그것에 선행의 힘을 빼앗긴다면요. 과잉은 재물을 순수하게 사용하는 것을 막고, 경솔한 사람들의 영혼 안에서 우리 욕망의 장벽을 부수고, 즐거움의 만족을 약화시키고, 만족해하는 마음과 절제된 소망들을 불편하고 당황하게 만들어요. 내 경험에 의하면 그래요. 친구여, 그대는 내가 이전 상황과는 거리가 먼 이런 상황에 빠지게 된 원인을 어디서 찾아야 할지 모를 거예요. 하지만 모든 대상들이 나를 특별한 방법으로 움직이고 있다는 것을 당신은 또한 알고 있지요. 그리고 만약 내가 리치 경의 생각이 이런 과잉에 대한 불편한 고찰을 하게 된 본래의 계기라고 말한다 해도 놀라지 않겠지요. 그는 나를 사랑하고, 경탄하며, 여러 가지를 제안하면서, (걱정스러운데) 내가 자신을 행복하게 해주리라고 확신하며 쫓아다니고 있어요. 오, 즐거움과 정신 활동에 대한 우리의 취향이 서로 같다는 것이 그에게 아이디어를 생겨나게 하고, 나 역시 그에게 동조하는 사랑을 느껴야 하는 것이 마땅하다고 생각할 수 있다면, 그러면 그는 창조물의 매력이 내 정신에 끼친 그 위력의 반은 보지 말았어야 해요. 그리고 난 결코 그와 대화를 시작하지 않았을 거예요. 하지만 난 좀 더 안정되었어요. 그가 히오스 섬에서 예쁜 그리스 여자를 데려와서 그의 집에 두고 있는 것을 알았거든요. 오랫동안 그가 나와 함께하려 하고 내 생각을 묻고 하는 것을 나는 그저 자신이 좋아하는 생각을 만족시키려는 욕구라고 생각했지요. 내가 그가 말하는 모든 것들을 조금도 산만해지지 않고 계속 주목하며, 한 지방의 역사나 식물이나 그리스의 폐허나 금속이나 광석에 대해 귀를 기울여 들었고, 지치지 않고 그가 자신의 지식을 내보일 수 있는 기쁨을 주었으며, 그가 자신의 재산과 생명을 고귀한 일에 사용하는 것에 높은 평가를 하며 찬사를 보냈으니까요. 그의 행동은 그의 학문과 많은 이야기를 통해 내게 무한히 가치 있는 것이었고, 10년 동안 세상의 가장 먼 곳까지 여행한 후에 말년을 모국 땅에서 경작하며 보내겠다는 결심은 그를 아주 편안한 사람으로 보이게 했고, 나를 기쁘게 했지요. 하지만 그의 사랑은 지나친 것이어서 부담스럽고, 나를 당황하게 만들어요. 그는 레이디에게서 나에 관한 것을 물었는데, 그 대답이 그의 열성을 증가시키지는 않았지만 지속되게 했어요. 그리고 레이디에게 말한 내 말 한 마디로 인해, 그는 그 그리스 여자를 결혼시켜서 그 남편과 함께 런던으로 보낼 결심을 하게 한 거예요. 당신은 모를 거예요, 이 희생으로 내 마음이 얼마나 무거워졌는요. 그는 나와 함께할 장래의 기쁨에 대해 헛되이 희망하기 때문에 그 매력적인 처녀를 소유함으로써 얻었을 쾌활한 자극을 멀리하게 되었어요. 그는 자신의 비서가 그녀를 이미 오랫동안 사랑했고, 그녀도 역시 그를 사랑했다고 말했어요. 두 사람은 무릎을 꿇고 자신들의 결합에 대해 감사했다고 해요. 하지만 그들의 떠남에 대해 그는 공허함을 느끼고 있어요. 그 이후 해가 뜰 때면 그는 우리 정원에 와서 내 아침 공기를 빼앗아 가고 있답니다. 그가 내게서 대신할 상대를 구하는 것처럼 보여서 그를 피하려고 해요. 이제는 어떤 혼란에서 벗어나게 해달라고 절대 꾀를 부리지 않을 거예요. 절대로, 아니에요. 레이디 서머스는 커지고 있는 리치 경의 사랑에 대해서 농담을 해요. 나는 부인에게 오랫동안 그 말에 반박하고, 그것은 내가 그의 말에 즐겨 귀를 기울였기 때문에 갖게 된 자기애라고 주장했지요. 이런 하소연에 대해 부인은 나를 아주 진지하게 꾸짖었어요. "리치 경은 당신의 고상한 지식욕을 존경하고, 그것을 자신의 지식을 전달함으로써 채워주려고 하는 거예요. 그런데 그가 받아야 하는 보상이 이렇게 신랄한 비난이란 말인가요?" 내 마음이 동요되었지요. 부당한 모습을 견디지 못하던 나 자신이 부당한 일을 하고 있으니까요. 하지만 레이디는 아주 선한 어조로 계속해서, 그의 애정 깊은 존경을 아주 고결한 성향의 진지한 표시로 보아야 한다면서 증거가 될 만한 말을 되풀이했어요. 나 역시 그런 것은 보상받아야 한다고 고백했지요. 하지만 부인은 내가 그에 대해 가진 우정을 말했을 때, 계속 고개를 흔들며 리치 경을 위해 그 이상의 것을 요구하는 거예요. 그래서 난 리치 경이 나에게 그 이상을 원하는 것은 불가능하다고 확실하게 말했어요. 그는 그 아름다운 그리스 여성에게서 자신을 행복하게 해줄 수 있는 모든 사랑을 찾았기 때문이라고요. 부인은 친근한 표정으로 침묵하고, 나와 리치 경과의 결합에 유일하게 방해되는 것을 발견했다고 생각한 것을 내가 눈치 채지 못하게 했어요. 리치 경도 며칠 동안 사랑에 대해 말이 없다가 아주 쾌활해졌어요. 특히 그날, 그가 데리고 있던 그리스 처녀 아시가 결혼하여 떠났다고 태연하고 꾸밈없이 이야기하던 날 더욱 그랬지요. 난 당황했고, 그녀의 결혼으로 그에게 다시 나타날 그의 마음이 두려웠어요. 그는 나에게 아무 말도 안 해요. 하지만 서머스 부인이 더 많은 말을 해요. "사랑하는 부인, 왜 수양딸을 떠나보내려 하시나요? 제가 불편하게 해드렸나요?" 하고 내가 말했어요. 부인은 내게 손을 내밀며, "그렇지 않아요, 내 딸이여, 그대는 내게 무한히 가치 있는 사람이에요. 말년에 가장 다정하게 날 돌보아준 딸을 아주 그리워하겠지요. 하지만 나는 인생의 가을을 맞아 충분한 열매를 모았어요. 그래서 그대의 봄으로부터 아름답게 피는 꽃을 약탈할 필요가 없어요. 그대는 젊고 매력 있는데, 이방인으로서 내가 죽은 다음 무얼 하겠어요?"
"그런 불행을 당한다면, 에밀리아에게로 돌아가겠어요."

"사랑하는 라이덴스, 잘 생각해요! 그대같이 사랑스러운 여인은 가까운 친척이나 점잖은 남성의 보호를 받아야 해요. 리치 경은 그대를 아주 존중하고 있고, 그 고결한 남자도 역시 존중받을 만하지요. 그대가 그를 행복하게 해줄 수 있다는 걸 알고 있어요. 그의 친절함과 행동은 그대에게 편안하지요. 그대의 의지와 개성이 자유로워서, 가장 고상한 동기가 그대를 이 결합으로 이끌고 있어요. 그러니 이 수양어머니에게 그대와 리치 경이 남자와 여자가 가진 미덕의 진정한 모습으로 결합되는 것을 보고 기뻐하도록 해주어요."

소중한 부인의 말은 내 마음을 찔렀어요. 난 그 손에 입 맞추고 그 위에 내 머리를 기대고 사랑의 눈물로 그 손을 적셨지요. 내 영혼 속에서 마치 사랑하는 어머니의 다정한 메아리를 들은 것 같았어요. 아, 이런 미덕이 결혼의 끈이었는데! 난 얼마나 같잖은 사람을 택했던가! 리치 경의 공적은 내 아버지의 훌륭한 성격과 견줄 만했는데요. 내 행복은 그분들의 행복과도 같았을 텐데요. 하지만 얽히고설킨 내 문제, 불행하게 얽힌 내 운명! 오, 에밀리아, 빨리 당신 생각을 써 보내길. 하지만 난 더 이상 사랑할 수 없어요. 더 이상 나 자신을 내줄 수 없어요. 그래요,

내가 리치 경에 대해 갖고 있는 다정한 존경심조차 이런 생각을 못 하게 하는군요. 운명은 사악한 손을 통해 나를 먼지 구덩이로 던져버렸는데, 인간의 우정이 나를 받아들였고, 난 오직 이것만 기대하고 있지요. 쉽게 믿어버리는 내 성향이 그 밖의 모든 것을 내게서 빼앗아 갔으니까요. 이제 다른 사람의 합당치 않은 선의는 받아들이지 않겠어요.

마담 라이덴스가 에밀리아에게

오 친구여! 예기치 못한 불행한 일이 내게 달려들고 있는데, 내 모든 꿋꿋함이 그것을 견뎌낼 수 있는지 의심스러워요. 어차피 나는 혐오스러운 위장으로 도피처를 구하도록 강요받고 있으니까요. 하지만 지금 이 상황에서는 솔직함이 더 이상 내게 도움되지 못하고 또 다른 사람을 해칠지도 모르기 때문에, 나를 파먹고 있는 걱정 근심을 가슴속에 가두고, 고통의 원인을 제공한 사람조차 기쁘게 해주기 위해서 남아 있는 예전의 미소 짓는 상상력을 사용해보려고 해요. 들어봐요, 에밀리아. 당신의 어린 시절 친구를 쫓아다니는 불행이 어떻게 다시 돌아오는지 들어봐요. 며칠 전 나는 리치 경의 마음속 모든 이야기를 들었어요. 마지막 부분에는 나를 향한 사랑 묘사도 포함되어 있었지요. "그것은" 하고 그는 말했어요. "마흔다섯 살 남자의 정열로서, 이성을 통과하여 그 마음속으로 들어간 것입니다. 인간에 대한 내 경험과 지식의 모든 힘이 그 열정을 강하게 해줍니다." "귀하신 리치 나리, 나리는 속고 계시는 거예요. 이성은 결코 우정에 반하는 사랑을 말하지 않았어요. 나리는 이런 고상한 성향을 가장 훌륭하게 가지신 분으로 제 마음속에 계세요, 그러니……."
"마담 라이덴스, 제 말을 다 들을 때까지 아무 말도 마십시오. 이성은 나를 당신 친구로 만들었고, 한 남자가 공로로 얻을 만한 존경스러운 자리를 당신에게 보여주는 것입니다." 여기에서 그는 미덕과 지식을 덧붙였는데, 그것에 대해 말이지만, 저에게는 사랑스러운 이방인의 아름다운 그림이라고밖에 볼 수 없는 것이에요. 그는 계속했어요. "그리고 저는 당신에게 칭찬을 되돌려드려야겠습니다. 그 칭찬은 제 고향 여성들이 겸손하다고 외국인에게서 듣는 것이지요. 당신은, 그들이 자신의 모습이 가진 매력을 모르고 있는 것과 마찬가지로, 당신 자신의 정신적 장점을 모르고 있습니다." 이 말에 이어 그는 내 고유의 '여성성'을 열렬한 천재성과 온유하고 감성적인 우아함의 열매라고 표현하며, 이 모든 것에서부터 내릴 수 있는 결론은, 내 머리와 가슴이 하고 있는 말은 바로 자신의 것과 꼭 맞는 것으로서 도덕적 합일의 완벽한 조화를 이루는 데 필요한 것이라고 했어요.

행복에 대한 그의 이미지는 너무 감동적이어서, 내 영혼의 모든 동기와 선행의 생각이 나를 어디로 이끌어 갈 수 있는지 그가 알고 있다는 확신이 들 정도였어요. 그는 모든 섬세한 감정을 동원하여 설계도를 그렸지요. 오 에밀리아, 그것이 바로 내가 이전에 결혼생활에서 바라고 원했던 그림이었어요. 너무 감동하고 격해져서 나는 눈물을 억제할 수 없었어요. 그는 잔디밭 벤치에서 일어나 내 두 손을 잡았어요. 그가 나를 보며 내 손을 그 가슴에 댈 때, 생각이 깊은 남자의 다정함이 그 얼굴에 나타났어요. "오, 마담 라이덴스." 그는 말했어요. "당신 표정에 들어 있는 깊은 근심의 표현은 무엇인가요! 죽음이 당신 마음에서 모든 생과 청춘의 기쁨을 빼앗아 갔거나, 아니면 당신의 상황이 그 어떤 쓰라린 고통의 근원이 되는 샘을 숨기고 있는 것이지요. 말씀해보세요, 소중하고 사랑하는 친구여. 그 샘물을, 당신을 숭배하는 성실한 친구의 가슴속에 쏟아낼 수는 없는지요, 또 그럴 생각은 없는지요?" 내 머리는 아직 내 손을 잡고 있는 그의 손을 향해 있었어요. 내 마음은 내 일생 그 어떤 때보다도 조여들었지요. 내 불행의 형상이, 이렇게 고결하게 사랑하는 남성의 공덕이, 가짜 결혼의 무거운 사슬이, 영원히 잃어버렸던 내 행복이 갑자기 내 영혼을 괴롭혔어요. 난 말을 할 수 없었고, 훌쩍이며 한숨만 지어야 했지요. 그는 깊은 생각에 잠겨 말이 없다가 손을 떨며 그 머리를 내 머리에 가볍게 대고, 아주 슬프지만 부드러운 어조로 말했어요. "이렇게 당신을 괴롭히는 근심이 내게 슬픈 징조를 보이는군요. 당신은 남편과 사별한 것이 아니지요. 당신과 같은 영혼이라면, 자연의 법칙이 초래한 우연 때문에 찢어지지는 않고 다만 쓰러질 뿐일 테니까요. 하지만 그 남편이 당신에게 맞지 않았던 거지요. 그리고 이 구속을 기억하는 것이 당신 영혼에 상처가 되는 거지요. 내 말이 맞습니까? 오, 말씀하세요, 내 말이 맞지 않는지요?" 그의 말에 나는 소름이 끼쳤고, 난 전보다 더 할 말을 찾을 수 없었어요. 그는 너무 착하게 말했어요. "오늘은 그만하지요! 진정하세요. 다만 당신이 절 신뢰해주기만을 바랍니다." 나는 눈을 들어 나도 모르게 동요되어 그의 손을 잡았어요. "오, 리치 나리." 그 말이 내가 표현할 수 있는 말의 전부였어요. "착하디착한 여인의 마음이여! 어떤 무뢰한이 당신을 알아보지 못하고 불행하게 만들었단 말입니까?" "친애하는 나리, 나리는 모든 것을 알게 되실 거예요. 전 나리를 신뢰해요." 내가 이 말을 했을 때 레이디 서머스의 하인이 런던에서 중요한 편지가 도착했다며 나를 부르러 왔어요. 난 가능한 한 마음을 다잡고 급히 부인에게 갔지요. 부인은 곧 하나뿐인 조카딸이 N 경과 영예롭게 결혼했다는 것을 내게 알리고, 2주 후에 그 남동생이 신랑 신부와 함께 레이디의 집에 들를 것이라며 기뻐했어요. "우리 멋진 시골 축제를 준비해서 그 젊은이들이 나이 든 아주머니 집에서 즐겁게 지내도록 합시다." 그녀는 말했어요. 그리고 자리에서 일어나면서 젊은 부부가 함께 쓴 편지를 내게 읽어보라고 주고는 하인들에게 지시를 하기 위해 떠났어요. 에밀리아, 내가 더비 경의 필적을 보았을 때 얼마나 오싹하며 소름이 끼쳤는지! 이제는 그가 레이디 알톤의 진짜 남편이 된 거예요! 나는 떨리는 발로 급히 내 방으로 들어가 멍해진 내 모습을 레이디 서머스 앞에서 숨기려고 했지요. 난 울 수도 없었지만, 거의 질식할 것 같았어요. 내가 조심성 없이 영국으로 왔다는 것이 얼마나 뼈저리게 느껴졌는지! 난 보호처를 잃게 되었고, 서머홀에 머무는 것은 더 이상 불가능해졌어요. 아, 나는 악당에게 행운을 얻을 기회를 주었는데, 왜 또 그 희생이 되어야 하나요? 숨을 고르기 위해 창가로 가서 하늘을 올려다보았어요. 오, 신이시여, 모든 것을 내게 허락하신 나의 신이시여, 이 곤경에서 저를 지켜주소서! 전 무엇을 해야 합니까? 아, 에밀리아, 날 위해 기도해주어요! 내가 정신을 집중할 수 있다는 건 기적이에요, 정말 기적이에요. 난 결심했어요, 부인을 도와 모든 환영 행사를 준비한 다음, 손님이 와 있을 동안에는 아프고 피곤하다는 핑계로 방 안에 커튼을 치고 누워 있겠다고요. 마치 대낮이 내 머리와 눈을 아프게 한다는 듯이 말이에요. 이런 극단적 상황에서는 다른 도리가 없었어요. 난 고통을 감추고 부인에게 갔어요. 부인은 창가에서 돌아가는 심부름꾼에게 소리치고 있었지요. 부인은 내게 N 경의 가문의 명성과 부유함에 대해 말해주고, 그가 형의 죽음으로 유일한 상속자가 되었노라고 했어요. 부인은 말하길, 이제 공명심 외에는 결점이 없는 자신의 남동생이 만족할 것이며, 그의 기쁨은 자신의 기쁨이라고 하더군요. 감사와 우정이 나를 지탱하고 있어요. 그렇지 않으면 내 이성과 완전히 파괴된 내 영혼이 도대체 어디서 힘을 얻어 나를 곧추세우고 미소 지을 수 있게 했을까요? 나를 도운 자선가의 기쁨에 동참한다는 생각이 나를 강하게 했어요. 나쁜 일은 모두 일어났어요. 내가 말을 했다면, 악한 일이 아니라 선한 일이 중단되었을지도 모르지요. 최초의 몇 시간은 내 마음이 이전에 겪지 못했던 크나큰 고통으로 가득 찼었어요. 하지만 만약 내가 알게 된 사실로 인해 사랑스러운 부인의 마음이 불안해진다면 잔인한 일이 되겠지요. 부인은 나를 사랑하고, 내게 공정했으며, 미덕으로 대해주었는데, 이제 조카딸의 사랑하는 남편이 된 조카사위가 악한 인간이라는 것을 알면 극심한 혐오감으로 가득 찰 거예요. 아마도 그는 개선되고 있는 중일지도 모르지요. 그리고 그 자신도 내가 여기 있다는 것을 알면 매우 걱정하겠지요. 그는 나를 결코 몰랐어요, 운명이 내게 그를 해치는 힘을 주리라는 것을 결코 생각지 못했어요. 하지만 이제 내겐 그런 힘은 필요하지 않아요. 그는 방해받지 않고 운명이 자신에게 준 행복을 누리라지요. 그리고 '적을 이롭게 하는' 미덕이 진정한 순종자를 알아

내게 하는 시험에서 내 마음에 주어진 이 시련이 헛되지 않아야 해요. 오, 신이여, 저에게 이런 위대한 영혼의 특징을 간직하도록 허락하소서! 이 기도를 마친 후 많은 눈물이, 하지만 부드러운 눈물이 내 침상에 넘쳐흘렀어요. 최대의 적에게 베풀기로 결심한 선행은 지극히 행복한 감정으로 보상받았어요. 내 가슴은 미덕의 가치를 느꼈고, 미덕에 의해 고결하고 고상해진 것을 느꼈어요. 이제 내 두 손은 순수한 감사의 동작으로 모아졌어요. 몇 시간 전만 해도 절망의 고통이 그 손을 휘감았었는데 말이지요. 난 조용히 잠들었다가 편안하게 일어나서, 편안한 마음으로 부인이 열려고 하는 시골 축제를 계획했어요. 하지만 에밀리아, 선악은 얼마나 쉽게 뒤섞이는지, 잠시 동안 난 규모는 작지만 F 백작의 영지에서 했던 축제를 그대로 재현해서 경을 놀라게 해줄까 하는 생각도 했어요. 하지만 이것도 내 상상으로 몰래 들어가려고 한 가면 쓴 복수라는 생각에 떨쳐버렸지요. 난 마음속에서 복수심을 쫓아냈어요. 에밀리아, 리치 경은 내가 무슨 생각을 하는지 거의 아는 것 같아요. 그는 우리의 대화가 있은 후 나흘째 되는 날 우리에게 왔어요. 부인은 점심식사 중에 우리 모두 왜 이렇게 바쁜지 그 까닭을 그에게 이야기했고, 오후에는 그를 이미 준비된 방으로 안내했어요. 나는 동행해야 했고, 또 시골 축제 행사에 대해 설명도 해야 했어요. 리치 경은 아주 주목하는 듯이 보였고, 모든 것에 대해 짧지만 칭찬을 해주었고, 내 모든 움직임을 호기심과 불안감의 눈길로 따라가며 보았어요. 서머스 부인이 잠시 우리를 떠나자, 그는 내가 이탈리아 꽃을 골라 함께 묶고 있던 탁자로 왔어요. 그가 걱정스럽고 다정한 표정으로 내 한 손을 잡더니 이렇게 묻는 거예요. "친구여, 어디 편치 않으십니까? 일하는 당신 손이 떨리는군요. 그 손은 어쩐지 다급하게 움직이고 있고, 의지에 반하여 억지로 쾌활함을 보입니다. 당신의 미소는 마음에서 나오는 것이 아니군요. 이건 무얼 의미하는 거지요?" "리치 나리, 나리의 예민한 시선으로 저를 불안하게 하시는군요." 내가 대답했지요. "그러니까 제가 잘 보고 있는 거지요?" "더 이상 묻지 말아주세요, 나리. 제 영혼이 격심한 투쟁을 겪었어요. 하지만 지금은 레이디 서머스를 즐겁게 해드리기 위해서 제 일은 모두 희생할 거예요." "제 걱정은 다만 그러면서 당신 자신이 희생되지 않을까 하는 겁니다." 경이 말했어요. "아무 염려 마세요. 운명은 저에게 고통을 던져주었고 그 고통은 그렇게 계속될 거예요." 나는 생각나는 대로 이렇게 조용히 미소 지으며 말했어요. 하지만 리치 경은 놀라서 나를 바라보았어요. "마담 라이덴스, 지금 하시는 그 말씀은 극도의 절망을 나타내는 것으로, 저를 죽을 것 같은 불안감으로 몰아넣는다는 걸 아십니까? 이야기해보세요. 레이디 서머스와 함께 이야기해보세요. 그분에게서 어머니 같은 마음을 볼 수 있을 겁니다." "알아요, 착하신 나리! 하지만 지금은 그럴 수 없어요. 저에 대해서 걱정하지 마세요. 제가 떨고 있는 것은 폭풍의 마지막 움직임이니 곧 고요한 정적이 올 거예요." "오, 맙소사." 그는 부르짖었어요. "당신은 얼마나 더 그 고통을 지속시켜서 나에게 당신의 근심을 생각하게 할 겁니까?" 그때 부인이 돌아와서 나는 근심에서 풀려나와 마음이 가볍게 되었어요. 리치 경은 불만스러운 모습으로 떠나갔어요. 우리 두 사람 모두 그것을 눈치 챘지요. 레이디 서머스는 내게 미소 지으며 말했어요. "당신 같이 착한 사람이 좋은 사람들을 괴롭힐 수 있어요? 이 꽃들 중

하나로 그대를 장식해서 리치 경의 신부로서 제단 앞에 데리고 갈 수 있다면! 내 남동생이 그대 아버지 자리를 대신하고 나는 어머니가 될 수 있는데." "사랑하는 부인 마님." 나는 극도로 마음이 떨리며 대답했어요. "저의 저항은 더욱더 고통스러울 거예요. 하지만 아직은 결심할 수가 없습니다. 지금 그대로 얼마 동안만 참아주세요." 억제할 수 없이 흐르는 내 눈물이 부인도 울게 만들었지만, 그분은 더 이상 내게 간섭하지 않겠다고 약속했어요.

.

N 경이 B 경에게 보낸 편지에서 발췌

자네도 알다시피 난 부유하고 귀여운 알톤과 결혼했다네. 그녀는 결혼의 사슬로 나를 묶게 된 것을 아주 자랑스러워하지. 그녀의 범속한 사고방식의 정도를 알아보려고 내가 아주 호의적인 표정으로 그녀의 새로운 소망을 물으면 그녀는 단순하게 뽐낸다네. 한동안 그런 식으로 장난하며 나는 여성의 어리석음의 목록을 채우려고 했고, 그것을 통해 아주 중요한 업적을 거두었네. 신혼부부가 서로 승리감 속에서 헤매는 듯 보이는 가련하고 화려한 낭비의 시간이 지난 후 난 내 숙녀에게 물었지, 어디 시골 여행이라도 하지 않겠느냐고 말이야. 그랬더니 그녀는 서머스 고모 댁을 방문하자고 제안했네. 고모는 지루한 여인이기는 하지만 부유하니까 상속자가 되면 좋을 거라고. 우리는 처고모에게 편지를 써서, 편지와 함께 존을 보내어 우리의 방문을 알렸지. 노부인은 아주 친절하게 그를 맞아주었고, 부인이 답장을 쓰는 동안 존은 그녀의 관리인과 함께 다른 방에서 이리저리 어슬렁대고 있었고, 노부인은 곧 마담 라이덴스라는 여자를 부르러 보냈다네. 한 15분쯤 후에 영국식으로 곱게 차려입은 여성 하나가 급한 걸음으로 홀 앞에 나타나서 눈을 거의 내리깔고 부인의 방으로 들어갔는데, 존은 마치 벼락에라도 맞은 줄 알았다는군. 그 여성이 슈테른하임인 것을 알아챘지만 그는 곧 진정하고 그 부인이 누구냐고 물었지. 관리인이 설명하기를, 그녀는 마님과 함께 독일에서 왔으며 마님의 특별한 사랑을 받고 있다고 했다네. 선하고 영리한 천사라고 하며, 이웃 영지에 사는 리치 경과 결혼할 것이라고 말이야. 내 가엾은 악마, 존은 그녀에게 불려 갈까봐 떨며 자신의 일을 마쳤다지. 노마님은 혼자 나왔고, 존은 될 수 있는 대로 빨리 일을 처리하고 쫓기듯 돌아왔다네. 이 소식을 듣고 내가 얼마나 놀랐을지 생각해보게! 난 이 몽상가 여자에게 저질렀던 일 중에서 그 어떤 순간에도 이처럼 당황한 적은 없었네. 이 여자가 영국에 모습을 드러내는 대담한 행동을 어떻게 했을까? 하지만 항상 그렇게 되지 않던가? 겁 많은 피조물은 한 남자의 팔 안에서 대담해지지. 그녀에게 내 파렴치함을 얼마간 알렸으니, 그녀는 레이디 서머스 집에서 내게 되갚을 수 있을 테지. 난 그런 상황에 처하고 싶지 않네. 내 의도가 편안하게 진행되어야 하니까 말이야. 존을 곁에 두었다는 데 감사하네. 그 약아빠진 개 같은 녀석은 나보다 한발 앞서 출구를 발견했지. 그는 그녀를 납치하게 해달라고 제안했네. 그 일은 곧 행해졌고, 그녀가 머물 곳은 아주 먼 곳이어야 했지. 스코틀랜드 산중 홉튼 농장으로 장소를 정했다네. 몇 년 전 내가 낸시를 숨겨두었던 곳으로, 변호사였던 그녀의 아버지도 찾을 수 없는 곳이었지. 그러니 누가 거기서 이 외국 여자를 찾겠는가? 자네한테 고백하건대, 한 얌전한 처녀가 고향에서 수백 마일 떨어진 스코틀랜드 납 광산의 가난한 광부 집에서 귀리 빵를 먹어야 한다는 것은 저주받은 운명이지. 하지만, 빌어먹을, 그 여잔 왜 영국에 와서 나와 부딪치려는 거야? 그런 뻔뻔함이 대가를 치러야 하는 것은 당연하지. 그 여잔 이미 그곳에 안전하게 도착했다네. 사람들에게 그녀와 잘 지내라는 명령을 내렸지. 존이 그전에 준비를 다 해놓았네. 그는 레이디 서머스의 관리인을 통해 리치 경과 신부의 두 딸과 부인이 자주 내 여주인공과 함께 공원에서 만나 이야기를 나눈다는 것을 들어 알고 있었지. 그래서 존은 에마 양의 이름으로 그녀를 잠깐 공원으로 나오라고 불렀다네. 그녀가 나오자마자 납치하여, 그의 말에 의하면, 산 채로 힘들게 스코틀랜드로 데려갔다네. 가는 동안 내내 그녀는 몇 잔의 물밖에는 마시지 않았고, 더비라고 내 이름을 외치는 것 외에는 마치 죽은 형상처럼 마차에 앉아 있었다 하더군. 바보 같은 자네가 여기 있었다면, 그녀를 자네한테 맡겼을 텐데. 과거 자네를 지배하던 포효하던 천재성으로 그녀를 감싸 안았다면 틀림없이 온순하게 길들일 수 있었을 테고, 자네가 모든 황금으로 파리의 보석상에서 살 수 있는 것보다 훨씬 좋은 전리품으로 만들었을 텐데. 그 여잔 자네 친구의 불타는 가슴속에서 시들어간 모든 꽃 중에서도 가장 아름다운 꽃이었으니까 말일세. 그녀의 여행이 이틀 걸렸다는 소식을 듣자마자 아내와 장인과 함께 서머홀로 갔는데, 노부인은 자리에 누워 수양딸에 대해 탄식하고 있었네. 집안이나 그 지역의 모든 사람들과 신부의 가족, 특히 철학자 행세하는 노총각 리치 경이 마담 라이덴스의 실종을 슬퍼하고 있었지. 레이디 서머스는 내게 간절히 도움을 청했고, 나는 감동한 모습을 보여주며 그녀를 찾는 일을 돕겠다고 말했네. 이 기회에 그녀가 어떻게 영국에 왔는지 듣게 되었지. 모든 사람이 그녀의 매력, 재능 또 그녀의 착한 마음을 칭찬했다네. 이 바보들이 그렇게 나를 미치게 하고 피곤하게 했지. 특히 철학자 리치는 내게 자신의 열정을 터놓고, 너무 어진 나머지 그녀가 자기로부터 도망친 것이라고 상상할 정도였네. 자신이 그녀에게 이야기를 전부 해줄 것을 약속하라고 몰아댔기 때문이라며, 그 이야기는 틀림없이 특별한 것이리라고, 그 젊은 여성은 고귀한 교육과 완벽한 미덕과 다정함이라는 섬세한 여성의 모든 특징들을 그 행동에 지니고 있었다고 하더군. 그가 추측하건대, 어떤 악당이 그녀의 착한 마음을 속이고, 그로 인해 근심의 원인을 제공하여 그것과 항상 투쟁하는 그녀를 보게 만들었다고 했지. 내가 이 모든 것을 들어야 하고, 모른 척하고 있어야 한다는 것은 빌어먹을 일이 아니었겠나? 그는 내게 그녀가 만든 그림 하나를 가리켰네. 나비가 그려진, 받침대가 있는 한 탁자 앞에서였네. 그 나비들을, 어떻게인지 모르지만, 어느 축제를 위해 사용하려고 했고, 나를 영광스럽게 하려고 했다는데, 그것을 고안한 사람이 그녀였다는 거지. 잘못 선택된 착상이었어. 그녀는 나비 사냥에 대해 알지 못했던 거지. 그렇지 않다면 그녀는 내 날개를 자유롭게 놔두지 않았을 테니까. 하지만 그 그림은 그녀의 모든 성격적 특징 중에서도 네게 가장 큰 인상을 주었네. 내 일생에서 말이야! 그 여잔 참 유감스럽네. 열렬히 존경하던 신의 섭리에도 불구하고 무엇이 그렇게 죄의 짐을 지게 하고, 인생의 꽃이 가장 아름답게 필 때 고향을 떠나 추락하여 지구의 가장 비참한 구석으로 떨어지게 한 것인지 알고 싶네. 운명은 내게 무엇을 원하기에 나를 형리로 만들어 이러한 판결을 수행하는 걸까? 오, 난 맹세하네. 내가 만일 딸을 기른다면, 내 딸은 우리 같은 족속의 심술이 여성의 순결을 모든 올가미로 에워싸고 있다는 것을 알게 해주겠네! 하지만 이런 것이 가엾은 슈테른하임에게 무슨 소용 있겠나? 돌아오게, 봄에 우리 한번 그녀를 찾아가보세. 그녀가 나를 원망하든 말든 이 겨울은 참아내야 할 것이네.

친구시여, 여기서 부인께서는 제가 쓴 글을 읽고, 제가 발췌하여 부인께 전달해드린 편지들 사이에서 발견되는 공백을 채우셔야 합니다. 사랑하는 아씨는 그 불경한 더비 경의 계략에 따라 신부의 딸들이 정원에서 부른다는 말을 들었는데, 그때 막 에밀리아 언니에게 보내는 마지막 편지를 끝마쳤을 때여서, 사람들이 더비 경에 대한 불리한 말을 조금이라도 발견하지 못하게 하려고 그 편지를 둘둘 말아 옷 속에 숨기고 정원으로 나갔지요. 정원에서 마을로 면한 곳으로 스무 걸음쯤 걷다가 돌아보니 아무도 없어서 발길을 되돌렸어요. 그런데 그때 갑자기 공원에 한 여자가 나타나서 손짓하는 거예요. 아씨는 급히 그녀에게 갔지요. 이 여자도 역시 아씨를 향해 빨리 오더니 아씨의 손을 잡았어요. 바로 그 순간 복면한 두 사람이 와서 아씨의 머리에 두꺼운 둥근 모자를 뒤집어씌우고, 완력을 써서 아씨를 끌고 갔어요. 아씨는 심하게 저항하며 소리치려 애썼으나 허사였어요. 그 사람들은 아씨를 마차에 밀어 넣고 밤새 달려갔지요. 그들은 어느 숲 속에서 아씨에게 먹을 것과 마실 것을 권했지만, 아씨는 물 한 잔밖에는 아무것도 먹을 수도 없고 먹으려고도 하지 않았어요! 그들은 곧 다시 계속 달려갔어요. 아씨는 매우 슬프고 지쳐서 앉아 있었어요. 옆에는 여자 옷을 입은 사람이 앉아서 아씨를 꽉 붙잡고 있었지요. 아씨가 한번은 무릎을 꿇고 자비를 구했으나 대답을 얻지 못했고, 결국은 스코틀랜드 광산으로 와 광부 오두막의 형편없는 침대 위에 앉혀졌어요. 아씨가 자신의 납치에 대해 할 수 있었던 말은 이것이 전부였어요. 아씨는 거의 실신 상태였으니까요. 얼마나 심하고 고통스러운 감정이 그 고결한 마음을 짓이겨버릴 수 있는지 아씨의 일기가 증거가 될 거예요. 하지만 바로 이 일기장이 증명해주고 있는 것은, 아씨가 기운이 회복되자마자 아씨의 훌륭한 교육 원칙들이 또다시 그 효력을 십분 발휘했다는 사실이지요.

이 사건으로 인해 레이디 서머스가 빠지게 된 근심과, 에밀리아 언니와 제가 아씨의 실종 소식을 듣고 갖게 된 슬픔은, 제가 말로 표현하는 것보다 부인 자신이 더 쉽게 상상하실 수 있을 거예요. 특히 아씨의 자취를 찾으려는 가능한 모든 방법이 허사로 돌아갔을 때는 더욱 그랬지요. 불가피한 사건들로 인해 제 형부가 겨울 동안 직접 영국으로 가서, 레이디 서머스에게 더비 경에 대한 자신의 추측을 밝히는 일을 하지 못했지요. 이 겨울은 한 작은 가정이 이제껏 겪었던 어떤 겨울보다 길고 슬픈 계절이었어요. 이 가정은 진심으로 사랑했던 친구의 불운으로 인해 불행해졌지요.

마담 라이덴스의
스코틀랜드 납 광산에서의 일기

에밀리아! 소중한 이름이여, 사랑하는 이름이여! 이전에 너는 내 위안이며 인생의 버팀목이었는데, 이제 너는 내 고통을 증가 시키는 이름이 되었구나. 불행한 네 친구의 탄식하는 목소리와 편지가 더 이상 너에게 도달하지 못할 테니까. 모든 것, 모든 것을 난 빼앗겼어. 그런데 아직도 내 마음은 친구들의 불안을 느끼며 쓰디쓴 근심의 짐으로 무겁구나. 착하신 레이디! 사랑하는 에밀리아! 당신들의 사랑이 풍부한 마음은 왜 나같이 불행한 운명을 타고난 사람의 고통 속으로 함께 빠져들었는가요? 오, 신이시여, 제가 시민법의 길에서 단 한 걸음 벗어났다고 이렇게 혹독하게 벌하시는군요! 저의 비밀결혼이 당신을 모독한 것입니까? 가련한 생각들이여, 너희는 어디를 헤매고 있는 것인가? 아무도 너희를 듣지 못하고, 아무도 너희를 읽지 못할 것이다. 이 종이들은 나와 함께 죽을 것이고 썩어갈 것이며, 나를 박해하는 자 외에는 아무도 내 죽음을 알지 못할 것이고, 그는 자신의 비 인간성을 증명하는 것들이 나와 함께 파묻혔다는 것을 알면 기뻐할 것이다. 오, 운명이여, 너는 나의 굴복을 보고 있고, 내가 너에게 아무것도 구하지 않는 것을 보며, 나를 서서히 으스러뜨리려 하고 있구나. 그렇게 하려무나. 다만 나 때문에 불안해진 덕성스러운 친구들의 마음을 근심으로부터 구출해다오!

338

내 불행의 석 달째

또 한 달을 견뎌냈고, 나는 내 총체적 비운을 알고자 감정을 다시 찾고 있다. 아침의 햇빛을 처음 보고 감사한 마음으로 신을 향해 두 손을 모으고, 내가 살아 있음을 기뻐했던 복된 날들이여, 너희들은 어디 있느냐? 지금은 계속 새로운 눈물이 내 눈을 가리고 새로 두 손을 비비며 변화된 내 존재의 첫 시간을 그리고 있다. 오, 나의 조물주시여, 당신은 아이 같은 감사의 마음으로 흘러넘치는 눈물보다 쓰디쓴 내 슬픔의 눈물을 더 보고 싶으십니까?

―

희망도 없이, 도움을 바라는 모든 기대를 빼앗긴 채, 난 자신에 대항해서 싸우고 있다. 난 내 슬픔을 범죄라고 비난하고, 글 쓰는 길을 따라간다. 더 나은 미래에 대한 감정이 내 안에서 솟아오른다. 아! 감정은 지난날 더 크게 말하지 않았던가? 그것이 날 속인 게 아니었나? 운명이여! 내가 내 행운을 잘못 사용했나요? 내 마음이 나를 둘러싼 희미한 빛에 매달렸나요? 아니면 당신에게 받은 영혼에 대한 자만심이 나의 범죄였나요? 불쌍하고도 불쌍한 피조물, 나는 누구와 다투고 있는가! 한 줌의 먼지 같은 영혼인 나는, 나를 시험하고 또 지켜주는 힘에 대항해서 분노하고 있다. 오, 내 영혼이여, 너는 불평하고 조급해하면서 가장 나쁜 독을 내 고통의 잔에 부으려고 하느냐? 오, 신이여, 용서하소서, 저를 용서하소서. 그리고 저로 하여금 선행을 찾도록 해주소서. 그 선행과 함께 당신이 여기서도 제 민감한 마음을 감싸도록 하소서.

—

오라, 너 에밀리아에 대한 충실한 추억이여, 와서 증인이 되어라. 네 친구의 심장이 미덕의 서약을 새롭게 하고, 그 의무의 길로 돌아가서, 고집스럽게 예민함은 버리고, 사랑 많고 지속적인 신의 섭리의 징표 앞에서 더 이상 눈을 감지 않는다는 사실을 증언해다오. 서머홀의 정원에서 사기꾼의 부름을 받고 다정하고 친절한 에마 대신 잔혹한 어떤 자에게 납치되어, 낮과 밤을 달려 이곳에 도착한 지 거의 석 달이 지났다. 더비! 당신 말고 누가 이런 야만적 행위를 할 수 있었을까! 내가 당신의 기쁨을 위해 준비하고 있던 시간에, 당신은 나를 위해 근심의 그물을 새로 짜고 있었구나. 당신은 존중과 관용을 모르는 게 틀림없어. 존중과 관용이 내게 당신 눈을 피하고 침묵하도록 명령하리라는 것을 생각할 수 없었으니까 말이야! 당신이 전부 알고 있는 감수성이 고통스러워하는 마음에 대체 무슨 장난을 하는 거야? 오, 신이시여, 왜, 왜 이 타락한 인간의 간악한 모든 시도가 실현되는 것입니까? 또 왜 당신이 제게 주신 영혼의 모든 좋은 계획들은 이 슬픈 산중으로 내팽개쳐진 것입니까?

–

자기애는 우리 미덕의 길을 얼마나 불안하게 만드는가! 이틀 전
에 내 마음은 고상한 결심을 하며 참을성 있게 내 운명의 가시밭
길을 걸어가려고 했는데, 그런데 자기애는 다시금 기억을 떠올
리게 하여, 시선을 현재와 미래로부터 멀리 떼어놓고 오직 변할
수 없는 과거에만 고정시키고 있다. 미덕 교육과 지식과 경험은
내게서 사라지게 되고, 야비한 적은 두 배로 강한 힘을 갖게 되
어, 강도가 내게서 옷을 강탈하듯이, 내 행복한 외모뿐만 아니
라 정신과 의무의 실행과 미덕의 사랑조차도 내 영혼 안에서 파
괴하겠지?

–

내 완전한 마음을 다시 찾고, 행복했던, 내 삶에서 가장 행복했
던 시간이여, 여기서도 조물주의 아버지 같은 손이 내 영혼의 가
장 좋은 재산들을 보살펴주었다는 행복한 감정이 다시 내 안에
서 눈뜬 시간이여! 처음 몇 주 동안 나를 지배하던 광기에서 내
이성을 구출해낸 이는 바로 조물주다. 그분은 거친 집주인들이
나에 대하여 친절함과 동정심을 갖도록 했다. 내 영혼의 순수하
고 도덕적인 감정이 서서히 상심의 어둠 위로 솟아오르고, 이 외
딴 곳을 둘러싸고 있는 청명한 하늘이, 내가 한숨을 쉬며 쳐다보
아도, 고향 슈테른하임과 파엘스, 서머홀의 하늘처럼 똑같이 희
망과 평화를 내 마음속에 부어주고 있다. 높은 산들은 그것을 창
조한 전능한 손에 대해 나에게 이야기해준다. 땅은 도처에서 지

혜와 선의의 증거로 채워져 있고, 도처에서 나는 그의 피조물이
다. 여기서 내 허영심을 파묻으려고 했고, 내 인생의 마지막 시
험 시간은 오직 그분의 눈앞에서만 또 내 마음이 보는 데서만 흘
러가야 한다. 아마도 그 시간은 그리 오래 걸리지 않을 것이다.
그 시간을 아직 내 힘으로 실천할 수 있는 나머지 미덕으로 채
울 수 있지 않을까! 죽음의 생각이여, 네가 만약 우리 영혼의 불
멸성에 대한 확신을 갖고 우리에게 온다면 얼마나 선한 일인가!
너는 얼마나 생생하게 우리의 의무감을 일깨워주는가? 또 우리
의 선을 행하려는 의지를 얼마나 열렬하게 만드는가? 내가 상
심을 극복하고 내 영혼의 미덕에 새로운 힘을 준 것에 감사하노
라! 너는 내가 씩씩하게 결심하도록 만들었다. 마지막 날들을
고귀한 생각으로 채우고, 여기서도 선을 행할 수 있을지 보겠다
는 결심을.

—

그래, 난 할 수 있어, 선한 일을 더 하고 싶다, 오, 참을성이여,
너 고통당하는 자의 미덕이여, 모든 소원을 이루는 행복한 자의
것이 아닌 미덕이여, 내 곁에 있어다오, 그리고 나를 운명의 결
정을 조용히 따르도록 인도해다오! 사람들은 힘들여서 일일이
뿌리와 약초를 모아서 우리의 병을 치료한다. 마찬가지로 우리
도덕의 병을 치료하는 약도 세심하게 찾아야 할 것이다. 그것들
은 흔히 우리가 머무는 곳 바로 가까운 길에서 발견된다. 하지만
우리는 항상 먼 곳에서 좋은 것을 찾으려고 하는 습관이 있어서
바로 손 닿는 곳에 있는 것을 무시한다. 내가 그랬다, 나의 소망

과 탄식은 내 감정이 나를 둘러싸고 있는 것으로부터 멀리 가도록 했다. 난 얼마나 뒤늦게 깨닫는가, 내가 가져온 종이 뭉치가 이제까지 정신을 집중하는 시간에 그렇게 큰 공을 이루고 좋은 일을 한 것을. 그것은 여기까지 오는 힘든 여정에서 온갖 모욕으로부터 나를 지켜주고, 내가 안정을 찾은 시간에 유용할 수 있는 모든 것이 유지되게 한 것은 신의 선의가 아니었을까?

—

에밀리아여, 성스러운 우정이여, 사랑하는 추억이여! 그대의 형상이 내 행복의 파편들로부터 미소 지으며 솟아오르는군요. 그대는 눈물을, 많은 눈물을 날 위해 흘렸지요. 하지만 이것 봐요, 이 편지들을 그대에게 바칠게요! 어려서부터 내 가장 은밀한 감정은 그대의 충실하고 다정한 마음속으로 쏟아져 들어갔지요. 우연은 이 편지를 지킬 수 있고, 이것들은 그대에게 닿을 수 있으며, 그대는 거기서 내 마음이 그대의 미덕과 선의를 결코 잊지 않았다는 것을 보게 될 거예요. 언젠가 그대의 우애 깊은 사랑의 눈물은 불행한 조피가 남기고 간 이것을 적실지도 모르지요. 그대는 내 무덤 위에서 눈물을 흘릴 수 없을지도 몰라요. 난 더비의 악의의 희생 제물이 되어 이곳에 매장될 테니까요. 그러면 죽음과 영원에 대한 생각이 나의 탄식과 소원을 끝내줄 것이므로, 때 이른 죽음의 구덩이로 나를 몰고 가는 추락에 대해 더 쓰려고 해요. 좀 더 일찍 시작할 수는 없었어요. 그 생각을 할 때마다 난 너무 충격을 받았으니까요.

반쯤 죽은 듯이 난 이곳에 도착했고, 3주 동안은 말로 표현할 수 없는 심정으로 살았어요. 두 달, 세 달 이곳에 있으면서 무얼 했는지는 회복된 시간에 쓴 것들이 보여줄 거예요. 하지만 에밀리아, 내가 기도할 수 없었기 때문에 내 감정이 얼마나 황폐해졌는지 생각해봐요. 난 죽음을 부르지는 않았지만, 나를 엄습한 불행이 과도하다는 느낌으로 꽉 차서 나한테 번개가 내려친다 해도 피하지 않았을 거예요. 매일매일 난 무릎을 꿇었지만, 복종도 아니고, 하늘의 은총을 간청한 것도 아니었어요. 자존심, 성난 자존심은 죄 없이 불행을 당했다는 생각으로 내 영혼에 스며들었지요. 하지만 에밀리아, 이런 생각이 내 불행을 증가시켰고, 여러 상황에서 실천하던 미덕을 향한 내 마음을 굳게 닫았어요. 오직 실천하는 미덕만이 영혼의 상처에 위안의 향유를 뿌려줄 수 있는데 말이에요. 난 이것을, 나를 주의 깊게 바라보고 있는 다섯 살짜리 불쌍한 계집아이를 보고 처음 느꼈어요. 그 아이가 깊이 숙인 내 머리를 그 작은 손으로 들어 올려주려고 애쓸 때 난 감동했어요. 그 애의 말을 이해하지는 못했으나, 그 어조와 얼굴 표정은 천진했고 다정했으며 순진무구함이 있었어요. 난 그 애를 내 팔에 안고 한 줄기 눈물을 흘렸어요. 그것은 내가 울며 느꼈던 첫 번째 위안의 눈물이었지요. 이 피조물의 사랑을 감사하는 마음에, 신이 이 가엾은 아이에게 힘을 주어 달콤한 연민을 내가 맛보도록 했다는 느낌이 뒤섞였어요. 이날부터 내 영혼의 회복이 예상되었어요. 난 여기 내 옆 먼지 구덩이에 놓인 행복의 작은 부스러기들을 감사한 마음으로 모으기 시작했어요. 귀리 빵을 먹으며 쇠약해진 기력과 고통 때문에 나는 거의 죽음에 가까이 왔다고 생각했지요. 주위에는 내 삶의 증인이 하나도 없어서, 창조주를 사랑하는 마음을 그에게 그대로 되돌려 드리기로 했어요. 그런데 이런 생각이 덕성스러운 내 영혼의 미덕 용수철에 다시 새로운 힘을 부여했지요. 나는 어린 선행자를 오두막 한쪽 구석의 내 자리로 데려가서 침상에 앉히고, 그 아이로부터 이곳 가난한 사람들이 말하는 언어를 처음 배우기 시작했어요. 그 애와 함께 집주인의 방으로 갔지요. 그 남자는 오랫동안 납 광산에서 일했으나 이제는 병이 들어 그 일을 하지 못하고, 아내와 자식들과 함께 홉튼 백작이 준 오래되고 퇴락한 성 옆 가까이 있는 작은 밭에서 귀리와 마를 재배하고 있어요. 그들은 돌로 귀리를 갈아 먹고, 마로 옷을 만들어 입지요. 전 재산이라고는 나를 보호하는 대가로 얻은 몇 기니가 전부인 가난한 사람들이지만 성품이 좋아요. 내가 좀 진정이 되어서 그들에게 가니까 그들은 기뻐했어요. 모두 열심히 나에게 자신들의 언어를 가르쳐주려고 했고, 2주일 후에 나는 짧은 의문문을 만들고 대답하는 것을 배웠지요. 그 사람들은 내가 얼마나 멀리 집 밖으로 나가면 안 되는지 알고 있어요. 그런데 어느 늦가을날 그 남편이 나를 좀 멀리 데리고 나갔어요. 오, 이곳의 자연은 얼마나 척박한지요! 그 속이 납 덩어리라는 것이 보였어요. 눈물 젖은 눈으로 난 거칠고 비옥하지 않은 밭을 보았지요. 그 땅에서 내가 먹는 귀리 빵이 자라고 있는 거예요. 그리고 내 위를 흘러가는 하늘을 쳐다보자, 기억으로 난 한숨지었어요. 하지만 쇠약한 안내자를 보고 난 속으로 말했지요. 난 어린 시절에 좋은 것을 풍부하게 누렸는데, 이 착한 남자와 그 가족은 사는 동안 불행과 결핍 속에 있었구나. 그들은 똑같은 창조신의 피조물이고, 물리적 욕구를 누리는 데 필요한 힘줄과 근육이 없는 것도 아니고, 우리들 사이에 어떤 차이도 없는데, 얼마나 많은 그들 영혼의 능력이 잠자고 있고 또 활동하지 않고 있었는가! 우리의 신체 구조에는 어떤 차이도 생기지 않게 하면서, 도덕적 성장과 행동에서 수백만의 피조물을 뒤처지게 한 원인들은 얼마나 숨겨져 있고, 얼마나 파악할 수 없는 것인가! 난 오늘도 신과 인간에 대한 정신과 감정을 키워왔으니 아직은 얼마나 행복한가! 진정한 행운이여, 내가 지상에서 모을 수 있고 가져갈 수 있는 유일한 재산이여, 난 조급함 때문에 너희들을 밀어내지 않겠고, 가난한 집주인의 착한 마음을 친절하게 보상해주겠다. 다급하게 나는 그들의 언어를 계속 배웠고, 그들이 이 어린 계집아이에 대해 자주 혹독하게 하는 이유를 찾았어요. 그러다가 그 애가 그들의 아이가 아니라 더비 경의 아이로, 그 애 어머니는 자신들의 집에서 죽었고, 더비 경은 더 이상 그 애 양육비를 보내지 않는다는 것을 알게 되었지요. 이 보고를 듣고 나는 구석의 내 자리로 가야 했고, 고통스러운 마음으로 내 모든 불행을 다시 느끼게 되었어요. 그 불쌍한 어머니! 그녀는 자신의 아이처럼 예뻤고 젊고 또 착했다고 해요. 그녀 무덤 옆에 내 무덤이 놓이겠지요. 오, 에밀리아, 에밀리아, 어떻게, 오 어떻게 내가 이 시험을 견디낼 수 있을까요! 그 착한 아이는 와서, 내가 얼굴을 벽을 향해 돌리고 있는 동안 초라한 침대 위로 내려뜨린 내 손을 잡았어요. 난 그 애가 오는 것을 들었지요. 그 애가 내 손을 잡고 말하는 소리가 소름 끼쳤어요. 그리고 나도 모르게 반감이 생겨 그 애로부터 손을 빼냈지요. 더비의 딸이 미웠어요. 불쌍한 아이는 울면서 침대 발치로

가 통곡했어요. 이 불행하고 죄 없는 애를 괴롭히는 것이 부당하다고 느껴서, 난 맹세했지요, 반감을 억누르고 날 죽이는 자의 아이에게 사랑을 보여주겠다고요. 일어나서 그 애를 불렀을 때, 난 얼마나 기뻤는지요. 그 작은 가슴에 기대어 그에게 선을 증명하겠노라고 서약했어요. 그 맹세를 깨뜨리지 않을 거예요. 너무 비싼 값을 치르고 얻은 것이니까요!

—

오, 더비! 당신은 나를 얼마나, 얼마나 더 완벽히 가혹하게 대할 건가요! 오늘 한 심부름꾼이 양탄자 재료가 든 커다란 꾸러미를 들고 와서는 비열하게 조롱하며 말하더군요. 내가 궁정에 있을 때 양탄자 짜기를 안 했다면 시간이 지루했을 것이라고, 그러니 여기서도 그럴 것이라고요. 그러니까 그는 내게 겨울 일감을 보낸 거예요. 봄이 되면 그것을 가지러 보내겠다고 하면서. 어떤 방에 걸려고 하는데, 그 방에는 틈이 많이 나 있다고 하더군요. 그 일을 시작할 거예요. 그래요, 하겠어요. 내가 죽은 후에 그는 그 물건을 얻게 될 거예요. 그는 자신이 내게 저지른 야만성의 잔재를 보고 회상해야 해요. 그가 처음 내 일하는 손가락을 보았을 때 내가 얼마나 행복했었는지를, 또한 그가 어떤 불행의 구렁텅이로 나를 떨어뜨렸으며 그 안에서 어떻게 죽어가게 했는지를 떠올려야 해요.

—

오, 운명이여! 이제는 결코, 이제는 결코 더 내 자존심이 불평하
도록 놔두지 않겠어요! 그것은 우리에게 얼마나 반대로 생각하
라고 명령하는지요! 난 즐거움이 되었던 것에 대해서 불평했어
요. 나의 작업은 음산한 겨울날을 밝혀주었어요. 집주인들은 황
홀한 표정으로 나를 바라보았고, 난 그 딸에게 짜는 법을 알려주
었지요. 그 아이는 첫 번째 한 장을 짜고, 기쁘고 자랑스럽게 주
위를 둘러보았어요. 불행과 결핍이 이미 많은 사람들에게 발명
을 하도록 만들었지요. 나도 그렇게 되었어요. 나는 납 광산을
소유하고 있는 홉튼 백작이 여기서 몇 마일 떨어진 곳에 집을 갖
고 있어 가끔 며칠 동안 그곳에 온다는 것을 알고 있었어요. 최
근 여행에 그는 여동생 하나를 데리고 왔는데, 그가 아주 사랑하
는 누이이며, 미망인이 되어 자주 오빠 집에 머문다고 해요. 이
귀부인에게 난 희망을 갖게 되었어요. 그 희망이란 삶이 지속되
면서 내 안에 생기게 된 것이지요. 집주인은 그들의 딸 마리아가
이 부인의 시중을 들 수 있다는 생각을 하게 되었어요. 그리고
그것에 필요한 모든 것을 내가 가르쳐주겠노라고 약속했고요.
이미 난 그들이 영어로 말하고 쓰는 것을 가르치고 있고, 그들은
양탄자 작업을 할 수 있어요. 재료가 없어서 어쩔 수 없이 내가
가진 스카프 레이스로 모자 두 개를 만든 일이 있는데, 이들은
이 기술도 배웠으니 나머지는 작업을 하면서 가르치면 되지요.
그 딸은 이해력과 판단력이 뛰어나서 내가 자주 감탄해요. 이 아
이가 내게 자유의 길을 열어주어야 해요. 그 애를 통해 난 레이
디 더글라스와 알게 되기를 바라니까요. 오. 운명이여, 이 희망

을 허락하소서!

—

에밀리아에게 내 괴로운 운명의 부수적 이야기를 하나 더 할게요. 내가 언제나 깨끗한 속옷을 입었다는 건 당신도 알 거예요. 여기서는, 얼마 동안인지 모르겠지만, 전혀 옷을 벗지 않았어요. 마침내 난 옷이 부족한 것이 불만스럽다는 생각이 들었어요. 그리고 내가 납치당할 때 아주 하얀 리넨 원피스를 입었었다는 것이 생각나서 기뻐했어요. 난 그 옷을 즉시 벗었고, 유행에 따라 그 안에 주름이 많이 들어 있는 것에 감사했지요. 그것으로 세 벌의 셔츠를 만들 수 있었고, 그 외에 짧은 원피스 하나도 얻을 수 있었어요. 앞치마로는 목수건을 만들었고 제일 겉치마로는 앞치마를 만들어서, 약한 양잿물 약간으로 옷을 깨끗하게 유지할 수 있게 하고 번갈아 입을 수도 있게 했지요. 나는 뜨거운 돌로 옷을 다렸어요. 어린 리디에게도 바느질을 가르쳤는데, 그 애는 내가 그린 양탄자 바탕에 아주 예쁜 수를 놓았어요. 집주인들은 나를 위하여 자신들의 집을 매일 깨끗이 치워주었고, 찐 귀리 빵도 이제 내 입맛에 맞기 시작했어요. 자연이 요구하는 것은 아주 적었어요, 에밀리아. 난 빈약한 식탁에서도 배부르게 일어나고, 집주인들은 내가 세상 다른 지역에 대해 이야기하면 놀라서 듣곤 하지요. 나는 아직 부모님의 초상화를 갖고 있어요. 그것을 사람들에게 보여주고 내가 받은 교육과 이전의 생활양식에 관해서, 그들이 이해할 수 있고 또 그들에게 유익한 것에 대해 이야기해주었지요. 내가 누렸던 행복을 말해주고, 또 실제로 내 마음속에 있었던 인내심을 설명해주자, 그들의 눈에서 꾸밈없이 동정하는 눈물이 흘렀지요. 사랑하는 에밀리아! 당신에 관해서는 거의 말하지 않아요. 자주 당신을 잃었다는 생각을 하고 나에 대한 당신의 걱정을 생각할 만큼 난 그렇게 강하지 못하니까요. 만약 내 고통으로 당신과 선한 서머스 부인의 걱정을 덜어줄 수 있다면, 난 고통당하고 있다고 더는 말하지 않도록 노력하겠어요. 하지만 운명은 무엇이 나를 가장 괴롭히는지 알았고, 또 내 무고함과 원칙이 나를 진정시키리라는 것도 알았고, 내가 가난과 결핍을 견디는 법을 배우리라는 것도 알았지요. 그래서 운명은 내게 친구들의 아픔을 느낄 수 있는 감정을 주었어요. 그리고 그 상처는, 내가 거기서 도망치려 한다면 나쁜 일이 되기 때문에, 결코 치유될 수 없는 것이지요. 이런 감정은 예전에 나를 얼마나 행복하게 했는지요. 내가 재산을 소유하고 있을 때는 친구들의 소원을 알아내어 만족시킬 수 있었고, 또 모든 고통을 알아채고 덜어줄 수 있었으니까요. 내가 빛나는 모습으로 번쩍거리는 무리 사이에 등장하여, 행복에 대한 기대를 갖고, 사랑을 받으며, 선택하거나 버릴 수도 있었던 것이 2년이 지났어요. 오, 내 심장이여, 너는 왜 그리 오랫동안 이 기억을 피해왔는가! 너는 한 번도 시모어라는 그 이름을 생각하려고 하지 않았으면서, 이제 그이라면 무슨 말을 할까, 하고 묻고 있는 것인가? 그리고 망각에 대해, 울고 있는가! 오! 이것을 가져가다오, 결코 내 기억에 들어오지 못하게 해다오! 그의 마음은 자신을 향한 내 마음을 단 한 번도 몰랐는데, 이제는 너무 늦었어요! 내 종이, 아, 에밀리아, 종이가 다 떨어져가요. 이제는 더 이상 많이 쓸 수 없어요. 겨울은 길고, 난 아직 어두운 희망 이야기의 나머지를 간직하고 싶어요. 오, 내 자식이여! 몇 장의 종이가 내 행복이었는데, 그것마저 더 이상 누릴 수가 없군요! 자수 캔버스를 아껴서 거기다 글자를 수놓아야겠어요.

🐇 사월에

오, 시간이여, 모든 존재 중에서 가장 고마운 존재여, 나는 얼마나 너에게 감사한지! 너는 잃어버린 행복의 깊은 인상과 고통을 차츰 나로부터 멀어지게 하고, 그것을 멀리 안개 속으로 보내고, 반면에 내 주변 사물들에 사랑이 가득한 화창함을 퍼뜨리는구나. 내 손을 이끌어준 경험이여, 너는 내게 실천하는 지혜와 인내심을 알게 해주었다. 이것들과 더 친숙해지던 모든 시간이 고통의 쓰라림을 가볍게 해주었다. 너, 마음의 모든 상처를 치유하는 시간이여, 너는 몇 안 되는 내 친구의 영혼에 안정제 향유도 부어주고, 나를 위한 씁쓸한 근심 없이 자신들의 운명을 기쁘게 전망할 수 있는 상태로 만들어주려무나. 너는 나를 창조한 조물주가 베푸는 선의의 위안의 근거를 다시 내 영혼에 불러들였다. 아주 하찮은 지렁이도 작은 모래알로 보호하는 선의를. 너는 나로 하여금 이 황량한 산속에서 신의 선의를 다시 발견하게 했고, 내 지식을 새롭게 사용하도록 했으며, 행복의 품 안에서 잠자고 있는 미덕을 깨워서 활동하게 만들었지. 물리적 세계가 슬픈 주민들에게 얼마 안 되는 선물을 근근이 나누어주는 여기 이곳에서 나는 미덕과 지식의 도덕적 풍요함을 주인들의 오두막집에 퍼뜨리고, 그들과 함께 즐기고 그 달콤함을 맛보고 있단다. 행운과 명성과 권력이라는 이름을 달고 있는 모든 것을 벗어버린 채, 내 삶을 이 낯선 사람들 손에 맡기고, 난 그들의 도덕적 자선가가 되었어. 신을 향한 그들의 사랑을 키워주고, 그들의 이성을 깨우쳐주며, 그들의 마음을 진정시켜주면서 말이야. 난 쉬는 시간에 다른 세계와 그 국민들에 대한 이야기를 해줌으로써 가난한 주인들을 즐겁게 해주지. 이중으로 불행한 고아의 슬프고 천진한 날들을 사랑과 배려로 보살피며, 또 꽃으로 아름답게 가르치기도 하지. 나는 사람들이 안락한 삶이라고 생각하는 모든 것의 즐거움과는 먼 곳에서 진정한 하늘의 선물을 즐기고 있어. 진정한 인간 사랑과 완숙한 미덕의 열매로서 선을 행하는 기쁨과 정서적 안정이 그것이지. 순수한 기쁨이여, 진정한 재산이여! 너희들은 나와 영원히 동행할 것이고, 내 영혼은 너희들을 소유하게 되어 감사의 노래를 시작할 것이야.

유월 말에

에밀리아, 당신은 이런 사람 입장에 서볼 수 있었을까요? 폭풍 치는 바다 위 초라한 조각배 위에서 불안정하게 자신의 삶을 느끼며, 떨리는 희망을 품고 이리저리 떠돌면서 희망이 나타나는지 둘러보는 사람 말이에요. 파도는 오랫동안 그를 휘몰아치며 절망에 빠뜨리는데, 마침내 그는 섬 하나를 발견하고 그곳에 닻기를 바라면서 두 손을 잡고 소리칩니다. 오, 신이여, 육지가 보입니다! 나는, 친구여, 나는 이 모든 것을 느끼고 있어요. 육지가 보인단 말이에요. 홉튼 백작이 산 위 자신의 집에 와 있고, 그 누이동생 레이디 더글라스가 내 집주인 딸을 데려갔어요. 그 딸은 양탄자를 갖고 오빠와 함께 부인에게 가서 자신들이 만든 것을 보여드렸지요. 부인은 그들의 작업을 보고 놀라며 그들의 말을 듣고는 누가 가르쳤는지 물었어요. 이 착한 소녀는 감사하는 마음으로 나에 대해서 자신이 알고 느낀 것을 이야기했지요. 이 고결한 부인은 눈물이 날 정도로 감동하여 소녀에게 곧 그 물건을 갖겠노라고 약속하고, 이 아이들에게 먹을 것을 주고는 아들만 혼자 집으로 보내면서 부모에게는 돈 2기니를 주어 보내고, 자신이 떠나기 전에 직접 그들에게 가보겠다고 약속했어요. 특히 내게 인사 전하라고 이르고 그 소녀에게 들인 내 노력에 대해 축복을 보냈다지요. 난 부인에게 종이와 펜 그리고 잉크를 청하게 했어요. 이 기회를 이용하여 레이디 서머스에게 편지를 보내려고요. 하지만 난 레이디 더글라스에게 편지를 봉하지 않고 줄 생각이에요. 그분에게 내 솔직함을 보여주려고요. 내 자유를 얻기 위하여 좋은 방법이 있는데, 그 모든 기회를 이용하지 않는다면 벌 받을 일이겠지요. 홉튼 백작에게도 불쌍한 집주인들에게 자비를 베풀어주도록 간청할 거예요. 이 착한 사람들은 자신들의 딸을 보살펴주고 돈도 준 데 대하여 너무 기뻐서 정신을 못 차릴 정도였지요. 그들은 번갈아 가며 나를 쓰다듬고 복을 빌어주었어요. 어린 고아도 내버려두지 않을 거예요. 내게 좋은 행동거지를 다시 익히게 해준 그 아이는 나를 잃은 상실감에 이중으로 불행해질 것이고, 만약 내가 행복으로 돌아가 그 아이가 불행 속으로 빠져든다면, 내 여생의 모든 날들은 그 애에 대한 기억으로 불안정해질 거예요.

—

오! 친구여, 내가 지난번 글에서 광란하는 바다 위에서 길 잃은 조각배 위에 있다고 비유한 것은 징조였어요. 내 운명은 영혼의 고통을 극도로 느끼다가, 희망의 순간에 죽으라고 정해진 것이에요. 나를 박해하는 자의 말로 표현할 수 없는 심술은 나를 그리로 휘몰아가고 있어요. 마치 들끓는 파도가 조각배와 사람을 심연으로 잡아끌 듯이 말이에요. 이런 폭력이 그에게는 허락되고 내게서는 모든 구원의 수단을 빼앗아 갔어요. 곧 외로운 무덤이 내 탄식을 끝내줄 것이고, 내가 왜 이런 비참한 운명을 겪어야 했는지, 내 영혼의 최종 목적지를 보여줄 테지요. 내 마음은 편안하고, 만족해요. 내 마지막 날은 최근 2년 중에서 가장 기쁜 날이 될 거예요. 마지막 순간까지 사랑했던 다정한 내 친구여, 레이디 서머스가 당신에게 내 편지 묶음을 보내줄 것이고, 그러면 당신 마음은 내 모든 고통이 복된 영원 속으로 사라져갔음을 생각하고 진정될 거예요. 내 마지막 기력을 당신에게 바치겠어요. 당신은 행복했던 내 삶의 증인이었어요. 당신은 내 음울했던 날들의 마지막도 알아야 해요.

희망에 가득 차서 내가 기쁜 마음으로 기대하고 있었을 때, 그때 더비의 충복인 그 악한이 증오할 만한 제안을 가져왔어요. 나더러 런던의 더비 경에게로 가라는 거예요. 그는 자기 부인을 사랑하지 않고 자신도 병이 들어 윈저의 별장에서 대부분 머무는데, 내가 그곳에 가면 그가 편안할 것이라고요. 그가 직접 편지를 썼다는군요. 내가 자유의사로 그에게 가서 그를 사랑하게 된다면, 그는 레이디 알톤과 이혼하고 우리의 결혼을 합법적으로 그리고 내가 요구하는 대로 증명하게 할 생각이라고. 하지만 내가 예전의 이상한 일로 이 제안을 거부한다면 내 운명은 추락하게 될 것이고 자신은 그게 좋을 거라고 생각한다고. 난 그 편지를 읽고 싶지 않았기 때문에 듣고만 있었어요. 참을 수 없는 이 모욕에서 가장 나빴던 것은, 이 못된 녀석을—그의 손에 의해 가짜 결혼이 이루어졌으니까요—봐야 한다는 점이었어요. 극도의 암담한 기분으로 격분한 나는 그 모든 비인간적인 제안들을 거부했어요. 그랬더니 이 야만인은 주인을 위해 복수하겠다며, 내가 두 번째로 공식적인 거부를 하자 매우 심술이 나서 내 팔과 몸을 붙들고 오래된 탑으로 끌고 갔어요. 욕설을 퍼부으며 나를 탑 문 안으로 밀어 던지고 하는 말이, 날보고 거기서 '돼지'라더군요. 그래야 자기 주인과 자신이 나로부터 벗어날 것이라고요. 폭력에 의해 런던으로 끌려갈지도 모른다는 끔찍한 불안과 저항으로 나는 지쳤고 반쯤 정신을 잃었어요. 쓰레기 더미와 진흙으로 가득 찬 반공 천장이 있는 공간에서 넘어진 탓에 돌에 왼손과 얼굴 반쪽을 다쳤고, 코와 입에서는 심하게 피가 흘렀지요. 내가 얼마나 오랫동안 의식 없이 그곳에 누워 있었는지 모르겠어요. 다시 정신이 들었을 때에는 전신에 힘이 하나도 없고, 온몸이 아팠어요. 숨 쉬는 탁한 공기는 짧은 시간에 내 가슴을 너무 조여와서, 난 삶의 마지막 순간이라고 생각할 정도였지요. 아무것도 보이지 않았지만, 손으로 더듬어보니 바닥이 아주 가팔라서 조금만 몸을 움직여도 지하실로 떨어질 것 같았어요. 그곳에서는 절망적으로 정신을 포기했지요. 거기서 느꼈던 불행은 말로 표현할 수 없어요. 그곳에서 밤새 누워 있을 때 세찬 비가 내렸어요. 문 밑으로 물이 들어와 내 몸은 흠뻑 젖어 굳어버렸고, 불행으로 인해 아주 의기소침해진 나는 죽었으면 하고 바랐지요. 그러다 배 속에 경련이 일었던 것 같아요. 거기까지는 기억이 나요. 다시 정신을 차렸을 때 나는 내 침대 위에 있었고, 주위에는 가엾고 겁먹은 집주인 내외가 서서 애통해하고 있었어요. 고아는 내 손을 잡고 불안하게 쌕쌕거렸고요. 난 속이 너무 좋지 않아서, 사람들에게 내가 죽을 것 같으니 훕튼 백작의 신부를 불러달라고 두 손을 모으고 간청했어요. 그 집 아들이 곧 떠났고, 부모가 이야기하는데, 자신들은 존 나리(그들은 그를 그렇게 불렀어요)가 떠날 때까지 나를 도울 수 없었다고 했어요. 가난의 끔찍한 운명이여, 가난은 부유하고 악랄한 폭력에 대적할 강심장을 충분히 갖지 못하게 하는구나! 마침 비가 와서 악당은 좀 더 머물게 되었고, 다시 탑으로 가서 문을 열고 귀를 기울여보다가 고개를 높이 쳐들더니 문도 닫지 않고, 자신들에게 아무 말도 하지 않고 떠나갔다는 거예요. 그들은 그가 무서워서 한 시간쯤 더 기다렸다가 등불을 들고 나에게로 왔다고 해요. 내가 죽은 줄 알고 들어내려고 했다는군요. 신부가 왔고 레이디 더글라스가 함께 왔는데, 두 사람이 나를 동정하며 주의 깊게 살펴보았어요. 난 레이디에게 손을 내밀었고, 그분은 어진 표정으로 내 손을 잡았어요. "귀하신 마님." 난 눈물을 흘리며 말했어요. "저를 위해 애쓰시는 마님의 친절한 노고에 신께서 그 영혼을 보상해주실 것입니다. 다만 제가 그럴 만한 가치가 있다는 것을 믿어주시기 바랍니다." 그녀의 눈길이 내 손목에 있는 어머니의 초상화에 가 있는 것을 알아채고 나는 말했지요.

"네, 제 어머니세요. 데이비드 왓슨 경의 손녀따님이시지요. 그리고 여기는" 하면서 난 다른쪽 손을 들었어요. "제 아버지신데, 독일의 점잖은 귀족이세요. 두 분은 이미 오래전 저세상에 가셨지만, 저도 곧, 곧, 그분들 곁에 가기를 바랍니다" 하고 두 손을 모으고 말했어요. 부인은 울면서 신부에게 내 맥을 짚어보라고 했어요. 신부는 그렇게 하더니, 내가 아주 나쁜 상태라고 확신했어요. 부인은 주위를 둘러보며 나를 들어낼 수 있겠느냐고 물었어요. 신부가 "생명이 위험하겠는데요"라고 말하자, "아, 이렇게 안타까울 수가" 하고 부인은 말하며 내 손을 꼭 잡았어요. 부인은 밖으로 나가고, 신부가 나와 이야기하기 시작했어요. 난 그에게 내가 귀족 가문 출생이고, 잘못된 결혼에 속아 수치스럽게 조국을 떠나게 되었노라고 짧게 말했어요. 레이디 서머스가 내 보호자이니 나에 관한 증명을 얻을 수 있을 것이라고 했어요. 나는 그에게 내가 그녀에게 써서 판자 뒤에 넣어둔 편지를 곧 가져오도록 했지요. 그리고 그가 묻지도 않았는데 내 원칙을 고백하고, 에밀리아, 당신 남편과 편지를 교환해보라고 부탁했어요. 레이디 더글라스가 노크하고, 주인집 딸 마리아와 함께 내가 누워 있는 곳으로 들어왔어요. 마리아는 상자 하나를 들고 있었는데, 그 안에 온갖 연고와 약이 들어 있었지요. 꼬마 리디도 들어와서 내 침대 옆에 무릎을 꿇고 주저앉았어요. 부인은 그 계집아이와 나를 슬픈 눈으로 바라보았어요. 마침내 부인은 떠나면서 마리아를 내 곁에 남겨놓고, 신부는 아침에 다시 오겠다고 약속했지요. 하지만 그는 하루 종일 오지 않았어요. 그래도 두 번이나 나에 관해 물어왔지요. 이튿날 아침 나는 전날보다는 나아졌어요. 그래서 당신에게 편지를 쓴 거지요. 이제 곧 저녁 여섯 시예요. 난 점점 더 나빠질 거예요. 떨리고 고르지 못한 글씨가 당신에게 그걸 보여주겠지요. 오늘 밤 내가 어떻게 될지 누가 알겠어요. 난 죽어가지만 내 마음은 당신의 마음과 아직 이야기할 수 있다는 것에 대해 신께 감사드려요. 난 아주 침착해져서, 행복과 불행이 상관없는 순간으로 가까워지고 있어요.

밤 아홉 시경

나의 에밀리아, 마지막으로 쇠약해지고 기운 없는 두 팔을 당신이 살고 있는 곳을 향해 내밀어요. 신이 당신을 축복하고 당신의 미덕과 나에 대한 우정을 보상해주시길! 당신은 내게서 한 통의 편지를 받을 텐데, 그것을 당신 부군으로 하여금 내 숙부 R 백작에게 직접 전하도록 해주세요. 내 재산에 관한 것이에요.

　내 외가인 P 가문에서 받은 모든 것은 뢰바우 백작의 아들들에게 주도록 하세요. 관리인 당신의 형부가 그 목록을 가지고 있어요.

　내 사랑하는 아버지에게서 받은 것 중 반은 가난한 아이들의 교육을 위해 바치겠어요. 나머지 반에서 일부는 당신의 아이들과 내 친구 로지나에게 주겠어요. 또 다른 일부는 여기 가난한 집주인들에게 1천 탈러*를 주고, 불행한 리디에게도 그만큼 주고, 그 나머지로는 내 부모님 무덤의 발치에 묘석 하나 세워주세

*독일의 옛 은화.

요. 그리고 다음과 같이 간단한 비문을 적어주어요.

> 두 분의 부끄럽지 않은 딸
> 조피 폰 슈테른하임을 기억하기 위하여

　여기서 난 이번 봄 자주 그 발치에 무릎을 꿇고 신에게 인내심을 간구했던 그 나무 밑에 묻힐 거예요. 여기, 내 정신이 쇠약해진 곳에서 내 육체도 썩어야겠지요. 그것은 나를 덮어줄 어머니 땅이기도 해요. 내가 장차 신성하게 변용된 모습으로 미덕의 인간들 대열에 들어서서, 에밀리아, 당신도 다시 볼 수 있을 때까지 말이에요. 오, 나의 친구여, 그동안 악덕의 치욕에 관한 내 기억을 구해주어요! 그리고 이렇게 말해주어요. 내가 미덕에 충실했으나 불행했으며, 가혹한 근심의 팔 안에서 내 영혼은 신을 향한 어린이 같은 믿음으로 가득 차서, 나와 같은 인간에 대한 가득한 사랑을 조물주에게 돌려주고, 내 친구들을 애정으로 축복했으며, 솔직하게 나의 원수를 용서했다고요. 사랑하는 친구여, 당신 정원에 외로운 장미 한 포기가 감아 올라가는 실측백나무* 한 그루를 절벽 가까이 심어, 나를 기억하는 장소로 삼고 자주 들러주어요. 혹시 내 영혼이 당신 주위를 떠돌며, 당신이 떨어지는 장미꽃잎을 보며 사랑의 눈물을 흘리는 것을 보아도 되겠는지요. 나 역시 꽃처럼 피어나서 시든 것을 당신은 보았지요. 다만 운명은 내가 마지막으로 고개를 숙이고 내 가슴이 마지막 한숨을 내쉬는 것을 당신이 못 보게 했군요. 그게 좋아요, 에

*애도의 상징인 나무.

밀리아. 당신이 나를 볼 수 있었다면, 너무 고통스러울 테니까요. 내 영혼의 밑바닥은 아주 평온해요. 나는 조용히 잠들 거예요. 운명이 나를 피곤하게, 아주 피곤하게 만들었으니까요. 잘 있어요, 가장 착한 영혼의 친구여, 나를 위해 흘리는 눈물을 진정시키세요. 당신을 생각하니 내 슬픈 눈에 눈물이 고이는군요.

✍ 시모어 경이 T 박사에게

오, 맙소사, 박사님은 왜 병이 들어 이틀만이라도 절 보러 올 수 없다는 겁니까! 전 거의 제정신이 아니고 분노에 사로잡혀 있어요. 제 어머니가 첫 번째 결혼에서 얻은, 아버지가 다른 형 리치는 그의 스토아 철학과 함께 노닐다가 운명의 장난에 의해 속세로 떨어졌어요. 이틀 후에 우리는 스코틀랜드의 납 광산으로 떠납니다. 그것은—오, 생각만 해도 죽을 것 같아요!—살해된 슈테른하임 양의 무덤을 찾아 그 시신을 덤프리스로 옮겨 와 웅장하게 매장해주기 위해서예요. 영원한 신이시여, 어떻게 당신이 이 세상에 내려보낸 가장 착한 이를 악명 높은 악당에게 희생시킬 수 있었습니까? 하인들이 여행 준비를 하고 있고, 전 아무것도 할 수 없습니다. 미쳐 날뛰는 인간처럼 두 손을 비비며, 내 가슴과 머리를 수천 번 때리고 있어요. 더비, 그 가련한 녀석이! 뻔뻔스럽게도 말하더군요. 나 때문에, 나에 대한 질투심 때문에 가장 고결하고 사랑스러운 여성을 속이고, 불행하게 만들었고 또 죽였다고. 이제 그는 울부짖고 있습니다. 미친 개 같은 자식, 그가 울부짖는다고요. 그 극악무도함은 두려워하던 죽음의 경계선으로 그를 일찍 이끌었고, 그 죽음은 제가 그에게 행할지도 모르는 복수를 예방했습니다. 들어보세요, 친구여, 미덕이 만날 수 있는 가장 끔찍스러운 일, 악한 마음이 행할 수 있는 가장 악독한 일에 대해 들어보세요. 당신도 알다시피, 전 아픈 몸으로 크래스톤 경과 함께 영국으로 돌아와, 곧 시모어 저택의 어머님께로 가서 몸과 마음의 병을 치유하려고 했습니다. 그러다 결국 지금은 N 경이 된 더비에 관해 묻게 되었지요. 사람들은 그가 병이 들어 윈저의 별장에 누워 있다고 말해주더군요. 전 그와 제가 회복하기를 기다리려고 했습니다. 하지만 그에 관해 물은 지 며칠 안 되어 그가 자신에게 와주기를 부탁하는 게 아니겠습니까. 저는 기분이 안 좋아서 거절했고, 며칠 후에 리치 형에게 갔습니다. 형은 저만큼이나 음울해 보였습니다. 형제간의 신뢰는 어차피 15년이라는 나이 차이 때문에 불가능했고, 냉정하고 조용한 그 성격은 그에게서 편안함을 느끼도록 저를 북돋아주지 못했지요. 우리는 2주일을 함께 보냈는데, 우리들이 했던 여행 이야기 외에는—그것도 짧게—별로 말이 없었습니다. 마침내 우리가 일순간에 마음을 여는 언어에 도달할 때까지는요. 그때 N 경의 시종이 편지 한 통을 가져왔는데, 편지에서 그는 나더러 리치 경과 함께 자신에게로 와달라고 부탁하면서, 슈테른하임 양과 관계되는 일이라고, 리치 경에게는 레이디 서머스 댁에서 본 납치된 부인이 바로 그녀라고 말하라고 했지요. 무서운 꿈에서 깨어나듯 벌떡 일어나서 전 하인에게 가겠다고 소리쳤습니다. 그리고 형의 팔을 잡고 그가 서머홀에서 본 젊은 부인에 대해 성급히 물었지요. 그가 놀라서 그녀를 아느냐고, 그녀에 대해 아는 것이 무엇이냐고 물었어요. 전 형에게 편지를 보여주었고, 내가 영원히 사랑하는 아가씨에 관한 모든 것을 짧게 이야기했습니다. 형도 마찬가지로 짧게, 말을 잇지 못하며, 그녀를 보았고 사랑했노라고 말했습니다. 그리고 그녀의 초상화를 가져와서는 그녀의 정신과 고상한 생각과 그녀를 누르고 있던 슬픔에 대해서, 특히 더비와 레이디 알톤과의 결혼이 알려지던 때의 슬픔에 관해 한없이 이야기했습니다. 우리는 곧 떠나기로 결심했고 윈저에 도착했어요. 리치 경은 깊은 생각에 잠겼으나 침착했고, 저는 불안과 여러 가지 계획과 결심으로 꽉 차 있었습니다. 더비의 집에 들어섰을 때, 분노의 열로 인해 더웠다 추웠다 했지요. 저는 그에 대한 증오심 때문에 너무 흥분해서, 그가 초라하고 쇠약해져서 침대에 누워 있다는 사실에 유의하지 못했어요. 말없이 적개심에 가득 차서 그를 쏘아보았고, 그는 죽어가는 시선으로 간절히 저를 보며, 자신의 여위고 열이 오른 손을 제게 내밀었습니다. "시모어." 그는 말했어요. "자네를 알아, 자네 마음의 모든 증오심이 나를 향하고 있다는 것을. 하지만 자네 때문에 이 가슴에 얼마나 분통 터지는 일이 많았는지 자네는 모를 거네." 전 그에게 손을 주지 않았습니다. 그리고 반감을 갖고 거만하게 고개를 내두르며 말했지요. "우리의 원칙이 같지 않았다는 것 외에는 그럴 일이 없네." 더비가 대답했습니다. "시모어! 내가 건강하다면 이런 어조로 말하지 않겠지. 그리고 자네가 원칙에 관해서 말하는 그 오만함은 내가 내 재주를 남용한 것만큼이나 큰 잘못이 되는 거네." 리치 경이 끼어들어서, 이 모든 것은 중요하지 않으니 더비 경에게 납치된 부인에 관한 소식이나 주었으면 좋겠다고 했습니다. "그래요, 리치 경, 소식을 알려드리지요." 그는 말했습니다. "시모어의 끓어오르는 감수성보다 당신의 냉정함 속에 인간성이 더 많습니다. 우리가 처음 슈테른하임 양을 알게 되었을 때 일어난 일을 저자가 당신에게 말해줄 것입니다. 우리 둘은 그녀를 사랑하여 제정신이 아니었지요. 하지만 그녀가 그에게 더 기울어지는 것을 내가 먼저 눈치 채고 온갖 수단을 써서 그를 방해했어요. 영주가 그녀를 몰아가고, 시모어가 어리석고 심각하게 있는 중에, 나는 변장과 계책을 이용한 비밀결혼을 통해 그녀를 손에 넣는 데 성공했지요. 하지만 기쁨은 오래가지 않았습니다. 그녀의 너무 진지한 성품에 피곤해졌고, 내 생각이 조금이라도 그녀에게서 멀어지면 시모어에 대한 그녀의 은밀한 애정이 솟아올랐으니까요. 질투로 인해 내게는 복수심이 일었으며, 내 형이 죽어 상황이 변하자 복수를 실행할 계기를 얻게 되었지요. 난 그녀를 떠났지만 며칠 후에는 후회의 마음이 들어, 그녀가 머물던 마을로 사람을 보냈습니다. 하지만 그녀는 이미 떠나버렸어요. 오랫동안 그녀에 관해 아무것도 알지 못하다가, 결국 영국의 내 아내의 고모 댁에 있는 것을 알고 그대로 둘 수 없어서 납치하도록 했지요. 그녀가 불쌍하기는 했지만 달리 방법이 없었습니다. 레이디 알톤에 대해 불만이 생기자 다시 슈테른하임이 기억났고, 그녀는 내 사람이니 산중에서의 불행한 삶에서 벗어나기 위해 기꺼이 내 품으로 달려오리라고 생각했지요. 더욱이 버림받은 낸시 핸튼의 딸을 그녀가 정성껏 돌보고 키운다는 말을 듣고 더 그렇게 생각했어요. 난 애정이 담긴 편지를 쓰고 호의적인 제안들을 붙여서 심복 하나를 그녀에게 보냈습니다. 하지만 그녀는 아주 거만하고 쌀쌀하게 모든 것을 거절했습니다." 여기서 그는 동요하며 멈추고, 저를 한 번, 리치 경을 한 번 번갈아 바라보았습니다. 마침내 제가 발을 구르고 소리 지르면서 이야기를 계속하라고 요구할 때까지 말이지요. "시모어! 리치 경!" 그는 낮고 슬픈 어조로, 두 손을 비비고 더듬거리면서 말했습니다. "오, 이 가련한 놈이 직접 가서 그녀에게 용서와 사랑을 빌었어야 했는데! 내 심복이, 그 개자식이 그녀에게 억지로 돌아오도록 강요했지요. 그녀와 함께 있으면 내가 행복하리라는 것을 그는 알고 있었던 거예요. 그놈은 그녀를 낡고 허물어진 헛간에 가두었고, 그 안에서 그녀는 열두 시간 동안 갇혀 있다가, 그러다가…… 괴로워하며 죽었습니다." "그녀가 죽었다고!" 나는 소리쳤어요. "악마! 괴물! 그런데 너는 살인을 하고도 아직 살아 있어? 아직 살아 있냐고?" 리치 경은 제가 미친 자의 목소리와 모습을 하고 있었다고 말하더군요. 형은 저를 감싸 안고 다른 방으로 끌고 갔습니다. 저를 진정시키고 다시 흥분하지 않겠다고 약속할 때까지는 오랜 시간이 걸렸지요. 형은 말했어요. "더비는 돌이킬 수 없이 악하게 사용한 인생의 나날을 기억하고 후회하는 고문대 위에 누워 있어. 너는 신의 심판 대상에 손을 댈 것이냐? 믿어라, 동생아, 우리의 모든 고통은 그의 영혼의 고통에 비하면 달콤한 것이야. 슈테른하임 양의 불행한 운명을 생각하면 내 가슴에서 피가 흐른다. 하지만 미덕과 자연이 그녀를 박해한 자에게 복수하고 있지 않느냐. 부탁이니 그가 우리에게 무엇을 원하는지 물어보도록 해다오. 진정하고, 아량을 베풀고, 불행한 죄악에 대해서도 연민을 가지려무나!" 저는 그에게 다짐을 하고, 대화할 때 옆에 있겠다고 했습니다. 우리가 다시 그 가련한 인간에게로 가니, 그는 울부짖으며 요구했습니다. 우리보고 스코틀랜드로 가서 그 천사의 시신을 찾아 주석 관에 안치하여 덤프리스에 매장해달라고요. 그녀의 묘석을 위해 2천 기니를 낼 테니 묘비에 그녀의 미덕과 불행에 대해 쓰고 그 옆에 자신의 영원한 후회도 기록해달라고요. 그는 우리에게 D에도 그 소식을 알려주기를 부탁하고, 자신이 친구 B에게 그녀에 관해 썼던 모든 편지를 우리에게 넘겨주고, 곧 떠나겠다는 약속을 해달라고 간절히 청했습니다. 그 고결한 영혼을 기리기 위하여, 공개적으로 영예로운 증언을 했다는 것을 위안으로 삼으려 한다고요. 이 말에 대해 리치경이 몇 마디 비장한 말을 덧붙였고, 저는 분노와 싸우면서 고통을 억눌렀습니다. 우리는 곧 떠납니다. 아침에 덤프리스로 갈 예정입니다. 무슨 이런 여행이 있단 말입니까! 오, 신이시여, 무슨 이런 여행이 있습니까!

리치 경이 납 광산에서 T 박사에게

박사님은 저를 잘 모르시겠지만 제 영혼의 강한 면은 박사님과 친근합니다. 시모어는 제 동생입니다. 이 동생과 그의 고통의 대상에 대해서 박사님에게 말씀드려야겠습니다. 우리는 오늘 저녁 이곳에 도착했습니다. 이곳으로 오는 길은 슬펐고, 이 지역으로 가까이 발걸음을 내디딜 때마다 가슴이 조였습니다. 세상을 통틀어도 이 오두막 주변의 동네만큼 이렇게 궁색하고 황량한 곳은 없을 겁니다. 운명은 잔인하게도 이런 지방에서 모든 인간 중 가장 사악한 인간의 손을 빌려 가장 감성적인 영혼을 고문하도록 했던 것입니다. 그녀가 자연의 아름다움을 보고 그 조물주에 대하여 어린애 같은 마음으로 감동했던 것을 생각하면, 그 고통의 정도를 느낄 수 있을 것 같습니다. 이 비옥하지 못한 돌멩이들이 그녀에게 주었을 고통을 말입니다. 그리고 그녀가 오랫동안 기거했던 오두막과, 이전에 한 여성의 가슴에 생기를 불어넣었던 고결한 정신을 호흡했던 초라한 침상도 말입니다. 오, 박사님! 당신의 신학적 정신도 나의 철학적 용기와 마찬가지로, 외롭고 앙상한 나무 밑에서 사랑스러운 여인의 잔해를 덮은 모래 언덕을 보았다면 울음을 터뜨렸을 것입니다. 가엾은 시모어 경은 그 위에 주저앉아서, 거기서 실컷 울다가 그녀 옆에 묻히고 싶다고 소원했습니다. 두 명의 하인들과 함께 저는 그곳에서 그를 끌어내야 했습니다. 집 안에서 그는 그녀가 죽은 침대에 몸을 던지려 했지요. 하지만 제가 그것을 치우도록 하고, 그를 이끌고 그녀가 자주 앉던 자리라고 사람들이 말하는 곳으로 데리고 갔습니다. 거기서 그는 두 시간 전부터 꼼짝 않고 팔을 괴고 누워, 아무것도 보고 들으려 하지 않습니다. 사람들은 제 눈에 좋은 사람들 같아 보이지 않습니다. 그들도 그녀를 가두는 데 일조하지 않았나 염려되었습니다. 그들은 겁먹은 듯이 보입니다. 그들은 이미 여러 차례 오두막 앞에서 자기들끼리 이야기하고, 제가 부인에 관해 묻는 말에는 짧게 당황하며 대답했고, 내일 무덤을 열어야 한다고 말했을 때는 매우 당황했습니다. 저 자신도 몸을 떨었습니다. 폭력적인 죽음의 표시를 볼까봐 두려웠습니다. 그러면 동생은 어떻게 될까요? 저는 혼자서 아무 말도 하지 않고, 시모어의 고통을 키우지 않기 위해 제 고통은 숨길 것입니다. 하지만 폭풍 속에서 추락하는 두려움과, 아시아의 사막에서 헉헉대던 갈증의 고통도, 이 천사 같은 여성의 고통을 생각하는 만큼 제 영혼을 그렇게 세게 내려치지는 못했습니다. 동생은 지쳐서 잠이 들었는데, 하인들이 바닥에 펼쳐놓은 그들의 옷 위에 누워 있습니다. 그는 자주 벌떡 일어나 가쁜 한숨을 내쉽니다. 하지만 우리 외과의사는 그가 건강하기 때문이라고 저를 안심시킵니다. 저는 잠을 잘 수 없습니다. 다가오는 아침이 벌써 저를 괴롭힙니다. 저는 시모어를 지탱하기 위해 용기를 모으고 있습니다만, 저 자신이 갈대와 같아 시신을 보고 그와 함께 쓰러질까봐 염려됩니다. 저는 동생같이 끓어오르는 젊은 정열로 그녀를 사랑했던 것이 아닙니다. 제 사랑은 고결한 생각을 가진 남성이 공정함, 현명함, 그리고 인간 사랑에 대해 느끼는 충성심 같은 것이었으니까요. 저는 이성과 감성이 그녀에게서만큼 그렇게 도덕적이 되는 것을 보지 못했습니다. 큰 일이 그렇게 적당한 정도로 진정한 위엄을 가지고, 작은 일이 그렇게 매력적이고 경쾌하게 다루어지는 것을 한 번도 본 적이 없습니다. 그녀의 행동은 미덕을 사랑하는 정신적인 사람들의 전체 사회에 행복을 가져다주었을 것입니다. 그런데 여기서 그녀는 높이 쌓인 돌들 아래서, 마찬가지로 감정도 없는 사람들 사이에서, 극심한 감정의 고통 아래서 그 아름다운 정신을 포기해야만 했다니요! 오, 신이여! 당신은 제 영혼 속에 떠도는 질문을 보고 계시지만, 표현되지 않고 설명할 수 없는 당신의 액운에 대한 경외심도 보십니다!

둘째 날 계속

박사님, 인간의 친구시여! 우리의 기쁨에 동참해주십시오. 천사 슈테른하임이 아직 살아 있답니다. 시모어는 기쁨의 눈물을 흘리며 가난한 오두막 주인들을 계속 껴안고 있지요. 한 시간 전에 우리는 창백하고 슬픈 얼굴로 죽은 듯 말없이 몸을 끌며, 무덤이 있다고 어제 사람들이 가리킨 정원으로 갔습니다. 남편과 아들은 머뭇거리고 가면서 우리에 대해 분명히 거부감을 갖고 있었습니다. 우리가 모래 언덕이 있는 곳에 다다라 하인들을 향해 파내라고 말하자, 동생은 제 목에 매달려 저를 붙잡고 고통스럽게 "오, 리치 형님" 하고 소리치며 머리를 제 어깨에 파묻었답니다. 그의 이런 몸짓과 동시에 첫 번째 삽이 하인들에 의해 무덤에서 파 올려졌을 때, 제 영혼은 마치 뚫어지는 것만 같았습니다. 저는 두 팔로 동생을 감싸고, 하늘을 향해 눈을 들어 그와 저에게 힘을 달라고 간청했지요. 그런데 바로 그 순간 남편과 부인, 아들이 우리 앞에 무릎을 꿇고는 우리에게 보호를 청했습니다. 저는 심히 놀랐지요. 이 부인에게 행해진 살인을 보게 될까봐 두려워하고 있었으니까요. "이 사람들아! 무슨 일인가, 보호해달라니?" "저희는 저희 주인 나리를 속였습니다." 그들은 외쳤어요. "그 부인은 돌아가신 것이 아닙니다. 떠났어요." "어디로, 이 사람들아, 어디로?" 저는 외쳤지요. "자네들 우리를 속이는 것이 아닌가?" "아닙니다, 선하신 나리. 부인은 지금 홉튼 백작의 누이동생 댁에 계십니다. 그분이 부인을 데려가시면서 저희에게 말씀하셨습니다. 저희 주인 나리에게 부인이 죽었다 하라고요.

저희는 그 부인을 좋아했으므로 가시게 했습니다. 하지만 만일 주인 나리가 그 사실을 알게 되면, 저희에게 복수할 것입니다." 시모어는 그 남자를 껴안고 기쁨에 넘쳐 큰 소리로 외치며 말했지요. "오, 내 친구여, 자네는 나와 함께 가게. 내가 자네를 보호하고 보상해주겠네. 홉튼 백작은 어디 계신가? 일이 어떻게 그리 되었는가? 리치 형님, 곧 떠나십시다." 저 역시 그만큼 그 부인을 직접 보고 싶다고 그에게 확실히 말하고, 그에게 여행 준비를 하라고 시킨 다음, 그동안 제가 사람들과 이야기하겠다고 했습니다. 저는 사람들에게, 주인 나리도 부인에 대한 그들의 사랑에 몸소 상을 내릴 것이라고 확신한다고 그들을 안심시켰지요. 존이 그렇게 못되게 부인에게 행동한 것을 주인도 듣고 좋아하지 않았다고요. 그리고 전 그들에게 한 줌의 기니를 주면서 부인의 생활과 태도에 대해 물었습니다. 오, 박사여! 이 사람들이 제 여자 친구의 미덕에 관해 짧게 요약한 단순한 이야기가 얼마나 빛을 발했는지요! 어제 저는 그녀의 가혹한 운명에 대해 불평했습니다만, 이제 신에게 감사하고 싶군요. 그녀가 위대한 영혼의 시험을 통해서 다른 사람들에게 보여준 고귀한 본보기에 대해서 말입니다. 그녀 성품의 특징은 제 가슴속에 깊이 지워지지 않고 새겨져 있습니다! 우리는 떠납니다. 산 밑에서 하인 하나를 더비에게 보내어 그에게 틀림없이 위안이 될 소식을 전하도록 했습니다. 그에게는, 놓쳤던 모든 선행을 만회하고 저질렀던 모든 악행을 지워버릴 수 있는 시간이 가까워지기 때문이지요. 그러니 그가 저지른 잘못의 총계가 그만큼 감소되는 것을 보는 일이 그에게는 생기를 불어넣어줄 것입니다.

마담 라이덴스가 에밀리아에게
(트위데일, 폰 더글라스-마치 백작의 저택에서)

나는 지금 자유와 생명과 우정의 황홀한 감정에 대해 어린애같이 겸손한 마음으로 신에게 감사를 표하기 위해서 무릎을 꿇고 쓰고 있습니다. 오, 사랑하는 내 소중한 친구여! 내가 얼마나 많은 고통을 지나왔나요? 당신의 근심과 레이디 서머스의 걱정이 끝날 수 있어서 얼마나 기쁜지 모르겠어요. 내일 더글라스 백작부인이 레이디에게 파발꾼을 보낼 것이고, 그는 곧 소포를 갖고 해리치의 당신 남편에게도 갈 거예요. 당신의 불안을 한순간이라도 덜 연장시키기 위해서예요. 내가 연필로 쓴 편지들은 내가 지난해에 걸어갔던 길이 얼마나 험한 가시밭길이었는지를 보여줄 거예요. 하지만 그 출구는 얼마나 편안했고, 얼마나 친절한 미덕의 손에 이끌려 나왔는지도 보게 될 거예요! 내가 시험의 날 신의 배려를 받을 자격이 있도록 만든 것은 시련이 아니었을까요? 그 배려가 나를 돕기 위해 가장 고결한 영혼을 내게 보냈으니까요. 마지막 글에서 나는 내 인생의 마지막 밤이 시작되었다고 믿었고, 더글라스 백작부인에게 버림받고 죽는다고 생각했지요. 하지만 열한 시경에 신부가 외과의사와 함께 왔고, 다음 날 아침에는 말 두 필이 끄는 마차에 침대를 싣고 더글라스 백작부인이 직접 와서, 나에게 아주 상냥한 태도로 자신의 집에서 친구로서 돌봐주겠다고 제안했지요. 기쁨이 지나쳐서 해로웠나봅니다. 내가 레이디의 손을 내 가슴에 대고 감사와 기쁨을 말하려고 하다가 기절해버렸으니까요. 깨어나니 그들은 나에게 진정하라고 부탁하고, 자신들이 집주인들과 약속을 했다고 말했어요. 정원에 가짜 무덤 하나를 만들고 더비 경에게는 내가 죽었다고 알리라고요. 사람들은 그 말에 만족했다고 해요. 부인은 나를 홉튼 백작 댁에 데려가려고 했어요. 오후 네 시경 나는 일어설 만큼 기운을 차렸어요. 몰리는 레이디 더글라스 앞에서 내게 옷을 입혔고, 난 수중에 있던 돈 5기니를 꺼내 집주인들에게 주었지요. 내가 불쌍한 꼬마 리디 때문에 백작부인에게 부탁하려고 일어섰을 때, 이 착한 고아는 무릎을 꿇고 들어와서, 작은 두 손을 올리고 흐느끼며 자기를 데려가달라고 청하는 거예요. 마음이 찡해서 나는 그 애와 부인을 보았어요. 부인은 잠시 생각하더니 아이에게 손을 내밀고 동정 어린 목소리로 말했지요. "그래, 꼬마야, 너도 같이 가자." 나는 말했어요. "마님의 자비로운 인간 사랑으로 신의 축복을 받으실 겁니다, 귀하신 마님. 제가 이 천진무구한 희생자도 구해주십사 청하려고 했어요." "좋아요." 부인은 대답했지요. "아주 좋아요. 당신이 그 애를 그렇게 다정하게 보살펴주는 것이 기뻐요." 나는 울고 있는 집주인들을 눈물을 흘리며 얼싸안고, 한숨을 쉬며 이 슬픈 곳을 둘러보고 부인과 함께 떠났어요. 홉튼 백작은 아주 예의바르게 나를 맞아주었어요. 하지만 그의 눈길은 내 인간성 전체를 꿰뚫어보고 신중하게 생각하려는 듯한 표정을 지었지요. 내가 연인의 추적을, 또는 미덕을 사랑하는 귀부인의 동정을 받을 만한지 말이에요. 리디와 나를 보는 그 눈의 움직임에 내 얼굴은 빨개졌는데, 그 애는 백작을 보고 미소를 지었어요. 백작이 나를 그 애의 어머니라고 생각한다는 것을 짐작했고, 나를 좋게 생각했던 마음이 감소하는 것을 느꼈어요. 레이디 더글라스는 나를 아담한 방으로 데려가서, 침대에 누우라고 했어요. 몰리가 옆에서 부인에게 꼬마 리디를 어디로 데려가느냐고 물었어요. "이리 데려와." 레이디 더글라스가 말했어요. "당신이 이 꼬마를 가장 옆에 두고 싶어 할 테지요. 그리고 당신이 불행 가운데에서도 자연의 의무를 충실히 행하는 것이 내 마음에 들어요." "마님은 좋은 분이세요." 내가 끼어들었어요. "마님은……." "동요하지 말아요, 부인." 부인은 쾌활하지만 사랑이 가득한 어조로 말했어요. "누워요, 이따가 오겠어요. 하지만 무엇보다 불쾌하게 지나간 일에 관해서는 이야기하지 말아요." 부인은 이렇게 말하고 갔어요. 난 침대 위에 몸을 던지고, 처음으로 자유롭게 내쉬는 호흡의 대가로 부당한 평가를 참아야 한다는 슬픈 생각이 들었어요. 이런 생각들이 레이디 더글라스의 마음에 뿌리내리지 못하게 하려고 쓸 것과 종이를 달라고 요구했지요. 다음 날 나는 부인에게 꼬마 리디에 대한 부인의 의심을 해명하고, 왜 내가 그 아이를 받아들였는지 그 동기에 대해 밝히는 글을 썼어요. 그와 동시에 레이디 서머스에게 소식을 전할 수 있는 기회를 달라고 부탁했어요. 그 부인을 통해 내가 말한 모든 것이 사실이라는 것과 이제까지 내게 베푼 선행이 후회할 만한 일이 아님이 입증될 수 있기 때문이었지요. 부인은 세 장의 글을 읽다가 내게로 왔는데, 방에 들어서자 곧 자신이 내게 가졌던 불안감에 대해 용서를 빌었어요. 하지만 낯선 사람이 원수의 자식에게 그 정도의 사랑과 관심을 갖고 있다고 생각하기 어려웠으며, 자기가 나의 모성애 때문에 나를 좋아했는데 내가 부당한 박해자의 소생을 자비로운 사랑으로 대하므로 나를 더욱 좋아하고 감탄한다고, 날보고 믿으라고 했지요. 두 시간이나 부인은 나와 곱고 부드러운 어조로 계속

이야기했어요. 이 소중한 부인은 윗사람들한테는 드문 성격을 가졌어요. 사람의 영혼의 고통에 대해 관심을 가지며, 고상하고 다감하게 위로의 말과 도움의 수단을 찾으려고 하지요. 예전에 내가 크고 행복한 세계에서 교류하던 시절에는 그들이 대부분 외적인 불행, 병, 가난 등등에 대해서 동정을 보이는 것을 보았고, 마음의 근심, 영혼의 고통에 대해서는 이야기해도 별 인상을 주지 못하고 관심을 얻지 못하는 것을 관찰했지요. 그들은 내면의 가치라든가 사물의 진정한 이치를 생각하는 데 익숙하지 않고, 외적인 광채가 그들을 현혹하면 현혹되어버려요. 지략이 이성의 자리에 서고, 냉정하고 강요된 포옹을 우정이라 부르며, 화려함과 낭비, 행운……. 오, 친구여, 내가 다시 이 무리에 가까이 가게 된다면, 윗사람들과 행복한 사람들에게 당했던 멸시와 불행의 여러 단계에서 나를 고통스럽게 했던 모든 것을 조심스럽게 피하려고 해요. 더글라스 백작부인은 꼬마 리디를 자신에게 끌어당기며 말했어요. 내가 그 아이를 위해 충분히 했으니, 아무도 이 훌륭한 미덕의 실천을 실수의 결과라고 판단할 이유가 없다고요. 더비 경도, 자기에 대한 애착 때문에 어떤 방식으로든지 내가 동정심을 갖게 된 것이라고 절대 생각할 수 없다고요. 나는 부인의 동기가 매우 고결함을 보고 감사했어요. 부인이 나를 앞으로 내가 받을 잘못된 평가에서 보호해줄 뿐만 아니라, 나의 관용이라는 것 때문에 다시 한 번 받을 칭찬의 부담을 덜어주었으니까 말이에요. 레이디 서머스에게 보내는 내 편지도 백작부인이 읽었어요. 그분은 나에게 자신의 신뢰를 확신시키려고 그렇게 하지 않으려고 했지만요. 당신에게 보내는 편지는 부인 앞에서 펼쳐 보여주었고요. 그것이 전부 독일어여서 번역을 했다면 시간이 많이 걸렸을 거예요. 그래서 난 각 장의 내용을 짧게 요약해서 말했죠. 당신에게 소식 전하는 것이 급했고, 그 속에 적힌 선행을 언급하는 것을 피하고 싶었고, 나를 칭찬하는 것을 듣는 즐거움이 내면의 만족감을 감소시킬지 모른다는 생각이 들었기 때문이었지요. 빨리 레이디 서머스로부터 소식을 듣고 싶고, 그곳으로 빨리 가서 에밀리아의 팔에 안길 수 있었으면 좋겠어요. 영국에 대한 나의 열광은 식었어요. 그곳은 내가 믿었던 것같이 내 영혼의 조국이 아니에요. 내 농장으로 가고 싶어요. 거기서 외롭게 살면서 좋은 일을 하고 싶어요. 내 정신과 사교계에 대한 감정은 고갈되었어요. 사교계를 위해서는 더 이상 좋은 일을 할 수 없어요. 오직 몇몇 불행한 사람들에게 불쾌한 운명을 참고 견디라는 작은 교훈을 줄 수 있을 뿐이지요. 사실 나의 장래가 새로이 밝아질 전망을 보였을 때 내 첫 번째 소원 중 하나는, 어린 마음들을 키우며 내가 받은 교육의 씨앗을 뿌려주는 거예요. 그 씨앗들의 싱싱한 열매는 내가 가장 혹독한 고통을 겪을 때에 성숙했고, 처음 가졌던 불평을 무마시키고, 불행한 자의 모든 미덕을 실천할 수 있는 힘을 내게 주었지요. 우리의 물리적 세계의 아름다움에 대하여 새로워진 내 감정의 크기가 얼마나 커졌는지 이루 말할 수 없군요. 그것은 위대하고 다양하여, 이 고상한 저택에서 보이는 아름다운 전망과도 같아요. 여기서는 트위드 강가의 가파른 절벽 너머 양떼들이 몰려다니는 스코틀랜드 전체의 풍요한 언덕들이 보이지요. 내 시력이 몇 배로 좋아진 것 같고 섬세해진 듯한 생각이 들어요. 납 광산에서 약해지고 둔해졌던 것 같았는데요. 에밀리아, 창조주의 기적에 대한 감정만큼, 그리고 내 마음의 친구를 곧 다시 껴안을 수 있다는 즐거운 희망의 감정만큼 생생하게 내 영혼의 힘을 살려낼 수 있는 것은 없겠지요?

리치 경이 트위데일에서 T 박사에게

강자가 자신의 무거운 짐뿐 아니라 약자의 짐도 지는 것이 공정한 일이라면, 저는 쌓여 있는 감정 아래서 한숨지을 뿐 아니라 동생의 넘쳐흐르는 감정도 함께 잡아주어야 하면서 제 의무를 이행하려 합니다. 당신에게 쓰는 편지는 제 영혼을 편하게 해주는 버팀목이 되고 있어요. 시모어는 실로 내가 바라던 대상의 발밑에 앉아 있고, 저는 떠난 겁니다. 그녀의 두 눈은 내가 머물렀으면 하고 말했으나, 동생이 그녀의 손을 잡고 있으니 그의 심장은 그녀가 알지 못하는 사이에 내민 손의 부드러운 힘을 느꼈을 것입니다. 그 한 가지는 저도 느꼈고, 그 감정은 제게 떠나라고 명했습니다. 우리가 이곳에 온 지 이틀이 지났어요. 말 여섯 마리는 성 안에서 주목을 끌었고, 하인들이 한꺼번에 달려 나왔지요. 동생은 말에서 뛰어내리며 외쳤습니다. "더글라스 백작부인께서 납 광산에서 온 부인과 함께 계시오?" 그렇다는 대답에 동생은 내 팔을 급하게 끌어당기며, "오세요, 형님, 와보세요"라고 했습니다. "누구시라고 아뢸까요?" 하고 한 하인이 소리쳤고, "리치 경과 시모어 경이요" 하고 동생이 급히 소리치고 하인을 따라갔고, 그가 문을 두드리자마자 우리는 문 안으로 들어섰어요. 더글라스 백작부인은 문을 향해 앉아 있었지만, 슈테른하임 부인은 우리와 등지고 앉아서 마님에게 무엇인가를 읽어드리고 있었습니다. 시모어가 급히 들어오고, 하인이 우리가 누구라고 허겁지겁 외쳤을 때 백작부인은 매우 놀랐고, 천사 같은 저의 친구가 고개를 돌렸습니다. 그녀는 놀라서 얼이 빠졌지요. "오, 하느님" 하고 외쳤고, 시모어가 그녀 발밑에 주저앉았을 때는 책을 바닥에 떨어뜨렸어요. "오, 정직한 사람들이었어. 그녀가 살아 있어요. 오, 거룩하고 내가 사모하는 슈테른하임 양이!" 그는 두 팔을 벌리고 외쳤습니다. 그녀는 거의 정신이 나가서 그와 나를 바라보았지만, 곧 시선을 돌리고 떨면서 내려뜨린 자신의 두 팔을 보았어요. 더글라스 백작부인이 놀라서 이리저리 쳐다보았으므로 제가 말해야 했지요. 하지만 제가 처음 한 말은 슈테른하임을 가리키는 것이었어요. "귀하신 백작부인, 부인께서 데리고 계신 이 천사를 도와주십시오! 저는 리치 경이고, 이 사람은 시모어 경입니다." 백작부인은 급히 제 여자 친구에게 가까이 다가가 그녀를 두 팔로 안았고, 그렇게 그녀는 한동안 백작부인 품에 얼굴을 묻고 있었습니다. 시모어는 그녀가 그렇게 얼굴을 돌리고 있는 것을 참을 수 없어 고통스럽게 외쳤습니다. "오, 숙부님, 전 왜 사랑을 숨겨야 했을까요! 제 마음의 모든 고통, 모든 사랑도 이제 태만에서 비롯된 거부감으로부터 저를 보호해줄 수 없군요! 오, 슈테른하임 양, 슈테른하임이여! 그녀를 다시 만난 기쁨의 순간에 그녀의 불쾌감이 나를 향하고 있는 것을 본다면, 나는 어떻게 될까요? 오, 자비로운 눈길을 한 번만이라도 제게 보내주십시오." 천사의 얼굴과 스스로 미덕을 느끼는 품위 있는 모습으로 슈테른하임 양은 고개를 들고, 얼굴을 붉히며 동생에게 손을 내밀고, 가라앉은 목소리로 말했습니다. "일어나세요, 시모어 나리, 안심하세요. 전 나리에 대해 조금도 불쾌하게 생각하지 않아요." 그러면서 덧붙였지요. "제게 그럴 권리가 어디 있겠어요?" 열렬히 사랑하는 마음으로 그는 그녀 손에 입 맞추었습니다. 제 시선은 땅으로 떨어졌지요. 하지만 그녀는 친근한 시선으로 내게 가까이 오더니 내 손을 잡고, "귀하신 나리! 어떻게 이런 우정이! 어떻게 저를 찾으실 수 있었나요? 레이디 서머스가 말씀하셨나요? 그 사랑스러운 어머니는 어떻게 지내시나요?" 저도 제게 내민 그녀 손에 입 맞추었습니다. "레이디 서머스는 잘 계십니다." 저는 대답했지요. "그리고 당신을 다시 만나게 되어 기뻐하실 겁니다. 하지만 레이디 서머스가 저를 이리 오게 한 것은 아닙니다. 후회와 공명정대함이 제 동생과 저를 이리로 불렀습니다." 상기된 얼굴로 그녀가 물었지요. "시모어 나리가 당신 동생이라고요?" "그렇습니다, 그 누구보다 고결했던 어머니의 아들이지요." 그녀는 다만 의미 있는 미소를 띠며 제게 대답하고, 더글라스 백작부인을 향했습니다. "자비롭게 저를 구해주신 마님." 그녀가 말했어요. "제가 마님께 저의 출생과 삶에 대해서 말씀드린 것이 진실이라고 증언해주실 증인 두 분을 보세요. 저는 신께 감사드립니다. 저에 대한 마님의 선의가 잘못된 것이 아니었다고, 마님의 마음이 만족을 느끼실 수 있는 이 순간을 제가 체험할 수 있게 해주셔서요." "아닙니다." 시모어가 끼어들었어요. "백작부인께서 구하신 이 부인보다 더 존경받을 만한 사람은 이 땅에 없을 것입니다. 제가 숨 쉬고 있는 동안에는, 고결하신 더글라스 백작부인 마님, 영원히 제 마음의 감사를 받으실 것입니다." 그는 눈물을 흘리며 동시에 백작부인의 손을 자기 가슴에 댔습니다. 그사이에 저는 진정하고 우리의 갑작스러운 방문에 대해 설명했지요. 몇 분 동안 우리 모두는 말을 잃었습니다. 저는 슈테른하임 부인의 손을 잡고 물었습니다. "부인은 마음의 안정이나 건강을 상하지 않고 당신을 박해한 자에 대한 이야기를 들을 수 있겠습니까? 그는 인생의 종말에 와 있고, 그의 영혼의 제일 큰 걱정은 끊임없이 당신 미덕에 대한 기억과 당신에게 행한 부당한 행위에 관한 것입니다. 부인이 죽었다고 생각한 그의 근심은 말로 표현할 수 없는 것이었습니다. 그는 저와 시모어 경을 오라고 청했고, 우리에게 납 광산으로 가서 부인의 시신을 발굴하여, 부인의 미덕과 자신의 후회를 모든 사람이 증언하는 가운데 덤프리스에 매장해주겠다는 확약을 하도록 했습니다. 이런 임무가 저희에게 얼마나 슬픈 것이었는지 말씀드리지 않겠습니다. 저희가 그렇게 오랫동안 부인을 헛되이 찾았는데, 시신으로 다시 만나라니요! 가엾은 제 동생과─저는 덧붙이지 않을 수 없었습니다─부인의 불쌍한 친구 리치가요!" 한 줄기 눈물을 떨어뜨리며 그녀는 말했어요. "더비 경은 잔인해요. 저에게 아주 잔인하게 굴었어요. 신이시여, 그를 용서하소서. 저도 진심으로 그러고 싶어요. 하지만, 그를 다시 만날 수는 없어요. 그의 모습만 보아도 저는 죽을 거예요." 마지막 말을 하며 그녀의 머리는 가라앉은 목소리와 함께 가슴으로 푹 내려앉았지요. 시모어가 이 순수한 사람의 당황함을 느끼고, 자신과 싸우면서 창가로 갔습니다. 슈테른하임 부인은 일어나서 우리를 떠났어요. 시모어와 저는 눈이 둥그레져서 그녀를 바라보았지요. 그녀는 스코틀랜드 아마포 옷을 입었을 뿐인데도, 완벽한 체격으로 성장했고 걸음걸이와 움직임이 품위 있어서 아주 아름다웠어요. 비록 좀 야위고 창백해졌을지라도 말이지요. 시모어와 저는 슈테른하임 부인에 관한 모든 것을 말했고, 백작부인은 광산 머슴의 딸을 자신의 집에 데려온 이후부터 그녀에 대해 알고 있던 것을 이야기했습니다. 그리고 또 이 인물이 틀림없이 귀한 집 교육을 받았으며, 불행한 시간에 자신의 운명에서 벗어나 멀리 왔으리라고 금방 생각했다고 했어요. 자신은 그녀에게 연민을 느꼈으며, 특히 그녀가 어린아이에 대해 걱정하는 것을 보았을 때 그랬다고, 그래서 곧 그녀를 자신의 집으로 받아들이려고 결심했다고 했습니다. 그러나 그녀의 병으로 인하여 생각보다 일찍 그 일이 일어났다는 겁니다. 더글라스 백작부인은 자신의 마음에 따라 행동한 것을 기뻐했습니다. 그리고 그녀는 자신의 손님을 살펴보려고 그 자리를 떠났고, 우리만 남았지요. 생각으로 꽉 차서 앉아 있는 저에게 시모어가 와서 울면서 제 목을 껴안고 말했습니다. "형님! 리치 형님, 저는 행복한 가운데서도 불행해요. 그리고 계속 그럴 거예요. 그녀에 대한 형님의 사랑과 하신 일을 보았어요. 전 그녀가 나에게 불만이 있는 것을 느껴요. 그녀가 옳아요, 수천 번 옳아요. 그녀는 형님에게 더 많은 신뢰와 우정을 보여주고 있어요. 하지만 저는 그걸 느끼면 죽을 것같이 걱정되어요. 제 건강은 이 사랑 때문에 이미 오랫동안 모든 식으로 나빠졌어요. 이제 그녀를 만났으니, 그녀를 위해서 죽을 거예요. 그러면 충분해요." 저는 특별히 감동을 받아 동생을 가슴에 껴안고, 약간 냉정하고 거칠게 말한 것 같습니다. "그렇다, 시모어, 너는 행복 중에도 불행하지. 하지만 다른 사람도 모두 그렇다. 그런데 왜 너의 연적들이 항상 너보다 더 많은 빛을 보아야 하는 것이냐? 그녀가 너를 더 좋아한다는 더비의 말이 맞다. 그

녀의 머뭇거림은 나에게 말한 모든 것을 증명해주고 있어. 그러
니 내가 그녀의 존경과 신뢰를 받고 있다고 부러워하지 마라!"
"오, 리치 형님, 이것이 사실일 수 있습니까? 형님의 정열은 내
것처럼 자신을 속이지 않나요? 오, 하느님! 저는 그녀를 가져야
하거나 아니면 죽어야 해요. 누가 저를 위해 말해줄까요, 누가?
전 아무 말도 할 수 없어요. 그럼 형님이?" "내가 해주마." 제가
대답했지요. "하지만 오늘은 아니다. 그녀의 감성과 약해진 건
강을 보호해야 해." 동생은 제 두 발치에 앉아 그것을 끌어안고
외쳤습니다. "착하고 고귀하신 형님, 내 생명을, 모든 것을 요
구하세요. 형님을 위해 저는 충분히 해드릴 수가 없군요! 형님
이…… 형님이 저를 위해 말씀해주시겠다고요? 영원한 신의 축
복을 받으세요, 지극히 충실하고 자비로운 형님!" "사랑하는 시
모어, 난 오직 네가 행복하고, 행복할 자격을 갖추기만을 원한
다! 너는 그 행복의 전체 크기를 나만큼 모를 거다. 하지만 나는
허락하고, 너에게도 그 큰 것을 빌어주겠다." 부인들이 돌아왔
습니다. 우리는 트위데일에 관해 이야기했고, 우리 여자 친구는
신의 아름다운 땅을 다시 보게 되어 얼마나 감동했는지를 말했
지요. 그리고 그녀는 자신의 납치 사건과 산중에서 처음 며칠간
에 대해서 이야기했습니다. 저녁때 그녀는 자신이 쓴 종이들을
제게 주었고, 저는 시모어와 함께 그 글을 읽었습니다. 오, 친구
여, 그 속에 그려진 영혼이 어떤 것이었는지! 거기서 느낀 헤아
릴 수 없는 내 행복이여! 하지만 저는 저의 소원을 영원히 삼켰
습니다. 동생이 살아야 하니까! 그의 영혼은 희망의 좌절을 또
한 번 견뎌낼 수 없습니다. 연륜과 경험이 저를 끝까지 도와줄
것입니다. 시모어는 만족의 정도를 충분히 채워야 해요. 그렇지

않으면 제가 그 가치를 알고 있는 것을 아무것도 즐기지 못할 겁니다. 저는 그중의 일부만이라도 충분해요. 시모어가 당신에게 보낸 편지들을 우리에게 곧 보내주십시오. 그 편지가 읽혀지고 그를 위해 대변해주어야 하니까 말입니다.

폰 슈테른하임이 에밀리아에게

신의 섭리는 나를 무엇으로 만들려고 하는 걸까요? 불쾌한 사건들 속에서도, 모든 영혼과 생명의 힘이 아주 민감하게 뒤흔들리는 가운데서도, 그 섭리는 나를 지탱하고 있어요. 불행으로 인도하는 것은 틀림없이 아니지만 모든 가능한 시험으로 이끄는군요. 오, 사랑하는 친구여, 혼자서, 설복하려는 친구들 외에는 아무도 없이 완전히 혼자서, 나는 갈림길에 서 있었어요. 더비 경은 죽었어요. 트위데일에서 쓴 내 일기와 동봉하는 글들이, 시모어와 리치가 도착하고, 더비가 나에게 보상하려던 일에 대해 당신에게 말해줄 거예요. 그가 살아 있을 때 내가 여기서 보낸 날들보다 그의 저세상에서의 날들이 더 행복하기를 신께 빌어요! 시모어 경은 내 마음을 추적하고 있어요. 그는 날 사랑하고 있었어요. 오, 에밀리아, 그는 나를 다정하고 순수하게 사랑했어요, 나를 본 첫날부터요. 그 숙부의 자존심과 그에 대한 의존과 또 미덕과 명예에 관한 과장된 감정은, 내가 영주의 유혹을 이겨낼 때까지 그를 침묵하게 했지요. 이 침묵이 나를 어디로 이끌어 갔는지 당신은 알지요. 하지만 시모어 경이 그 때문에 어떤 고통을 겪었는지는 모르지요. 여기 그의 편지와 더비 경의 편지를 읽어보아요. 그리고 그것들을 내가 당신에게 보낸 모든 편지와 함께 돌려보내줘요. 당신은 더비의 편지에서 지략과 미덕과 사랑이 얼마나 악용되었는지 보고 몸서리칠 거예요. 내가 그의 계략을 의심해야 했다면 나 자신도 사악해졌어야 하지 않았을까요? 그 반대로 시모어의 마음은 어떤가요? 같은 정신에 의해 유지될 수 있는 당신의 조언을 얻고 싶었어요. 더글라스 백작부인이 그 자리를 맡았지요. 리치 경, 고귀하고 소중한 리치 경은 나에게 자신의 여동생이 되어달라고 간청하고, 사랑스러운 시모어는 매일 내 발치에 앉아 있어요! 나는 반대되는 모든 감정들과 싸우고 있어요. 그런데, 내 마음의 친구여, 어렸을 적부터 그 마음의 움직임을 모두 알고 있는 친구여, 그대에게 난 숨길 수도 없고 숨기지도 않겠어요. 내 내면의 소리가 불안정한 방랑을 종결시키기 위해서, 시모어와의 결혼을 운명이 준 수단으로 잡으라고 명한다는 것을 말이에요. 내 마음이 원하던 사람이 그 남자가 아니었던가요? 그는 그것을 알고 있으니 내가 그에게 돌아가야 할까요? 리치 경이 그 자리에 오려고 할까봐 염려되어요. 시모어는 매일 내게 열렬한 사랑을 보였어요. 리치 경은, 오랜 시간 그와 대화했지만, 냉정하고 조용하게 자주 깊은 생각에 잠겨 오랫동안 나를 바라보았어요. 그 때문에 나는 결혼하지 않겠다고 결심도 했지요. 하지만 시모어의 편지가 온 뒤 이틀 후에 리치 경은 내 일기와 거기에 첨부된 서머홀에서의 마지막 편지를 들고 내 방에 왔어요. 그는 울먹거리며 의미심장한 표정으로 내게 가까이 와서, 내 일기장에 입을 맞추고, 그것을 가슴에 대고, 그것을 필사했다고 내게 용서를 청했어요. 그렇지만 원본과 함께 나에게 주면서 계속해서 말했어요. "하지만 허락해주십시오, 제가 당신의 감정의 원형을 가질 수 있도록 말입니다. 천사 같은 친구여, 당신 영혼의 자취를 제가 소유할 수 있게 해주고, 제 동생 시모어의 청을 들어주십시오. 그의 편지 묶음은 듣지 못한 그 마음의 진실성을 증명할 것입니다. 당신이 그의 구혼을 받아들임으로써 그를 가장 행복하고 정의로운 남편으로 만들 것입니다." 얼마 동안 침묵이 흐른 뒤 그는 손을 자기 가슴에 얹고 나를 다정스럽고 정중하게 바라보며, 떨리는 어조로 계속 말했어요. "당신은 영원히 이 가슴속에서 당신을 위해 살게 될 무한한 존경심을 알고 있습니다. 제가 갖고 있었고 단념하지 않았지만 억누르고 있던 소망을 알고 있습니다. 제가 만일 영혼의 요구에 따라, 시모어가 당신에게 합당하고, 당신의 존경과 연민을 받을 자격이 있다고 말할 수 없었다면, 저는 틀림없이 희망하던 가장 행복했을 저의 날들을 희생하지 않았을 것입니다." 그는 여기서 나를 아주 주의 깊게 바라보고 멈추었어요. 반쯤 한숨을 삼키고 내가 말했지요. "오, 리치 나리!" 그런데 그가 남자답게 친근한 어조로 계속했어요. "당신은 고귀한 젊은 남성을 실연의 고통 속에서 사라지게 할 수 있는 힘을 가지고 있습니다. 착한 여성이여, 이 힘을 한 가족 전체의 행복을 위해 사용해주십시오! 당신은 제 어머님에게서, 아들들이 미혼으로 사는 것을 보며 걱정하는 존경스러운 어머님의 걱정을 덜어드릴 수 있습니다. 당신의 누이 같은 사랑은 저를 행복하게 해줄 것이며, 당신은 자신의 모든 미덕의 영향력을 넓은 범위에서 끼칠 수 있습니다!" "귀하신 리치 나리." 나는 감동하여 대답했지요. "나리는 어쩌면 저를 그렇게 꿰뚫어보십니까! 저의 망설임이 보이지 않나요?" 난 얼굴을 두 손으로 가렸고, 그는 나를 자기 팔에 안고 내 이마에 입을 맞추었어요. "가장 훌륭하고, 사랑하는 영혼이여, 그래요, 저는 당신의 망설임을 알고 있어요. 그 망설임이 동생의 커지는 존경심을 받을 자격이 있습니다. 하지만 그의 희망의 건축물을 파괴하지 말아주십시오. 동생에게 당신의 승낙을 가져다주도록 해주십시오." 그 점잖은 남자는 눈물 어린 눈으로 나를 바라보았고, 내 눈에서 흐른 눈물이 그의 손 위로 떨어졌어요. 그는 그것을 내심 감동하며 보았지요. 하지만 그의 두 손이 떨리기 시작하자 그는 떨어진 눈물에 입 맞추며 내려놓고, 한동안 그 시선을 땅에다 고정시키고 있었지요. 나는 내 편지와 일기의 원본을 집어서 그에게 건네며 말했어요. "이걸 가져가세요, 존경스러운 분이여. 제 영혼의 원본이라고 말씀하신 이것을 사랑스럽고 순수한 우정의 담보로 삼으세요!" "나의 누이여" 하고 그는 내 말을 막았어요. "꾸민 것이 아니에요, 리치 나리! 저는 당신이 그렇게 동경하며 바라던 사람이 되겠어요." 그는 한쪽 무릎을 꿇고 앉아서 나를 축복하고, 열렬히 사랑하는 마음으로 내 두 손에 입 맞추고 그 자리를 급히 떠났어요. "아직 아무 말씀도 마세요, 부탁이에요." 난 그 뒤를 향해 외쳤어요. 그 자리에서 난 울면서, 레이디 시모어가 되겠다고 결심했지요. 신의 섭리를 향한 기도 마지막에 이 결심을 굳혔어요.

추신 : 이제 시모어 경도 알게 되었어요. 그의 감격은 내 펜으로 표현하기 힘들군요. 더글라스 백작부인은 나를 어머니처럼 포옹했고, 리치 경은 다정한 오빠 같았어요. 착한 시모어 경은 누군가 내 결심을 바꿀까봐 걱정이 되는 듯 나를 감시하지요. 그는 시종을 그의 어머니에게 보냈는데, 그분은 미덕과 정신에 있

어서 제2의 레이디 서머스임이 틀림없어요. 오 나를 축복해주세요. 친구들이여! 내 심장이 조용히 뛰고 있어요. 미덕과 지혜와 정의에 의해 동의를 얻은 결심은 얼마나 복된 것인가요! 이제 내 부모님 묘소에 가게 되어 기뻐요. 그분들의 묘비 아래 나는 남편과 무릎을 꿇고, 이 결혼에 대해 그분들의 천상의 축복을 간청할 거예요. 그리고 그분들이 내 영혼에 부어넣은 선행과 미덕의 사랑에 대하여, 진정한 행복과 불행의 개념을 내게 넣어주시려고 한 보살핌에 대하여 그분들의 무덤 위에 감사의 눈물을 흘릴 거예요. 오, 행복하고 행복한 희망들이여! 사랑하는 시모어 경은 형님의 말을 따르려고 해요. 모든 것을 그에게 묻지요. 리치 경이 나의 행복을 위하여 얼마나 눈치 있게 애쓰는지 보여요. 그는 시모어의 한결같지 않고 때로는 거칠어지기까지 하는 성격을 한결같고 부드럽게 바꾸려고 모든 노력을 하고 있어요. 그는 말해요, 동생은 아름답지만 거세게 흘러내리는 개울 같다고요. 그리고 그 밑바닥에서는 많은 순금 알맹이들이 굴러가고 있다고요.

리치 경이 T 박사에게

지금 교회 제단에서 오는 길입니다. 거기서 동생은 영원한 결합을 맹세하고, 나는 영원히 독신으로 남기로 서약했습니다. 난 그에게 내 마음이 오랫동안 원했던 그 손을 주고, 경쟁을 단념했습니다. 내게는 그보다 상실을 견뎌낼 힘이 더 많이 있다고 느꼈기 때문이지요. 내가 사랑했던 것은 레이디 시모어의 영혼이요, 정신이었습니다. 그녀가 아주 솔직한 마음으로 쓴 글들이, 그녀가 자신의 능력에 있는 최고의 것을 내게 선물했다는 것을 증명해주고 있습니다. 내 성품에 대한 진실한 존경, 진정한 신뢰, 내 행복에 대한 사랑스러운 기원이 들어 있지요. 한번 품었던 좋아하는 마음의 풀 수 없고 수수께끼 같은 고집이 오랫동안 자신도 모르게 그녀 마음의 성향을 옭아매었지요. 그녀 영혼의 높은 가치를 나는 알고 있습니다. 그녀의 우정은 어떤 다른 사람의 포옹보다 더 사랑스럽습니다. 이제 내가 처한 인생의 가을이 나를 우정의 순수하고 달콤함을 모두 조용히 누리게 할 것입니다. 난 이 행복한 사람들 곁에서 살 것이며, 둘째 아들은 리치 경이라는 이름을 갖게 되고 내 마음의 아들이 될 것입니다! 매일 나는 레이디 시모어와 이야기할 것이고, 그 정신의 아름다움은 내 소유가 될 것이며, 나는 그들의 행복을 위해 기여하겠습니다. 어머니께서는 사랑하는 시모어에 대한 내 결심을 축복해주셨고, 내 행복은 내가 알고 있는 가장 존경스럽고 사랑하는 사람들의 행복에 달려 있지요. 친구여, 곧 나는 그녀를 보고 그녀와 말하게 될 겁니다.

◈

레이디 시모어가
시모어 저택에서 에밀리아에게

한 가족의 저택에서 살면서 처음으로 맞은 자유 시간은 신의 섭리에 대한 감사에 바쳤어요. 내 모든 근심과 내 운명의 무시무시한 미로를 엄청난 행복으로 끝내게 해주었으니까요. 하지만 두 번째 시간은 소중한 친구의 것이에요. 그 친구는 모든 고통을 나와 함께 나누고, 위로와 사랑으로 안심시키고, 본보기와 조언으로 내가 미덕과 지혜에 매달리는 힘을 강하게 해주었으니 감사를 받아야 해요. 에밀리아, 나는 행복해요. 가장 복되고 성스러운 의무로 내 인생의 하루하루를 채워갈 수 있으니, 완전한 행복이에요. 미덕을 따르는 내 사랑은 서방님을 행복하게 해주고, 품위 있는 그의 어머니는 자식으로서의 나의 존경과 사랑을 자신이 실천한 미덕의 보상으로 여기고 있어요. 누이 같은 내 우정은 소중한 리치 경의 크지만 아주 예민한 가슴에다 만족감을 부어 넣어주고 있지요. 시모어는 광대한 영지를 갖고 있고 부유하여 선행을 위해 내가 제약 없이 힘쓸 수 있게 해주었어요. 오 친구여, 내 모든 감각이 불쾌한 사건을 통하여 일깨워지고 시험을 당했다는 것은 좋은 일이었어요. 나는 그만큼 더 내 행복의 잔에서 모든 방울을 맛볼 수 있는 능력을 갖추게 되었으니까요. 당신도 알다시피 난 신에게 감사했지요. 신은 내가 불행한 가운데에서도 불행을 줄이기 위해 내 재능을 사용하는 일을 놓지 않게 하고, 좋은 일 하는 기쁨을 내 마음에서 빼앗지 않으셨으니까요. 이제 나는 행복한 사람의 두 배의 의무를 강하게 느끼고 있어요. 이제 나의 침착함과 겸손함과 순종심이 감사에 대한 열망으로 변해야 해요. 고통스러웠던 내 자존심을 지탱해주고, 이곳저곳에서 부분적 만족을 얻는 수단이었던 내 지식은 인간 사랑에 봉사하는 데 쓰일 것이고, 나를 위해서 사는 사람들의 행복을 위해서, 내 이웃의 숨겨진 작은 불행을 모두 찾아내어 크고 작은 도움을 주기 위해서 사용할 거예요. 정신의 지식과 마음의 선의여, 그대들만이 지상에서 우리의 진정한 행복을 허락해준다는 사실을 이 경험이 나에게 무덤 가장자리에 갈 때까지 증명해주었도다! 근심이 내 영혼을 절망으로 이끌려고 했을 때 나는 그대들에게 의지했었으니, 그대들은 내 행복의 기둥이 되어야 한다. 난 편안함 속에서 그대들에게 의지하고, 내가 고결하고 인간을 사랑하는 남편 옆에서 권력과 재산을 잘 사용하는 본보기가 될 수 있는 능력이 있도록 영원한 선의를 그대들에게 간청하겠노라! 친구여, 신중한 내 모든 생각은 감정에 약했다는 사실을 보고 있지요. 난 정의로운 많은 사람들의 만족이 내 행복과 묶여 있음을 보았기 때문에, 내 손을 그들의 만족을 위하여 사랑의 담보로 기꺼이 내놓고 싶어요. 시모어 경은 학교 건물 한 채와 병원을 슈테른하임 방식에 따라 건립하려고 하고, 우리가 독일로 여행하는 동안 건축이 완성되기를 바라기 때문에 서둘러 계획을 추진하고 있어요. 다음 주에 우리는 서머홀로 가요. 거기서 R 숙부의 편지를 기다리려고 해요. 그다음에 (시모어와 리치 경이 말하는데) 그들은 불행이 나를 이리저리 이끌어 갔던 모든 성스러운 곳을 전부 방문하겠대요. 그러면 그들은 에밀리아도 만나고, 내 마음이 최초로, 나와 같은 여성이면서 가장 품격 있는 사람에게 강력하게 바쳐졌다는 사실을 확신하게 되겠지요. 내일 크래스톤 경과 내 외조모의 조카 토머스 왓슨 경이 우리 집에 와요. 하지만 나머지 친척들과 런던과 폭넓은 이웃들은 독일 여행에서 돌아온 후에 보게 될 거예요.

리치 경이 T 박사에게

난 다시 시모어의 저택에 와 있습니다. 동생의 가족이 없다면 내게는 이 세상 전부가 공허했을 겁니다. 수천 겹의 정신적 끈으로 나는 레이디 시모어에게 묶여 있고, 내 인생의 가을날은 너무 빛이 나서 우리 여행에 거의 내 인생을 걸었습니다. 난 서머홀의 그녀를 보았고, 파엘스의 에밀리아 집에서, 고용인학교에서, 슈테른하임 영지의 그 하인들 집에서, 그녀 부모의 무덤에서, 그녀를 보았지요! 경배할 만한 여인이여! 그녀는 그녀를 이끌어 가는 인생길의 모든 기회에서, 모든 장소에서, 진정한 여성의 천재성의 순수한 원형으로, 여성의 실천하는 미덕의 원형으로 나타나고 있어요. 돌아오는 여행길에 그녀는 어머니가 되었어요. 그런데 어떤 어머니겠습니까! 오, 박사여! 만약 그녀를 내 아내로, 내 아이들의 어머니로 삼고 싶다는 소원이 내 마음속에서 수천 번 일어나지 않았다면, 난 더 이상, 더 이상 인간이 아니었을 것입니다! 우리의 행복을 관대하게 희생하는 미덕이 명성의 첫 번째 자리를 차지한다는 것은 매우 정당하지요! 그것은 익숙해진 고결한 마음도 얼마나 값비싼 대가를 치르게 하나요! 그런 미덕이 드물다고 놀라지 마십시오. 하지만 내가 치른 것 같은 시험은 쉽게 일어나지 않지요. 기쁜 마음으로 난 내 행복보다 동생의 행복을 우선시했습니다. 그 행동을 후회하지 않아요. 나는 천박한 질투심으로 괴로워하지 않고, 내 감정을 억지로 침묵시킴으로써, 명예를 존중하는 내 열정의 잘못된 판단을 피하고, 귀한 여동생의 순수한 우정을 의심에 빠지지 않게 하기 위하여,

내 감정을 경건하지 못한 것에 맡기고 싶지 않았어요. 나는 우울함에 빠져들어 몇 달 동안 시모어의 집을 멀리하기도 했지요. 그런데 이전에 긴 여행에서 돌아와 쉬던 별장지의 고요함이, 이번에는 전혀 내게 평화를 주지 못했어요. 난 극복하려고 했어요. 하지만 난 만질 수 있는 사람과의 감미로운 교제에 익숙해 있었고, 그녀의 아름다운 편지는 그녀 자신이 아니었지요. 나의 2세 리치 경이 태어났다는 소식을 듣고 난 시모어 저택으로 날아갔습니다. 레이디 시모어가 이 아이를 내 팔에 안겨주면서 매력적이고 영혼이 가득한 표정과 목소리로 말했던 그 한 시간은 지극히 복된 시간이었어요. "여기 리치 나리의 아드님이에요. 신께서, 이 아이에게 나리의 이름과 함께 그 정신과 마음도 주소서!" 황홀한 고통이 내 영혼을 뚫고 지나갔어요. 아기는 내 팔에서 쉬고 있었고, 아무도 그에 관해 설명할 수 없을 것입니다. 이 어린 리치는 그 어머니의 모습을 띠고 있어서, 이렇게나 닮은 모습이 나에게 큰 행복을 심어주었지요. 내가 그 아이를 갖게 되면, 이 아이는 나 말고 어떤 다른 가정교사도 어떤 동반자도 그의 여행에 함께하지 못할 것입니다. 아이를 위한 지출은 모두 내가 할 것이고, 그 하인들은 두 배로 급료를 받을 것이지요. 나는 아이의 옆방에서 잘 겁니다. 그래요, 난 정원 끝에 집 한 채를 지어서, 그 애가 만 두 살이 되면 함께 그리 이사할 겁니다. 그사이에 나는 그 아이를 위해줄 사람들을 기르겠어요. 이 아이는 내 이성과 안정의 버팀목이 되었어요. 모든 포옹과, 아이가 어머니로부터 받는 애정 깊은 모든 보살핌은 얼마나 가치 있는 것인지……. 그리고 그 아이와 형은 얼마나 행복하게 자라는지! 그들 부모의 모든 행동은 선의와 고결함의 본보기가 되지요. 동생 영지의 모든 곳에서 축복과 기쁨이 꽃피고 있고, 감사의 말과 기원이 그가 부인과 가는 길에 걸음마다 따릅니다. 그들은 한 손으로 고통 당하는 살림살이를 지원해주고 다른 사람들의 불행을 덜어주려고 도와주며, 다른 한 손으로는 전 영토를 치장하지요. 하지만 이것은 섬세한 차이가 있는 것입니다. 레이디 시모어가 말하기를, 시골에서는 절대로 예술이 자연을 지배해서는 안 된다고 하고, 사람들은 그들이 잠깐 다녀간 여행의 발자국과 잠시 쉬어 갔던 자리만 볼 수 있어야 한다고 하니까요. 우리의 저녁과 우리의 식사시간은 환상적입니다. 쾌활한 정신과 절도가 생기를 돋우고 분위기를 지배하니까요. 기쁜 마음으로 우리는 소작인들의 시골 춤 대열에도 끼는데, 우리들의 참여는 그들의 기쁨을 두 배로 만들지요. 레이디 시모어의 사교 모임은 일에서 찾는 것이어서, 악덕과 어리석음은 그것을 피해 갑니다. 그것들은 우리 집에서 때때로 모든 재능과 미덕의 그늘을 발견하기를 바랄 수도 있겠지요. 우리로부터 몇 마일 떨어진 주위에서 머물면서 말입니다. 그런데 여기서 내 사랑하는 레이디 시모어의 성품은 자신과 같은 여성의 업적을 생생하게 느끼고 높이 평가해줌으로써 새로운 광채를 얻게 되었습니다. 내 동생은 가장 훌륭한 남편이고 수백 명의 아랫사람들을 거느리는 존경스러운 지도자가 되었지요. 그가 훌륭한 부인의 품에서 자신의 아들이 미덕의 젖을 빨고 있는 것을 볼 때 그의 얼굴은 지극히 복된 표정이랍니다. 그리고 매일매일 그의 모든 감정 속으로 뚫고 들어갔다던 활활 타오르던 불길이 얼마간 사라지고 있습니다. 그는 자신이 행복하여 요란한 소리를 냄으로써 누군가에게 고통을 주는 일 없이 자신의 행복을 즐겨야 하는 어려운 기술을 배웠어요. 소박하지만 고상한 우리의 복장과 집의 외관은 우리 이웃의 가장 가난한 가족도 역시 신뢰와 기쁜 마음으로 우리에게 가까이 오게 한답니다. 레이디 시모어는 이 가족들 중에서 때때로 그들의 딸을 데려다가 본보기와 사랑이 풍부한 증거를 통해 미덕과 예술에 대한 사랑을 심어주었지요. 선행에 대한 매혹적인 황홀함과, 고상하고 선한 것의 생생한 감정이 사랑하는 내 누이의 숨결에 생기를 불어넣어줍니다. 그녀는 좋은 생각만 하는 데에 만족하지 않고, 자신의 모든 생각들을 행동으로 옮겨야 했어요. 레이디 시모어가 자신의 다감한 마음에 대해서, 선을 행할 수 있는 힘에 대해서 눈물을 흘리며 감사하는 기도를 들었는데, 그 기도보다 더 충심에서 나와 하늘로 간 것은 결코 없을 것입니다. 도덕이 요구하는 모든 것이 가능하며, 이것을 실천하는 것이 인생의 기쁨을 누리는 것을 방해하지 않으며, 오히려 그것들을 고상하게 하고 확증해주며, 우리의 진실한 행복이, 삶의 모든 우연 속에 있다는 사실을 증명해주는 사람들은, 얼마나 많은 축복과 얼마나 많은 보상을 받을까요!

독일 여성문학의
선구적 작품

김미란(숙명여대 독일언어문화학과 명예교수)

독일 최초의 여성 베스트셀러 소설가, 조피 폰 라 로슈

조피 폰 라 로슈(Sophie von La Roche, 1730~1807)는 41세의 나이에 첫 소설 《슈테른하임 아씨 이야기》를 발표하여 18세기 후반 독일에서 가장 유명한 최초의 여성 베스트셀러 작가가 되었다. 1771년부터 1780년까지 코블렌츠 근교 에렌브라이트슈타인에 있던 그녀의 저택의 문학 살롱은 중요한 문학 모임의 중심이었고, 라 로슈는 당대의 유명 문인들과 폭넓은 편지 교류를 하였으며, 1780년대에는 당시의 여성들이 독자적으로 할 수 없었던 많은 여행도 했다. 여러 편의 장편소설, 중편소설, 여행기와 기타 산문의 작가로서, 또한 여성잡지의 최초의 여성 발행인으로서 그녀는 말년까지 30년 이상 문학 활동을 하며 28권의 저작을 저술한 다산의 작가였다. 그러나 그녀의 작품은 《슈테른하임 아씨 이야기》만 제외하고 거의 잊혀졌으며, 그녀의 이름도 C. M. 빌란트와의 짧았던 약혼을 통해서만 문학사에 알려졌을 뿐이었다. 동시대 여성들의 교육과 자아상을 글로써 개선하려고 한 조피 폰 라 로슈는 괴테의 뮤즈라고 경탄을 받기도 했지만 통속적인 글을 쓰는 여자라고 비웃음의 대상이 되기도 했다. 그러나 그녀는《슈테른하임 아씨 이야기》를 시작으로 문학사적, 문화사적으로 중요한 기록을 남겨서 그것은 근대 독일 소설의 발전에, 아울러 18세기 여성의 사회사적, 문화사적 역할에 중요한 의미를 부여하고 있음을 부인할 수 없다.

조피 폰 라 로슈는 1730년 12월 6일 독일 카우프보이렌에서 마리 조피 구터만으로 태어났다. 아버지는 의사요, 학자로서 프랑스 리옹에서 교육을 받았으며, 여행을 많이 한 사람이었다. 라 로슈는 많은 형제들 중 맏딸로 태어났다. 구터만 일가는 린다우로 이주했고 아버지는 그곳에서 시립병원 의사가 되었다. 아홉 살 때 라 로슈는 비버라흐에 있는 조부모에게 가서 3년을 보냈다. 그녀가 부모의 집으로 돌아왔을 때 아버지는 그동안 아우크스부르크 의과대학 학장이 되었고 그의 집은 학자들이 즐겨 모이는 장소가 되어 있었다. 그녀는 엄격하고 경건한 교육을 받았으며 부유한 시민 가문의 딸들이 보통 하듯이 여성적인 일도 배웠다. "아버지 댁에서는, 매일 어머니 옆에서 일을 돕는 것 외에, 아른트의 기독교에 대한 진실한 고찰을 읽거나 일요일에는 할레에서의 프랑크의 설교를 듣거나 했다……. 하지만 그 외에 나는 춤을 능숙하게 배우고, 프랑스어를 배우고, 스케치를 하거나 꽃을 그리고, 자수를 놓고, 피아노를 치고, 부엌일과 가사를 돌보아야 했다"고 그녀는 몇십 년 후《멜루지네의 여름날 저녁》(1806)에서 자신의 인생을 되돌아보며 자신의 여성으로서의 교육에 대해서 쓰고 있다. 거기서 라 로슈는 자신이 세 살 때 이미 읽는 것을 배웠으며, 다섯 살에 성경을 읽고 열두 살에는 아버지의 모임에서 유용한 조수 노릇을 했다고 언급한다. "내 좋은 기억력으로 모든 책 제목과 책이 있는 자리를 알고 있었기 때문이었는데, 그것은 나 자신을 위한 책을 고를 때도 유용했다."

빠른 이해력과 섬세한 관찰력과 좋은 기억력으로 라 로슈는 평생 자신을 발전시켰다. 그녀는, 18세기에 문학에 종사하거나 정신적으로 뛰어난 모든 여성들과 마찬가지로 주로 독학을 한 여성이었으니, 당시 여성에게는 고등교육의 문이 닫혀 있었기 때문이었다. 교양 교육은 그 가정에서 열리는 모임의 아버지들에게서 받았다. 우선 그녀의 아버지와, 아버지의 동료이자 후에 약혼자가 된 비안코니가 있었다. 그는 열일곱 살의 라 로슈에게 이탈리아어, 예술사, 노래, 수학을 모두 프랑스어로 가르쳤다. 그 까닭은 태생이 이탈리아인이며, 아우크스부르크 후작급주교의 주치의인 비안코니가 독일어를 한 마디도 몰랐기 때문이었다. 열여섯 살이나 연상인 비안코니와의 결혼은 결국 결혼 계약 단계에서 좌절되었다. 엄격한 개신교도인 구터만과 역시 엄격한 가톨릭교도인 비안코니가 종교 문제에서 의견이 일치하지 않았기 때문이었다. 아버지는 외손녀들을 개신교에 따라 교육시킬 것을 주장했고, 약혼자는 모든 자녀들을 가톨릭교에 따라 교육할 것을 주장했다. 그 문제에 대해 당사자인 그녀의 의견은 전혀 묻지 않았는데, 그런 일은 당시에 다반사였다. 비안코니는 비밀결혼을 제안했으나, 라 로슈는 아버지를 슬프게 하지 않으려고 그 제안을 거절했다.

열아홉 살 때 그녀는 비버라흐에 있는 아버지의 사촌 빌란트 목사에게로 보내진다. 그곳에서 목사의 아들이자, 그녀보다 두 살 어린 육촌동생 크리스토프 마르틴 빌란트와 편지를 통해 시와 문학을 논하는 마음의 친구가 되었고, 그와 약혼까지 했으나 1751년 부모의 반대로 결국 파혼했다. 그리고 1753년 열 살 연상의 궁정고문관 게오르크 미하엘 프랑크 폰 라 로슈와 결혼함으로써 궁정세계에 들어가게 되고, 이후 이곳에서의 삶은 그녀의 문학 창작에 중요한 영향을 끼친다. 게오르크 미하엘 프랑크는 가난한 외과의사의 열세 번째 아들이었으나 네 살 때 슈타디온 백작의 양자로 입양되어 '라 로슈'라는 성을 받았다. 그는 슈타디온 백작 저택에서 좋은 교육을 받고 교양을 쌓아 평생 양아버지의 비서로, 여행의 동반자로, 말벗으로 수족처럼 살았다. 결혼 후 그녀는 남편을 따라 마인츠 근교 슈타디온 백작의 성으로 들어갔다. 계몽사상을 가진 슈타디온 백작은 선제후 에머리히 요제프 폰 마인츠 궁정의 장관이었는데, 여기서 그녀는 작은 가톨릭 궁정국가의 위계질서를 알게 된다. 그녀는 남편을 도와 외국과의 편지 교류를 했으며, 슈타디온 백작의 산책에 동행하거나 식사에 배석하여 대화에 활기를 주는 역할을 해야 했다. 이를 위해서 그녀는 남편이 골라주는 여러 책에서 발췌한 내용을 백작이나 모임에 모인 사람들을 위해 대화 속에 인용했다. 라 로슈는 여덟 명의 아이를 낳았으나 그중 다섯만이 유아기를 넘겼다. 맏딸 막시밀리아네는 후에 괴테에게 깊은 인상을 주었지만, 그녀는 1774년에 나이 많고 상처한 부유한 무역상 페터 브렌타노와 결혼한다. 괴테는 그녀가 결혼한 후에도 한동안 프랑크푸르트의 그녀의 집을 방문하곤 했다. 막시밀리아네의 열두 아이들 중에 독일 낭만주의 대표 시인들인 클레멘스 브렌타노와 베티나 브렌타노가 있었다. 이로써 조피 폰 라 로슈는 '브렌타노

남매의 할머니'가 된 것이다.

1761년 슈타디온 백작은 공직에서 물러나 비버라흐 근처 바르트하우젠의 자신의 영지로 돌아갔고, 라 로슈 가족도 그를 따라갔다. 백작이 1768년 사망하자, 백작의 상속자들 사이에 불화가 있어, 남편 라 로슈는 뵈니히하임의 관리직을 맡게 되었고, 그 후 1770년 트리어의 선제후 클레멘스 벤체슬라우스의 추밀고문관 자리를 얻어, 그 궁정이 있는 에렌브라이트슈타인으로 이주했다.

조피 폰 라 로슈는 결혼 직후 빌란트가 비버라흐에서 시청 서기로 일할 때 그와 다시 편지 교류를 계속했고, 이 시인이 라 로슈와의 인연으로 1769년 에어푸르트 대학에 교수직을 얻어 그곳으로 이주할 때까지 교류는 계속되었다. 1760년대에 그녀는 글쓰기 작업을 다시 시작하여, 소설과 일화 형식의 산문을 썼다. 슈타디온 백작이 사망한 후 남편 라 로슈가 관직을 얻어 뵈니히하임에 잠시 거주했던 기간에, 또 큰 딸들이 가톨릭 수녀원 학교에서 교육을 받게 되어 억지로 떨어져 있어야 했던 시기에 그녀는 용기와 여유를 얻어 1766년 시작했던 소설 《슈테른하임 아씨 이야기》를 끝내고, 빌란트는 편찬자로서 그것을 익명으로 자신의 서문과 각주를 달아서 출판했다. 소설의 1부는 1771년 5월에, 2부는 9월에 출판되어 커다란 성공을 거두었고 조피 폰 라 로슈를 유명한 여성으로 만들었다. 이 소설은 출판된 해에 이미 3판을 인쇄했고, 그 이후 15년 동안 판을 거듭하여 여덟 번째 판에 이르렀으며, 프랑스어, 영어, 네덜란드어, 러시아어로 번역이 되어 조피 폰 라 로슈의 이름은 독일 밖에서도 유명해졌다.

《슈테른하임 아씨 이야기》의 발간으로 라 로슈의 여성 작가로서 공개적인 경력이 시작되었다. 이 소설은 부분적으로 그녀의 개인적인 관찰과 경험, 독서에 기인하지만, 무엇보다 미덕을 갖춘 한 여성의 감정 풍부한 영혼의 상을 뚜렷하게 보여주며, 그것도 유복한 시민계급 여성들과 딸들에게 본보기가 될 만한 여성의 관점에서 보여준다. 라 로슈의 다음 작품들도 이러한 주제로 계속 이어진다. 그녀의 남편이 1770년부터 트리어의 선제후 클레멘스 벤체슬라우스 궁정의 장관이 되면서 그녀의 저택은 문인들이 즐겨 모이는 집합 장소가 되었다. 그중에 특히 빌란트, 야코비 형제, 괴테, 로이히젠링, 메르크 등이 자주 방문했다. 조피 폰 라 로슈의 다음 장편소설은 《로잘리가 친구 마리아네 폰 S에게 보낸 편지》(1781)로 이때의 작업은 부분적으로 야코비의 여성잡지 《이리스》에 실리기도 했다. 1780년 이후 그녀는 문학 작업을 위한 시간적 여유를 많이 얻게 되었다. 9월 말 라 로슈 수상이 해임되고, 이 가족은 몇 년 동안 슈파이어에서 살다가, 1786년에 오펜바흐로 옮겼고 오랫동안 병에 시달리던 남편은 1788년 사망했다. 남편이 관직을 떠난 후 아이들도 성장해 두 딸들은 결혼하고 막내아들만 집에 남자, 그녀는 혼자만의 시간을 많이 갖게 되었고, 또한 경제적인 이유에서도 글을 쓰려고 했다. 이 시기에 조피 폰 라 로슈는 왕성하게 활동하는 작가로서 확고한 위치를 잡았다. 1783년부터 교훈적인 여성 주간지 《독일의 딸들을 위한 포모나》를 발간했는데, 여기서는 교육 기회의 균등, 여성의 잠재력 인정 등과 같은 사회적 정치적 주제를 다루고 또한 시민 여성들이 갖고 있는 고유한 문제들도 제기하고 있다. 여성의 교양 교육을 위해 남성들이 전권을 갖고 있음에 대항하고자 기획된 이 잡지는 유럽 전역에 알려졌다. 러시아의 예카

테리나 여황제도 이 잡지를 500부나 구입했다고 한다. 라 로슈는 여성들의 주된 관심사를 논할 때, 남성이 아니라 여성이 그 주체가 되어야 한다는 입장에서 이 잡지에 번역물과 시를 제외하고는 모든 글을 여성 기고자들의 글로 채웠다. 《포모나》는 교육적 요소와 오락성을 표방하며 독자와 대화의 장도 만들어 독자들의 교양을 넓히는 데 공헌했다. 라 로슈의 이러한 노력의 결과로 현대적이고 대중적인 '오락 문학'이 독일에 소개되었고, 여성 교육에 관한 토론의 장을 넓혔다. 또한 많은 여행으로 얻은 경험을 문학으로 옮겨 기행 문학이란 장르도 개척했다.

1780년대 이후에 조피 폰 라 로슈의 독자적인 문학 창작은 성별의 구별이 엄격하고 남성들의 관심사와 관점만이 독일 문학에서 지배적이던 시대에 성숙한 여성의 시점에서 주제와 문제성을 포착하여 계속 확대해나갔으므로, 처음에 라 로슈를 뮤즈로 떠받들던 빌란트를 비롯한 젊은 작가들에게 후에 그녀의 문학은 여성들의 오락을 위한 문학이고 이류문학이라고 냉대를 받게 되었다. 조피의 외손녀, 베티나 폰 아르님(베티나 브렌타노)의 《괴테와 한 아이가 주고받은 편지》(1835)에서 비로소 한 위대한 작가의 기념비가 될 만한 문학적 성공이 다시 이어진다.

조피 폰 라 로슈는 1807년 77세의 나이로 사망하여 오펜바흐의 성 판크라티우스 교회에 묻혔다.

소설 《슈테른하임 아씨 이야기》

"친구가 원본 편지들과 다른 신빙성 있는 자료에서 발췌한 한 독일 귀족 처녀의 어린 시절 이야기"라고 소개된 이 편지 소설은 라 로슈가 오랫동안 딸들과 헤어져 살아서 교육도 직접 시키지 않게 되고 유모나 기숙학교에 맡겨 자신의 딸들이 더 이상 옆에 없게 되자, 대신 '종이로 된 딸'을 만들어내서 교육하고자 하는 바람에서 나왔다. 여주인공의 이름이 모범적인 소녀 교육의 본보기가 되기를 바란 것이다. 여주인공 조피 폰 슈테른하임은 시골에서 소박한 이상과 이웃 사랑의 마음을 갖고 성장한다. 아버지는 연대장으로 업적을 세운 공로에 의해 신분 상승한 귀족이었고, 어머니는 타고난 귀족이었다. 세심한 교육을 받은 그녀는 아홉 살에 어머니를, 열아홉 살에 아버지를 잃고 고아가 되어 백작부인인 이모에게 이끌려 궁정 도시 D로 들어간다. 그녀의 이모부는 자신의 권세를 확장하고 자신에게 걸려 있는 소송을 유리하게 이기려는 의도에서 아름답고 우아한 조피를 영주의 후궁으로 만들려고 한다. 이러한 계획은 조피의 강한 저항으로 실패하지만, 조피는 사랑하지 않는 남자 더비 경과 결혼함으로써 궁정세계에서 빠져나가려고 한다. 더비 경은 대사관에서 근무하는 영국인 카사노바로 조피의 관심과 사랑을 얻으려고 수단 방법을 가리지 않는다. 반면에 그녀가 사랑하는 시모어 경은 소심하게 거리를 두고 바라만 보고 있다. 더비는 결국 대사관 비서 존을 신부로 위장하여 내세워 그 앞에서 조피와 비밀결혼을 하고 그녀를 궁정 도시에서 탈출시키는 데 성공한다. 그러나 "형이상학적 여자"요 "도덕가"인 조피의 진지한 성격에 싫증이 난 더비는 그녀가 사랑했던 시모어 경에 대한 강한 질투심 때문에 몇 주일의 맞지 않는 결혼생활 후에 그녀를 버리고 영국으로 떠난다. 조피는 위장결혼에서 얻은 실망을 극복하고 이름을 마담 라이덴스라는 시민 이름으로 바꾸어 신분을 숨기고 살다가, 한 부유한 부인을 위해 작은 고용인학교를 세워 가난한 소녀들의 직업 교육에 몰두한다. 그 후 그녀는 영국의 귀부인 레이디 서머스를 알게 되고 그 부인의 수행비서가 되어 영국으로 건너가 그녀의 농장에서 지낸다. 그곳에서 조피는 이웃 성의 귀족인 리치 경을 만나고, 그가 그녀에게 구애하여 조화로운 시골 영지에서의 삶이 예고되는 듯하다. 그러나 그사이에 더비 경이 이 귀부인의 조카딸과 결혼하여 조카사위가 되면서 조피가 이곳에 산다는 것을 알게 되자 그녀로 인해 자신의 과거의 악행이 드러날까 두려워서, 사람을 시켜 그녀를 납치하여 스코틀랜드의 납광산촌으로 보낸다. 더비는 다시 한 번 조피에게 접근을 시도하지만 거절당하자 그녀를 결국 탑 속에 감금시키기에 이른다. 후에 중병이 든 더비가 양심의 가책을 느껴 시모어 경과 리치 경을 불러 자신의 악행을 고백하고 탑 속에 감금되었다가 죽었다고 생각되는 조피의 시신을 찾아 제대로 장례를 치러달라고 부탁한다. 그러나 죽은 줄 알았던 조피는 광산 머슴들의 도움으로 살아 있었다. 결국 시모어 경과 역시 그녀를 사랑했던 그의 이복형 리치 경이 함께 그녀를 구출하고, 리치 경의 양보로 그녀는 시모어 경의 부인이 되고 모범적인 어머니가 된다.

《슈테른하임 아씨 이야기》는 형식적으로나 내용적으로나 새뮤얼 리처드슨의 편지 소설에서 영향을 받았다. 따라서 조피 폰 라 로슈의 경우에도 편지들이 작품의 구조를 이루고 있지만, 리처드슨의 작품과 달리 여기서는 제3의 화자가 있어 화자의 내레이션이 삽입되어 있다. 이야기는 인습적인 동기나 상황을 사용하고(괴롭힘당하는 고아, 납치, 사악한 간계 등) 또 사건 전개에서 우연이 큰 역할을 한다. 그러나 선한 사람과 악한 사람의 극단적 대조에도 불구하고 성격 묘사에 있어서 새로운 색채를 보인다. 인물의 유형들은 일상적 특징에서 개성화되고, 무엇보다 고상한 사람들이 감상적으로 감정이입이 되어 묘사되고, 그 점에서 경건주의 교육을 받은 라 로슈의 인간과 영혼에 대한 지식이 드러난다. 고상한 행동 방식을 기술할 때는 강한 합리주의의 영향이 뒷전으로 물러나고, 언어는 몽상적이고 감상적이 되는데, 이것은 19세기까지 여성들이 썼던 대중문학의 본보기가 되는 특징이다. 이 소설의 주인공들이 일반적이고 이성에 입각한 윤리적 기준을 따르고 있음에도 불구하고 문학의 새로운 주제가 예고되고 있음을 볼 수 있다. 즉 지배하고 있는 궁정이 도덕적 부패의 온상이 되었음을 비판하며,* 궁정 대신들의 무익한 행동들에 마주하여 여성의 사회적 임무와 순수한 사랑에 대한 의무를 내세운다.

여주인공 조피가 침착하고 씩씩하게 굴욕적인 상황을 극복해나가는 태도와 의미 있는 선행의 실천, 그리고 사치와 낭비와 부도덕한 생활을 일삼는 귀족계급에 대한 비판적 시각과 여성들을 정신적으로 실질적으로 교육시켜 자립시키고자 하는 바람은 곧 감정적인 것에서 혁명적인 것으로 넘어가는 생각들이었다. 그러나 그런 생각들은 아직 계몽주의적인 믿음, 즉 이 모든 것이 교육과 교양과 개인적 욕망의 억제를 통해서만 도달할 수 있다는 믿음에 근거한다. 자기반성과 강해진 자신감이 여주

---

*부패한 궁정에 대한 비판은 프리드리히 실러의 희곡《간계와 사랑》(1784)에도 잘 나타나 있다.

인공을 추락에서 구한다는 것이다. "내 마음은 무고하고 순결해요. 내 정신의 지식은 줄어들지 않았어요. 내 영혼의 힘과 착한 성향이 절도를 지켰지요. 또 내겐 아직 좋은 일을 할 수 있는 능력이 있어요."

계몽주의의 전통을 따르면서, 작가는 자신의 작품이 교육적 영향을 주기를 원했다. 자신에게 책임이 없지 않은 불행 속에서도 조피 폰 슈테른하임은, 이성적으로 인생을 살아가는 길에서 "미덕과 재능이 유일하고 진정한 행복"을 의미한다는 사실을 경험한다. 이 소설은 예술비평가인 빌란트가 서문에서 우려했던 것을 뒤엎고 괴테, 렌츠, 헤르더 등 '슈투름 운트 드랑'*의 젊은 작가들에게 결정적 영향을 끼쳤다. 특히 괴테가《젊은 베르테르의 슬픔》(1774)을 집필하는 데 많은 영향을 주었으며, 렌츠는 자신의 사회비판극《군인들》(1776)에 '드 라 로슈 백작부인'을 등장시킴으로써 라 로슈에 대한 존경을 표했다.

---

*18세기 후반 독일에서 일어난 혁신적인 문학운동. '질풍노도'라는 뜻으로 반합리주의와 반계몽주의를 내세운다.

12월 6일 독일 바이에른의 카우프보이렌에 **1730**
서, 의사이자 학자였던 아버지 게오르크 프
리드리히 구터만과 레기나 바바라 우놀트의
열세 자녀 중 장녀로 태어남. 본명은 마리 조
피 구터만.

아버지 구터만이 린다우 시 소속 의사가 되 **1737**
어 가족 모두 린다우로 이주.

9세 때 리스 강변에 있는 비버라흐의 조부모 **1739**
에게 3년 동안 위탁됨.

조부모 댁에서 다시 가족에게로 돌아옴. 아 **1742**
버지 구터만이 아우크스부르크 의과대학의
학장이 되면서 집은 학자들이 즐겨 찾는 모
임 장소가 됨. 부모에게서 엄격하고 경건주
의적인 교육을 받음.

아버지의 동료이자 아우크스부르크 후작급 **1747**
주교의 주치의인 비안코니에게 프랑스어로
이탈리아어를 비롯해 성악, 수학 수업을 받
음. 16세 연상인 비안코니와 약혼하였으나

종교적 이유로 파혼.

어머니 레기나 바바라 사망. 재혼한 아버지가 딸이 자신이 추천하는 결혼 상대자를 거부하자 상속권을 박탈하고 의붓아들을 상속자로 삼음.	1748
비버라흐의 아버지 사촌인 빌란트 목사에게 보내짐. 이곳에서 당시 에어푸르트 대학에 다니던 육촌동생 크리스토프 마르틴 빌란트와 편지 교류를 통해 영혼의 친구가 되기로 약속하고, 빌란트가 잠시 고향에 다니러 왔을 때 약혼함.	1749
부모의 반대로 빌란트와의 약혼이 파기되지만 두 사람은 여전히 영혼의 친구로 남음.	1751
10세 연상의 게오르크 미하엘 프랑크 라 로슈 궁정고문관과 결혼. 결혼 후 그의 양부인 프리드리히 폰 슈타디온-바르트하우젠 백작의 성이 있는 마인츠로 이사.	1753
장녀 막시밀리아네 출산(이후 마인츠에서 열두 명의 아이를 출산하나, 그중 다섯 명만 살아남음).	1756
시아버지 슈타디온 백작이 정계에서 은퇴, 비버라흐 근처 자신의 영지로 돌아가자 라 로슈 가족도 함께 따라감. 슈타디온 백작의 비서 노릇을 하며, 프랑스어로 외교상의 편지를 작성하고 수시로 영지 순례를 나가는 백작을 수행함.	1761
소설《슈테른하임 아씨 이야기》집필 시작.	1766
슈타디온 백작 사망. 남편 라 로슈는 백작의 유언에 따라 그의 영지 뵈니히하임에서 고	1768

위관리직을 얻음.

남편이 트리어의 선제후 클레멘스 벤체슬라우스의 추밀고문관이 되어, 가족이 코블렌츠 에렌브라이트슈타인으로 이사.	1770	
에렌브라이트슈타인에서 문학 살롱을 열고 문인들과 교류함(괴테도 이 살롱의 방문자로서 《시와 진실》의 13장에서 이 모임에 대해 언급함). 첫 소설 《슈테른하임 아씨 이야기》가 빌란트의 서문과 각주를 덧붙여 익명으로 출간됨. 1부가 5월에, 2부가 9월에 출간되어 큰 성공을 거둠.	1771	《슈테른하임 아씨 이야기》
《슈테른하임 아씨 이야기》가 프랑스어, 영어, 네덜란드어, 러시아어, 스웨덴어, 덴마크어로 번역되어 국제적인 명성을 얻음.	1772	
맏딸 막시밀리아네가 괴테의 구애를 받았으나 거절하고, 프랑크푸르트의 부유한 무역상이자 외교관인 페터 안톤 브렌타노와 결혼함. 이로써 훗날 '브렌타노 남매'로 유명한 독일 낭만주의 시인 클레멘스 브렌타노와 베티나 브렌타노(베티나 폰 아르님)의 할머니가 됨.	1774	
두 번째 소설 《로잘리가 친구 마리아네 폰 S에게 보낸 편지》 집필 시작, 그 일부를 야코비의 여성잡지 《이리스》에 발표.	1775	
《로잘리가 친구 마리아네 폰 S에게 보낸 편지》를 완성해 출간.	1781	《로잘리가 친구 마리아네 폰 S에게 보낸 편지》
여성잡지 《독일 딸들을 위한 포모나》를 발간, 독일 여성 최초로 잡지 발행인이 됨. 여성의 자존감을 키워주려고 의도된 잡지로서 많은 인기를 얻음.	1783	

유럽을 여행하며 보도문을 쓰기로 결심함. 3주간 스위스를 여행하면서 샤모니에서 몽블랑의 빙하 산행을 감행, 알프스에 오른 최초의 독일 여성이 됨(공식적으로 유럽 여성의 몽블랑 첫 등정은 1808년).	1784	
4개월간 프랑스를 여행함. 《리나에게 보내는 편지. 마음과 정신을 발전시키려는 젊은 처녀들을 위한 책》의 1권인 〈소녀 리나〉를 발표.	1785	
네덜란드와 영국을 여행함. 그동안 남편 라 로슈는 마인 강변의 오펜바흐에 저택('근심의 오두막')을 사서 이사함. 《최근의 도덕적 이야기들》 출간.	1786	《최근의 도덕적 이야기들》
《스위스 여행 일기》 출간. 434쪽의 방대한 분량임에도 베스트셀러가 됨. 역시 585쪽의 《프랑스 여행 저널》 출간.	1787	《스위스 여행 일기》 《프랑스 여행 저널》
남편 라 로슈 지병으로 사망. 740쪽에 달하는 《네덜란드와 영국 여행 일기》 출간. 그녀의 방대한 여행 문학은 '비판적 보도문'이라는 새로운 저널리즘 장르를 개척함.	1788	《네덜란드와 영국 여행 일기》
소설 《미스 로니의 이야기와 아름다운 동맹》 출간.	1789	《미스 로니의 이야기와 아름다운 동맹》
《로잘리의 편지》 후속편 《시골의 로잘리와 클레베르크》 출간. 허구의 편지로 이루어진 회상기 《만하임에 관한 편지》 출간. 스위스를 두 번 더 여행함.	1791	《시골의 로잘리와 클레베르크》 《만하임에 관한 편지》
장녀 막시밀리아네 사망. 그녀의 여덟 자녀 중 베티나 브렌타노를 비롯한 세 딸을 맡아 키우게 됨. 《세 번째 스위스 여행 회상기》 출간.	1793	《세 번째 스위스 여행 회상기》

라인 강 좌측 강변이 프랑스에 점령되면서 수입원인 미망인 연금이 끊기자, 이후 글쓰기로 생계를 유지함.	1794	
중편《아름다운 체념의 모습》출간.	1796	《아름다운 체념의 모습》
《내 책상》출간. 표지에 서재의 책상 앞에 펜을 들고 앉아 있는 자신의 모습을 넣어 당시로서는 희귀한 여성 작가의 이미지를 보여줌. 외손녀 조피 브렌타노와 함께 바이마르를 방문했으나 괴테, 실러 등 젊은 고전주의 작가들에게 냉대를 받고 실망하여 여행을 중단하고 돌아옴.	1799	《내 책상》
장편《파니와 율리아, 또는 여자 친구들》출간.	1801	《파니와 율리아, 또는 여자 친구들》
《사랑의 오두막들》출간.	1804	《사랑의 오두막들》
《가을날》출간.	1805	《가을날》
자서전《멜루지네의 여름날 저녁》출간, 크리스토프 마르틴 빌란트가 발행인이 됨.	1806	《멜루지네의 여름날 저녁》
2월 18일, 마인 강변 오펜바흐의 자택 '근심의 오두막'에서 사망, 성 판크라티우스 교회 묘지에 안장됨.	1807	

옮긴이 김미란

서울대학교 독문과와 동 대학원을 졸업하고, 독일 뮌헨 대학교에서 수학했다. 청주대학
교를 거쳐 숙명여자대학교에서 30년간 교수로 재직했고, 독일 쾰른 대학의 연구교수를
역임했다. 현재 숙명여자대학교 명예교수이다. 지은 책으로 《탈리아의 딸들—현대 독일
여성 드라마작가》, 《독일어권의 여성작가》(공저), 《한독 여성문학론》(공저), 《독일어권 문
화 새롭게 읽기》(공저)가 있고, 우리말로 옮긴 책으로 모테카르트의 《현대 독일 드라마》, 렌
츠의 《군인들/가정교사》, 로트의 《나귀 타고 바르트부르크 성 오르기》, 베데킨트의 《눈
뜨는 봄》이 있다.

세계문학의 숲 024

슈테른하임 아씨 이야기

2012년 12월 3일 초판 1쇄 인쇄
2012년 12월 7일 초판 1쇄 발행

지은이 | 조피 폰 라 로슈
옮긴이 | 김미란
발행인 | 전재국

발행처 | (주)시공사
출판등록 | 1989년 5월 10일(제3-248호)

주소 | 서울 서초구 서초동 1628-1 (우편번호 137-879)
전화 | 편집 (02)2046-2869 · 영업 (02)2046-2800
팩스 | 편집 (02)585-1755 · 영업 (02)588-0835
홈페이지 | www.sigongsa.com
세계문학의 숲 홈페이지 | www.sigongclassic.com

ISBN 978-89-527-6769-1(04850)
      978-89-527-5961-0(set)